Juan Alonso de Acuña

I0556268

FEROCIDAD

Título: Ferocidad

Primera edición: Marzo, 2013

Primera edición impresa: Octubre, 2014

© 2013 Juan Alonso de Acuña

ISBN-10: 84-616-4327-5

ISBN-13: 978-84-616-4327-1

¿Qué estarás dispuesto a hacer para sobrevivir?

En un futuro no tan distópico, la sociedad, sacudida por una profunda crisis económica internacional y por una irreparable ausencia de valores, está a punto de desaparecer. Una oleada de muertes hiperviolentas y sin sentido sacude el país. El Gobierno no tiene respuesta y pide a la población que se encierre en sus casas como medida de protección.

Para el hombre y la mujer, la vida va a dar un giro demencial. Sin comida, sin electricidad, con todos sus vecinos muertos o convertidos en salvajes asesinos, tendrán que tomar una terrible decisión si quieren sobrevivir. Pero, ¿qué pueden hacer dos personas comunes para salir indemnes del caos y la desolación que se han apoderado de las calles? No son héroes, no son villanos, no tienen habilidades especiales. Sólo son gente común.

Mientras, a su alrededor, todo se derrumba.

La extinción ha comenzado.

A mi madre

Nota del autor

Querido lector, la novela que estás a punto de leer es una obra de ficción y como toda obra de ficción que se precie no hace alusión a personajes, ni situaciones reales. Aunque la acción transcurre por lugares comunes de la Comunidad de Madrid me he permitido la licencia de cambiar algunas cosas y localizaciones para favorecer el ritmo de la historia. De la misma manera que nunca ha existido un virus semejante al descrito en esta novela y, probablemente, no pueda existir. Todos los datos científicos y demográficos citados son verídicos y documentados, pero en algunos casos exagerados o adornados a efectos dramáticos.

Desde estas páginas quiero expresar mi más sincero respeto hacia las instituciones, fuerzas del orden público y demás organizaciones mencionadas a lo largo del relato y manifestar mi gratitud hacia su labor, necesaria para el buen funcionamiento de nuestra sociedad.

Por último, el Banco de Alimentos es una organización internacional sin ánimo de lucro a la que pertenece la Federación Española de Bancos de Alimentos (FESBAL), con sede en Madrid. La labor humanitaria de los Bancos de Alimentos es inconmensurable y siento una profunda admiración por todos los voluntarios que lo componen y que dedican su tiempo libre a ayudar a los más necesitados. Más información: www.fesbal.org

La experiencia de Ferocidad no se termina con estas páginas y te invito, querido lector, a que sigas conociendo más sobre la historia en la dirección de Twitter®: www.twitter/AlonsodeAcuna, en donde encontrarás material relacionado con lo acontecido en las páginas de Ferocidad y que ampliará la información sobre el virus y sus consecuencias. En la misma dirección podrás ponerte en contacto con el autor y conocer noticias sobre sus próximas novelas.

J. Alonso de Acuña

“ De cierto os digo: viene la hora, y ahora es cuando los muertos oirán la voz del Hijo de Dios; y los que la oyeran vivirán.

—Evangelio según San Juan 5:24

1

Blam. Blam. Blam.

Abre los ojos, desorientado espera un instante mientras se ajustan a la oscuridad que le rodea. A su lado, la mujer duerme un sueño inducido por las dos cápsulas de *Orfidal que ingirió hace unas horas.* Las últimas de un envase casi olvidado en el fondo de un cajón y que nunca tuvo necesidad de usar hasta ahora. Seis horas de negación absoluta. Inquieto se desliza de la cama. *Si hubiera alguien en la casa…* No quiere ni pensarlo. Dormitorio, cuarto de baño, despacho, cocina, salón. Desiertos, en calma. Suspira con alivio, pues todo está en orden. Habitaciones vacías y cortinas corridas. *Por seguridad*, se dice. Nadie en el exterior debe sospechar nunca que hay personas viviendo en el apartamento.

Un roce sordo en la puerta de entrada ratifica sus peores pensamientos. El motivo de su reclusión aún sigue ahí, acechando. Ignorando el susurro furtivo del umbral, con todo el sigilo del que es capaz separa con el índice y el pulgar las láminas de la persiana de PVC y por la mínima hendidura abierta entre las lamas, espía el exterior.

Todo está tranquilo, estático.

Y entonces lo ve.

Un leve movimiento, a su derecha, en el aparcamiento. Entre los esqueletos de automóviles saqueados y quemados hasta el mismo chasis, se agazapa una silueta. Un dedo gélido recorre levemente su columna vertebral y le hace estremecer. Tiene la piel de gallina y el aliento contenido. Lo pierde de vista por un instante entre las rendijas de la persiana y vuelve a verlo un segundo después. Un destello verde reflectante. Probablemente un policía municipal o un ATS. La silueta se aleja de la protección de los coches y camina con pasos vacilantes hacia la calle desierta. En su mano, una pistola con el cañón humeante cuelga lánguida apuntando hacia el asfalto. Emergiendo de las sombras, con la eficiencia de una manada de depredadores, le cercan en silencio.

Con la aparición, el hombre da instintivamente un paso atrás, hacia la seguridad que le proporciona la oscuridad del salón. En seguida, la curiosidad domina al miedo y vuelve a observar el drama que se desarrolla ante sus ojos. El policía municipal sacude la cabeza a un lado y a otro. Con un espasmo de puro terror, el dedo se engarfia en el gatillo y dispara el arma sin percatarse de que aún apunta hacia el suelo. Aunque sabe que es físicamente imposible, desde la distancia el hombre escucha el sordo golpear del percutor sobre un cartucho vacío. El que se encuentra más cerca del policía municipal enseña los dientes con una mueca animal y, como si fuera una señal pactada, se abalanzan sobre él desde todos los ángulos.

Horrorizado, el hombre gira la cabeza. No importa el número de veces que haya contemplado el mismo espectáculo, siempre le impresiona. Entonces, el alarido. Un aullido de dolor y miedo que reverbera entre los edificios abandonados. El policía municipal ya es historia.

Esta vez, la droga no libra a la mujer de conocer el horror que los rodea y se sienta en la cama. El terror sustituye al sopor en sus ojos tras la compresión de lo sucedido y suelta un leve gritito de pánico.

El hombre regresa al dormitorio, sabe que están condenados y no se siente con ánimos para reconfortarla. Muy pronto, el destino del policía también será su destino. En un alarde de locuacidad para un grito preñado de dolor, la muerte del policía le dice que así será. Los roces que se insinúan tras la puerta de la calle también le susurran lo mismo. La mujer y él no tardarán mucho más en seguir la misma suerte. Se sienta a los pies de la cama, sabe que lo más humano que puede hacer por la mujer es acabar con su desdicha en ese mismo momento. Pero lo cierto es que no tiene de dónde sacar las fuerzas para hacerlo. Desconoce si la razón subyace en su propio miedo a quedarse solo en un mundo que se ha ido por el retrete con la misma celeridad que el producto de una evacuación diarreica o el impensable acto de acabar con la vida de un ser humano. Recuerda la violenta escena que acaba de presenciar y se pregunta cuándo le llegará la hora de ser el protagonista principal de un drama similar.

Hasta el momento han aguantado en el apartamento con la poca comida que tenían almacenada en las despensas de la cocina. Latas de conservas, puré de patata deshidratada y cosas así. Pero se está acercando el momento de enfrentarse a lo que sea que se encuentre mas allá de la seguridad de la puerta de entrada.

El hombre siente el pecho atenazado por la incertidumbre y tiene miedo. Miedo por él y por la mujer. ¿Cómo no tenerlo? ¿Cómo puede estar seguro de que todo iba a salir bien? Él no es precisamente un hombre de acción.

Nunca lo fue. La violencia y él no son dos novios cogidos de la mano aguardando en la cola de un cine. De hecho, siempre le ha ocasionado náuseas, en ambos casos, cuando la ha experimentado como actor o cuando la ha presenciado como espectador. Las mismas náuseas que siente en estos momentos en los que piensa que terminar con la existencia de la mujer es la única salida a su sufrimiento.

El cerebro es una máquina asombrosa. Una tan eficiente que siempre parece encontrar la solución más óptima para alcanzar sus objetivos. Incluso, cuando las respuestas más obvias no se encuentran disponibles con facilidad, el cerebro se las ingenia para buscar otros medios con los que seguir adelante. Lo mismo sucede con la supervivencia. Un hombre puede hacer cosas insospechables para asegurar su supervivencia y la de los suyos.

La mujer se remueve inquieta en la cama y le hace perder el hilo de sus pensamientos. El sopor inducido por el *Orfidal* vuelve a ganar la batalla al miedo y se ha recostado, adormilada. El hombre aprovecha el momento para acercarse a la mesilla de noche y extraer una pequeña libreta de notas.

El hombre lleva un diario desde que empezó la epidemia. Bueno, no es exactamente un diario, sino más bien una acumulación de pensamientos y recortes de prensa, sin orden ni concierto. La libreta es similar a la que utilizan los periodistas para tomar sus apuntes, con tapas que imitan al cuero y el logo de su empresa serigrafiado con tinta de plata. El hombre no creé realmente que exista una razón en particular por la que comenzó las anotaciones, piensa que todo ello tiene que ver con la necesidad de dejar algo tras de sí. Una especie de recordatorio, o de huella si se prefiere, de sí mismo y su esfuerzo por sobrevivir en la mismísima zona cero del infierno.

Zona cero. Dos palabras para definir un área asolada por el desastre, acuñadas quizás tras los atentados del *World*

Trade Center en Nueva York, más tarde utilizadas hasta la saciedad tras inundaciones, desastres nucleares como el de Fukujima o nuevos ataques terroristas. Nunca hubo una zona cero en la epidemia, todo ocurrió tan rápido que nadie tuvo ni siquiera un simple aviso de lo que estaba sucediendo. Sin embargo, todas las notas y los recortes de prensa que había acumulado, leídos en perspectiva, anunciaban la tragedia que sucedió después. El chiste estaba en que ningún experto, ningún académico, supo interpretar las señales a tiempo. ¿Las consecuencias? Bueno, el hombre y la mujer malvivían en las condenadas consecuencias.

Quizás la libreta era su manera de gritar a la cara de todos los culpables lo que opinaba de ellos. De exigirles su responsabilidad. O quizás era una simple válvula de escape. Después de todo, desde que un mes atrás comenzaron las matanzas, habían permanecido encerrados entre las paredes del apartamento.

Un mes. No parecía mucho tiempo para que la maldita sociedad se hubiera ido al carajo, pero así había sucedido. Treinta y un días habían bastado para colapsar un país entero y obligar a los supervivientes a vivir encarcelados en sus propios hogares, condenados a morir de hambre. La muerte se encontraba permanentemente al otro lado de sus puertas, y en poco tiempo, lo estaría también en el interior.

El hombre regresa al salón y, en la penumbra de la habitación, escribe sus pensamientos.

****

Tenían que salir de allí.

Al principio, encerrarse en el apartamento y esperar acontecimientos había sido una excelente idea. A causa de ello, habían salvado la vida. Pero esa situación no podía durar mucho más, había transcurrido una semana y media desde que se encerraron y la comida estaba a punto de terminarse.

—¿Qué vamos a hacer?—. Quiere saber la mujer.

Los indicios de que sus raciones son cada vez más exiguas se reflejan con claridad en sus cuerpos, en sus rostros, en su ánimo. La desesperación era una compañera habitual durante aquellos días. Si no se deciden a hacer algo, el hombre no tiene problemas en intuir el destino que les aguarda. Después de todo, la desesperación y el suicidio son hermanos de sangre. Y diez días cohabitando con la primera permitía que la presentación en sociedad del segundo fuera inevitable.

—Debemos marcharnos. Tenemos que dejar la casa y buscar comida.

—No, no, no. Aquí dentro estamos a salvo.—La mujer niega una y otra vez.—Si salimos, moriremos.

El hombre está ahora solo, rememorando la conversación. Sentado en la penumbra del salón, mira hacia la ventana. La persiana se encuentra bajada del todo, la cortina corrida en toda su extensión. Todo está tan silencioso que es difícil creer que lo que está sucediendo no sean tenues filamentos de un mal sueño. El hombre sabe que los ferales están ahí fuera, aguardando. No les queda mucho más tiempo, necesitan salir de allí pero también necesitan un plan. Una decisión apresurada, mal calculada, significaría la muerte segura. El asesinato del policía es prueba irrefutable de ello. Necesitan un plan y, si quieren sobrevivir, necesitan también que la mujer sea más fuerte.

Ella duerme todo el tiempo. Si fuera psicólogo identificaría su actitud como una fase de negación. El período de dificultades y desorganización que precede a la depresión profunda. Un oscuro pozo sin fondo del que sería difícil salir. Pero también significaba la antesala de la aceptación y, con ello, de la reacción ante el problema. El reconocimiento de que su situación estaba alcanzando tintes desesperados. En qué momento se encontraba la mujer, el hombre lo ignoraba pero, por el bien de ambos, esperaba que fuese la segunda.

En la habitación, la mujer se ha vuelto a acostar y ronca pesadamente. Tiene el sueño agitado. Todavía es de día y el hombre piensa que no va a durar mucho en ese estado. Pronto, ni siquiera el *Orfidal* la ayudará a dormir.

Manos engarfiadas arañan la madera reforzada de la puerta de entrada, atrayendo su atención. Es una puerta blindada y resistirá los esfuerzos por franquearla.

Al principio, fue peor.

Al principio, aullaban y gruñían anticipando el frenesí sangriento que les esperaba tras el umbral cerrado a cal y canto. Luego, al cabo de un tiempo, se marchaban. Sin duda, en persecución de presas más accesibles. Ahora, como si supiesen la tortura que ello significaba, se limitaban a cruzar por delante. Un roce sutil por aquí, un leve golpeteo por allá, y cuando el hombre trataba de espiarlos por la mirilla, desaparecían entre las sombras del pasillo. Como los depredadores más peligrosos, uno solo sabía que le están acechando cuando se abalanzaban sobre ti, desgarrándote las entrañas. Y entonces resultaba demasiado tarde.

Necesitan un plan. Y lo necesitan *ya*.

El hombre se atreve a alzar un poco la persiana de la ventana y observa el cadáver del policía. El peto reflectante, el cinturón reglamentario, la pistola. *La sangre.*

El hombre recapacita sobre la pistola abandonada y lo útil que será para ellos cuando decidan salir al exterior. En el cinturón del policía puede ver también una linterna *Maglite*. El hombre nunca ha tenido linternas en su casa, jamás tuvo necesidad de usarlas. Desde su punto de vista, la electricidad era algo que se asumía como seguro, que rara vez faltaba. Ahora, esa linterna podría ser tan importante como la comida o el agua. Tenía que apoderarse de ella. Más allá del aparcamiento, en la calle, se encuentra el coche patrulla. Seguro que también tiene montones de cosas que puedan necesitar.

¡Movimiento!

No tiene tiempo de distinguir qué lo produce, tan rápido se mueven, pero distingue una silueta entre los coches.

¡Un feral!

Por puro instinto de protección se oculta en la penumbra. El hombre trata de tranquilizarse pasándose la mano por el rostro, mientras siente erizarse todo el vello de su cuerpo. La aparición del feral lo ha sobresaltado de veras. No puede evitarlo, como tampoco puede evitar paralizarse de terror quien tiene miedo a las arañas y se encuentra ante una de ellas, por muy minúscula e inofensiva que pueda parecer. Recuperándose de la impresión, vuelve a acercarse a la ventana y espía el exterior. Nada, todo permanece impasible. El feral ya ha desaparecido.

Ferales.

Así es como el hombre llama a los infectados porque se comportan como animales salvajes. *Ferales.* Está seguro de que si fuera un escritor de novelas de horror, sin duda sería un nombre estupendo y pegadizo. Se siente internamente orgulloso de haberlo escogido. La mujer, por su parte, piensa que ponerles nombre es una idea estúpida y temeraria. Como si el mero hecho de bautizarles fuera a invitarles a entrar en su casa. El hombre piensa que la mujer ha leído demasiadas novelas de Anne Rice y se burla de la conexión vampiro-feral. Tiene la certeza de que no es necesario un nombre para que ellos entren, ni tampoco una invitación.

Los ferales no eran espíritus malévolos de cuentos de viejas, que necesitaban ser invitados para cruzar un umbral. Eran muy reales y a la más mínima ocasión no dudarían en violar la seguridad de su hogar. Hasta ahora habían tenido suerte. Mucha suerte. Se habían mantenido ocultos y habían sobrevivido. Pero los ferales sabían que estaban escondidos en el apartamento. De algún modo, todavía no habían descubierto la manera de entrar y esto los había manteniendo con vida, pero sólo resultaba cuestión de tiempo.

****

Cuando los primeros ataques comenzaron, las autoridades intentaron detenerlos. Se enfrentaron a los infectados con todo lo que tenían. Pero cómo defenderte cuando el enemigo se encuentra insertado entre tus filas y se multiplica a la velocidad de un estornudo. Ejército, Policía Nacional, Guardia Civil, todos ellos demostraron estar tan indefensos como la propia población civil.

De algún modo, los infectados siempre conseguían aparecer en cualquier rincón del país, masacrando a la población con una ferocidad que no tenía parangón entre los no infectados. Al final, solo quedó la inevitable realidad: salía más a cuenta esconderse que luchar.

Pasadas tres semanas desde que el primer caso de infección fuera detectado, las autoridades emitieron un comunicado pidiendo a la población que se refugiase en sus casas y evitase salir a la calle en la medida que pudiera, con la excepción de la extrema necesidad. Lo emitieron hasta la saciedad por todos los canales de televisión, entre repetición y repetición de episodios de viejas series que todo el mundo conocía de memoria. Del mismo modo, las emisoras de radio intercalaban sus partes de noticias con la cuña grabada por el Gobierno.

Esconderse, esperar y mantener la esperanza.

Esperanza de que el ejército acabase por hacerse con el dominio de la situación y llegase la ayuda.

Esperanza de que los ferales terminaran marchándose a otro barrio o a otra ciudad en busca de nuevas presas.

Esperanza de que la poca comida que les quedaba durase unos pocos días más.

Cada hora, el hombre enchufaba un pequeño transistor y escuchaba atentamente las noticias. Al final, una tras otra, las emisoras fueron interrumpiendo su emisión o terminaban reproduciendo únicamente contenido pregrabado. El hombre, sin embargo, no desesperaba y, puntual como ese primer cigarrillo de la mañana, navegaba por el dial de la radio en busca de esa noticia que cambiaría su suerte. Una noticia que nunca llegó.

Los que sí llegaron fueron las decenas de heridos que colapsaron los hospitales durante los primeros ataques, cuando todavía nadie sabía de la existencia del virus o de los ferales. La mayoría de las veces, las lesiones eran producidas por desgarros o mordiscos de los infectados y, el resto de los casos, causadas durante las algaradas que se formaron cuando la gente intentó huir. Por supuesto, aquellos que habían sido atacados no tardaban en manifestar los primeros síntomas y acababan por abalanzarse como animales sobre todo lo que respiraba y se movia en los pasillos de los hospitales. Las salas de urgencias de todo el país se convirtieron en auténticos mataderos. Bastaba un poco de saliva o una gota de sangre derramada y el contacto con una herida abierta, la boca o los ojos para que una persona sana contrajese la enfermedad. Pronto su número se multiplicó y los infectados inundaron las calles.

Si los hospitales se habían convertido en mataderos espera a ver lo que ocurrió en las calles. Auténticas batallas campales se sucedían sin orden ni concierto, a escasos metros de las interminables hileras de coches que trataban de escapar de las grandes ciudades. Las fuerzas del orden público no daban abasto y el número de infectados aumentaba exponencialmente. Por cada uno que abatían, tres personas sanas contraían la enfermedad y acababan infectándose. No pasó mucho tiempo antes de que esa proporción creciera.

Por supuesto, el hombre no había vivido nada de todo esto. En cuanto había escuchado el mensaje gubernamental y los primeros ferales asomaron por su barrio, se había encerrado en el apartamento junto a la mujer. El mayor de sus problemas en aquel momento había sido lidiar con la angustia y el aburrimiento de ver pasar las horas del día sin nada mejor que hacer. La mujer tampoco había ayudado demasiado y sus lamentos se prolongaban durante todo el tiempo hasta llegar a alterar seriamente los nervios del hombre. Observar a los ferales, al otro lado de la ventana del salón, se había convertido en su pasatiempo favorito. Cualquier información era poca si pensaban sobrevivir. A menudo, mientras los contemplaba matar a sus víctimas, desgarrándolas con uñas y dientes, se preguntaba si todavía les quedaba algún recuerdo de lo que habían sido. Un atisbo de su naturaleza humana. De su *alma*.

Le encogía el corazón pensar que el alma de aquellos desgraciados pudiera permanecer secuestrada en esos cuerpos enfermos, sin poder hacer nada por detener las barbaries a las que era sometida. Sin embargo, no tenía respuesta y dudaba de que alguna vez pudiera llegar a tenerla. Aquel dilema le recordaba al hombre una canción que había escuchado unos años atrás y que hablaba sobre la bipolaridad. El autor era un canadiense que incluso había rechazado acudir a una gala de premios en donde su canción fue galardonada.

Here by my side you are destruction.

Aquí a mi lado tú eres la destrucción, la canción decía, para luego continuar:

And you breath in and you breath out for it.
Ain't it so weird how it makes you a weapon.

Inspiras y expiras por ello, no es tan extraño cómo te convierte en un arma. A los ojos del hombre, el alma de los infectados no podía evitar ser atrapada en cuerpos envilecidos que se convertían en máquinas de matar; aún cuando esas personas no hubieran mostrado un comportamiento violento en toda su vida.

Careful, you be careful.

****

La aparición del feral en el aparcamiento lo ha sacudido, de veras. La agitación apenas le permite estarse quieto y recorre el apartamento como un tigre enjaulado.

Sin descanso.

La mujer ha despertado de su siesta y el hombre siente una punzada de ira porque necesita que ella también aporte, aunque sea con unas simples gotas de ánimo para mitigar el desaliento. Sin embargo, permanece en la misma postura casi todo el tiempo, semi reclinada en el sofá, la mirada perdida en la penumbra. El hombre piensa que si sostuviese una Biblia en las manos, la mujer se parecería mucho a la esposa de Claude Monet meditando eternamente desde su atalaya en el museo D'Orsay de París.

En la cocina, alacenas vacías. Bolsas de desperdicios se acumulan en la terraza. Un distintivo olor a basura impregna todo el espacio. El hombre hace un repaso a sus últimas existencias. Dos latas de atún, una bolsa de puré de patatas y aceitunas. Se han comido todo lo demás. Hoy toca atún, o quizás puré. Tampoco quiere consumir el resto de gas del hornillo de *camping* que compraron hace siglos para pasar un verano en la sierra y que nunca volvieron a utilizar. Dejará a la mujer elegir, eso seguro que la animará un poco. La hará sentir que ella también cuenta. Lo que sea con tal de sacarla del estado de bloqueo en el que se encuentra.

Sus pensamientos vuelven, una vez más, a su idea de salir del apartamento y medita sobre cómo se lo explicará a ella. Resolver la incógnita de cuándo pondrán en práctica el plan se ha convertido en su más absoluta prioridad. Visto el volumen de las reservas de comida, tendrán que decidirse pronto, o de lo contrario... No. No quiere pensar en ello y permite que la reflexión se pierda en el limbo de su proceso cerebral. Abre una de las latas de atún y reparte el contenido en dos platos de postre.

Ha olvidado que le iba a dejar a ella elegir el menú.

Llena dos vasos de agua; al menos ésta no ha dejado de brotar. El hombre supone que los apagones no han debido afectar aún a las instalaciones del Canal. Quizás allá la situación no sea tan desoladora como en su barrio. Lo duda, pero es una esperanza y ellos no se encuentran en una posición que les permita ignorar las esperanzas que todavía les quedan.

Tampoco es tan descabellado pensar que exista algún lugar en donde la situación no sea tan mala. Lugares que tengan mayor presencia militar y hayan podido combatir a los ferales hasta el final. Después de todo, depredadores o no, estos también sangraban cuando se les disparaba y, desde luego, podían morir. Él mismo lo había presenciado desde su ventana. Es cierto que les había visto seguir avanzando ante impactos de bala que, en cualquier otra circunstancia, hubieran derribado a un hombre normal, pero también les había visto caer para no volver a levantarse jamás. Sobre todo si el proyectil les alcanzaba de pleno en la cabeza o en el corazón. Bien pensado, existía una lógica razonable tras ello, pues ambos eran centros vitales para el cuerpo humano y sin ellos, ningún ser vivo, infectado o no, podía seguir funcionando.

Los ferales no eran seres indestructibles, no eran monstruos fantásticos. No le cabe ninguna duda de ello. Únicamente eran personas que habían contraído un virus, particularmente agresivo, y habían enfermado. Tipos vulgares como él, que no tenían fuerza sobrenatural, ni eran demonios vomitados por el averno. Podían ser vencidos. *Menudo chiste*, se corrige a sí mismo, *ahí fuera puedes ver tú mismo quiénes son realmente los vencidos y quiénes los vencedores.*

Frente a la ventana del dormitorio hay un viejo cartel del Plan de Retorno Voluntario que alguien retocó con pintura en aerosol de tal modo, que la modelo se parecía a un feral. Junto al retrato, se podía leer: "*Volved a vuestro puto infierno*". El hombre suelta un bufido, como casi siempre que observa el cartel. Tampoco los ferales eran inmigrantes culpables de todos los males que aquejaban al país. *Vaya una estupidez.* Esa era una manera de pensar de gente simple, sin estudios. Y él no era uno de ellos.

A pesar de los rayos de sol de mediodía, el barrio permanece gris. Gris amargura. Una pátina de amargura que cubre cada esquina, cada rincón, como chapapote.

Es triste, el suyo solía ser un gran barrio.

Deja caer la cortina y cierra los ojos.

****

Durante el almuerzo, la mujer está en silencio. No dice ni una palabra, sólo come. No importa, así es mejor. El hombre tiene la cabeza ocupada en mil cosas. Tiene que pensar cómo va a bajar hasta la calle, llegar hasta el policía y su coche. Cómo va pasar a través de los ferales que se encuentran en los pasillos de la casa. Cómo conseguirá comida. Todavía tiene que pensar en todo ello.

No sabe si los ferales se comunican entre sí, ni siquiera si pueden hacerlo. Nunca los ha visto cruzarse ni un maldito monosílabo. La cosa es que los ha observado atacar en grupo y seguir una mínima pauta táctica para aprovecharse de su ventaja numérica. Se abalanzan sobre ti al unísono desde todos los puntos cardinales, para luego replegarse si sigues en pie y dejar paso a una segunda oleada, definitivamente letal. En la opinión del hombre, bastante sofisticado para un puñado de salvajes homicidas. Aunque sabía que esto no quería decir nada, algunos depredadores del mundo animal se comportaban de manera similar. Los lobos, por ejemplo, solían acechar a presas más grandes y atacarlas por oleadas cuando se encontraban desprevenidas. Lo había visto en un documental, por la tele. Así que se le está ocurriendo que igual les atribuye más raciocinio del que realmente parecen demostrar, que quizás los ferales sólo entienden de la urgencia de matar y simplemente la satisfacen con celeridad y frenetismo. Pensándolo bien, el hombre no les ha visto atacar ordenadamente desde varios frentes, sino arremeter contra su víctima sin ningún temor o atisbo de humanidad. Tan solo una rabia absoluta.

Rabia.

Los ferales no parecían preocuparse por las cosas propias de la humanidad. No les importaba su aspecto físico, ni su mortalidad, parecían responder tan sólo a un instinto primario hiperviolento. A una violencia tan brutal, que uno no podía sino paralizarse ante la imparable fuerza que estaba a punto de arrollarle. Esto es lo que los hacía realmente peligrosos. No necesitaban armas, ni armaduras de *kevlar* para sentirse más fuertes, te destrozaban con sus propias manos y dientes, antes siquiera de que hubieras movido un solo músculo para reaccionar.

El hombre ha leído en alguna parte que el ser humano sólo reacciona ante dos instintos: el de la supervivencia y el de la reproducción. ¿Sería posible que la enfermedad hubiera despertado un tercer instinto entre los infectados?

¿Un instinto primigenio abotargado bajo capas de comportamiento social y tabúes que fuese la causa de la extremada violencia con la que se comportaban? Un instinto de tales características hubiera resultado muy útil en la Edad de Piedra, cuando apareció el primer *homo habilis*. Dos millones y medio de años, desde entonces hasta la actualidad, se antojaban más que suficientes para aplacarlo y enterrarlo. ¿Podría algo como una epidemia forzar un giro evolutivo y reactivar un instinto que llevaba tanto tiempo olvidado?

El hombre no está seguro de su razonamiento, tendrá que pensar más en ello. Suena un poco como a una mala novela de ciencia ficción, pero de ser cierto, lo que era algo seguro es que los ferales parecían los nuevos reyes de la montaña, la nueva especie dominante. La evolución echándose unas risas a costa de todo el mundo.

—¿Qué pasará cuando ya no quede nada?—Pregunta la mujer levantando la mirada del plato vacío que tiene frente a ella.

Sus dedos no dejan de tocar el borde, de acariciar su superficie como si pretendiera atrapar hasta la última molécula de comida con sus yemas. La mente del hombre regresa bruscamente a la mesa y carraspea un poco antes de responder.

—Todo se arreglará.—No quiere hablarla de sus temores. Lo piensa un poco mejor y sabe que tampoco quiere hacerlo sobre sus planes. No es el momento, aunque, más temprano que tarde, no le quedará otro remedio que discutirlo. Las raciones de comida no durarán más que unos días.

—Las cosas siempre se arreglan. Ya lo verás.

Palabras vacuas. Lo sabe y por ello mira a la mujer con una media sonrisa para reforzarlas. Sorprendido, descubre una pequeña luz brillándole en los ojos. Es una luz del tamaño de una cabeza de alfiler en medio de un océano de oscuridad pero una luz al fin y al cabo. Luz esperanzadora, reconfortante. Recapacita sobre cambiar de idea y hablarle de sus planes de huida pero la mujer le interrumpe antes de decidirse.

—¿Cómo puedes mostrarte tan calmado? ¡No lo soporto!—Grita ella y ahí se fue la luz.

El hombre suspira y deja la pregunta sin contestar.

En realidad, sabe que ya deberían estar muertos o, al menos, infectados y transformados en monstruos. Pero han sobrevivido hasta ese momento y casi puede sentir como si el destino quisiera mantenerlos con vida con algún propósito predeterminado. Eso es lo que le mantenía sereno. Karma y supervivencia. Sobrevivir contra todo pronóstico. Si el instinto que mueve a los ferales era fuerte y poderoso, más lo era el instinto de supervivencia. Y pensaba aprovecharse de él hasta las últimas consecuencias.

✳ ✳ ✳ ✳

En la calle, un grupo de ferales se congrega en la puerta del bloque de apartamentos. Sus cerebros hinchados por la enfermedad no son conscientes de sus actos pero algo en su interior les empuja hacia el lugar. Un sordo gruñido colectivo brota de sus gargantas, apenas un tosco murmullo, pero que empieza a atraer a otros ferales. Una rabia pulsante bulle entre ellos como un organismo vivo y los enloquece. Como en una danza chamánica, golpean sus cuerpos con las manos y golpean a quien se encuentra a su lado. Sus bocas expulsando blancos espumarajos de saliva que resbalan por las barbillas sucias y sin afeitar. Restos de suciedad y sangre coagulada cubren sus cuerpos en una gruesa capa reseca que impide distinguir entre hombres y mujeres. Algunos de ellos tienen la ropa hecha jirones y han perdido alguno de sus miembros. Las orejas y la nariz también parecen ser bajas comunes entre la turba y en muchos casos incluso los labios dejando al descubierto una perenne sonrisa descarnada.

La ferocidad entre el grupo alcanza su clímax y la ingente masa se sacude como si le hubieran descargado una corriente de alta tensión. El peso de sus cuerpos se aplasta contra las paredes del edificio y el portal de entrada, amenazando con echarlos abajo. La ferocidad se apodera de ellos como el abrazo sedoso de una madre, alimentándose de su paroxismo. En sus cuerpos enfermos, la toxicidad contagiosa del virus todavía no ha alcanzado su grado más alto, pero lo hará muy pronto.

Y, entonces, se pondrán en marcha.

> **" Dime Lucifer... Preguntaos, todos...
> ¿Qué poder tendría el Infierno si los aquí
> encerrados no soñasen con el cielo?**
> —Neil Gaiman (Sandman, n° 4 —Preludios y Nocturnos)

2

Los incendios fueron lo peor.

Con el Cuerpo de Bomberos diezmado por la epidemia y la UME (Unidad Militar de Emergencias) dedicada en exclusividad al Plan de Catástrofes elaborado por el Gobierno para proteger la integridad de los ciudadanos no infectados, no quedó nadie para apagarlos.

En el Parque Natural del Alto Tajo se produjo un incendio al tercer día de declararse el estado de alerta epidemiológica. En ese momento, un centenar de miembros de la UME, pertenecientes a los batallones Primero y Cuarto de la Unidad, se movilizaron para combatir el incendio originado en el Parque. Todo el mundo desconocía que entre ese centenar de soldados se encontraban al menos media docena de portadores del virus que provocó la epidemia. Y antes de que alguien pudiera dar la voz de alarma, los dos grupos en los que se separaron los militares para extinguir los frentes del incendio, se habían infectado.

Los ataques comenzaron al día siguiente.

En unas seis horas, los efectivos de la UME desplegados en la zona fueron asesinados o infectados. Los heridos más graves fueron evacuados a los hospitales de Cuenca, y el resto repartidos entre los centros sanitarios de la SESCAM (Servicio de Salud de Castilla-La Mancha) más próximos. Con la prioridad absoluta puesta sobre las decenas de heridos, nadie prestó demasiada atención a la verdadera razón por la que todos ellos se encontraban en la zona.

Sin control, el incendio de Clase A se dirigió rápidamente hacia la Autovía A2, que cruza el país hacia el nordeste, arrasando a su paso hectáreas de vegetación reseca y lamiendo las laderas montañosas del Parque. En menos de 48 horas, el fuego había engullido las poblaciones de Sacedón y Cifuentes, hasta alcanzar el almacén de gas subterráneo de Yela. Las diez hectáreas de la planta de extracción contenían un volumen de gas cercano a los 1.050 millones de metros cúbicos. No importó que el gas estuviese confinado a una profundidad de un par de kilómetros, la intensidad del incendio y la habilidad casi sobrenatural del fuego para seguir buscando combustible con el que alimentarse y oxígeno con el que propagarse, terminó por encontrar su camino.

La explosión sacudió los cimientos mismos de dos Comunidades Autónomas y quedó registrada como una actividad sísmica de magnitud 3.9 en la escala de Richter. El fuego que no quedó inmediatamente extinguido por la deflagración se dirigió hacia Madrid empujado por el viento y convertido en un incendio de Clase C. Atrás dejó los restos calcinados de localidades como Brihuega o Torija y sesgó en dos la Autovía del Nordeste.

Pronto el nuevo incendio fue volviéndose más voraz y provocó virulentos movimientos en la masa de aire de los alrededores. El aire recalentado por unas temperaturas superiores a 2000º centígrados, ascendió con rapidez hacia capas más altas y su lugar fue ocupado inmediatamente por un aire más frío, cargado de oxígeno. La fuerza de los vientos ocasionados generó un fenómeno natural que se conoce como tormenta de fuego. Esta monstruosidad de la naturaleza puede devorar inmensas hectáreas de terreno con celeridad y en ocasiones generar un vórtice de fuego que extiende aún más el frente del incendio. Y en este caso, no iba desaprovechar la oportunidad para manifestarse en todo su esplendor. Además, el efecto horno que provocó fue capaz de derretir literalmente todo cuanto se encontraba a su paso.

Para empeorar las cosas, cuando los fuertes vientos ocasionados por el vórtice alcanzaron velocidades de fuerza tornádica, se originaron dos lenguas de fuego que giraban por encima de los 500 kilómetros por hora y terminaron por arrasar la zona. La lengua más grande, con un diámetro superior a los dos kilómetros de ancho, saltó y arrasó en un santiamén las localidades de El Casar y Alovera situadas en la campiña de Guadalajara y colindantes con la Comunidad de Madrid. Tras esta demostración de fuerza se encaminó hacia la capital.

Uno pudiera pensar que los incendios no harían distinciones y que limpiarían por igual la zona de ferales y de no infectados.

Nada más lejos de la realidad.

Como sucede en la mayoría de los incendios forestales, cuyas llamas obligan a la fauna de los bosques a huir en una misma dirección, aquellos ferales que no acabaron ardiendo o derretidos por el inmenso calor de horno fueron empujados en dirección a Madrid, donde muy pronto se contarían por centenares de miles.

Pero tendrán que pasar todavía algunos días antes de que la impresionante tormenta de fuego llegue hasta la ciudad del extrarradio donde se encuentran refugiados el hombre y la mujer. De haber tenido las ventanas abiertas quizás hubieran sido capaces de oler el humo traído por el viento. Pero con su apartamento cerrado a cal y canto esto había resultado materialmente imposible.

****

El hombre piensa que el mundo se estaba rompiendo y que lo peor de la raza humana iba emerger a la superficie, una vez más. Hambrunas, guerras, persecuciones religiosas, enfermedades. La sociedad volvería a despertar de su sueño complaciente a la pesadilla que siempre había sido.

A lo largo de toda su historia, la humanidad no había resultado un camino de rosas para nadie y las enfermedades contagiosas se habían convertido por meritos propios en uno de sus azotes más habituales. No en vano, para algunos estudiosos el cuarto jinete del Apocalipsis representaba a una de ellas.

La peste.

Utilizada por los mongoles como arma durante su asedio a la ciudad de Caffa, acabó extendiéndose por toda Europa y exterminando a la mitad de su población durante la segunda mitad del s.XIV. La peste se había liquidado ella solita a veinte millones de europeos. Más tarde, la gripe española de 1918 mataría a casi un centenar de millones de personas. La cuarta parte de esa cantidad murió en las primeras veinte semanas. Cinco meses que habrían acabado con la totalidad de la población de países del tamaño de Rumanía. No *más tipos ensuciándote el parabrisas para luego cobrarte un euro por limpiarlo*.

Pero estamos en el siglo veintiuno y ahora se disponía de vacunas avanzadas, de antivíricos como el *Tamiflu*, que había evitado en 2009 la propagación de la Gripe A y reducido la tasa de mortalidad por debajo de las veinte mil víctimas. Millones contra millares. Entonces, *¿qué* había fallado? ¿Por qué se había permitido que este nuevo virus se propagara con tan horribles consecuencias? ¿Por qué nadie hizo nada para evitarlo?

Silencio, no tiene respuesta.

Siente una ira sorda crecer en su interior. Ira contra la epidemia que se había llevado a tantos, ira contra quienes dejaron que las cosas escapasen de control, ira contra sí mismo por no saber cómo reaccionar. Y entonces, como si fuera testigo de una epifanía religiosa, el hombre comprende.

No importaba el por qué, ni los culpables. Ambas cosas son la nube que oculta el sol, las ramas que impiden ver el bosque. La cuestión más importante para él radicaba en qué estaba dispuesto a hacer para seguir viviendo. A lo largo de todas las epidemias históricas, el ser humano había superado todas esas crisis, sin importar la cualidad letal del virus que las provocaba. La humanidad siempre había bregado hacia un mundo mejor. *Un mundo mejor.* Menudo chiste. El mundo de ahora no era mejor, era un juguete roto y lo peor es que no quedaba nadie para arreglarlo.

El hombre niega suavemente con la cabeza intentando sacudirse ese pensamiento. *Visualización positiva.* Como cuando uno es capaz de cerrar los ojos y ver el futuro. Su futuro. Tan claro como el agua. *Visualización.* Dicen que entonces se obtendría la habilidad para cambiarlo, moldearlo al antojo para que suceda lo que uno desea. *Positiva.* El hombre cierra los ojos y se imagina un futuro sin ferales, un futuro en el que el mundo no esté roto y...

Nada. La más absoluta oscuridad.

Siente como si estuviera desconectado, flotando en un vacío sin luz torturado por la más completa soledad. Aunque puede percibir algo más, algo vivo en el centro de la oscuridad. Algo que se enrosca sobre sí mismo al sentir su presencia. Una serpiente anillándose antes de atacar.

Abre los ojos y maldice para sus adentros. Toda esa mierda zen no va con él y encima ahora se encuentra más agitado que nunca. Suspira y vuelve a probar, con cada exhalación va eliminando poco a poco el recuerdo de la oscuridad y lo que se oculta en su epicentro. *Dar cera, pulir cera. Dar cera, pulir cera.* El idiotizante mantra de la popular película le sirve para terminar de limpiar su mente de pensamientos negativos y se siente preparado para un segundo intento. Esta vez imagina un futuro más cercano en el que salen del apartamento. Poco a poco, el plan comienza a desplegarse en su cabeza, como una de esas pajaritas de papel que se desdoblan sobre sí mismas hasta terminar en una cuartilla llena de pliegues. Cada uno de ellos, un paso a seguir.

Y eso será todo, una vez que abra los ojos, un capítulo se habrá cerrado y tendrá que estar dispuesto a dar seguir adelante y hacer cualquier cosa para asegurar su supervivencia y la de la mujer.

****

Al principio ella se niega con rotundidad. La mujer no quiere ni oír hablar del tema. La idea de abandonar la frágil seguridad que les brinda el apartamento es superior al hambre y al movimiento cada vez más continuado de sus tripas.

El hombre razona que por el momento han sido afortunados, pero que será cuestión de tiempo el que los ferales o algún otro superviviente descubran dónde se ocultan y esa seguridad se quiebre en mil pedazos.

—¡Eso no lo sabes! ¡No puedes saberlo!—Grita ella.

—Tienes razón. Es solo una suposición pero está basada en lo que hemos visto hasta ahora. Tiene sentido pensar que alguien pueda desear lo que tenemos aquí.

—¿De qué estás hablando? ¡No tenemos nada!—La furia con la que escupe la última palabra hace retroceder al hombre. Sabe que tiene que seguir presionándola, convenciéndola poco a poco de que necesitan salir de allí. Pero no es tarea fácil, ella es una mujer de ideas sólidas que difícilmente daba su brazo a torcer.

—Es cierto, no tenemos nada.—Responde con suavidad.—Y eso exactamente es el problema, ¿no es así?

Ella calla y el hombre decide dejar la conversación para otra ocasión. Otra batalla que tendrá que ser lidiada y ganada, hasta que el resultado sea invariablemente el mismo. Abandonar el apartamento y buscar ayuda en el exterior. Una ayuda que no está seguro de que exista pero en la que no le queda más remedio que confiar.

****

En la cabeza del hombre aún se encuentran dolorosamente vivas las imágenes de los primeros ataques en el barrio. A pesar de lo avanzado del otoño, trazas de naranjas, rojos y marrones todavía se destacaban contra el azul acerado del cielo, despejado casi por completo de nubes. Cuando los primeros coches de la Guardia Civil aparecieron por el vecindario, con sus megáfonos ladrando órdenes de mantenerse encerrados en las casas, el hombre ya había acaparado todas las provisiones que fue capaz de conseguir en el supermercado de la zona. No era mucho pues el lugar ya había sido tomado al asalto por oleadas de vecinos turbados por las noticias sobre la epidemia y sus terribles consecuencias.

Las largas colas de coches esperando su turno en el aparcamiento eran una imagen que no se había visto nunca. Todo el mundo quería llenar sus carritos de alimentos y consumibles de primera necesidad. La policía local que controlaba los accesos al supermercado estaba desbordada y en algún momento, a lo largo de aquel día, había dejado de intentarlo y la consigna había sido que cada uno se las apañe como pudiera. Coches atravesados, carriles bloqueados. El espectáculo era dantesco. Los altercados no tardaron en producirse.

Dos coches por delante del hombre, una mujer había tratado de saltarse la fila y había empotrado su enorme Audi Q7 en el lateral de un diminuto Volkswagen Polo. Entonces, ambos conductores se enzarzaron en una discusión acalorada que consiguió que los dos carriles de entrada al aparcamiento permanecieran bloqueados hasta que llegaron dos unidades de la policía local para poner orden.

Tendrían que componérselas durante algún tiempo. En aquel momento, el hombre no anticipaba que las cosas fueran a ponerse tan difíciles. Aunque a decir verdad no habría estado seguro del todo y no hubiera apostado todo su dinero por la bondad de la sociedad.

El día en el que se encerraron, flotaba en el ambiente un mal augurio, espeso como el cieno, que le había originado una terrible opresión en el pecho. Al final, el tiempo había dado la razón a sus dudas.

****

El apartamento se encontraba situado en una rotonda junto a otros dos bloques de casas que constituían una misma urbanización, con forma de media luna, coronando un jardín, una zona de juegos infantil y un aparcamiento exterior. Los bloques estaban numerados de la A a la C y el suyo era el más alejado de los tres. La única vía de acceso a la rotonda se hacía por la entrada al aparcamiento, todo lo demás estaba delimitado por vallas metalizadas.

En su momento había sido un enclave ideal para ellos. Sobre todo, si uno pensaba en los críos, porque estos podían jugar todo el rato mientras permanecían siempre a la vista de sus padres. Pronto, eso mismo se convirtió en un fastidio más que otra cosa, porque estaba claro que ellos no iban a tener hijos y había siempre un nutrido grupo de niños alborotando ruidosamente bajo su ventana. También resultaba particularmente fastidiosa la falta de privacidad, dado que sus ventanas se oponían a las del bloque A y permitían una visión sin obstáculos del interior de los apartamentos, obligándoles a mantener siempre las cortinas echadas para evitar miradas indiscretas.

Cuando se produjeron los ataques, oculto tras la protección de la persiana bajada hasta los topes, esa disposición tan fastidiosa le había posibilitado ver las escenas de horror que se representaron en los apartamentos del bloque A. Desde el primer momento había tenido claro que la discreción era su mejor arma contra los ferales. Si no sabían que existías no tenían manera de hacerte daño. Nadie siente deseos de atacar lo que no puede ver. Aquellos que no tuvieron la misma precaución fueron sorprendidos en sus propias casas. De algún modo, los ferales parecían ser capaces de relacionar que tras una ventana abierta, todavía se hallaban víctimas a las que matar.

Las imágenes que contempló se grabaron a fuego en su cerebro. Imágenes de película de terror que aún intentaba exiliar de su memoria, sin conseguirlo. Lo peor de todo, sin embargo, había sido ver cómo otros supervivientes azuzados por el hambre, y quién sabe si por algo más, asaltaban otras casas asesinando a sangre fría a sus ocupantes para apoderarse de sus víveres y sus posesiones.

Por aquel entonces, la mujer ya se había encerrado en sí misma, y pasaba las horas con las manos fuertemente apretadas contra los oídos, tratando de acallar la terrorífica banda sonora que sonaba al otro lado de la ventana. Por ese motivo, el hombre no quería culparla por no querer ni pensar en salir al exterior. Pero no le cabía ninguna duda de que, por su bien, tenía la obligación de convencerla o acabarían consumidos por el hambre.

****

Al principio, con las primeras infecciones, el Gobierno había mantenido con éxito el control del flujo de noticias sobre la epidemia. La premisa era no sembrar el pánico entre la población. El primer caso detectado se produjo cuando la Guardia Civil de Costas y Fronteras rescató cerca de Gran Canaria un cayuco de inmigrantes procedente de Senegal, que traía a bordo un macabro cargamento. La mitad de los inmigrantes estaban muertos y amontonados en una sangrienta pila y la otra mitad, enloquecida de terror y sed con los pies sumergidos en un cóctel de agua salada y sangre que les llegaba hasta las pantorrillas.

Días más tarde, los mismos supervivientes de la tragedia del malogrado cayuco fueron abatidos por disparos de las autoridades cuando protagonizaron una violenta algarada en el centro de internamiento de La Isleta. Al parecer habían intentado morder a otros internados y a los guardias que acudieron para detenerlos.

Eran los primeros avisos y no pasaría mucho tiempo antes de que los brotes de violencia se produjesen en la península. Para entonces toda la historia saltó por los aires como una mascletá valenciana. La mayoría de la gente, sin embargo, no quiso creer en aquello que los periódicos y las televisiones repetían en sus reportajes y noticieros. Muchos pensaron que todo era culpa de una prensa demasiado amarillista o de los interéses propios de una codiciosa industria farmacéutica. Tal y como había sucedido con el brote gripal de 2009, cuando una reconocida multinacional farmacéutica había hecho su agosto vendiendo un antiviral contra el virus de la Influenza.

A la gente le importaba una mierda la amenaza potencial que podía significar una epidemia y prefería seguir con sus vidas mientras que la amenaza no se manifestara en la puerta de sus casas en forma de dementes hiperviolentos. Hasta que no les pasase a ellos, no les preocupaba. Así era la naturaleza humana, egoísta y temeraria hasta el final.

El hombre no había sido menos, al principio se había burlado de los que, en un principio, corrieron a los supermercados para acaparar víveres y agua. Y ahora se lamentaba y se sentía enojado consigo mismo por no haber actuado más rápidamente. ¿Podía culpársele de algo? ¿Inmigrantes atacando a mordiscos a otros inmigrantes y a los miembros de Cruz Roja que les estaban ayudando? No tenía sentido. En su momento había creído que se trataba de otra manifestación más para rebelarse contra la repatriación o para pedir un trato más digno. En alguna ocasión había oído comentar que los inmigrantes subsaharianos preferían cometer un delito y ser apresados en España antes que volver a sus países de origen. Vivir en la cárcel era mejor que vivir en la hambruna, así que no parecía descabellado pensar que todo aquello no era nada anormal.

Claro que cuando los mismos técnicos sanitarios que habían sido mordidos y arañados acabaron agrediendo salvajemente a sus parejas o familias, se hizo evidente que algo más estaba pasando. Aún así, las autoridades canarias describieron los hechos como casos aislados de violencia de género. Que se produjeran tres sucesos en menos de una semana y que todos ellos estuvieran relacionados con trabajadores o voluntarios del centro de internamiento de La Isleta, les había parecido una colorida coincidencia.

En esos días no era mucho lo que se sabía sobre el virus. Tan sólo que parecía un brote de fiebre rabiosa y que había llegado con el grupo de inmigrantes senegaleses. Su grado de contagio entre los seres humanos era extremadamente elevado pero se desconocía si afectaba a otro tipo de especies o por qué los infectados se comportaban de una manera tan violenta.

Violencia de género. Esa sí que fue buena.

****

El hombre está sentado en su sitio de siempre, mira por las rendijas de la persiana hacia el desierto vecindario. No hay rastro de supervivientes, ni de ferales. El sol se encuentra bajo en el horizonte, casi a punto de ocultarse detrás de uno de los edificios a su izquierda y el resol está casi cegándole. Con los ojos entrecerrados, el hombre siente la persiana sacudirse por una ligera brisa. El día es cálido, más cálido de lo habitual, y la brisa viene desde el norte sin motivo aparente.

El hombre desea poder salir a la calle y disfrutar de la agradable corriente, con las persianas bajadas a cal y canto no se mueve ni un ápice de aire en el interior. Desde su limitado campo de visión, el hombre distingue varios coches en el aparcamiento. Algunos aparecen abrasados y muestran su esqueleto metálico; otros tienen las puertas abiertas, invitadoras, con restos de comestibles pisoteados a su alrededor. Sus dueños los abandonaron con celeridad.

El hombre recapacita sobre la epidemia, no tiene mucha idea sobre ningún virus, al menos los biológicos, pero por su profesión de analista programador tiene algún conocimiento de sus homólogos binarios. Si los unos se crearon a imagen y semejanza de los otros, sabe que al virus que provocó la epidemia todavía le queda trabajo por hacer.

El primer virus informático se creó como un entretenimiento. Cuatro programadores aburridos habían ideado un juego que consistía en ocupar toda la memoria RAM del contrario en un tiempo récord. Algunos años después, el inocente juego se convirtió en una imparable lacra para los sistemas operativos de todo el mundo. Una clase de virus informático conocida como del tipo "gusano" cuya funcionalidad principal consistía en propagarse a través de un sistema y bloquearlo. *Reproducirse a toda costa.* Como los virus de la naturaleza. Algunos de los gusanos más perniciosos, además, tomaban el control de los servicios básicos del ordenador que infectaban y atacaban su memoria y su sistema operativo hasta dejarlo casi inoperativo. Sin embargo, seguían permitiendo que funcionase lo justo para que el virus pudiera replicarse e infectar a otro terminal. Esta clase de virus informático no paraba nunca de infectar ordenadores hasta el que el último que se encontraba dentro del sistema, se hallaba bajo control.

La epidemia se había comportado de una manera parecida. Había infectado a los primeros portadores, había tomado el control convirtiéndoles en ferales, y había asegurado su propagación a través de la sangre y la saliva para seguir infectando a otros humanos y terminar por invadir todo el sistema. *La humanidad.* La humanidad era el sistema que el virus quería dominar.

El hombre deja escapar un suspiro y se apoya con las manos en las rodillas para levantarse. Entonces su nariz capta una vaharada a... ¿quemado? No está seguro, tan fugaz fue lo que percibió. Pega la cara al cristal de la ventana y vuelve a sentirlo.

Humo.

El olor emana del lugar en el que se une el panel de cristal con el marco de aluminio, parte de la silicona aislante se ha perdido y una pequeña rendija deja pasar la cálida brisa y el aroma a quemado. No sabe qué hacer. Advierte que el cristal quizás esté más caliente de lo que debería a esa hora de la tarde. Además ha tenido la persiana protegiéndole de los rayos solares todo el día. ¿Debería alzar la persiana y arriesgarse a mirar hacia fuera? Cada vez está más convencido de que hay fuego en el exterior. *Posiblemente alguno de los coches se ha incendiado o algo parecido*, piensa. Varios ya habían ardido durante los disturbios y quedaron abandonados en el aparcamiento, consumiéndose hasta que ya no restaba nada más por quemar.

Se levanta y ve a la mujer mirándole intensamente. Ella le pregunta qué sucede. Parece haber desarrollado un sexto sentido conectado a sus estados de ánimo y ser capaz de adivinar cuándo se encuentra agitado. Se encoge de hombros y contesta:

—No sé. Huelo a quemado. ¿Lo notas?

—Por favor, dime que estás bromeando.

La mujer está momentáneamente sobrecogida en medio de la habitación. Los ojos empiezan a dilatársele por el terror y está a punto de caer en el pánico.

—Por favor, dime que estás bromeando.—Repite en un susurro.

—No lo sé, ha sido una impresión. El cristal de la ventana está demasiado caliente. Creo que hay un incendio o algo por el estilo en la calle y que deberíamos mirar.

—¡Nooo!—Grita ella, sin poder contenerse.—Si abrimos la ventana nos descubrirán y nos matarán.

—Escucha, no podemos quedarnos sin hacer nada.—Replica el hombre.—Si de verdad algo se está quemando ahí fuera, deberíamos saberlo o podría ser peor. ¿No te parece?

La mujer concede con la cabeza. Su rostro refleja la tortuosa dicotomía de morir a manos de los ferales o quemada por las llamas.

—No voy a abrir mucho la persiana. Sólo una rendija.—La tranquiliza.—Lo justo para mirar y ver que está pasando. ¿De acuerdo?

—Vas a conseguir que nos maten.—Replica la mujer agriamente, ocultándose de nuevo en el interior del apartamento.

El hombre vuelve a su posición junto a la ventana y mira de nuevo por los agujeros de la persiana bajada. El olor a humo es ahora más intenso y no tiene ninguna duda de que algo está ardiendo en el exterior. Con mano temblorosa agarra la áspera cinta y empieza a tirar de ella muy suavemente. A su espalda, puede sentir cómo la mujer ha salido silenciosamente a la habitación y aguarda expectante más allá de la puerta.

Al principio, la persiana de PVC no hace ningún amago por moverse y parece estar atascada en los raíles. Desde un primer momento, el hombre ha temido que eso sucediera. Significaba que tendría que hacer más fuerza en la cinta y se producirá un enorme estruendo cuando finalmente la persiana se suba. En ese momento deseó con todas sus fuerzas haber instalado una persiana veneciana en vez de la enrollable, más común. El hombre se agacha, hasta casi arrodillarse, para poder mirar por la parte inferior de la ventana y aplica un poco más de presión sobre la cinta, mientras nota cómo las lamas de PVC comienzan a moverse. Entorna los ojos, cegado inmediatamente por los rayos del sol moribundo, y levanta el brazo hasta su cara para protegerse de la luz.

Cuando se recupera de la ceguera, vuelve a mirar al exterior y casi al mismo tiempo capta dos cosas que hacen que el color abandone su rostro y las tripas se le encojan como si le estuviesen colocando una banda gástrica sin anestesiar. En el exterior, una inmensa nube de humo ocupa casi todo el horizonte e impide que los rayos del sol pasen con claridad. El brillante fulgor rojizo refleja destellos que ascienden hacia el cielo como una pestilencia. *Un incendio.* Y de los grandes, a tenor de la extensión del humo. Por si esto no fuera suficiente, puede observar a un centenar de ferales que se encuentran congregados frente al portal, al pie del edificio. La pesada puerta de metal amenaza con combarse bajo su peso, los goznes parecen querer saltar por los aires de un momento a otro.

El hombre contempla horrorizado cómo decenas de ellos se unen al grupo de abajo, huyendo del incendio que se desarrolla unos kilómetros más allá. *Veinte o treinta*, no puede estar seguro. Todavía tienen tiempo, aunque no mucho, antes de que las llamas se acerquen hasta su localidad. Lo malo es que su urbanización se encuentra en las afueras y serán los primeros en dar la bienvenida al fuego. Siente que el mundo en el que vive se ha hecho más pequeño, de repente. El incendio no hace sino empeorar las cosas y la manifestación de ferales en su portal es la guinda que adorna el pastel.

El hombre boquea con fuerza para mandar oxígeno a sus pulmones mientras intenta combatir el ataque de ansiedad que amenaza con apoderarse de su cuerpo.

—¿Qué sucede? ¿Qué has visto?—Pregunta la mujer, visiblemente alarmada.

—Hay un incendio en el horizonte. Todavía está lejos pero puede verse que viene hacia nosotros. No nos queda mucho tiempo.

—No estarás pensando en salir ahora, al menos podríamos esperar a ver qué pasa. Hasta que no quede duda de hacia dónde se dirige el incendio.—Replica ella, y luego concluye:—No veo la necesidad de arriesgarse inútilmente.

El hombre siente la ira llegar como una marejada. La reprime como puede sabiendo que no conducirá a nada positivo. Aún así, el tono de su voz transmite una dureza capaz de traspasar el acero.

—Seguramente para entonces ya sea demasiado tarde. A juzgar por el resplandor, el fuego no debe de estar a más de diez o quince kilómetros de distancia. Cerca de El Casar, más o menos.

La mujer mueve la cabeza de un lado para otro.

—Quizás se extinga solo o lo apague alguien. ¿No crees que lo estarán intentando? El SEPRONA o alguien...

—¿En serio? ¿Con los ferales campando a sus anchas ahí fuera? Sinceramente no pienso que quede nadie sano para hacerlo.—El hombre trata de razonar.—Y si lo hubiese, la última de sus intenciones sería ocuparse de apagar un incendio descontrolado. Lo más probable es que hayan puesto pies en polvorosa y eso mismo deberíamos hacer nosotros y cuanto antes.

La mujer baja la mirada resignada y por primera vez, el hombre se siente con fuerzas para convencerla. Aunque, de repente, el hombre tiene otra intuición, no parece más resignada que... ¿desconectada? *Fase de negación*, recuerda. El hombre sabe exactamente lo que opina ella sobre salir al exterior y lo rápidamente que ello provoca que se aísle de lo que sucede a su alrededor. Por supuesto, no le comenta nada del centenar de ferales reunidos en el portal de su bloque de apartamentos. La espeluznante visión todavía hace que el hombre tiemble descontroladamente.

¿Qué hacen ahí?, se pregunta.

No es posible que puedan saber que el hombre y la mujer se ocultan en el edificio. Ni hablar. Quizás si estuvieran dentro, sería otra cosa. Podrían saberlo, o al menos presentirlo. Pero los otros, los de ahí fuera... *¡Imposible!* Necesita saber más y con el fuego tan cerca no tiene mucho tiempo que perder.

Sacudiendo la cabeza, deja a la mujer a solas con sus pensamientos y encuentra el camino al dormitorio, completamente a oscuras. Se quita el suéter que lleva puesto, de repente tiene mucho calor y lo deja encima de la cama. Curiosamente, la mujer la rehízo después de echarse la siesta y el edredón se encuentra pulcramente estirado. Algunas costumbres son difíciles de abandonar, por mucho que el mundo a nuestro alrededor se convierta en una jaula de grillos.

Regresa a la ventana para volver a espiar el exterior. Su cabeza bulle con miles de preguntas y ninguna solución. Doblado por la cintura y con la cabeza dolorosamente ladeada para poder escudriñar mejor por la abertura de la persiana, estudia con detenimiento a los ferales que se apilan al pie de su edificio como si fueran la base de uno de esos *castells* catalanes. El pensamiento manda una corriente eléctrica que le recorre el espinazo. *Una torre de ferales.* El hombre sabe que muchos de los castillos humanos catalanes alcanzaban alturas de nueve o diez metros, y que todo comenzaba con una base de decenas de personas.

Observa con más atención y puede ver a algunos ferales apiñándose a horcajadas sobre los demás y reptando sobre sus cabezas. Si siguen haciendo eso, ¿podrían llegar hasta el primer piso? Algunas especies animales, como las hormigas rojas, muestran un comportamiento parecido a la hora de recolectar comida y vadear obstáculos de gran altura. Su cuerpo se tensa por el terror, alerta. Imágenes imposibles de ferales arrancando salvajemente los paneles de PVC e irrumpiendo en la habitación se reproducen en su cabeza como una moviola desbocada. Al final, su mente se calma lo suficiente como para recordarle que se encuentran en un cuarto piso y que la probabilidad de que los ferales terminen haciendo una especie de *castell* para llegar tan alto es simplemente una locura.

Más calmado, el hombre tiene todos los sentidos a la máxima intensidad por la sobredosis de adrenalina. Se pregunta qué estará haciendo la mujer, no ha escuchado nada desde hace algún tiempo. Le sacude una punzada de ansiedad por no tener noticias de ella y se levanta de la silla con intención de dirigirse hacia la sala de estar, el pulso acelerado mientras cruza el pasillo. Al parecer no se ha calmado del todo y su cuerpo parece tomarse su tiempo en volver a la normalidad. El corazón le late con tanta fuerza que no le extrañaría que un día de estos, acabe fulminado por un ataque cardíaco.

En la sala, la mujer ha quitado el cepillo a la escoba y está enastando con cinta americana un enorme cuchillo de cocina a uno de los extremos del palo.

Buena idea, piensa el hombre sorprendido.

Al parecer, la mujer ha entrado en razón y ha decidido tomar una actitud más proactiva. Un arma es lo que más necesitan en esos momentos.

—¿Crees que el palo aguantará?—La pregunta mirando con suspicacia el material de plástico reforzado con el que está fabricado el utensilio. Un deje desdeñoso subyace en sus palabras. El hombre se pregunta de dónde viene eso, el hecho de que la mujer esté trabajando para salir del apartamento es lo mejor que le ha pasado en los últimos días. Quizás siente una punzada de celos por no haber pensado en ello y lo esté proyectando hacia la mujer. Respira hondo. No puede estar en todo y ella siempre ha sido más analítica que él.

La mujer lo mira, en silencio, por unos instantes que se hacen eternos antes de contestar. Parece saber exactamente lo que está pensando el hombre y estar ponderando si su tono merece una respuesta equivalente.

—La verdad, no tengo ni la más remota idea. Pero si vamos a poner en marcha tu descabellado plan, necesitaremos algún tipo de arma y esto es lo mejor que se me ha ocurrido.—Contesta desafiante.

—No, no. Es una gran idea.—Si fuera un coche deportivo, el hombre no recularía con más rapidez. A veces la intuición de la mujer le da un poquito de canguelo

—¿Quizás podamos usar también la fregona?

La mujer niega con la cabeza.

—Plástico del malo. Lo siento. Lo he comprobado.

—Bueno, mejor esto que nada.—Dice el hombre esperanzador. Y para sus adentros ruega con todas sus fuerzas que puedan encontrar otro tipo de arma en alguno de los demás apartamentos. *Un bate de beisbol*, quizás.

La mujer termina de aplicar la cinta americana y prueba la firmeza del cuchillo. La verdad es que presenta un aspecto terroríficamente amenazador.

Letal.

Satisfecha, asiente. Están preparados. Ahora sólo queda decidir el mejor momento para poner en práctica su plan.

****

Horas más tarde, mientras cae la noche, el hombre aguarda sentado en su lugar de observación. No se había molestado en volver a bajar la persiana y la rendija le proporcionaba una visión más completa de los alrededores.

El resplandor rojizo del incendio se hace más evidente contra la bóveda celeste, mientras sus pensamientos vuelan libres y sin rumbo por el cielo de su memoria.

Piensa en la estupidez humana. Siempre se había maravillado de los niveles de idiotez a los que podía llegar el ser humano.

****

Tras aumentarse el grado de riesgo de epidemia a nivel rojo y que el Gobierno declarase efectivo el Plan de Emergencia Nacional, la población se lanzó a los supermercados para adquirir cualquier cosa que les sirviera para sobrevivir encerrados en sus casas. Pronto las existencias de víveres y agua embotellada quedaron diezmadas y los mercados era tan sólo almacenes vacíos y estanterías desiertas. Brotes de violencia se sucedieron a las puertas y el interior de los comercios y la policía tuvo que emplearse a fondo para mantener las cosas bajo un relativo control.

Entonces hizo su aparición la estupidez.

Como un buen truco de magia, había esperado el

momento perfecto para sorprender a la audiencia. Los máximos responsables del partido en la oposición dieron la orden de congregar, vía SMS y medios sociales, una manifestación pública para denunciar la falta de previsión del Gobierno a la hora de mantener abastecidos los mercados de alimentos de primera necesidad. La crisis económica que azotaba el país, los había mantenido en pie de guerra entre ellos, echándose las culpas mutuamente, en vez de aunar esfuerzos para mejorar las cosas. Aquella manifestación era una de tantas otras, convocadas únicamente para desestabilizar. Cientos de miles de ciudadanos enfurecidos se congregaron en todas las grandes ciudades y gritaron consignas del tipo "Presidente Dimisión" y "Queremos Comer". En tiempos normales quizás aquello hubiera sido más que suficiente para provocar un vuelco en el voto o el adelanto de las próximas elecciones. En medio de una epidemia, se convirtió en una catástrofe.

Las escenas de pánico y violencia se sucedían en las televisiones que retransmitieron las manifestaciones con la celeridad y el impacto de ráfagas de ametralladora. En menos de 48 horas, los manifestantes que no habían fallecido por el asalto de los infectados pasaron a engrosar sus filas. Para entonces, su número ya superaba el de los efectivos de policía y del ejército. La batalla se había perdido antes incluso de que hubiera comenzado.

Hacía tiempo que su país se había convertido en un lugar de egocéntricos que se creían el ombligo del mundo en el peor sentido de la expresión, cada uno de los ciudadanos otorgándose el derecho de interpretar las normas en su propio beneficio. Ególatras convencidos de que su punto de vista era más válido y absoluto que el de los demás, hasta el punto de intentar imponérselo al resto a cualquier precio. Un país de desalmados sin escrúpulos ávidos de amasar más dinero y de ciudadanos prestos a la más mínima oportunidad para aprovecharse de sus vecinos. Políticos, empresarios y ciudadanos. Una trinidad enviciada que había degenerado desde la base y creado una masa gubernamental absolutamente corrupta. España había perdido su identidad como nación, como colectivo, para dar paso a individualidades desconectadas sin ningún interés por el prójimo y en todo ello se había cebado la epidemia. Como gasolina para un incendio. Desde el conductor imprudente que piensa que no tiene porqué aguantar las largas filas de coches que huían de las ciudades y disparaba su vehículo a toda velocidad por el arcén, provocando un accidente que bloqueaba definitivamente la carretera, hasta el que acaparaba más comestibles de los que podía transportar para acabar con toda la comida por los suelos e inservible.

Típica estupidez humana.

Todos ellos acabaron siendo víctimas de un virus que no hacía distinciones y que era implacable con todos, incluso con los que no eran capaces de jugar en equipo. Quizás los ferales fueran el justo castigo que se merecía la sociedad. En la Biblia, Dios había prometido un castigo divino para los incrédulos y los pecadores. Los Jinetes que representaban a la fuerzas del mal, revelados por San Juan en el Libro del Apocalipsis destruían la cuarta parte del planeta. La Guerra, el Hambre, y la Muerte. Tres caballos que asolaban la humanidad bajo la fiereza de sus cascos. Las mismas tres plagas que atormentaban al hombre desde que habían aparecido los ferales.

El hombre no era un tipo especialmente religioso, aunque estaba educado en el catolicismo. Nunca había creído demasiado en todo ello, ni en la Biblia. Sin embargo, ahora no estaba tan seguro.

✳✳✳✳

El hombre se despierta sobresaltado. La mujer le sacude con insistencia por el hombro. Siente los párpados pesados como plomos mientras lentamente regresa a la consciencia. Su mente no ha registrado en qué momento exacto se quedó dormido y se siente un poco desorientado. Puede escuchar las ráfagas de viento sacudir con fuerza las persianas y algo más... Gotas de lluvia repicando contra las lamas de PVC de la persiana.

—Está lloviendo. —Le informa la mujer, confirmando su primera impresión.—Lleva haciéndolo algún tiempo. ¿Crees que la lluvia podrá extinguir el incendio?

El hombre duda, no está muy seguro de qué responder.

—No lo sé. Probablemente, no.—Dice finalmente.— Depende de la intensidad del incendio. Lo que es seguro es que lo mitigará un poco, quizás lo suficiente como para que nos dé un respiro. Dios sabe que necesitamos algo de tiempo para poner en práctica nuestro plan.

La mujer deja escapar una pequeña mueca sarcástica al escuchar el pronombre que utilizó el hombre en su frase. *Nuestro plan* no se acerca ni por asomo a cómo ella llamaría a todo el asunto.

—Lo mejor es que limpiará un poco el aire de humo y cenizas. Al menos por algún rato.—Continúa el hombre antes de que la mujer tenga ocasión de soltar la apostilla que seguramente está pensando.—Aguardemos un tiempo y esperemos a ver qué sucede.

La mujer asiente en silencio. Ha reprimido su comentario y eso es bueno. El hombre no se siente con fuerzas para iniciar otra discusión.

Durante la cabezada, el hombre ha tenido una pesadilla. El mismo sueño que se repite todas las noches desde que se encerraron. Como en una vieja película de artes marciales, el hombre se enfrenta a una interminable horda de hampones que no parece tener fin. Sus habilidades como luchador no son suficientes para detener a los criminales y cada patada de kung-fu no le lleva más cerca de su destino, que no es otro que salvar a la mujer de ser eviscerada por el líder de los malhechores amarillos. Un hombrecillo enjuto de rasgos rateros que hace alarde de su habilidad con los cuchillos de carnicero y piensa que es un tipo importante. Se supone que la mujer le debe algo, pero como sucede en todos los sueños, los detalles son vagos. Todas las noches se repite lo mismo y todas las noches se sucede el mismo final. El hombre sigue peleando indefinidamente y la mujer acaba con las tripas por fuera.

De la misma manera que en la pesadilla, su mundo se ve invadido por matones que lo aplastan bajo su peso reduciendo su espacio vital a la mínima expresión. En el mundo real su universo se limita a su apartamento y tiene miedo. Miedo a que la mujer termine como en el sueño. El hombre no puede evitar inclinarse sobre sí mismo para echar una última mirada furtiva a la masa de ferales que se congrega en el portal. No es necesario ser un experto en la interpretación de los sueños para ver la semejanza entre la horda de hampones y los ferales. Solo anhela que el final sea diferente cuando decidan salir de la prisión en la que se ha convertido el apartamento. Si pierde a la mujer no está seguro que vaya a ser de él.

—¿Algo nuevo respecto a *ellos*? —Pregunta la mujer arrebatándole de sus pensamientos. El tono de su voz hace que el pronombre suene casi como un insulto.

No la culpa, él mismo ha dejado de pensar en los ferales como víctimas de una enfermedad y, por tanto, con posibilidad de ser curados. Si es que alguien se hubiera molestado en descubrir un antídoto, claro.

El hombre sacude la cabeza, negando.

—Lo mismo de hace unas horas. Están ahí reunidos, aglomerándose los unos con los otros como si fueran los espectadores de un concierto en el infierno, pero en realidad no hacen nada por entrar. Es como si aguardasen una orden o algo.

—¿Una orden? ¿De quién? —Pregunta la mujer con suspicacia.

—No lo sé. En cualquier caso, es solo una impresión.

—¿Qué vamos a hacer, entonces? —Quiere saber ella.

—Ni idea. Pero algo se nos ocurrirá. De momento, preocupémonos tan solo de los que se encuentran en nuestra planta y en cómo vamos a librarnos de ellos. Lo demás ya se verá.

La mujer cruza por delante de él y se inclina para mirar hacia el exterior. El hombre no está seguro si debe permitirla hacer tal cosa. Con la mera visión del grupo de ferales sus ojos se dilatan desorbitadamente. Como sospechaba, no fue una buena idea y ahora ella está entrando en modo pánico y rápidamente. El hombre experimenta la necesidad de apaciguarla.

—Está bien, en serio, no es tan malo como parece. Aquí todavía estamos a salvo y quizás no tengamos que pisar la calle por algún tiempo.

—¿Qué quieres decir con estar a salvo? Te olvidas del incendio y de que...

—¡No te vuelvas loca...! —La interrumpe e inmediatamente se arrepiente de haberlo hecho.

—¿Que no me vuelva loca? —El timbre de voz de la mujer ha subido una octava. Suficiente como para que ser escuchada fuera de la vivienda y el hombre siente una punzada de ansiedad, quiere pedirle que baje la voz pero al final no abre la boca. A menudo es mejor permitir que todo salga antes de poder razonar con alguien que sufre un brote histérico.

—¿Quieres saber por qué me vuelvo loca? —Continúa la mujer, aumentando el volumen de su voz. —Tenemos un centenar de dementes criminales amotinados frente a nuestro portal. No en el siguiente o en el de más allá. *El nuestro.* Sólo Dios sabe cuántos más se ocultan en el interior del edificio y apenas nos queda comida para comer hoy. Además está ese incendio que se dirige hacia nosotros. Y *tú* vas y me dices que no es tan malo.— De nuevo hace que el pronombre suene como algo apestado.—Que no me preocupe. ¡Eres tú el que se ha vuelto loco, no yo!

La mujer respira entrecortadamente, está al borde de la hiperventilación, pero su estallido de ira parece haberle hecho algún bien. El hombre se felicita para sus adentros por haber dejado que sucediera y no haberla interrumpido.

—Escucha, lo que quiero decir es que si nos atenemos al plan todo saldrá bien.—Responde con calma.—Eso es todo. No podemos dejarnos vencer por el pánico. Tenemos que confiar y dejar que las cosas sigan su cauce. ¿Lo entiendes?

—Si tú lo dices. Tú sabrás lo que haces...—La mujer da por concluida la discusión y se encamina hacia el dormitorio con la cabeza erguida, sin ni tan siquiera dirigirle una mirada de despedida.

Siempre había sido la mejor a la hora de decir la última palabra. Tampoco era casualidad que hubiera elegido como destino la habitación más alejada del salón y poner el mayor número de metros cuadrados entre ambos. Típico. Cuando hacía eso el nombre sabía que lo mejor era dejarla estar durante un tiempo. Aunque ella nunca diera su brazo a torcer o reconozca un error propio, la distancia y el tiempo solían ayudarla a calmarse y ver las cosas en perspectiva. Al menos, lo suficiente como para que ignorase la discusión y el posible pecado capital que hubiera cometido el hombre. Siempre pasaba igual. En muchas ocasiones no tenía la menor idea sobre lo que dijo o hizo para que ella se enfureciese. Entonces ella se lo leía en la cara y eso la enojaba aún más. A lo largo de los años se había vuelto un experto en ocultar esa cara y mostrar otra más neutra. Aunque a veces le resultaba imposible.

Al cabo de un rato, el hombre la oye trastear en los armarios de la cocina y escucha el inconfundible sonido metálico de un cazo puesto sobre el hornillo. *¿Qué está haciendo?* No queda nada para cocinar y duda mucho de que hubiera bajado al supermercado a comprar comestibles. El hombre se pregunta si debe levantarse e ir a inspeccionar pero la indecisión le mantiene pegado a la silla. Entonces la mujer aparece en la puerta como por ensalmo. En sus manos lleva una humeante taza de té. *¡Una taza de té!* El hombre siente al mismo tiempo la humedad en su boca y en sus ojos. Casi no recuerda haber olido nunca nada tan delicioso.

—Soy una tonta. Ayer recordé que había guardado una bolsita de té en la bolsa del trabajo.—Se encoje de hombros.—Han cambiado de marca en la oficina y el nuevo no me gusta.—La taza humeante descansa entre sus manos y el hombre no tiene ojos para otra cosa. Zarcillos grises flotan hacían el techo dejando a su paso un aroma embriagador.— Pensaba guardarlo para una ocasión... No sé... Especial. Pero ahora creo que no habrá un momento mejor que este.

El hombre estalla en sollozos, no puede detener las sacudidas espasmódicas de sus hombros y siente las lágrimas deslizarse libremente por su mejillas. No es su momento más masculino pero no le importa. Cuando el intenso sabor del Earl Grey satura sus papilas gustativas siente inmediatamente que su energía vital se renueva. No es una de esas porquerías que vienen presentadas en una bolsita de papel sino auténtico té negro aromatizado con aceite de bergamota. La mujer aguarda paciente a que el hombre se deleite con un par de sorbos más de la aromática bebida. Se ha puesto una mantilla por encima de los hombros para guarecerse del frío que se apodera del apartamento y tiene las manos cruzadas sobre el pecho para sostener la pieza de tela en su sitio. En ese momento, ella es el centro del universo y a los ojos del hombre se asemeja a una pintura de Messina. La Virgen de la Anunciación. Más lágrimas amenazan con inundar sus ojos. Siente todos los músculos de su piel contraerse y erizar el vello de sus brazos ribeteados por la piel de gallina. Luchando contra sus emociones, el hombre da un último sorbo al té y le tiende la taza medio vacía a la mujer.

—Vamos a tener que hacer algo con *ellos* en algún momento dado, ¿no?—Pregunta mientras sacude la cabeza consternada y da tientos al té con sorbos pequeñitos y espaciados.

—Eso parece. No intuyo que se vayan a ir a ninguna parte.

—Eso cambia mucho las cosas para nosotros. ¿No te parece? —No puede abandonar la idea de quedarse en el apartamento y no arriesgarse en el exterior.

—Escucha, si no es este grupo será otro. Hasta que no estemos a salvo, refugiados en algún lugar más seguro y con suficiente comida almacenada, esto parece ser el panorama general.

—¿De veras crees que existe algún lugar seguro?

—Me resisto a aceptar que seamos los únicos supervivientes de la maldita epidemia y seguro que habrá más por ahí, organizados y listos para iniciar algún tipo de resistencia y recuperar nuestra vida anterior.

—¿El ejército y gente así...? —Pregunta la mujer, indecisa. Aunque parece estar sopesando sus palabras aún no está convencida del todo.

—Es lo más probable, pero no necesariamente. Los militares y las fuerzas del orden fueron los primeros en infectarse. Ellos y las reuniones sociales que agruparon al mayor número de personas en un mismo lugar. Iglesias, colegios, hospitales... Cuánto más nutrido fuera el grupo de gente más posibilidades había de que se produjera un brote o de que atrajeran a los ferales como moscas a la basura.

—¿Entonces, qué nos queda?

—No estoy seguro. Reuniones espontáneas de supervivientes con algún tipo organización o lideradas por alguien que sepa cómo se hacen las cosas.—Abre los brazos con las palmas de las manos hacia el cielo en un signo inequívoco de desconocimiento.—En cualquier caso, lo sabremos cuando nos crucemos con ellos. Mientras tanto, habrá que andar con cuidado. No podemos saber con qué nos encontraremos ahí fuera.

—Bueno, como dije, tú sabrás. Pero si en la calle vamos a estar en peligro, no sé cuál es esa razón tan poderosa que te empuja a querer salir.

—Por un lado está lo más obvio. La comida. Aunque encontremos algo de comida en esta planta o en las inferiores, tarde o temprano se acabará y entonces tendremos que volver a hablar del tema. Además está el incendio que se aproxima por el norte. Aunque, de momento, el fuego solo haya acelerado las cosas un poco más, no podemos olvidarnos de él.

La mujer recapacita sobre sus palabras, busca un resquicio sobre el que contraatacar, siempre ha sido la táctica preferida para sacarle de sus casillas. El hombre aguarda con paciencia pues sabe que no encontrará nada. No, en esta ocasión.

—Tendremos que buscar un lugar que nos oculte con éxito de los ferales y podamos defender sin demasiado esfuerzo. Luego está el problema de los alimentos. Sería estupendo si pudiéramos autoabastecernos... No sé... Cultivando vegetales o algo parecido. Quizás cerca de un río donde podamos pescar...—A medida que habla, el hombre se va sumiendo más en sus propios pensamientos. Olvidándose de la presencia de la mujer. Tiene mucho en qué pensar.

La mujer suelta un sonoro bufido para devolverle a la realidad y descartar sus palabras al mismo tiempo. Dos pájaros de un tiro.

—Estamos en pleno Madrid. ¿Dónde vamos a encontrar sitios como esos?

—No lo sé.—Contesta el hombre con sinceridad.— Pero más nos vale hacerlo pronto.

—En fin, si vamos a hacerlo, hagámoslo y terminemos con toda esta locura de una vez.—Sentencia la mujer.

Como siempre, se reserva la última palabra.

✳✳✳✳

En el interior del edificio, los ferales que vagabundean por los pasillos parecen presentir la intención de la pareja de abandonar su apartamento y el hambre por poseerlos se hace cada vez más acuciante. La excitación salta de uno a otro, del mismo modo que una raíz, con sus zarcillos extendidos por la tierra, transmite el sustento a toda la planta. Se desplazan frenéticamente de un lado al otro, por los pasillos del edificio, por los apartamentos abiertos, buscando nuevas víctimas a las que infectar.

En la calle, una mayor agitación se apodera del grupo de ferales congregado en el portal y se aplastan aún más contra la entrada del edificio. Instalada como una corriente eléctrica que se transmite de cuerpo a cuerpo, la *ferocidad* que sacude al grupo de ferales alcanza cotas de paroxismo y los vuelve más violentos. Sus cuerpos están en plena maduración, repletos del patógeno viral, convirtiéndolos en los transmisores perfectos. *Llenos*, fuertes y con movilidad absoluta. El virus puede distinguir cada sensación que experimentan los ferales, retransmitida como en una red neuronal, y a su vez puede comunicarse del mismo modo con la colectividad de ferales portadores. *Comunicarse*, quizás no sea el término más exacto, dado que el virus no tiene capacidad de comunicación, pero sí puede hacer que, de un modo instintivo, todos los transmisores o ferales se muevan en una misma dirección y con un mismo propósito.

Ese propósito no es otro que facilitar su propagación.

El virus ya había sobrepasado la fase en la que el sistema inmunológico de los receptores era un obstáculo para él. Ahora era más poderoso que el sistema inmunológico humano y tenía fuerzas para infectar a cualquiera, robusto o débil, sano o enfermizo. Su ciclo de vida ya se había consumado en el grupo de ferales que se asonaba en el portal y su capacidad infecciosa rondaba el 99%. Eso significaba un 99% de probabilidades de que un contacto con una persona sana terminase en otro infectado, en un nuevo transmisor que replicaría sin parar los microorganismos patógenos, sin estar en condiciones de producir los anticuerpos necesarios para combatir al virus.

El momento había llegado.

La capacidad infecciosa de los ferales del portal se encontraba en el punto más alto y no tardaría en pasar el tiempo necesario para que sus cuerpos pagasen el precio de verse infectados y se colapsasen por completo. Y ya no sean de ninguna utilidad para el virus. Mientras, ese momento llegaba, se habían convertido en perfectas máquinas de matar.

> **"En situaciones desesperadas el plan más osado es siempre el más seguro .**

— Titus Livius

3

El corazón del hombre bombea acelerado en la caja de resonancia en que se ha convertido su pecho. Estática dentro de su cabeza. A su espalda, la mujer permanece inmóvil. Desde su punto de vista parece muy distante, en la lejanía. Está agotada. Aterrada. Saben lo que tienen que hacer y lo han ensayado incontables veces.

Una vez, y otra, y otra, y otra.

Sin descanso.

Supervivencia. La necesidad de continuar viviendo es más poderosa que el miedo, o al menos eso es lo que se repite el hombre mientras le roba el color a los nudillos de sus manos al empuñar con más fuerza el cuchillo enastado en el palo de escoba. Se vuelve hacia la mujer y suelta todo el aire de sus pulmones ahuecando el pañuelo que lleva anudado sobre el rostro. Cierra los ojos y siente como sus piernas tiemblan incontroladas.

Es la adrenalina, dice para sus adentros.

En la puerta, la mujer ve el estado de agitación en el que se encuentra el hombre y pierde el poco valor que había conseguido reunir.

—No puedo hacerlo, es una locura.—Anuncia. Su boca temblorosa apenas puede articular correctamente las palabras. Ella ha elegido una bandana de color rosa para protegerse la nariz y la boca.

El hombre está de acuerdo en que todo el asunto era simple y llanamente una locura. No hay lugar para la duda. Pero tampoco tenían muchas más opciones.

—Yo también estoy aterrado pero no queda otra cosa.—Murmura el hombre con un hilo de voz.

La entrada de la calle se encuentra al final del estrecho pasillo. Enfrentada a ella, la puerta de la cocina cerrada a cal y canto, a su izquierda la puerta del salón, también cerrada y sellada. El hombre contiene la respiración, intentando volver su cabeza de hielo seco. Aprieta un poco más el palo de escoba, su punta armada con el cuchillo de cocina y unas vueltas de cinta americana. Muy despacio, abre la puerta reforzada como si fuera a estallarle en las manos. Y está seguro que podría, cualquier cosa puede suceder a partir de ese momento.

Boomboomboomboom...

Su corazón se dispara y puede sentir la sangre palpitar en la punta de sus dedos. Oye a la mujer soltar un gritito de espanto y contener el aliento al mismo tiempo, como si tal cosa fuera físicamente posible. Luego un aullido. Feroz. Un gruñido de placer primigenio y el borrón de un feral abalanzándose sobre él.

El plan que habían concebido era sencillo. Abrir la puerta y dejar pasar tan sólo a uno de ellos. Una vez dentro, matarle lo más rápidamente que pudieran. Lo dicho, sencillo, hasta un niño podía llevarlo a cabo. Sencillo y estúpido. Con el monstruo casi a punto de arrancarle la garganta de cuajo, el hombre piensa en la ingenuidad de todo el asunto. *¡Van a morir!* Es una certeza. La precipitación del ataque no le ha dejado tiempo para reaccionar. Las manos engarfiadas del feral alcanzan su garganta, al mismo tiempo que se ensarta en la improvisada pica. Un rojo intenso mancha la espalda del feral y la punta del cuchillo queda a la vista entre sus ropas. La fuerza del choque ha arrancado el delgado palo de escoba de las manos del hombre mientras, el feral ensartado intenta revolverse para atacar de nuevo. *¿De dónde saca las fuerzas?*, el hombre no tiene respuesta, tampoco tiene tiempo para pensar en ello. Sabe que desarmado es un blanco fácil. De ésta no se libra.

¡Baaamm!

La cabeza del feral desaparece en una finísima lluvia roja pulverizada. La mujer aún sujeta la pesada lámpara con manos temblorosas. A sus pies, el cuerpo desmadejado del infectado yace inmóvil. El parqué del suelo se halla salpicado con sangre y materia cerebral que parece pegotes de papel mojado. Agitado y sorprendido, el hombre se incorpora y suavemente la empuja hacia la cocina. No tienen tiempo que perder.

En un barreño han recogido algo de agua mezclada con lejía, busca los restos de sangre feral que hayan podido salpicarle y se los restriega. A su lado, la mujer le imita en silencio. Luego, casi sin aliento, vuelven al recibidor y arrastran el cuerpo sin vida hasta el fondo del salón y lo apilan allí. El hombre se mira las manos y, de nuevo, ve rastro de sangre en ellas. Sangre infecciosa.

Tenemos que hacerlo mejor. ¡Piensa, piensa, piensa!, se recrimina.

Regresa al barreño y sumerge las manos en el líquido, ahora enrojecido. Le cuesta respirar.

La mujer también respira con dificultad. Años de vida sedentaria y la violenta naturaleza de lo que acaba de suceder son sin duda el motivo de que su boca se abra y se cierre sin cesar en un gesto casi reflejo. Con el pelo descolocado y gotas gruesas de sudor perlando su frente no es precisamente un buen retrato de la mujer que conoció. La mira y sabe que no hay marcha atrás. Echa de menos aquellos tiempos pero ya no hay pasado, solo presente. Ni siquiera los recuerdos serán suficientes para sostener el incierto futuro que les espera.

—Tenemos que seguir, recuperemos el aire por un segundo y luego a por el siguiente.

—¿Cuántos habrá? —Quiere saber la mujer.

—Cinco o seis en esta planta. —Miente, no puede saberlo con seguridad. Se coloca de nuevo junto a la puerta y espera unos instantes mientras la mujer ocupa su sitio, el pesado pie de lámpara aferrado con vigor, sus manos protegidas por unos guantes para fregar, la cara de nuevo cubierta por la bandana de color rosa.

La escasa luz que ilumina el recibidor proyecta destellos rojos en el rostro de la mujer. *Reflejos del infierno.* El hombre aguarda con creciente excitación, tiene que esperar a que quede uno sólo para dirigirlo al interior.

Como un toro de lidia, piensa.

Pero no se siente para nada un torero. El hombre respira profundamente y retiene el aire. La mujer sabe que ha llegado el momento y se prepara para la acometida. El nuevo feral penetra en el apartamento con más violencia que el anterior. El calor brutal de su cuerpo aplasta al hombre contra la pared. Con la rodilla consigue empujar la puerta y cerrarla antes de que un segundo feral traspase el umbral. Se gira, ha perdido de vista al depredador, los nervios tensados. Teme por la mujer.

Si fuera mordida o arañada...

El feral se abalanza en línea recta hacia la mujer.

No parece existir nada más. Los brazos extendidos y las manos espoloneadas preparadas para desgarrar. La mujer balancea el brazo y la parte pesada de la lámpara alcanza al feral en pleno rostro, que se derrumba como un fardo en el suelo. Astillas de hueso y sangre atomizada quedan suspendidas en la atmósfera del recibidor. Rápidamente, el hombre le clava el cuchillo enastado en la nuca. Todo ha terminado. Simple. Sin embargo, el hombre no puede resistir el impulso de las arcadas y deja escapar el escaso contenido de su estómago sobre el suelo.

La mujer aguarda paciente a que termine y, sin hablar, repiten el proceso de lavarse con agua y lejía, de arrastrar el cuerpo sin vida hasta el salón y situarse en sus posiciones para dejar pasar al siguiente. Le están cogiendo el tranquillo a todo el asunto. Lo malo es que, el plan, como todos los planes, tiene grandes probabilidades de fracasar. Cientos de variables podrían ocurrir y uno de ellos o los dos, quedar infectados. A pesar de ello, una resolución de origen tan animal como la de los propios ferales, les ayuda a abatir uno detrás de otro, cerrar la puerta y arrastrar los cuerpos ensangrentados hasta la pared más alejada, para luego volver a empezar todo el baile una vez más. Resulta curioso ver cómo el ser humano es capaz de convertir en rutina cualquier acción repetida, sin importar que ésta consistiera en preparar un café instantáneo, con el doble de agua para hacer durar las últimas cucharadas, o machacarle la cabeza a un infectado con lo primero que se tenga a mano.

Las arcadas no regresaron y el hombre es ahora tan diestro ensartando ferales como trasteando con ordenadores. Recapacita un instante sobre su vida anterior y sobre el hecho de que tiene la impresión de que ha pasado una eternidad. Se siente diez años mayor, no diez días. La epidemia parece no sólo diezmar a la población sino también ejercer el efecto de envejecer rápidamente a los supervivientes.

—*Einstein tenía razón y el tiempo es relativo.*—Dice de repente.

No se da cuenta de que ha dejado de pensar para pronunciar sus reflexiones en voz alta, hasta que la mujer, con su fuerza recién descubierta, se mira las manos enrojecidas por la lejía y, sin molestarse en contestar, le empuja de nuevo hacia la puerta. Está acostumbrada a las rarezas del hombre.

Descansan por un tiempo y permiten que sus cuerpos agotados recuperen algo de aliento. El hombre sabe que no pasará mucho tiempo antes de que la cristalización del ácido láctico, causada por el castigo al que han sometido a sus músculos, les provoque el típico dolor de agujetas.

Dentro de un rato, apenas podrán moverse.

Pero aunque parezca imposible, lo más difícil vendrá después. Es como el miedo sublime que inunda el pensamiento de los suicidas antes de apretar el gatillo, la incertidumbre de si saldrá la bala o no del cañón de la pistola. La misma incertidumbre que experimentarán al abrir la puerta de la calle y salir al pasillo exterior, desconociendo cuántos ferales quedan aún o si tendrán tiempo de atrancar la puerta de acceso a las escaleras antes de que los ferales que se encuentran en las otras plantas lleguen hasta ellos. El hombre repite el plan en su cabeza, una y otra vez, mientras se dirige a la sala de estar para buscar su caja de herramientas.

Primero, limpiar su planta. Segundo, bloquear accesos: escalera y ascensores. Tercero, inspeccionar el resto de viviendas. Cuarto...

Un mantra en su cabeza.

La mujer ha regresado a su apatía anterior y se encuentra sentada en su silla, estudiándose las manos como si fuera la primera vez que las contempla. En su regazo reposa la bandana con la que se protegía la cara. El hombre la ignora y sale de la habitación con la caja metálica en las manos.

En el salón, los cuerpos de ferales se amontonan junto a la ventana. Puede ver sus restos reflejados en la pantalla del televisor de plasma que descansa sobre el aparador, como si proyectase una película de terror de serie B. ¿Cuánto tiempo tardarán en hacer esa estancia inhabitable? ¿Y toda la casa? Ya no hay vuelta atrás, todo está en movimiento. Han cruzado el punto sin retorno, incluso sin saber que lo estaban haciendo, como tampoco saben hacia dónde les encaminará todo ello. Bueno, eso no. El hombre lo sabe. El hombre tiene un plan.

Sobre la mesa ordena las herramientas precisas para continuar. Un hombre puede hacer casi cualquier cosa si está provisto de las herramientas adecuadas.

Segundo, bloquear accesos: escalera y ascensores.

De nuevo, el mantra. En realidad, una letanía que no ha dejado de repetirse a sí mismo durante todo el tiempo. Coge un destornillador y siente contra la palma de la mano, el tacto áspero del mango. Se lo guarda en el bolsillo trasero de sus pantalones. El cuchillo enastado reposa sobre el marco de la puerta. Está un poco curvado, maltratado por las anteriores peleas. Restos de sangre rezuman entre los pliegues de cinta americana.

—Es la hora.—Le dice a la mujer.

—¿No podemos esperar? Estoy muy cansada.

El hombre no contesta, se limita a desviar la mirada hacia los cadáveres acumulados en el salón. Sabe que lo que está a punto de hacer es terriblemente peligroso y que posiblemente sea un grave error, pero no tienen alternativa. Pronto, los cuerpos de los ferales empezarán a oler y no podrán quedarse en el apartamento, aunque abandonarlo suponga enfrentarse a cara de perro con los horrores del exterior. Algo que seguramente signifique su muerte, o peor aún, la de la mujer.

En la penumbra del recibidor, el hombre empuña el cuchillo enastado que parece emitir luz propia. Toma aliento y abre la puerta de la calle con suavidad. Afuera la oscuridad le recibe en sus abrazos como una amante necesitada.

****

En el pasillo exterior, el silencio es tan denso que bien pudiera ser un muro sólido que tuviera que ser derribado para dejarlos salir. Se encuentra sumido en una oscuridad absoluta.

Aguanta la respiración, todos los sentidos alerta, intentando captar algún murmullo que indique la presencia de ferales.

Los segundos transcurren lentos y el hombre lucha con la urgencia de cerrar la puerta y dejar todo el asunto para otro día.

Junto a él, la mujer está como petrificada, tiene los ojos muy abiertos de expectación pavorosa, pero tampoco hace ruido alguno.

El hombre aguarda unos instantes más y se yergue para enfrentarse a la oscuridad del pasillo. Trata de buscar las agallas y pensar en ello de una manera razonable. No quiere usar una cerilla para iluminarse, sencillamente porque no tiene ninguna intención de alertar a los ferales que pueda haber en las otras plantas, pero puede seguir la pared con las yemas de los dedos hasta tocar el quicio de la puerta de acceso a las escaleras.

Avanza despacio, muy despacio. Un pie en frente del otro. Un soplo de aire le llega hasta el rostro.

Está abierta la ventana del rellano, imagina.

No quiere pensar en alientos de ferales que lo observan con ojos vidriosos muy cerca de su cara. Aferra con fuerza el palo de la escoba y da un paso que lo sumerge por completo en las fauces del pasillo.

A su espalda, la mujer suelta un gemido sordo y

contiene la respiración.

Con los oídos aguzados como un perro de caza, el hombre puede escuchar la lluvia tamborileando sobre el suelo del rellano. El paño de la ventana se encuentra abierto, después de todo.

El hombre se detiene por un instante, indeciso y asustado, permitiendo que sus ojos se adapten a la oscuridad como boca de lobo. Está más negro de lo que había imaginado y entonces cae en la cuenta de que lo que ello puede significar. La puerta de acceso a las escaleras no permite pasar nada de luz por que se encuentra cerrada. *¡Nadie entrará por ahí!*

El pensamiento alimenta su determinación y acelera un poco sus pasos mientras la claustrofobia se enrosca sobre su pecho y le roba la respiración. Avanza un poco más, la orografía rugosa del gotelé de la pared se desliza bajo las puntas de sus dedos. ¿Cuánto falta? Ya debería haber llegado a la puerta, ¿no?

El tiempo se alarga como una goma elástica en la oscuridad y parece transcurrir con una lenta cadencia casi sobrenatural. El brazo que sostiene el cuchillo enastado se le está durmiendo y siente como miles de agujas le festonean la piel. Se detiene y cambia de mano el arma, mientras sacude la otra en el aire bruscamente para restituir la circulación.

¡Dios mío, cuánto se está alargando esto!, piensa mientras combate el deseo irracional de echar a correr hacia la escalera.

Recuerda que la mujer bromeaba siempre sobre la longitud de los pasillos de su bloque de apartamentos y la escasez de ventanas al exterior. Los comparaba a los decorados del Hotel Overlook, en la película *El Resplandor*, y cada vez que se apagaba la luz y los atrapaba a medio camino, imitaba la voz del actor Danny Lloyd, al grito falsete de *redrum*, *redrum*. Curiosamente el terrorífico recuerdo sirve para calmar sus nervios y, de nuevo, tantea la pared mientras se pone en camino.

Entonces, uno de sus pies pisa sobre algo blando atravesado en medio del pasillo que le hace perder apoyo y caer sobre las rodillas. Una oleada de puro dolor le cubre los ojos con una pantalla blanca, mientras un calor abrasador le sube por los muslos. Suprimiendo un gemido de dolor, el hombre se dobla por la cintura mientras busca a tientas la naturaleza del bulto que lo hizo tropezar. Un cuerpo humano yace con la espalda apoyada sobre la pared y las piernas despatarradas.

Con sus dedos sigue el perfil del muerto hasta llegar a los labios retraídos en una mueca fúnebre que deja sus dientes al descubierto. El hombre retira con la mano con repugnancia y se obliga a levantarse y a pasar por encima del cuerpo de una zancada larga. Cuando se sosiega lo suficiente como para que los atronadores latidos de su corazón bajasen la intensidad con la que golpeaban contra sus sienes, reanuda la marcha hasta que con un suspiro de alivio nota como sus yemas tocan la superficie de madera de la jamba.

Entonces, algo se mueve detrás de él, en la oscuridad. El hombre se voltea, aterrorizado... Ha sentido una pisada. Empuña la pica de palo de escoba y escudriña la negrura en busca del origen de la pisada. Creé escuchar el susurro de una respiración y ello hace que se le erice el vello de la nuca. Y ahí está de nuevo, una pisada furtiva, un poco más cerca. Con los ojos desorbitados por el terror no puede aguantar más y pregunta en un susurro:

—¿Quién anda ahí?—No se le ocurre pensar que acaba de revelar su posición, convirtiéndose en un blanco perfecto.

Levanta hacia la oscuridad la punta del cuchillo. Otra vez la pisada furtiva, deslizándose. *¡Alguien viene a matarlo!* Su mente dibuja imágenes de ferales avanzando lentamente hacia él con bocas ensangrentadas y maños de uñas como garras. Da un paso atrás y siente como su pie resbala sobre una viscosidad repulsiva. Desesperadamente intenta agarrarse a algo antes de caer sobre un costado, la improvisada lanza arrancada de sus manos y el hedor de otro cadáver inundando sus fosas nasales. Ha resbalado en la sangre coagulada que se escapa de una horrible herida en el pecho del muerto.

—¡Por el amor de Dios! ¿Dónde estás? ¡Deja de hacer ruido!

La mujer se encuentra sobre él, con el rostro crispado en una mueca de repugnancia, mirando hacia el cuerpo sobre el que el hombre está recostado.

—Jesús, ¿por qué no me hablaste? Podía haberte matado.—De improviso toma conciencia de ello.—*Podía haberte matado...*

La mujer desecha la idea con un bufido, mientras le ayuda a ponerse en pie.

—Escuché un ruido sordo, como si alguien tropezase o se golpease contra algo y vine a investigar.

—Fui yo... Hay alguien ahí tirado... Muerto... Lo pisé.—Se estremece de manera convulsa pensando en los cadáveres y de repente siente unos deseos enormes de correr al cuarto de baño más próximo y echar hasta la primera papilla.

—Bueno, pero ahora estás bien, ¿no?

—Sí, ahora estoy bien. Acabemos con esto.—Y traga saliva.

✸✸✸✸

La puerta de acceso a la escalera está bloqueada. El mango del destornillador sobresale por debajo de la madera como un tumor. Ningún feral entrará por ahí.

El pasillo está ahora iluminado por los restos de velas

que quedaban en el apartamento y reina una penumbra amarillenta. El hombre piensa que parece más largo de lo normal. Aprensión, miedo. El hombre no cree que esté loco, sabe que el pasillo tiene la misma longitud de siempre pero a él se lo parece. Tampoco es que signifique gran cosa si está loco o no, medio mundo ya ha perdido la chaveta, así que no es como para acusarle de nada. A su espalda, dos puertas. 4A, 4B. Luego, la suya, 4D, y su opuesta, 4C.

El hombre no reza. No sabe a quién hacerlo. Creé que la razón humana es maleable y caprichosa y, por tanto, no se puede estar seguro de nada. Un ejemplo: si hubiese nacido en otra ciudad distinta a la suya, pongamos como ejemplo Falullah, ahora estaría intentando rezar a otro Dios bien distinto al que le enseñaron en la infancia. Allah, Dios, Budha, Yavhe, todos son caras de una misma moneda. Claro que él no es muy religioso y parece algo insustancial debatir sobre a qué dios rezaría.

Sin embargo, plantado ante la puerta de su vecino, daría todo lo que fuera por poder rezar. Rogar porque no haya nada peligroso al otro lado y que el destino no le guarde una desagradable sorpresa.

El Destino.

Todo el mundo reza por dos motivos: piden que suceda algo que desean o que no suceda algo que temen. En definitiva, todo el mundo reza para intentar cambiar el destino. Rezan para que la mancha que apareció en la prueba de contraste no se traduzca en un cáncer o para que el bebé sea niño y nazca con todos los dedos. Rezan para cambiar su realidad.

Al otro lado de la puerta con el número 4C, el destino del hombre ya está escrito. Ninguna oración cambiará el hecho de que haya alguien muerto allí o, lo que sería mucho peor, vivo e infectado. Ninguna oración le protegerá. Sería una ilusión.

La palanca no funciona tan bien como hubiera esperado. Todos los apartamentos tienen su propia puerta reforzada con cerradura de borja y muy pronto el trabajo se convierte en un verdadero esfuerzo. El hombre está utilizando un enorme escoplo sin mango que ha recogido de su caja de herramientas, no quiere armar mucho escándalo por miedo a atraer a los ferales que puedan encontrarse en las otras plantas y por eso se niega a usar un martillo para abrirse hueco, pero no hay manera de forzar la puerta de un modo más silencioso. El escoplo de metal desolla dolorosamente la palma de su mano, los crujidos de la madera restallan por todo el pasillo, de continuar así, el resto de ferales no tardarán en acudir en masa, atraídos por el estruendo.

El hombre se detiene un momento. Resopla, le falta el aliento. El vello de la nuca se le eriza. Un susurro, un leve roce de ropas. A su espalda. Gira sobre sí mismo mientras las heridas de su mano envían punzadas de dolor a su cerebro agotado cuando aprieta con más fuerza el instrumento de metal. La mujer le observa desde el interior del pasillo.

—Se lo vi hacer a un cerrajero.—El hombre no consigue comprender.

—¿Cómo dices?,—pregunta entonces.

La mujer le devuelve una mirada que parece abrir aún más el abismo universal entre ambos sexos y suspira.

—Un plástico, algo semi rígido, hará ese trabajo mejor que el escoplo. Si el vecino no ha echado el cerrojo, podremos abrir esa puerta.—Explica ella.

El hombre parpadea repetidas veces, trata de asimilar la información. ¿Cómo espera que vaya a abrir una puerta blindada con un trozo de plástico? Es ridículo y como tal, se encoje de hombros. El dolor ardiente de las ampollas que se le están formando en sus manos es casi insoportable y muy pronto no podrá seguir trabajando. Una vez más, su mente vaga muy lejos de allí. Si supiera rezar pediría encontrar unos guantes de trabajo en casa de su vecino. No sabe cuánto tiempo más sus manos aguantarán semejante castigo.

A su lado, la mujer aparece con una gruesa lámina de plástico rojizo. Parece la cubierta de una de las carpetas archivadoras de su trabajo. La mujer desliza la lámina a la altura de la cerradura y la empuja al mismo tiempo que sacude la puerta reforzada con el hombro. El chasquido metálico es audible en todo el pasillo. La puerta está abierta. *Un golpe de suerte*, piensa. El dolor palpita como un ser vivo en la palma de sus manos. Pero, a pesar de todo, consigue sonreír.

La luz de una de las velas ilumina titilante una puerta cerrada. La cocina. La quietud se apodera de toda la escena, no parece haber nadie, ni vivo, ni feral. El hombre exhala su tensión junto con una bocanada de aliento, ha cambiado el escoplo de metal por la pica improvisada con el mango de escoba y el cuchillo, la punta acerada abriendo el camino.

Afuera, en el pasillo, tras la puerta de comunicación con las escaleras, puede escuchar cómo se empiezan a acumular los ferales que fueron atraídos por todo el ruido. En su cabeza se inicia un diálogo interior que en otras circunstancias bien podría haber sido sintomático de un problema serio de cordura. ¿Cuántos esta vez? *No puedo saberlo, más que antes.* ¿No pueden entrar? *No, no pueden entrar.* ¿Y aquí? *Aquí parece que estamos a salvo.*

El hombre continúa con su inspección del apartamento 4C. Cocina, salón, dormitorio principal, sala de estar, cuarto de baño y dormitorio de invitados. Vaya, no sabía que su vecino tuviera un dormitorio más que ellos. Se vuelve hacia el umbral y le indica a la mujer que aguarde allí con un gesto de su mano. Por las ventanas del salón entra un poco de luz que ilumina vagamente la estancia desierta. Es un día plomizo de noviembre y aunque el sol debería encontrarse en lo más alto, su débil luz es incapaz de atravesar el espeso manto de nubes que cubre el cielo y proporcionar una iluminación adecuada para lo que tiene que hacer.

La lluvia golpea pesada contra el cristal y el repiqueteo no ayuda demasiado a calmarle. Según se acerca al comienzo del pasillo, el hombre se agazapa junto a la pared, la espalda contra la fría superficie y se asegura una vez más de que el cuchillo de cocina está fuertemente agarrado al palo de escoba. No querría que se le soltase en medio de una refriega con un feral. Inseguro, repite el proceso dos veces más. Entonces, muy lentamente, asoma la cabeza por la esquina y escudriña con intensidad la oscuridad del pasillo.

Nada, ni un solo movimiento en las sombras.

Tres puertas se encuentran a su derecha. Cocina, la sala de estar y el cuarto de baño, si se atiene a la distribución de su propio apartamento. Pero claro ellos tienen una habitación menos, así que no puede estar seguro del todo. A su izquierda hay otras dos más. Dormitorio principal y segundo dormitorio. De las cinco puertas, dos de ellas permanecen abiertas. Decide empezar por ellas, aún a sabiendas de que dejará al menos una cerrada a sus espaldas. Confía en que ningún feral emerja de ella por sorpresa. Comprueba por última vez el estado de la pica y se decide por fin. Avanza con decisión hacia la ominosa abertura de la puerta más cercana y, una vez más, se agacha en el umbral antes de espiar en el interior. Es un gesto que ha visto hacer cientos de veces en los seriales de televisión americanos y en el cine. Claro que entonces era para evitar que el personaje de turno recibiera un disparo a bocajarro en los morros, algo del todo improbable en su situación. De todos modos, se siente con más confianza al hacerlo. Más... en *control*. Como el salón, la sala de estar también está desierta. Nada más que hacer allí. Una habitación menos, todavía quedan cuatro más. Repite el mismo procedimiento con la otra puerta. El dormitorio secundario. Despejado. Satisfecho de no encontrarse con ninguna sorpresa desagradable, se encamina hacia la primera puerta cerrada.

Ahora, incluso la mujer mantiene la boca cerrada.

El hombre siente sudar las palmas de las manos cuando agarra el picaporte y acerca su oreja a la puerta. Ningún ruido parece producirse al otro lado y ello le anima a abrir. Mentalmente cuenta hasta tres y...

No hay nada que temer.

La cocina está desierta pero con síntomas de haber sido arrasada por un tornado. Todas las puertas de los armarios se hayan abiertas y el contenido de los cajones esparcido por el suelo. Sin duda el responsable de aquel desaguisado quería asegurarse en un último intento desesperado de que no quedaba nada comestible en su interior. Se pregunta fugazmente dónde se estará su vecino. Quizás se marchó con unos familiares cuando todo empezó y esté a salvo en alguna parte. Quizás no y esté muerto o peor. Cochina suerte.

—Vivía solo.—Dice la mujer a su espalda.

El hombre le dirige una mirada interrogante. Al parecer, no quiere perder comba de los avances del hombre en el apartamento 4C y aunque se ha preocupado de no traspasar el umbral de la puerta, el hombre puede ver la totalidad de su cuerpo ocupando el espacio de la entrada.

—Digo que el vecino vivía solo.—Repite.—Era un cascarrabias solitario que no parecía feliz si no se enfurecía con alguno del vecindario por esto o por aquello.

El hombre no sabe qué decir o hacer con la información, así que se encoge de hombros y la manda callar llevándose un dedo a los labios.

—Chiiiiist.

Al fondo de la cocina, puede ver la puerta acristalada de la terraza y que ésta también se encuentra desierta. Solo quedan dos. Si existe alguna amenaza para ellos en aquel apartamento, sin duda, se encontraría tras esas puertas. El hombre siente como su cuerpo comienza a generar adrenalina anticipando el probable enfrentamiento y tensa los músculos de su cuello como alambres. Sobrecogido por el absoluto silencio que se ha apoderado del apartamento, el hombre aferra con firmeza el cuchillo enastado mientras que con la mano izquierda se dispone a abrir la puerta.

Lentamente gira el picaporte y desplaza unos centímetros el paño de madera. Inmediatamente da un paso atrás, un nauseabundo olor asalta sus fosas nasales con la intensidad de un derechazo en el mentón. El hombre se retuerce sobre sí mismo y descarga el contenido de su estómago sobre el suelo de tarima flotante del pasillo. Bilis y poco más. Al cabo de unos instantes se sobrepone a las nauseas y decide cerrar la puerta sin investigar que produce tal olor. En ningún lugar está escrito que tenga que comportarse como un maldito héroe de película. Un violento escalofrío recorre su cuerpo mientras su olfato termina de acomodarse al mareante tufo a muerte que le ha impregnado los pelos de la nariz.

—¿Hay alguien? —pregunta la mujer, alarmada.— Dime qué pasa.

—No te preocupes. No hay nadie.—Contesta el hombre, sombríamente.—Pero ahora sabemos con certeza que el vecino no se fue con ningún familiar.—Se cubre el rostro con las manos para intentar acelerar el proceso de quitarse la pestilencia de las fosas nasales y recorre la distancia hasta la siguiente puerta, los ojos humedecidos todavía por el hedor.

Pestañea con fuerza varias veces y abre la última puerta. El cuarto de baño. Nada, también está despejado de ferales y cosas muertas.

Relajado, sabiendo que el apartamento es un lugar seguro, el hombre se vuelve hacia la mujer sonriendo. Entonces *escucha* un sonido inconfundible en el exterior.

Un sonido que lleva algún tiempo sin escuchar.

—¿Lo oyes?—La mujer se ha deslizado como por ensalmo hasta una de las ventanas del salón. Ha disminuido el volumen de su voz a un susurro como si temiera que pudieran escucharla. El hombre se apresura también hacia la ventana y espía el exterior tras las pesadas cortinas.

Un monovolumen asoma al comienzo de la calle y enfila hacia la rotonda del aparcamiento. El conductor maneja muy despacio como si estuviera oteando el panorama atento a cualquier amenaza.

El hombre se pregunta qué es lo que estarán buscando. La suya es una calle sin salida, en más de un aspecto.

—Podría ser ayuda. ¿Crees que deberíamos decirles algo? ¿Hacerles una señal?—Pregunta la mujer.

—No lo creo. Es un coche particular. Un *Renault Scenic*. Son supervivientes, como nosotros, y no sabemos en qué condiciones están, ni si tienen víveres. No tenemos nada para compartir y ya tenemos lo justo para nosotros como para pensar en dividirlo con otra gente.

—¡Pero los ferales están ahí abajo! ¡Morirán si no les avisamos!—Replica la mujer con un tono de nerviosismo.

El hombre asiente. Guarda silencio, sabe que no son necesarias las palabras para responder. La mujer cierra la boca muy despacio y también guarda silencio. Ha comprendido, mientras las lágrimas resbalan por sus mejillas. El hombre regresa su atención al exterior, medio sorprendido de que la mujer haya utilizado la palabra feral, nunca antes la había oído referirse a ellos de tal manera. Contempla epatado como el monovolumen detiene la marcha y de su interior descienden tres hombres adultos y una mujer. Todos ellos, salvo la mujer, llevan armas de diversos tipos. Escopetas de caza y lo que parece ser un fusil de asalto del ejército. Desde la distancia el hombre no puede estar seguro. El monovolumen parece estar en excelentes condiciones sin arañazos o golpes evidentes y su zona de carga se encuentra repleta hasta los topes de bultos y enseres. Asustado, sin saber qué hacer, el hombre no ve cómo puede avisarles del peligro sin delatarse así mismo y a la mujer. Lo cierto era que no esperaba ver a nadie conduciendo por el vecindario y no había anticipado las posibilidades que ello podría haber proporcionado. Ahora resultaba demasiado tarde. Una vez más se recrimina mentalmente por no ser más avispado, por dejarse sobrepasar por los acontecimientos en vez de controlarlos él mismo.

Los extraños todavía no se han percatado de la masa de ferales agolpada ante el portal, porque el conjunto de árboles que rodean el parque infantil los oculta de su vista. Desde su ubicación el hombre tampoco puede verlos pero sabe que muy pronto los monstruos descubrirán a los cuatro adultos y se abalanzarán sobre ellos en tromba. Uno de los hombres hace una seña a los otros dos y estos comienzan a rebuscar entre los coches aparcados. El hombre viste un chaquetón con estampado de camuflaje del ejército y tejanos. Parece ser el líder. Uno de ellos porta una manguera de un metro de largo y un bidón de color verde oliva que ha sacado de la parte de atrás del *Scenic*.

Gasolina.

Están buscando el combustible que todavía queda en algunos de los coches. El que parece ser el líder, mientras tanto, descubre el coche de policía y se dirige hacia su posición sin dejar de espiar con nerviosismo a su alrededor.

El hombre siente una punzada de rabia. ¡El contenido de aquel coche era suyo! ¡Sólo ellos tenían derecho a coger lo que sea que contuviera!

¡hsssssss hsssssss hsssssss!

El dolor inunda su cabeza de improviso con un poderoso sonido de estática. Jamás había experimentado una tortura similar, siente como si los ojos quisieran salírsele de las órbitas. Llevándose la palma de la mano a la frente se dobla sobre sí mismo de puro y exquisito suplicio, aprieta duro la mandíbula y rechina los dientes con tal fuerza que estos amenazan con hacerse pedazos. De repente, el cuerpo se le empapa de sudor. Intenta calmarse pero sabe que no podrá pensar con claridad por algún tiempo. El dolor es tan intenso que resulta casi paralizante.

—¿Qué te sucede? ¿Qué pasa?—Chilla la mujer, visiblemente alarmada.—¡Lo has pillado! Lo que sea que convierte a las personas en monstruos... ¡Lo has pillado y serás uno de ellos! ¿Ya estás satisfecho? ¿Era eso lo que querías?

—Estoy bien, no te preocupes. Es sólo una jaqueca. —Miente a la mujer y hace un esfuerzo sobrehumano para erguirse y continuar espiando el exterior.

La mujer se le queda mirando inquisitivamente y siente la necesidad de esbozar una débil sonrisa para tranquilizarla. Mientras, los ojos se le llenan involuntariamente de lágrimas.

—No me pasa nada, de verdad. —Murmura y por el rabillo del ojo advierte un movimiento en el aparcamiento.

El hombre del chaquetón militar ya está casi encima del *Ford* blanquiazul de la Policía Municipal. Ha relajado su vigilancia y ahora tiene el fusil de asalto apuntando ligeramente hacia el suelo, aunque continúa sosteniendo el arma con las dos manos. Mientras, sus compañeros han terminado de revisar los coches aparcados y parecen haber conseguido llenar el bidón de gasolina, a tenor de que uno de ellos está necesitando las dos manos para transportarlo.

Una expresión de júbilo se refleja en sus rostros. Entonces, la mujer suelta un alarido de puro terror. Un terror que suelta sus tripas al mismo tiempo que es engullida por una imparable marea de muerte, destrucción y ferales. Ninguno de ellos tiene tiempo de reaccionar o de soltar un disparo para defenderse, pillados desprevenidos, son arrollados por los monstruos y despedazados en cuestión de segundos.

El hombre deja de mirar la escena, vuelto hacia la mujer, su rostro de ensombrece mientras una profunda tristeza humedece los ojos de ella. Su jaqueca se encuentra en todo su esplendor, tiene la sensación de que su cerebro se está expandiendo en el interior de su cráneo. El eco de un pensamiento que no puede discernir, se pierde entre la niebla de su maltratado cerebro como un puñado de arena que se desliza entre los dedos. El pensamiento le reconforta y le aterra al mismo tiempo pero lo olvida casi al mismo tiempo de tenerlo. Esforzándose en recuperarlo, un fuego abrasador se apodera de todo su cuerpo. Un calor furibundo de sorda ira que le invade por culpa de la frustración. A remolque de la ira llega también un sentimiento de culpa originado por la muerte de los ocupantes del *Scenic*. Se pregunta si la mujer es capaz de intuir la furia que ha brotado en su interior. Él mismo no sabe de dónde viene pero si le ayuda a mantenerlos con vida, está dispuesto a recibirla con brazos abiertos.

—No podíamos hacer nada por ellos. ¿Lo sabes, verdad?

La mujer asiente en silencio pero no hace ningún ademán por retirar las lágrimas que corren libres por su cara. El hombre piensa en las armas, en todo ese combustible y en todas la demás cosas que deben de llenar el espacio de carga del monovolumen y sabe que ahora tienen más razones que nunca para intentar salir a la calle.

****

La casa está vacía, pueden explorarla sin temor y buscar cosas que puedan aprovechar. El hombre, además, decide que a partir de ahora vivirán en ese apartamento, dado que el suyo empieza a oler a causa de los cadáveres amontonados. Una punzada de culpabilidad le cruza la cabeza. Se siente como un desalmado entrando por la fuerza en casa de su vecino, adueñándose de sus pertenencias, hurgando en su intimidad. Está cambiando. Endureciéndose. La epidemia acabó con su otro yo y lo barrió de su vida como una gamuza se lleva la mugre de la superficie de una mesa. Adaptación y supervivencia son las nuevas reglas del juego. Todo lo demás se puede ir por el retrete porque ya no importa una mierda.

Definitivamente, está cambiando.

La mujer, frente a él, frunce el entrecejo, ha debido sentir sus dudas. El hombre la tranquiliza con un ademán de la mano y la acompaña de vuelta a su propio apartamento. Con apresuramiento trasladan sus cosas al 4C y se acomodan lo mejor que pueden. El hombre explora detenidamente el contenido de los cuartos; cuidadosamente evita la puerta cerrada de dormitorio. Alguna de la ropa de su vecino es ropa de caza, llena de bolsillos por todas partes, y les será muy útil cuando salgan. Piensa en la calle, en la pistola del policía y las armas de los intrusos, tiene que echar sus manos sobre esas armas cueste lo que cueste.

En la mesa del salón han ido reuniendo todos los víveres y las cosas útiles que fueron hallando en el apartamento. Una linterna y baterías de repuesto, ropas de abrigo, una buena provisión de latas de conservas de pescado y sobres de fideos chinos, botellas de agua mineral de medio litro de esas que tienen el tapón con dosificador para deportistas y dos mochilas de tamaño considerable. Está seguro que en el dormitorio cerrado todavía podrían encontrar algo de utilidad pero ni por todo el oro del mundo abriría esa puerta. Tiene gracia la expresión, como si el oro fuera a servirle de ayuda en estos momentos.

La mujer ha encontrado varias latas de perdiz estofada y está preparando el hornillo de acampada. No puede creer su suerte mientras guarda todo el material en una de las mochilas. Esa noche tendrán un festín. Y luego seguirán con el plan, si el cansancio se lo permite.

****

Más tarde. El hombre despierta. Silencio. Un silencio sepulcral que le oprime. Si hubiese electricidad pondría gustoso unos CDs, ha visto algunos sobre la repisa del salón. Resulta reconfortante pensar en ello. Escuchar música, volver atrás en el tiempo, pretender que la epidemia nunca sucedió.

Un sueño. Otra ilusión.

El hombre se ha despertado sobresaltado. Se incorpora en el sofá donde se tendió para descansar un rato, mientras se sacude de encima los últimos flecos de sueño. Susurros deslizantes violan el silencio de tumba. A su costado, semienterrado entre los cojines, el cuchillo enastado desprende un pungente olor a sangre que le produce picor en las fosas nasales. En la tenue luz previa al amanecer, las paredes del salón son poco más que un borrón. En el cuarto contiguo, la mujer duerme con la ayuda de sus últimos somníferos. Con amargura, el hombre se detiene un segundo recapacitando sobre lo que sucederá cuando ya no queden más pastillas. Interrumpe el pensamiento con una sacudida de cabeza. Con la garganta reseca por la noche, aguza el oído para volver a captar el susurro ligero, deslizante que lo despertó.

Nada.

Todo el cansancio de los días anteriores cae sobre él como una losa y el codo sobre el que se apoya le devuelve una cacofonía de dolor que le obliga a cambiar de postura. El hombre se levanta del sofá y una sensación de caída libre le embarga. Controla la respiración para no desplomarse. ¿Qué fue lo que lo despertó? De repente el miedo le sobrecoge. No puede moverse, está paralizado por el terror. Se siente como un conejo pasmado bajo los faros de xenón de un automóvil.

Pisadas, un *inequívoco* arrastrar de pies.

Se acercan.

Su corazón se dispara a más de doscientas pulsaciones por minuto, la adrenalina inunda su sistema circulatorio y, entonces reacciona. El primer feral cae con la sien aplastada por la estatuilla de un matador y un toro de lidia, enroscados en una verónica perfecta. Ni siquiera es consciente de en qué momento su mano la recogió de la mesita de cristal y latón. *¡Jeeeeeesus, hay dos más!*, grita su mente mientras busca a tientas el cuchillo entre los cojines. El segundo feral se abalanza sobre el hombre y le ensarta el ojo derecho con el cuchillo enastado. El tercer feral está casi encima. Por el rabillo del ojo, el hombre atisba a la mujer que ha aparecido en el umbral del salón, tiene los ojos abiertos como platos y la boca contraída en una silenciosa mueca de espanto. *¿De dónde salió? ¿Busca que la maten?* Detalles. Una *polaroid* en su cabeza que nunca olvidará. El hombre agarra con fuerza las orejas del tercer feral mientras con los codos bloquea sus frenéticos intentos por arañarle la cara. Forcejea y consigue arrinconarlo contra la pared y golpear su cabeza contra la dura superficie con todo el ímpetu que puede reunir.

¡Chomp!

El cráneo de la criatura hace un ruido como de melón maduro y vuelve a golpearlo. *¡Chomp!* Otra vez. *¡Chomp!* Otra vez. *¡Chomp!* Hasta que el feral deja de moverse y la pared se oscurece con el icor que mana de la terrible herida. El hombre se aparta horrorizado y rebusca en las manos y cara sus propias laceraciones. El hombre y la mujer viven en un mundo sin médicos y sin antibióticos. Un mundo en el que un simple arañazo puede acabar con tu vida.

—¿De dónde salieron? Dijiste que habías bloqueado la puerta de las escaleras.—La voz de la mujer suena vibrante por la impresión. Buena pregunta. El hombre sale al pasillo y alumbra el final con su linterna. Nada. Y entonces, lo ve.

La puerta del apartamento 4A.

Abierta.

El hombre no puede pensar. Apenas si puede respirar. *¿Pueden abrir puertas?* La pregunta formulada por la mujer queda suspendida en su oído. Su voz es un hilo. El hombre no sabe qué hacer a continuación y eso le aterra y le irrita al mismo tiempo. Puede ver la puerta como una herida abierta en la oscuridad del pasillo. Aguarda. Ningún movimiento. La mujer da un paso y le toca levemente el brazo. Una indicación sutil que le arranca de su indecisión. Un efectista empellón que le hace adelantar una pierna, luego otra. Acercarse al foco de su pavor.

Cuidadoso de hacer ningún ruido que delate su presencia, el hombre avanza por el pasillo. Nada sucede. ¿Pueden los ferales mantener un vestigio de inteligencia que les permita abrir puertas? ¿Pueden pensar? No es mucho lo que el hombre sabe sobre la epidemia, ni sobre sus efectos en los infectados; salvo, claro está, que los convierte en criaturas sedientas de sangre. Apenas sin darse cuenta cruza el pasillo y se encuentra en el umbral del apartamento 4A. Completamente aterrorizado por lo que pueda encontrarse dentro y demasiado asustado como para no mirar, empuja la puerta con extrema cautela. La mujer, a su espalda, tiene las manos apretadas contra el rostro.

El vestíbulo está pintado de rojo sucio y el hedor es insoportable. Los restos de una mujer marroquí muerta, su vecina, están despatarrados en el suelo. El hombre puede sentir la muerte en el vello erizado de su nuca. Opresiva. La mujer aprieta con más fuerza su antebrazo, ella también la percibe.

Más allá, en la oscuridad del apartamento 4A algo se remueve. No pueden verlo entre los filamentos de negrura pero saben que está ahí. Lo que sea, es el causante del terrible espectáculo que les recibió junto a la puerta.

El hombre está paralizado. No avanza, ni retrocede. Su mente es un torbellino de imágenes inconexas, de ideas a medio esbozar sacudidas por el terror. *La puerta estaba abierta, ¿por qué no salió?* Como en un teatro de Guiñol la otra parte de su mente, disfrazada de polichinela de tela y paja, proporciona la respuesta. *Es un feral y nos está acechando.* La voz de falsete retumba en su cabeza. *Es uno de ellos, agazapado, una paciente araña en su tela de cristal.* La voz de polichinela, continúa. *No es cierto, un feral no conoce la paciencia. Un feral simplemente, mata. Caza.* Se dice así mismo. De repente su cerebro hace la conexión, apenas transcurren trescientas milésimas de segundo, las sinapsis se cierran y su córtex genera un pensamiento vivido en su mente. *¡Ropa de caza! Estúpido, estúpido, estúpido. ¡Su vecino tiene ropa de caza con muchos bolsillos!* El hombre da un paso atrás. Luego otro, y otro. La presencia se hace más evidente, como si absorbiese el oxígeno a su alrededor. Silencio. Algún chasquido en los pisos inferiores del bloque de apartamentos pero nada más. Lo que sea puede esperar. Cierra la puerta con suavidad y empuja a la mujer de regreso al apartamento 4C.

****

La encuentra sin mucho esfuerzo en lo alto del armario de la sala de estar, dentro de un largo maletín chapado en metal. Estaba empotrado en el espacio que queda entre la madera y el techo. Adhesivos de diferentes asociaciones de caza adornan su superficie. Titubea antes de abrir los cierres del maletín. El dibujo vectorial de un jabalí parece reírse de su inseguridad. El hombre no sabe nada de armas, ni siquiera hizo el servicio militar. Objetor de conciencia. Sin embargo, piensa en todas las novelas de horror que ha leído a lo largo de los años y en todas las películas que ha visto y sabe que la imponente escopeta es un arma mucho más efectiva que la pistola del policía. Pero claro, en las películas y en los libros, los *monstruos* son zombis que se contentan con balancearse por ahí con la mente en blanco a la búsqueda de víctimas demasiado incautas o demasiado estúpidas para apreciar el peligro de andar cerca de esas descerebradas máquinas de comer carne.

La vida real es diferente.

En la vida real no hay zombis. Sí hay monstruos, pero son tus propios vecinos infectados. Tus padres, madres o hermanos, que te persiguen para sacarte las tripas. La vida real es una putada. La mujer parece adivinar sus pensamientos y le observa sin decir nada. No es necesario. El hombre está de acuerdo en que el arma parece arder entre sus manos y no termina de agarrarla con firmeza. Sin duda, su lugar se encuentra entre las manos de un héroe de acción y no en las suyas propias. En las suyas es una anomalía, como si una extremidad alienígena hubiese crecido de repente en su cuerpo.

Media docena de cartuchos de plástico rojo con una enorme bola en la punta se encuentran alineados a lo largo de la superficie de goma espuma que protege el arma. No parecen ser muchos. El hombre alarga la mano y extrae uno de ellos pero se detiene en el acto. No sabe cómo cargar el arma. Es una de ésas semiautomáticas de una sola pieza que tiene un cerrojo metálico en el lateral y culata de tipo pistola para facilitar el agarre. Sabe que tiene que tirar del cerrojo hacia atrás pero hasta ahí le llegan sus conocimientos. Hace girar el arma en sus manos mientras la estudia detenidamente. *Beretta AL 391.* El cartucho es alimentado por la parte inferior, junto a la guarda del gatillo. Empuja uno con el pulgar y observa mientras la escopeta lo engulle con avidez. El seco chasquido que produce el cerrojo al montar el arma no le provoca ninguna sensación de calma o de seguridad. Una vez más, las novelas y las películas mienten. Se pregunta cuántos cartuchos podrá almacenar. Sin duda, puede cargar más de dos disparos, ¿cinco, tal vez? *¿Qué estoy haciendo?* De nuevo le asalta la inseguridad. *¿Qué estoy haciendo?*

La mujer interrumpe sus pensamientos.

—¿No irás a volver a ese apartamento?

El hombre balancea el arma entre sus manos y sacude la cabeza afirmando.

—Necesitamos saber que hay ahí dentro. Quizás podamos salvar algo comestible o útil.

—No, no, no. —niega ella, con insistencia.

La mujer no entiende porque tiene que enfrentarse a lo que sea que se oculte tras la puerta del apartamento 4A. Ni siquiera está seguro de que pueda ser un feral y eso le aterra. Le atenaza todos los músculos de su cuerpo como si llevara una camisa de fuerza. La muerte es una señora muy poderosa y el miedo el chófer que la pasea en su enorme coche fúnebre. Termina de meter cartuchos por el alimentador de la *Beretta AL 391* y se dirige a la puerta.

Al principio del pasillo, el hombre cierra los ojos y escucha. Silencio. Quizás la puerta abierta significa que los ferales aún mantienen alguna clase de instinto básico; una memoria residual de su vida anterior, su vida sin el virus. No lo sabe. No puede saberlo. Bueno, sí hay una manera de enterarse. El sonido de estática se intensifica cuando la idea germina en su cabeza, pero algo más.

La voz de polichinela ha regresado.

Tienes que registrarlo.

El hombre recorre los metros del pasillo con cautela y se detiene ante la puerta cerrada. Su respiración silba ronca entre los dientes apretados. Intenta calmarse, sabe que si se deja dominar por el pánico nunca se atreverá a cruzar la puerta. *¿Y qué más dará? ¡A la mierda con toda esa palabrería de héroe!* Dirige el cañón de la escopeta de caza hacia la oscura superficie de madera y espera.

****

En el exterior, los ferales se agitan, presienten que algo está pasando. Se agrupan ante el portal como insectos ante el olor que se desprende de un cadáver. La ferocidad que los embarga vibra frenética en su interior. Los portadores del virus están alcanzando muy rápidamente el nivel máximo de su capacidad infecciosa, sus cuerpos funcionando a toda pastilla como incubadoras. En su interior, las células virales ya se han replicado en toda su magnitud y alcanzan su grado de madurez, liberándose de las células humanas huésped, destruyéndolas y sustituyéndolas en el proceso.

El momento de soltar a los perros ha llegado.

****

Mientras, el incendio que comenzó en Guadalajara ha arrasado toda la dehesa de la zona nordeste de Madrid y, guiado por la especial topografía del terreno, su acerca inexorable hacia la localidad en donde viven el hombre y la mujer, engullendo con voracidad todo lo que encuentra a su paso. La lluvia se ha convertido en su máximo enemigo, neutralizando buena parte de la reacción exotérmica del fuego. Sin embargo, en un fenómeno de la naturaleza tan destructivo como imponente, el agua de lluvia alcanza rápidamente su punto de ebullición, allí donde entrechoca su fuerza calórica con la de las llamas y una poderosa nube de vapor se eleva sibilante hacia el cielo.

Tras su paso, el impresionante incendio ha dejado una inmensa extensión de suelo carbonizado cuyo horizonte superficial se encuentra tan debilitado que no puede resistir los efectos de la erosión hídrica provocada por los litros de lluvia que caen sobre él. Pronto la parte del terreno que no se encuentra sometida a la violación continuada de las llamas será arrastrada por la lluvia en forma de torrente de cenizas y barro que provocará una alteración imperecedera en la orografía de la zona. Las consecuencias de la epidemia imprimirán su huella no solo en la población española sino también en su paisaje.

> **"En terreno difícil, avanza. En terreno cercado, ocúltate. En terreno mortal, ataca.**
>
> —Sun Tzu (El Arte de la Guerra)

4

El hombre apenas puede ver nada. Sus fosas nasales están abiertas en su máxima extensión y se encuentra al borde de la hiperventilación, pero siente una enorme opresión en el pecho que hace que respirar resulte casi insoportable. El hedor que desprende la sangre coagulada que decora las paredes del recibidor del apartamento 4A es abrumador y traspasa con facilidad la delgada tela del pañuelo que lleva puesto en la boca. Lucha contra las arcadas, mientras se limpia con la manga de la chaqueta las lágrimas que inundan sus ojos.

No pueden abrir puertas, no pueden abrir puertas. Repite una y otra vez en su cabeza, mientras pasa la lengua por los labios repetidas veces tratando de humedecerse la boca reseca sin conseguirlo. Un regusto a cobre y polvo permanece adherido en su interior. Intenta por todos los medios no mirar los restos ensangrentados de la mujer marroquí y centrar la vista en la primera puerta que se abre frente a él, pero los nauseabundos despojos no cejan en su empeño de asomar en el límite de su campo de visión. La vivienda permanece en silencio, ni rastro de la presencia que percibió en su primera visita, aunque no tiene ninguna duda de que, sea lo que sea, está oculta en alguna parte del apartamento.

Al acecho. Esperándole.

Avanza despacio hasta la puerta que resulta ser la de la cocina. La negrura se cierne sobre la estancia de tamaño mediano con obstinación. Reminiscencias a especias y cordero rancio flotan en la atmósfera y el hombre agradece el nuevo aroma como si fuera un soplo de aire serrano. La oscuridad se ha convertido en una inseparable compañera de viaje en este nuevo mundo que les toca vivir. *Inseparable y desagradable*, recapacita, y más le vale acostumbrarse a ella, aunque quizás ahora sea buena idea que encienda la linterna y a la mierda si revela su presencia en el edificio. Con todo el jaleo que han armado seguro que ya sabrá todo el mundo, infectados o no infectados, que en el bloque queda alguien con vida y no tiene sentido seguir manteniendo el sigilo.

Alza el cañón de la *Beretta* apuntando hacia la negrura y enciende la pesada linterna que encontró en el apartamento del vecino cazador. El repentino haz de luz le ciega por unos instantes y aguarda a que las acuosas amebas de color rojizo que flotan ante sus ojos se disipen por completo. Entonces, camina lentamente hacia la cocina, su mano izquierda asiendo con firmeza la empuñadura de la escopeta, el dedo índice sobre el gatillo.

La habitación está desierta, lo mismo que la terraza, aislada del exterior por un cerramiento de aluminio que impide el paso de la débil luz solar de primeras horas de la mañana. Girando hacia la izquierda se encuentra la siguiente habitación. *El salón*, aventura. Si la disposición de este apartamento es similar a la del 4C y los cálculos no le fallan. La puerta se encuentra cerrada a cal y canto. El hombre casi susurra una maldición pero se contiene, duda entre dejarla como está y seguir registrando el resto de la vivienda o averiguar qué sorpresa le depara. Muy lentamente, apoya la oreja contra el panel de madera y escucha con atención intentando captar cualquier sonido al otro lado.

¡Gnaaaaaaaaaarf!

El gruñido suena tan inesperado que no puede evitar alejarse de la puerta con toda la rapidez de que son capaces sus piernas. Su espalda golpea bruscamente contra la pared del pasillo y se propina un fuerte coscorrón en la cabeza.

—¡Mierda! ¡Joder! ¡Qué coño...! —Ahora sí que no puede reprimir maldecir en voz alta.

—¿Qué pasa? ¿Qué has visto?—Desde la entrada, la voz de la mujer suena apagada como si le hablase desde un centenar de metros de distancia.

Sin mirarla, el hombre la ordena callar con un ademán, ajeno a que con ese gesto de su mano ha dejado de sostener la escopeta de caza y ahora apunta hacia el suelo.

¡Baaaamp!

Algo invisible choca violentamente contra la puerta del salón y la sacude en sus goznes amenazando con arrancarla de su marco. Algo que desea desesperadamente salir para hacerlo pedazos y pegarse un festín con sus entrañas.

¡Baaaamp! ¡Baaaamp! ¡Baaaamp!

Los golpes se vuelven más frenéticos y más rápidos hasta que, de repente, cesan por completo. Desde la pared, el hombre enfoca la puerta con la linterna y mantiene el haz de luz en el mismo punto durante un largo rato como si pudiera escudriñar a través de la madera y atisbar qué se encuentra al otro lado. Le duele la cabeza en el lugar donde se golpeó pero al menos no es una de las malditas jaquecas que no lo han dejado en paz desde que comenzó su recién estrenado trabajo como el formidable-mata-ferales. Aguarda con paciencia lo que parece una eternidad hasta que se convence de que lo que se encuentra detrás de la puerta del salón no va a salir por sus propios medios y entonces decide continuar con el registro del resto del apartamento y asegurar su retaguardia antes de enfrentarse al convidado de piedra encerrado en el salón.

Restos de cristales rotos crujen bajo sus *Doc Martens* mientras cruza el pasillo. Pequeñas esquirlas se clavan en las suelas y arañan el suelo cubierto de alfombras con cada pisada. Extrañamente todo el pasillo está recubierto de sarapes y alfombras de todas clases y procedencias. Persas, turcas, iraníes. El hombre no comprende la afición que tienen los musulmanes a inundar sus casas de distintas alfombras en vez de poner una única moqueta como todo el mundo. Al pisar, las suelas ribeteadas de cristales producen intermitentes arañazos que retumban rítmicamente como el segundero de un reloj.

Screeech. Silencio. *Screeech*. Silencio.

Con un ojo todavía puesto en la puerta del salón avanza con cautela hasta el dormitorio contiguo. Una enorme y pesada alfombra persa ocupa casi todo el suelo de la habitación. Es una alfombra de aspecto demasiado caro para unos inmigrantes pero claro, uno nunca puede estar seguro con esos tipos, quienes cuando parecen que no tienen donde caerse muertos, conducen furgonetas Mercedes de cuarenta mil euros. ¡Su maldito coche cuesta menos de la mitad! Restriega la suela de sus zapatos contra la densa fibra para desprenderse de las esquirlas de cristal con una pequeña punzada de satisfacción. Los grandes nudos de lana atrapan las astillas y se apresura a registrar la habitación. La decoración de estilo oriental resulta demasiado recargada para su gusto pero el cuarto está tan desierto como la cocina. Finalmente termina su inspección del resto del apartamento. Un baño, otro dormitorio más y un cuarto de estar. Todos vacíos, como esperaba. Entonces concluye que lo que está encerrado en el salón es, sin duda, lo que acabó con la vida de la mujer del recibidor y quién sabe si del resto de ferales que le sorprendieron de madrugada, y regresa al pasillo ponderando su siguiente movimiento. Intenta no pisar los restos del cristal tintado, y descubre que pertenecen a un grupo de lámparas que colgaban de un aplique en la pared. Hay tantas astillas desperdigadas que apenas puede evitarlas. La violencia con la que se quebró la lámpara tuvo que ser terrible.

—Se supone que tenías que haberme contestado.— Le susurra la mujer tan pronto llega hasta la puerta. De camino, se ha molestado en recoger una de las alfombras del suelo y ha cubierto con ella el cuerpo de su vecina. No puede hacer nada por el hedor, pero al menos no tendrán que volver a contemplar el macabro espectáculo.

—El apartamento está abandonado, salvo el salón. Creo que hay alguien o algo encerrado ahí.—Responde ignorando la pulla y preguntándose por qué demonios estaba hablando en susurros.—¿Qué vamos a hacer? No podemos dejarlo ahí. ¿Qué pasaría si consigue salir o algo así y no estamos preparados?

La mujer vacila unos instantes.

—¿Qué crees que le pasó a ella...? —Deja la pregunta en el aire, pero con un ademán de su barbilla señala el bulto bajo la alfombra. Resulta evidente que no tiene ninguna intención de mirar directamente hacia el lugar.

El hombre deja escapar un suspiro y responde:

—No tengo ni puñetera idea. Parece que de algún modo logró encerrar a su agresor en el salón. O quizás lo hizo alguien más y luego se marchó dejando a ambos en ese estado. —Guarda silencio, parece estar sopesando algo y entonces dice: —Sea lo que sea, tendremos que matarlo. Utilizaremos el mismo método que antes, pero será más fácil. Ahora tenemos a ésta.—Levanta la *Beretta AL 391* a la altura de sus hombros. Es un gesto extraño que recuerda la escena de un caballero medieval ofreciendo la espada a su dama.—Coser y cantar. Ya lo verás. Tú sólo preocúpate de abrir la puerta y hacerte a un lado, mientras yo le descerrajo un tiro entre los ojos. Coser y cantar.—Repite, nervioso.

El hombre habla con rapidez rogando que sus palabras oculten el miedo que le atenaza. Intenta evitar por todos los medios que la mujer esté atemorizada, la necesita en pleno uso de sus facultades. Horas antes, en su apartamento, ella había estrellado una lámpara de mesa contra la cabeza de un feral. Le había salvado la vida. Sí señor. Con todas las de la ley, le había librado de morir a manos de aquel demonio.

—¡Por el amor de Dios! Coser y cantar, dices. Te recuerdo que no sabes hacer ni una cosa, ni la otra. Así que muy fácil no será, digo yo.—Se encoge de hombros.— Si vamos a hacerlo, hagámoslo de una vez pero no trates de embaucarme con tu palabrería.

De vuelta a la puerta del salón, el hombre busca apoyo en la pared con la espalda, mientras alza el cañón de la escopeta de caza hasta la altura del picaporte, pero teniendo cuidado de desplaza la bocacha unos centímetros a la derecha. No quiere volarle la mano a la mujer.

Manteniendo la vista en el arma como si fuera una serpiente que le fuera a atacar de un momento a otro, la mujer se coloca cuidadosamente a un lado con la intención de abrir el paño y apartarse en un único y fluido movimiento. Cuando se siente preparada y fuera del alcance del cañón, mira al hombre con una sonrisa nerviosa en los labios y pregunta:

—¿A la de tres?

El hombre sacude la cabeza enérgicamente y afianza las manos en la empuñadura y el gatillo. Siente los nudillos crujir. Ha llegado el momento. Al otro lado, no parece moverse ni una mosca. Entonces, lentamente la mujer gira el picaporte hasta el tope y con un brusco empujón abre la puerta por completo. En ese preciso instante ocurren dos cosas simultáneamente. Una aparición de pesadilla con el pelambre albino moteado de sangre reseca y suciedad se abalanza hacia ellos desde el fondo de la habitación. En un enloquecido pensamiento, el hombre creé que está contemplando una alucinación.

Tiene que ser una alucinación.

Con ojos desmesuradamente abiertos observa al enorme bulldog inglés, o mejor dicho, la versión feral de un enorme bulldog inglés, tensando hasta lo imposible la cadena con la que se encuentra sujeto, los músculos de su poderoso cuello gruesos como sogas. El hombre puede ver el otro extremo de la cadena de acero atado a un radiador de pared con un candado de seguridad. Contempla horrorizado como el pesado radiador sufre una fuerte sacudida con el último empellón del monstruo, y restos de yeso y gotelé se desmenuzan formando un montón en el suelo. La impresionante bestia tiene todo el pelaje de color blanco y los enormes ojos sanguinolentos no dejan de observarle con fijación. Cuarenta kilos de pura maquinaria de matar sobre cuatro patas.

¡Gnaaaaaar! ¡Gnaaaaaar!

La segunda cosa que sucede en aquel exacto espacio de tiempo es que el hombre instintivamente aprieta el gatillo de la escopeta de caza y descerraja un tiro contra la voluminosa masa albina del bulldog, deseando con todas sus fuerzas que le alcance justo entre los ojos inyectados en sangre. Sin embargo, con pavor comprueba que nada sucede. No se escucha ningún atronador disparo, ni siente retroceso alguno. La escopeta no hace nada y el percutor golpea en vacio.

¡Dios mío! ¿Por qué no dispara?

La conexión sináptica neuronal de su cerebro se dispara frenéticamente tratando de comprender lo que acaba de suceder. Mientras la mastodóntica fiera tironea con fuerza descomunal de la cadena que lo aprisiona. Sus robustas patas traseras arañan con furia la alfombra mientras intentan buscar un apoyo para liberarse. Restos de lana y materiales sintéticos se deshilachan ahí donde las uñas del bulldog se agarran para afianzarse. Enloquecido de terror, el hombre imagina el daño que esas pezuñas monstruosas pueden ocasionarle a un cuerpo humano. Vuelve a apretar el gatillo, esta vez con más fuerza, tirando recto hacia atrás llevando la pieza de metal hasta el tope del guardamonte.

¡Clack! Nada.

El bulldog se lanza hacia delante, una vez más. La cadena resiste el embite pero un buen trozo de pared se desprende y va a parar al montón de escombros del suelo.

¡Baaaamp!

El atronador estruendo contrasta con el débil chasquido que produce el yerro en la escopeta. Histérico, el hombre tira hacia atrás del cerrojo y la *Beretta* expulsa un cartucho sin disparar. Apunta y prueba de nuevo. *¡Clack! Está rota, inutilizada.* No puede haber otra explicación.

El animal se toma un respiro y se mantiene inmóvil, los ojos como pavesas fijos sobre él, bufando con sonoridad. De algún modo parece haber crecido de tamaño y de sus fauces no paran de manar ríos de sangre y babas como si tratase del mitológico Fenrir en plena batalla con Tyr, el dios de la guerra nórdico. Definitivamente, el cerebro del hombre se está cortocircuitando de puro terror, no puede pensar con claridad hipnotizado por la inmensa fuerza de la bestia albina. Su mente no parece percibir la realidad como es exactamente, sino una alucinación inducida por el horror que siente. A pesar de todo, en un titánico esfuerzo levanta el arma y consigue calmarse lo suficiente para examinarla por última vez. Con un ojo puesto en la criatura y otro en la superficie pulida de la escopeta, recorre con la vista y con las yemas de los dedos los contornos de la *Beretta* intentando descubrir la causa por la que se niega a disparar. Y entonces cae en la cuenta. Un pequeño botón de unos siete milímetros asoma por el guardamontes.

¡El seguro! ¡El maldito arma tiene un seguro de disparo!

El bulldog infectado se arroja contra la cadena en un último intento desesperado por liberarse. El hombre presiona el botón con el dedo índice y un aro de color rojo le indica que la escopeta está en posición de disparo. Levanta el cañón, al mismo tiempo que el ímpetu del monstruo consigue finalmente arrancar el radiador de la pared. Al unísono, el estampido del disparo se confunde con el rugido triunfal de la bestia y el hombre recibe por igual la fuerza del retroceso del arma y el empellón de la inmensa mole alcanzándole de lleno en el pecho. El aire se escapa de sus pulmones con una exhalación y una oscuridad de fosa abisal se adueña de su cuerpo. Agotado, con las baterías de su cuerpo completamente denostadas, el hombre se entrega a la oscuridad sin condiciones. En estos días en los que la humanidad malvive en un mundo lleno de horrores inimaginables y los seres humanos luchan con uñas y dientes por sobrevivir, el hombre ha hallado un modo de insensibilizarse contra el horror.

Por el momento.

****

La mujer se queda donde está. Paralizada en el umbral del apartamento 4A sin saber qué hacer. El rugido atronador de la escopeta la ha dejado con los oídos zumbando y apenas puede escuchar nada más que un sordo murmullo. Cada ruido llega a su cabeza amortiguado como si se encontrase debajo del agua. No está segura de si el hombre sigue vivo o no, pero puede ver su cuerpo recostado contra la pared.

Inmóvil.

El monstruoso perro, empujado por el impacto del disparo, fue proyectado hacia el interior del salón y tampoco sabe a ciencia cierta si está muerto o malherido. No puede permanecer así por más tiempo. Tiene que reaccionar, hacer algo. *Cualquier* cosa. Con renovada decisión y esmerado cuidado regresa al pasillo y se asoma a la puerta del salón para indagar el estado en el que se encuentra el bulldog. La inmensa mole está desmadejada en el centro de la habitación, media cabeza pulverizada en una masa sanguinolenta. No hay duda de que está muerto. Se vuelve hacia el hombre y comprueba con el corazón en un puño que su pecho se mueve rítmicamente por la respiración. Tan sólo parece estar inconsciente. Aprovechando que se encuentra desplomado sobre una alfombra pequeña, agarra los extremos y comienza a arrastrar el cuerpo del hombre de vuelta al apartamento 4C.

Tras acomodar al hombre en el sofá, extenuada, se detiene unos segundos para recuperar el aliento. Se siente vacía por dentro. Han pasado varios días desde que abandonaron la seguridad del apartamento y desde entonces, todo ha sido una lucha continua. Siente un cansancio permanente. Un cansancio que no es solo físico sino también mental. No le quedan pastillas para dormir así que se había pasado la noche jugando al gato y el ratón con el sueño y cada vez que cerraba los ojos, le asaltaban unas terribles pesadillas que le impedían conciliar el reparador sueño. Anhela poder dormir y no despertarse jamás, no siente ningún ánimo por levantarse y enfrentarse a los horrores de su nueva vida.

La mujer suelta un quedo gemido mientras asimila que la charada que fue su anterior existencia es historia y solo permanece un mundo devastado por el virus y dominado por dementes con ansias de sangre. Se siente rota, robada de cualquier voluntad propia, ajena a todas las cosas que antes podía hacer y que ahora son un mero recuerdo. Como pasear por la avenida vagando la mirada por los escaparates y comprar algo bonito, o conducir al trabajo y escuchar su emisora de radio favorita. Todas esas cosas que ya no podrá hacer. Sólo le queda la violación continuada de su condición de ser humano. Se sentía cómo una víctima de malos tratos que vivía constantemente en una cárcel cuyos muros habían sido edificados con un mortero que mezclaba cemento, miedo y desesperación, por partes iguales. ¡Dios mío, cómo deseaba irse a dormir y no despertar jamás! El estómago de la mujer se encoge al mismo tiempo que lucha contra las nauseas. Intenta rechazar el pensamiento tan pronto como se forma en su cabeza pero aún así, algo permanece. Un remanente, como una semilla. Un germen que deja paso a un impulso cada vez más poderoso que le repugna y le fascina por igual. El deseo de levantarse, abrir la puerta y arrojarse con los ojos apretados a la muerte segura que le espera en la calle.

Hazlo, una voz parece decirle al oído.

Hazlo y acaba con el sufrimiento de una vez por todas.

En vez de eso se acerca a la ventana. Si se encara a una silla y se deja caer, todo acabaría rápidamente. Unos segundos de incertidumbre y luego la paz eterna. Da un paso hacia el panel de aluminio y cristal. Puede sentir su frío en el rostro. *Es el pésimo aislamiento*, piensa. Siempre se quejó de ello, incluso desde el primer día en que pusieron un pie en el apartamento. Más abajo puede oír el murmullo incesante de los infectados, remoloneando en el parque infantil. Golpes y gruñidos. Nunca ha sido una mujer especialmente valiente y ahora no va a ser una excepción.

Somos lo que hacemos.

La misma frase, que solía repetirle su madre cuando se comportaba de manera diferente a como se esperaba, le viene a la mente una y otra vez. Una punzada de dolor menstrual le encoge el bajo vientre y otro pensamiento, esta vez más práctico, le hace volver a la realidad. Necesita encontrar compresas cuanto antes o empezará a tener problemas serios con su menstruación. El condicionamiento de años como mujer, vigilando su higiene personal con estricta exigencia, supera cualquier compunción y armándose con el cuchillo enastado, la linterna y el escoplo se dirige hacia los apartamentos 4A y 4B en busca de lo que necesita con tanta urgencia.

* * * *

Horas más tarde, el hombre abre los ojos en la oscuridad de boca de lobo y rápidamente busca con la mirada las cuatro esquinas de la habitación para orientarse. Permanece en silencio, completamente inmóvil. Algo lo desveló y no tiene la menor pista de lo que fue. Tampoco recuerda dónde está y cómo ha llegado hasta allí. Su cabeza es un torbellino de confusión y todas las terminaciones nerviosas de su cuerpo gritan de exquisito dolor. Su mente lejos de estar despejada al ciento por ciento se encoge con el sonido de las gotas de lluvia repicando contra las persianas. A un costado, la imponente *Beretta AL 391* está apoyada contra el lateral del sofá en el que se haya recostado. Un penetrante olor a pólvora flota en el ambiente. Pero hay algo más.

Algo es diferente.

Agarrando con firmeza la escopeta de caza y utilizándola como un bastón, se medio incorpora permitiendo que la manta con la que cubría su cuerpo, se deslice hacia el suelo. Aguza todos los sentidos intentando encontrar el origen de lo que le despertó.

Niente. Nilch. Nothing.

Nada.

El hombre se levanta despacio pero algo vacilante. Sus ojos todavía no se han adaptado completamente a la negrura. Un fuerte dolor irrumpe en su pecho. Y entonces recuerda. *¡El perro! ¡El bulldog infectado!* Automáticamente le inunda una oleada de pánico por la mujer y se vuelve para buscarla. Ella duerme a su lado, en el otro sofá de la habitación. Aparentemente habían regresado al apartamento 4C y, de alguna manera, la mujer se las había apañado para arrastrar su cuerpo inconsciente y subirle al sofá. Después de su encuentro con la albar criatura, una cosa era segura, el hombre no estaba para muchos trotes.

Sin hacer ruido comprueba que la puerta de la entrada se encuentra cerrada y ellos libres de todo peligro. ¿Qué ha podido despertarlo? Escucha el sordo golpeteo de la lluvia contra el material plástico de la persiana. La tormenta está cogiendo más fuerza. Si ello no termina por extinguir el incendio, nada lo hará. Al menos tendrán un respiro por ese lado. Puede escuchar su corazón bombeando aceleradamente en su pecho, el único sonido que compite con la lluvia y su respiración entrecortada. Necesita calmarse. Se dirige hacia el pasillo y comprueba que todas las puertas de las habitaciones se encuentran cerradas, especialmente la del dormitorio al que no se atrevió a acceder. Un leve atisbo del hedor que experimentó por la mañana le llega hasta las fosas nasales. Posiblemente sea más un recuerdo que un olor real. Se pregunta si será capaz de olvidarlo alguna vez.

¡El olor!

¡Cómo ha podido pasarlo por alto! Huele a quemado, ahora está seguro de ello. Regresa con rapidez al salón y se dirige hacia el enorme ventanal, sus ojos ya se han acostumbrado a la oscuridad que lo invade todo. Pone especial cuidado en no rozar el sillón en el que duerme la mujer al pasar a su lado.

En el exterior, un espectáculo pesadillesco le da la bienvenida y le roba el aliento. A pesar de la tormenta, el incendio ha llegado a las inmediaciones del vecindario y engulle con fiereza las primeras casas de la calle. El grueso del fuego todavía se encuentra a unos buenos quinientos metros de su urbanización, pero está demasiado cerca como para que el hombre confíe en que la lluvia sea capaz de detenerlo a tiempo. Las llamas tienen esa cualidad hipnótica del fuego y las contempla absorto durante un buen rato. Las calles inundadas por el agua reflejan los colores rojizos en un caleidoscopio de arrebatadora belleza, al mismo tiempo que el calor convierte los charcos en géiseres de vapor que bullen de actividad. Sin duda, un paisaje más propio del infierno que de una barriada del extrarradio de Madrid. Entre el denso humo y las nubes cargadas de lluvia, de vez en cuando, se dejan vez fulgurantes destellos.

Lluvia torrencial, relámpagos y fuego.

Una combinación letal.

Sin poder evitarlo, el hombre alza la mirada al cielo y maldice para sus adentros. *¿Esto es todo lo que puedes hacer? ¿No te queda ningún truco más en el zurrón?*, le grita mentalmente al Dios cruel que permitió que se encontrasen en esa situación. Sin pensarlo, se encamina hacia la puerta de la terraza y lentamente empuja el picaporte hasta que cede el panel de cristal y aluminio. Casi al instante, una ráfaga preñada de humo y humedad a partes iguales azota su rostro y amenaza con arrancarle la puerta de las manos. Haciendo caso omiso, el hombre sale al exterior. El suelo de baldosas cerámicas está resbaladizo por la mezcla de agua y ceniza. Mesmerizado, sin dejar de contemplar el infernal espectáculo que se extiende ante él, avanza hacia el centro de la terraza y apoya las manos en la barandilla.

Ríos de agua sucia corren por su cara empapándole la pechera de la sudadera. La tela de forro polar se pega a su pecho como una segunda piel. La barandilla cruje bajo su peso pero está lejos de ceder y una cierta inclinación del suelo le empuja hacia los barrotes metálicos. Se acerca un poco más hasta que siente el frío del metal en su estómago y tiene una visión completa, sin obstrucciones.

A su izquierda queda la terraza de su propio apartamento. A sus pies, todo el horror de la calle. En el portal, la banda de ferales ha cesado toda actividad y se encuentra vuelta hacia el incendio con el mismo gesto de total contemplación que el hombre tiene en su cara. Una buena parte del parque infantil se encuentra anegada por el agua mientras los columpios, empujados por el viento, parecen entretener a los fantasmas de niños que alguna vez se divirtieron allí. La puerta del conductor del *Renault Scenic* se sacude violentamente mientras la lluvia arruina la tapicería más allá de toda recuperación. La sangre de sus ocupantes ha desaparecido completamente del asfalto pero puede apreciar algunos restos humanos en el lugar en donde los desdichados fueron abatidos por los ferales. Una mano humana atrapada en la boca de un sumidero.

El incendio no es tan virulento como el hombre pensó en un primer momento y parece remitir bajo la persistente lluvia que golpea con fuerza el corazón de las llamas. Las lenguas de fuego se han apoderado de los primeros edificios de la calle y ascienden por las paredes exteriores como enredaderas. El hombre no tiene la impresión de que las llamas hayan entrado todavía en el interior, con todas esas ventanas cerradas ejerciendo de cortafuegos. Sin embargo, el PVC de alguna de las persianas ya se encuentra inflamado y amenaza con hacer saltar los cristales.

—¡Dios mío! ¿Qué estás haciendo?

El hombre se había olvidado por completo de la mujer

quien, despertada por el viento y la lluvia, destacaba en el umbral de la terraza contemplándolo con ojos espantados. Arrancado de su encantamiento, se vuelve para mirarla sin saber muy bien qué decir. Las palabras no acuden a su boca y se le forma un terrible nudo en la garganta. De repente, es muy consciente de toda la humedad, de todo el viento a su alrededor, y se estremece. Reflejos rojizos inundan su rostro y le confieren un aspecto diabólico.

—Realmente tendremos que salir ahí afuera, ¿verdad?—Afirma la mujer mientras contempla las llamas. El hombre se limita a asentir con la cabeza.

—¿No crees que vaya a venir nadie a rescatarnos?

—Creo que si fuese así, ya deberían haber llegado.

—Quizás lo estén intentando.—Replica la mujer desesperada.

—O quizás estén metidos en la misma mierda que nosotros.—Contraataca el hombre con tenacidad.— Estamos solos. Sé que lo estamos.

La mujer observa con tristeza el fuego que invade su barrio y regresa al interior de la vivienda sin decir nada más. El hombre se une a ella y se deja caer en el sofá mientras la mira encender un diminuto cabo de vela. Bajo la mortecina luz puede distinguir que el volumen de víveres y herramientas que dejaron encima de la mesa del salón ha aumentado. Una mochila repleta de latas de conserva y botellas de agua. También hay una lámpara de acampada y una nueva lanza improvisada con una barra de cortina de sólida madera y un cuchillo de hoja robusta y que parece muy afilada. El hombre la interroga con la mirada.

—Mientras estabas inconsciente inspeccioné por mi cuenta los apartamentos que faltaban y encontré algunas cosas de utilidad.—La mujer explica encogiéndose de hombros como si tal cosa.

El nudo en la garganta del hombre parece solidificarse y las lágrimas acuden libres a sus ojos. Lo último que ve antes de que la humedad le impida distinguir nada más, es la cara de la mujer contemplándolo con una calma casi religiosa.

****

Aguardan al amanecer para poner en práctica la segunda parte del plan. No tienen tiempo que perder.

Las escaleras del edificio constaban de dos tramos con forma de navaja y angostos rellanos en cada piso y descendían tres plantas hasta la calle. Como casi todas las escaleras de interior modernas, cumplían también la función de escaleras de emergencia. Dado que la mayoría de los vecinos acostumbraban a hacer uso de los ascensores en su día a día, las abandonadas escaleras se habían convertido en el lugar preferido por los adolescentes del Bloque C para fumar marihuana y guarecerse del frío y de la lluvia en invierno. Toscos *graffitis* con dibujos obscenos y declaraciones de amor así lo atestiguaban.

La idea principal consistía en inspeccionar el hueco de las escaleras en busca de infectados y descender al piso inferior, usando un grueso colchón a modo de escudo para empujar y protegerse de quienes saliesen a su paso. Luego arrojarían al primer nivel de escaleras la mayor cantidad de muebles que pudieran, esperando que formasen una barrera infranqueable e impidiesen que los ferales ascendieran desde la primera planta. No era un plan perfecto pero no se les había ocurrido otro mejor. Armados con los cuchillos enastados, pues la escopeta de caza resultaba demasiado pesada e incómoda de usar, se dirigen a la puerta de acceso. Han arrastrado hasta el lugar un robusto colchón de plaza y media, un modelo de *Flex* con el conocido sistema de muelles que era más sólido que sus hermanos modernos de látex o espuma viscoelástica.

El hombre no quería que se atorase contra las paredes y les impidiera avanzar con firmeza y por eso había escogido ese colchón en concreto. Aunque no puede dejar de pensar con amargura que él no se está sintiendo precisamente *Flex* en esos momentos. Después de consultar con la mirada a la mujer, el hombre se ajusta las gafas de sol con las que se protege los ojos de posibles salpicaduras de sangre y se agacha para apoderarse del destornillador que atranca la puerta y lo arranca con la mano.

Entonces, abre muy despacio la puerta.

El primer infectado que se arroja sobre ellos, cae desplomado con un ojo ensartado por el cuchillo del hombre. Vestido con el mono de trabajo de una compañía de instalación de calderas, el monstruo se desploma como un fardo. Un hilillo de sangre y fluidos lacrimales resbala por la hoja del cuchillo y gotea en el suelo. Sin molestarse en apartar el cadáver, el hombre pasa por encima del cuerpo con la intención de bloquear el hueco de las escaleras con la compacta carcasa del colchón. Puede sentir la caja torácica del infectado ceder bajo su peso cuando afianza los pies sobre el cadáver. Inmediatamente, otro feral asciende desde el piso inferior y arremete contra ellos. A duras penas pueden aguantar el empellón. El hombre se rehace y empuja el colchón con todas sus fuerzas hasta sentir cómo el asesino pierde pie y cae rodando escaleras abajo.

Sin vacilar, avanzan a trompicones los siguientes escalones y, al mismo tiempo que el feral recupera la verticalidad y se dispone a atacar de nuevo, la mujer lanza su brazo entre el colchón y la pared y le inserta la punta de su cuchillo en la garganta. El palo de escoba, engrasado con la sangre infectada, resbala entre sus manos cubiertas por los guantes de fregar. El hombre no puede reprimir un escalofrío involuntario al pensar en toda esa sangre contagiosa. La mujer trata de recuperar su cuchillo pero el hombre la grita que lo deje y siga empujando. Vistos así parecían dos formidables espartanos resistiendo los embates del ejército persa, pero él no se sentía como el héroe Leónidas y, desde luego, esperaba que su desenlace fuera completamente diferente al que aconteció en las Termopilas. La mujer, con la bandana rosa cubriendo su cara tampoco daba el papel de una majestuosa Gorgo.

Al principio había parecido una buena idea utilizar el colchón como falange protectora pero en cuanto llegaron al primer recodo de las escaleras, ambos caen en la cuenta de su error. Girar el enser por la esquina del rellano sin exponerse a un arañazo o un mordisco infeccioso resultaba casi imposible. El hombre puede contar hasta tres ferales intentando alcanzarles con sus manos como garras. Afortunadamente, desde su desventajosa posición no pueden arremeter con toda la fuerza de que son capaces y con ahínco los mantienen a raya.

El más pesado de los ferales, una mujer latinoamericana con el tamaño de un *Smart*, levanta los brazos por encima de su cabeza y comienza a embestir con insistencia el centro del colchón. Al otro lado, el hombre puede ver los rollizos brazos escarados y oler el tufo que desprenden. A duras penas reprime una arcada involuntaria y sigue sujetando el colchón con firmeza.

—¿Qué hacemos ahora?—Pregunta la mujer resollando por el esfuerzo. No podrán seguir así por mucho más tiempo. —¡Nos van a tirar!

El hombre se ha dado la vuelta y resiste las acometidas con la espalda completamente apoyada contra el colchón. La mira desesperado sin saber qué responder, gruesas gotas de sudor resbalan por su rostro. Entonces la mujer hace lo impensable. Da un paso atrás y deja de empujar, rindiéndose a una muerte segura. Un paroxismo de terror se apodera del hombre cuando la secuencia se reproduce en sus retinas. Al mismo tiempo, un doloroso estallido de dolor le dobla el espinazo en el preciso instante en el que la obesa latinoamericana embiste contra el colchón y consigue traspasarlo. Por culpa de su mal calculado ímpetu, la feral se precipita hacia el suelo, y entonces la mujer aprovecha la oportunidad para clavar el cuchillo en su nuca.

¡Otro menos!

El sordo grito de júbilo escapa por los labios apretados del hombre. De uno en uno y en la angostura de la escalera, la fuerza de los ferales resulta cualquier cosa, menos una ventaja. El hombre aprovecha el momento y empuja con un esfuerzo sublime hasta conseguir pasar la totalidad del colchón por el recodo. Ahora casi puede ver la puerta de acceso a la siguiente planta. Está cerrada y eso les favorece, pero el hombre puede oír con toda claridad el estruendo que, desde la calle, la horda de ferales está haciendo mientras intenta echar abajo la pesada puerta del portal. Con energías renovadas, la pareja consigue llegar hasta el rellano de la tercera planta y seguir empujando a los últimos ferales hacia el siguiente tramo de escaleras. El sudor resbala copiosamente por la cara del hombre y siente que la fuerza de sus brazos comienza a abandonarle. La urgencia de acabar con los ferales que quedan en pie es ahora perentoria.

—Asegúrate de que la puerta está cerrada.—Le pide a la mujer, instantes antes de pivotar sobre sí mismo y, balanceándose sobre el pasamanos de la barandilla, insertar su propio cuchillo enastado en el oído del feral que tiene más cercano.

El monstruo aparta la cabeza con un espeluznante alarido y un enorme géiser de sangre brota con violencia salpicando la pared, pero se mantiene en pie chillando como un cerdo degollado. Agarrando el arma como un archero, el hombre ataca por segunda vez y consigue atravesar el pecho del infectado, callándolo para siempre. El feral se derrumba arrastrando a su compañero escaleras abajo en una maraña de miembros y ropas cochambrosas. El hombre había notado con anterioridad la característica de que algunos ferales perdían considerablemente su masa corporal y que sus ropas terminaban colgando descuidadas de sus esqueléticas carcasas. Sin perder ni un instante de tiempo, el hombre suelta el colchón y se abalanza sobre los bultos caídos, el cuchillo alzado sobre su cabeza, para atravesar al último feral de parte a parte. La lucha por la escalera había, finalmente, concluido.

¡La tercera planta era suya!

Ahora tan sólo se escucha el pesado resollar del hombre y un eco sordo que sube por el hueco desde el portal. Los crujidos de la estructura de metal de la puerta se hacen cada vez más ominosos y se puede sentir cada sacudida en los cimientos mismos de la casa. No les queda demasiado tiempo, está bastante claro que no podrán escapar por ahí y que no tendrán tiempo de alcanzar el segundo nivel antes de que los ferales echen la puerta abajo.

Con el aliento recuperado y la ayuda de la mujer, consigue arrojar el colchón por el hueco y detrás van los cuerpos de los ferales abatidos. El hombre los observa golpearse contra la barandilla mientras se precipitan hacia las plantas inferiores. Al batiburrillo formado por los restos de infectados y el colchón, se le unen un buen puñado de sillas, dos enormes sofás y dos pesadas mesas de comedor. Cuando terminan han conseguido levantar una intrincada barricada de patas de madera y aluminio difícil de sortear, salvo que uno tuviese a mano una sierra mecánica, y que parece lo suficientemente sólida como para impedir el acceso desde las escaleras.

Y entonces, descansan por primera vez.

✳✳✳✳

La tarde avanza inexorable en el exterior y una

mortecina luz se apodera del barrio. Mientras, el fuego del incendio ha remitido casi por completo por la lluvia y un espeso humo negro se desprende de los objetos calcinados. Un violento y sucio torrente de agua avanza por la calle arrastrando todo lo que se encuentra a su paso. Si no está anclado al suelo o sujeto de alguna forma al suelo, pasa a engrosar la lista de objetos flotando avenida abajo. Restos de vehículos y enseres ennegrecidos se convierten en poderosos proyectiles que impactan contra las paredes de los pisos más bajos amenazando con echarlas abajo.

Al principio de la calle hay una pequeña tienda de ultramarinos regentada por un matrimonio catalán. Ambos orgullosos de serlo y portando su idiosincrasia por bandera. Un enorme tronco de chopo, arrancado de la avenida principal, había golpeado con fuerza el escaparate y acabado por incrustarse entre dos estanterías vacías de productos. Desde su atalaya tras la máquina registradora, el cadáver del propietario, que se había parapetado en la tienda para disuadir a los saqueadores, contemplaba con ojos vidriosos cómo el agua amarronada convertía en recuerdo el esfuerzo de toda una vida y acababa por anegar toda la tienda.

En el portal, las primeras lenguas de agua alcanzan a los infectados quienes no parecen darse cuenta de lo que se les viene encima. En un último empellón colectivo consiguen hacer saltar la puerta de sus goznes y se precipitan hacia el interior del vestíbulo como una marabunta. El agua los sigue, buscando los sitios naturales donde extenderse. Entre la confusión de escombros y extremidades, los primeros ferales alcanzan la barricada de muebles y la sacuden con salvajismo. La enredadera de sillas y sofás parece resistir las tentativas. A su alrededor, el nivel del agua comienza a subir y les cubre las pantorrillas. Pero los infectados eran tenaces. Su cuerpo y alma estaban poseídos por el virus y éste no había resistido el paso de milenios permitiendo que los infectados capitulasen con facilidad en su misión de dispersarlo.

Tres mil años atrás, los microorganismos eran la especie dominante en la Tierra y el virus había retallecido para reclamar el título de nuevo. No busques una motivación racional en ello o una elaborada conspiración terrorista parida por una siniestra mente criminal. Tampoco había sido un error de laboratorio o un arma militar secreta escapada de control. El responsable había sido tan sólo, el instinto primigenio de perseverancia del virus, más poderoso que cualquier otra motivación. Dicho instinto había permitido al virus, resurgir y propagarse de nuevo. El virus usaba a los infectados como sus apéndices, ésta era la única razón por la que todavía los mantenía con vida y sus cuerpos no habían sucumbido bajo las inclemencias de la enfermedad que los poseía. Los ferales eran sus organismos vectores, encargados de la dispersión y a través de las sinergias surgidas en la colectividad infectada, el virus era capaz de teledirigirlos y, de algún modo, *sentir* que seguía habiendo seres humanos sanos en el edificio. Por ello *sabía* que era el momento, por decirlo alguna manera, de apretar un poco más el puño y conseguir finalmente su infestación.

La excitación que sienten los ferales junto a la barricada aumenta unos grados más en su interior y contagia al resto de infectados que se encuentran diseminado por el vestíbulo inundado.

✳✳✳✳

En el resto del planeta, millones de infectados sienten una excitación similar cuando se encuentran en las proximidades de un ser humano sano y redoblan sus esfuerzos por infectar a los escasos supervivientes que pueden encontrar.

En ese mismo momento, en Castelnau, un pequeña localidad del Pirineo francés, la población al completo consigue rodear en la plaza al único habitante sin contagiar que quedaba. Y junto a un bonito pozo empedrado, el último castellvienés es atrapado y sumado al ejército de infectados.

A miles de kilómetros de distancia, en la Australia meridional se extiende la Cordillera Flinders, un paisaje agreste de espectacular belleza, visitado únicamente por los aborígenes y los turistas. Ahora, la horda de ferales que se formó en Adelaida y que viaja hacia el norte dispersando el virus por el país, arrolla bajo sus pies furibundos un campamento de aficionados al montañismo.

Una situación similar sucede en China, donde de momento, la Gran Muralla había conseguido detener la oleada de infectados que se desplazaba desde Beijing a los cuatro vientos. Sin embargo, incluso el majestuoso monumento de cuatro siglos de antigüedad terminará sucumbiendo bajo la fuerza bruta de millones de infectados.

En los Estados Unidos, aparecieron tres focos simultáneos en Nueva York, Filadelfia y Los Ángeles. Debido a la proximidad geográfica de los dos primeros, la ola de infectados que se formó en el nordeste del país era tan voluminosa que su masa era perfectamente discernible desde la EEI (Estación Espacial Internacional) mientras se desplazaba hacia los estados vecinos. Los seis miembros de la Expedición 21, compuesta por un comandante y cinco ingenieros, no terminaban de entender qué es lo que están observando desde el módulo MPLM (Módulo logístico multipropósito) *Michelangelo*. El *Michelangelo* era el primer MPLM habitable pensado para transportar los primeros turistas espaciales que visitarían la EEI. Tras el fin del programa del transbordador espacial en 2010, la NASA había pensado que sería una buena manera de capear la crisis si permitía las visitas de personal civil a la Estación y no se había equivocado, las primeras cinco expediciones programadas habían colgado el cartel de "sin entradas" en menos de una semana y estamos hablando de precios que rondaban el cuarto de millón de euros. Ninguno de los tripulantes que se encontraban acondicionando el Michelangelo pensaba en esos momentos en tal cosa, mientras contemplaban la enorme mancha negra que formaban los millones de infectados de Nueva York y Filadelfia, diseminándose hacia los estados de Ohio y Virginia.

En la otra costa, algo similar sucedía en California, aunque a una escala mucho menor, y la oleada de ferales se expandía desde Los Angeles hacia el norte, en dirección a San Francisco y el estado de Oregón. Hacia el sur, una segunda ola se dirigía en dirección a Arizona y la frontera mexicana. Por primera vez en la historia, unas semanas antes, el flujo de inmigración se había revertido y el país azteca había tenido que poner en marcha su propia versión de la Operación Guardián, para detener el paso de los ciudadanos estadounidenses que huían de la epidemia. Y por primera vez también, los mexicanos habían agradecido a Dios el levantamiento del muro fronterizo construido para impedir el paso de ilegales a los Estados Unidos. Un millar de kilómetros de valla de acero y cemento, separada en distintas secciones, que se extendía a lo largo de los tres mil kilómetros de frontera. El Muro, como se le conocía popularmente, conseguiría detener la expansión de la oleada feral norteamericana que iba tras los pasos de los emigrantes yanquis.

Al menos, por algún tiempo.

Porque a bordo de un jet de la compañía aérea Lufthansa, un elevado número de infectados había aterrizado en el aeropuerto de México D.F. La policía nacional del D.F. se había empleado con contundencia, disparando primero y analizando la sangre después, en un vano intento por contener la propagación. Un plan sencillo pero efectivo. O eso pensaban. Para cuando se dieron cuenta de su error, la tercera ciudad con la población más grande del mundo había terminado por generar una de las oleadas de infectados más impresionantes, que se dirigió hacia el norte extendiendo el virus por la Norteamérica azteca como un reguero de pólvora. Ni la policía de fronteras, ni el Muro conseguirán detener en esta ocasión, la marejada de infectados que cruzaba el desierto portando el virus sobre sus espaldas mojadas. Los patrulleros y los racistas de ultraderecha que vigilaban los pasos más comunes nunca imaginaron que se verían atrapados entre dos ejércitos. De un lado, la ola de ferales estadounidenses y, del otro, la mexicana. Los cientos de túneles excavados por los *coyotes* para ayudar a los inmigrantes ilegales a sortear la valla se convertirán en vomitorios del infierno. Y para cuando ambas olas de infectados se junten, ya no quedará nadie con vida o sano en ambos territorios.

Mientras, en el interior de los Estados Unidos, un cuarto brote aparece en el estado de Nebraska y comienza a aumentar sus números exponencialmente.

Finalmente, escenas parecidas se sucedían en Buenos Aires, Santiago de Chile y en Panamá. Muy pronto, toda Latinoamérica, salvo las zonas montañosas y selváticas de difícil acceso, estará bajo el dominio del virus.

La humanidad se encontraba a un paso de la extinción total.

> **"El miedo es una emoción indispensable para la supervivencia.**
>
> —Hannah Arendt

5

La espalda del hombre le duele como si un herrero hubiera estado practicando su labor sobre ella. Le pitan los oídos de puro cansancio y aún así cree haber escuchado ceder la puerta de la calle bajo los envites de los ferales. Por el momento ignora el dolor y se dirige con cautela a la puerta de acceso a la tercera planta. Se está convirtiendo en todo un experto en hacer caso omiso al dolor. Su cabeza, por ejemplo, no ha cesado ni un solo instante de zumbar como un avispero, la perenne estática hace difícil concentrarse y congestiona sus sentidos. Una salmodia plana y gris que de vez en cuando parece despertar a la vida con un agudo repunte, que le hace saltar las lágrimas.

El hombre piensa que es el último canto de cisne de su mente, que se rebelaba contra el sobreesfuerzo al que la estaba sometiendo. Además tiene la impresión de que le cosquillea la punta de los dedos. Algo que nunca había sentido y que achaca al cansancio extremo que sufre. Pero no está muy seguro de ello. Los últimos días no habían sido precisamente lo que se dice ordinarios; así que cualquier cosa que pueda sentir es tan anómala como todo lo que han vivido hasta ese momento.

Durante el tiempo que ha permanecido descansando el hombre soñó con la mujer. Un sueño lejano, con el océano de fondo y una atmósfera tenue que irradiaba paz por los cuatro costados. Cuando despertó, había notado un cierto sabor salado en las comisuras de los labios y lágrimas calientes resbalaban por sus mejillas. Lloraba porque el sueño había terminado.

Ground Control to Major Tom.

David Bowie le devuelve a la realidad como otras tantas veces. Siempre que su mente se desviaba del trabajo que se traía entre manos o descuidaba su concentración en la oficina, se repetía esa estrofa a modo de alarma. Pensar en el sueño era una de esas desviaciones. No puede permitirse el lujo de no estar al ciento por ciento cuando accedan al tercer piso. *Ground Control to Major Tom.* Control de Tierra llamando al Mayor Tom. El Mayor Tom que termina perdido en la inmensidad del espacio, lejos de sus seres queridos, encerrado en la lata de aluminio que es su nave espacial. El hombre se visualiza a sí mismo perpetrado como un astronauta presto a pisar por primera vez un planeta desconocido. La tercera planta.

Can you hear me, Major Tom.

El hombre ha planeado todo el asunto con la misma meticulosidad con la que un programador escribe un programa informático. Los tres elementos más importantes con los que trabaja todo programador son las funciones, las instrucciones y los datos. Con esos tres uno puede escribir casi cualquier cosa. Son la Santísima Trinidad de la programación. Las funciones dictaban la acción a realizar, son el verbo. Como registrar el tercer piso. Los datos proporcionaban y almacenaban la información necesaria para que la función se lleve a buen término, son el complemento. ¿Había ferales atrapados en la planta? ¿Supervivientes? ¿Qué podrían aprovechar y qué no? Ese tipo de cosas. Y por último, las instrucciones dictaban el curso a seguir por la función, el sujeto. Son las que toman las decisiones, por así decirlo. Si había ferales ocultos entonces la instrucción puede optar por dos funciones: luchar o huir. Si había supervivientes, ayudarles o dejarles estar. Y así, sucesiva y extenuadamente, hasta completar el programa. Era un trabajo que requería paciencia y obsesión por el detalle.

Detalles como saber que en esa planta viven una pareja de ancianos al fondo del pasillo y que es poco probable que hayan sobrevivido o tenido la oportunidad de marcharse a algún lugar seguro. Así que los abuelos son fiambres o ferales. Del mismo modo, sabe que el apartamento justo debajo del suyo lleva algún tiempo abandonado. Sólo tendrán que preocuparse por dos apartamentos y muy probablemente no haya ningún feral en el pasillo. Aún así piensa extremar las precauciones y no dejar nada al azar. Sin olvidarse de los detalles.

Ground Control...

El hombre observa el interior del pasillo por el ojo de luz de la puerta pero no puede distinguir nada. Está oscuro como boca de lobo. Se vuelve hacia la mujer y levanta los hombros todo lo que puede para indicarla que está preparado. Es hora de entrar en la tercera planta. Deja escapar el aire lentamente de sus pulmones y empuña el picaporte, abre la puerta una mera rendija y espera. Los segundos se hacen minutos, los minutos parecen horas. Con el cañón de la escopeta agranda la hendidura hasta que puede pasar medio cuerpo.

Nada sucede.

El hombre respira hondo una vez más y toma

aliento. La tercera planta huele diferente a la suya. Huele a humedad y a rancio. A miedo y al olor dulzón de la muerte. Con la mano derecha aferra la *Beretta* y desliza el dedo índice en el gatillo, acariciándolo. Gira la escopeta entre sus manos para cerciorarse de que el seguro del arma está retirado. Da un paso al frente. Y se deja engullir por la oscuridad. Entonces enciende la linterna permitiendo que la negrura sea devorada con avidez por la luz recién nacida. Nada al frente. Tampoco a su espalda. Ni rastro de ferales.

—Esto está despejado. Aquí no hay nadie.—Informa a la mujer quien rápidamente asegura la puerta con el destornillador, como antes hicieran con el piso superior, y se adentra en el pasillo.

No puede evitar mirar de soslayo el hueco de las escaleras, por él ascienden los gruñidos animales de la primera planta. El hombre capta la mirada y toma nota mentalmente para hacer algo al respecto. En el universo del lenguaje informático existe otro elemento también muy importante: las constantes. Los valores que no cambian nunca durante la ejecución de un programa informático. Por muchas funciones e instrucciones que se escriban, una constante siempre permanece inalterable, ajena a todo lo que sucede a su alrededor.

La mujer.

Su constante es la mujer y la necesidad perentoria de que pase lo que pase, ella tiene que sobrevivir.

A toda costa.

Añade a la nota mental que tiene que buscar un par de colchones robustos y dejarlos caer por el hueco de la escalera para amortiguar los gruñidos de los ferales y aislarlos por completo de los pisos superiores. Ya tendrá tiempo de pensar en cómo saldrán a la calle porque después de eso, la salida por las escaleras estará completamente descartada de la ecuación.

Encienden la lámpara de acampada y la bombilla de LED hace que la oscuridad huya por completo de aquella planta. Bajo la fría luz estudian las puertas de sus vecinos, mientras deciden que entrarán primero en el apartamento 3A. La pareja de ancianos. Es el que más probabilidades tiene de estar vacío y por tanto el que representa el riesgo más pequeño.

El juego comienza de nuevo.

El perturbador, aterrador juego.

De nuevo, el miedo le atenaza las tripas. El miedo es otra constante. El hombre sacude la puerta ligeramente y comprueba que los cerrojos de seguridad están echados, entonces usa el escoplo y un martillo para forzarla. Una vaharada a cosas muertas le golpea como un derechazo al plexo solar en cuanto se abre. Al menos, ya tiene la certeza de que los viejos no fueron a ninguna parte. Allí dentro no encontraron nada que pudieran aprovechar y se dirigen al siguiente apartamento. Una incógnita pues no tiene ni idea de quien vive en él. Hay algo raro en su puerta, algo diferente al resto. Lo presiente. Algo que no es capaz de identificar pero que enciende todas las alarmas en su cabeza. Hace un gesto con la cabeza a la mujer para que se acerque.

—¿Qué sucede?

—No lo se, pero no me gusta.—contesta dubitativo.—¿A ti qué te parece?

Ella se encoge de hombros. Es una puerta como todas las demás. El hombre sigue sin estar seguro, su instinto le grita a pleno pulmón que algo anda terriblemente mal. Durante lo que parece ser una eternidad, el hombre y la mujer se quedan donde están, sin hacer nada más que mirar idiotizados la puerta reforzada. Entonces el hombre descubre lo que le inquieta. Un tenue resplandor asoma por debajo del panel de madera.

¡Una luz!

¡En el apartamento 3B hay alguien con vida!

Con un gesto silencioso indica a la mujer su descubrimiento y agarrándola del brazo la conduce al centro del pasillo donde se encuentra la lámpara de acampada.

—¿Y ahora qué hacemos? Estoy casi seguro de que tras esa puerta se oculta alguien.

—Pero si eso es verdad, ¿por qué no salió antes? Con todo el jaleo que montamos en las escaleras, es imposible que no sepa que estamos aquí.—La mujer tiene razón. Un superviviente habría asomado la cabeza nada más descubrir que no estaba solo en el edificio y que había más personas como él.

Aunque quizás tuviera miedo.

—¿Miedo de qué? ¿De quién?—La pregunta de la mujer lo sorprende, no se ha dado cuenta de que está pensando en voz alta. Se está convirtiendo en una costumbre.

—No sé. De nosotros. No puede saber qué clase de intenciones tenemos y lo más probable es que esté jugando la baza de la seguridad. Se esconderá hasta que sepa a ciencia cierta que no representamos ninguna amenaza.

—¿Cuánto tiempo permanecerá ahí encerrado?— Quiere saber la mujer.

—¿Y me lo preguntas a mí? ¿Cómo puedo saberlo?— Contesta el hombre irritado. Ella tiene ese don. El poder de irritarle con la frase más sencilla. Sacarle de sus casillas con la pregunta más inofensiva.

—¡Por el amor de Dios!—Replica la mujer y sin pensarlo dos veces se dirige hacia la puerta y la golpea suavemente con los nudillos. Un gesto tan cotidiano que le produce al hombre un profundo dolor. Dolor por todas las pequeñas cosas que han perdido y no podrán recuperar, como conversar con un vecino o visitar a un amigo.

La mañana se abre paso por el cielo nublado y tímidos pero inexorables rayos de sol comienzan a asomar inundando la zona del pasillo que queda bajo el ojo de luz de la puerta de entrada. Ajenos al horror y la destrucción que los rodea algunos torcecuellos dejan sonar sus nasales voces. El hombre puede oírlos a través de las ventanas de las escaleras. Más dolor. De algún modo, escuchar el trino de los pájaros no parece ser algo de ese nuevo mundo que les toca vivir. Un nuevo roce de nudillos sustituye un sonido con otro y atrae toda su atención. No existe ninguna posibilidad de que vayan a abrir la puerta, pero...

—¿Hola? Somos sus vecinos del piso de arriba. No queda nadie más. Le prometo que no estamos infectados y que no queremos hacerle daño. ¿Hay alguien ahí?

La mujer habla con suavidad. Tiene los labios pegados a la puerta, casi rozando la madera. No obtiene ninguna respuesta.

—Olvídalo, no van a abrir. Tenemos que pensar en otra cosa.

La mujer le mira furibunda y le ordena callar con un gesto brusco de su mano. Desde la distancia y en la escasa luz que proporciona la lámpara parece que hubiese espantando una mosca o algo parecido. La luz del día aún no es lo suficientemente fuerte como para penetrar hasta el interior del pasillo y menos con la puerta cerrada.

—De verdad, no queremos hacerle ningún daño. No estamos infectados y solo estamos buscando comida y víveres antes de irnos del edificio.—Insiste la mujer.

El hombre suelta un sordo bufido. No tenía por qué contarle aquello, revelar sus intenciones no parece una buena idea. ¿Y si ahora quien sea que se oculta tras esa puerta decide matarles y apoderarse de su plan? Les torturará hasta obtenerlo y luego les matará y se irá con viento fresco. El hombre se siente algo mareado. Le está empezando a doler la cabeza de veras. Necesita terminar con aquello cuanto antes y descansar. Está exhausto. Han pasado cuatro horas desde que se levantaron para inspeccionar el piso tercero y sus músculos, denostados por el esfuerzo de echar abajo a martillazos la puerta de los viejos, comienzan a rebelarse demandando un descanso. Decididamente no se encontraba en buena forma física. ¿Quién lo estaba en una sociedad dictada por la comida basura y la falta de ejercicio? En aquellos tiempos, tan sólo los deportistas, los *gay* y los metrosexuales tenían un cuerpo atlético, y dudaba de que estos últimos fueran algo más que simples fachadas levantadas a fuerza de esteroides y severas dietas alimenticias.

—¿Hola, hay alguien ahí?—Continúa la mujer, tozudamente. Nadie responde. Entonces, el hombre toma una decisión.

—Si hay alguien con vida ahí dentro, dejémosles que se quede donde están.

—¿Cómo dices? ¡No podemos hacer eso!—Protesta la mujer.

—No podemos obligarlos, tampoco. ¿Verdad?—La mujer se resiste a desistir, siempre hay algún tipo de causa perdida con ella. Situaciones en las que cualquier persona en su sano juicio abandonaría a las primeras de cambio.— Vamos, todavía tenemos otros dos apartamentos más por registrar. Luego decidiremos.

Caminando hacia el extremo opuesto del pasillo, el hombre experimenta una ligera palpitación de cólera pensando en la mujer y su obcecación con los vecinos del 3B. Se pregunta si habría también alguien refugiado en el resto de viviendas y entonces recuerda que en el 3D no vivía nadie. Lamentablemente de ahí no podrán sacar nada de provecho.

Detalles.

Se acerca a la puerta del apartamento 3C y acerca ligeramente el oído a la madera. Intenta averiguar si hay alguien en su interior. Nada. Entonces la empuja suavemente y la nota ceder, no tiene echado los cerrojos. Da un paso atrás y permite que la mujer abra la puerta con la lámina de acetato. Mientras espera, en su cabeza rememora una estrofa de Lenny Kravitz. *Welcome to the Real World. It might end up wrong. So you better be strong.* En ella, el artista neoyorquino advertía del esperpento en el que se convertía la vida de un artista. Bienvenido al Mundo Real. El hombre no entendía el mundo real. La visión grotesca y deformada que estaban viviendo no parecía ser el mundo real. ¡Claro que iba a terminar mal! ¡Una sociedad subyugada bajo millones de infectados, víctimas de una epidemia que los había transformado en monstruos era el mundo real! ¡Por favor! ¿Cómo iba a terminar bien? Estaban viviendo en un mundo de pesadilla.

So you better be strong.

Tocaba ser fuerte, más fuerte que nadie. Palabra de Lenny Kravitz. Claro que Lenny no hablaba en ningún momento de viruses, ni epidemias, sino de las estrellas de rock y cucharadas de cocaína esnifadas por la nariz. La verdad es que al hombre no le importaría cambiarse de lugar con el rockero, estar rodeado de alcohol y féminas solícitas a sus más pequeños deseos. Su mundo real era mucho más siniestro y más peligroso que el de Lenny Kravitz. Su mundo ya había terminado mal, y si tuviera que apostar quien dejaría antes un bonito cadáver estaba claro que no apostaría todo su dinero al negro.

So you better be strooong.

Tenía que aferrarse al plan. No desviarse de su curso, ni por un instante. Esa era su manera de ser fuerte. El plan era importante. Sabía a ciencia cierta que será lo único que los mantendrá con vida y no va a permitir que nadie lo ponga en peligro. Los vecinos del 3B no entraban dentro de sus planes, así que a la mierda con ellos. Si salían y daban la cara, bien, y si no, era su maldito problema. Pero sabía que iba a ser una ardua tarea convencer de ello a la mujer. Una vez que ella fijaba su atención en algo resultaba, imposible desviarla del tema.

Hacía tiempo que el hombre no escribía sus notas, pensaba que cada vez tenía menos sentido hacerlo. En breve, no quedará nadie para leerlas. Sin embargo, de algún modo, plasmar en el papel todos sus pensamientos le ayudaba a ponerlos en orden. Todos esos sentimientos reprimidos, todas esas cosas dejadas sin decir. Había algo deliciosamente catártico en escribir los secretos de uno y permitirles ver la luz. Así había imaginado el plan y así ventilaba la mayoría de sus frustraciones. De tener ahora la libreta entre sus manos escribiría algo como: *El plan tiene que seguir adelante, cueste lo que cueste.* Estaba claro que tenía que hacer ver a la mujer ese punto de vista. Si eso significaba dejar atrás a otro superviviente, pues lo siento, la vida es así. Una hija de puta de mucho cuidado. O vigilas tu culo o te lo vuelan a la más mínima oportunidad. La vida es una lucha continua y despiadada, esto lo ha tenido siempre claro. En una familia de cuatro hermanos, si uno quería algo tenía que pelear para conseguirlo. Él estaba acostumbrado y ahora tocaba convencer a la mujer.

✳✳✳✳

El apartamento 3C resultó estar vacío y no pudieron rescatar nada aprovechable de su interior. Se está acercando el momento de enfrentarse definitivamente al asunto del apartamento 3B o dejarlo correr para siempre. El hombre solo esperaba que la decisión que tomasen no fuera la equivocada y tuviesen luego que lamentarlo.

A través de la ventana, entra la luz del mediodía. En el exterior, la lluvia había amainado y también las torrenciales estampidas de agua sucia, dejando tras de sí regueros de destrucción y de barro. Sentados a lo largo del sofá del piso que han elegido como cuartel de operaciones, lo discuten mientras dan buena cuenta de sendas latas de fruta en almíbar. El hombre no tiene especial predilección por ese tipo de comida, pero tal y como estaban las cosas uno no podía mostrarse muy quisquilloso con ese tipo de dilemas. Arruga el rostro ante el dulzor de la pieza de melocotón que se acaba de meter en la boca y mastica deprisa antes de hablar.

—¿Qué vamos a hacer al respecto? Tenemos que tomar una decisión.—Habla a la mujer con suavidad, el mismo tono que empleaba cada vez que ha necesitado el apoyo de ella y sabía que era una misión imposible.

—No podemos dejarlos ahí. ¿Y si están enfermos y necesitan nuestra ayuda?—Hay un timbre agudo en su voz, el hombre lo conoce bien. Sabe lo que significa. Su decisión ya está tomada y tan sólo está pensando en encontrar un razonamiento que haga que el hombre piense como ella.

—Si están enfermos, es poco lo que podremos hacer por ellos. De querer nuestra ayuda ya habrían salido de su escondite para buscarla, ¿no te parece?—De nuevo, la suavidad como un guante de terciopelo.

—¿Y si no pueden moverse?

El hombre dejar escapar un suspiro largo y prolongado, antes de replicar.

—Si no pueden moverse, entonces se convierten en peligrosos.

La mujer guarda silencio pero le devuelve una mirada furibunda que le asegura que aquella es una más de sus batallas perdidas. Conocer exactamente las batallas que uno debía librar es una de las herramientas más eficaces para sobrevivir a más de quince años de relación. Salir airoso de las decisiones que ello conllevaba resultaba vital para la supervivencia. El hombre deja el tenedor que está usando en el interior de la lata de fruta y se limpia la boca con la manga. El gesto le hace ganarse una mueca de desaprobación de la mujer. Sonriendo para sus adentros ante la cotidianeidad del gesto, concluye:

—De acuerdo, les daremos una oportunidad más y si no dan señales de vida, clausuramos la planta y nos largamos con viento fresco. Sin mirar atrás.

El hombre agarra la escopeta y la lámina de acetato que están usando para abrir algunas puertas del edificio. Todavía no deja de asombrarse de que la mujer supiera cómo abrir una puerta blindada sin acerrojar.

—No perdamos más tiempo, entonces.

****

El vestíbulo del edificio ya se encuentra completamente anegado de agua y de infectados. Las primeras capas de la barricada que crearon han sido rebasadas. Restos de fibra sintética de los colchones de muelles flotan sobre la superficie de agua sucia que ya llega a la altura de los muslos de los ferales. Afortunadamente esto hace que no puedan moverse con comodidad y retrasa el momento en el que finalmente echen abajo los últimos muebles que arrojaron por el hueco de las escaleras. El silencio con el que trabajan para conseguir su objetivo contrasta con la ferocidad con la que desgarran el último de los colchones. Tras él, les espera una maraña de sillas, mesillas de noche y un par de pesados sofás.

Tan sólo es cuestión de tiempo.

****

El hombre se detiene bruscamente en el umbral del pasillo del tercer piso. Al final del pasillo, una enorme silueta se destaca en la oscuridad. Una sombra entre las sombras. Muy despacio y sin dejar de apuntar con la *Beretta* hacia la inmóvil figura, se inclina para encender la lámpara de acampada. Bajo la nueva luz que se adueña del pasillo la figura se protege los ojos con el brazo.

El tamaño del desconocido es descomunal. Quizás 130 o 140 kilos de peso condensados en un cuerpo que ronda el metro noventa de altura y en el que destaca una voluminosa barriga. Viste ropas limpias pero de confección barata, así que el hombre asume que no debía tener un trabajo de oficina sino más bien de mono azul. Un mecánico o un obrero, a juzgar por las enormes manazas con las que tapa sus ojos.

—¿Quién eres?—Le pregunta sin dejar de apuntarle con la escopeta. A su espalda, siente como la mujer contiene el aliento. Sin mirarla, el hombre le hace un gesto disimuladamente para que se quede donde está.—¿Estás con alguien más? ¡Si hay alguien más en la vivienda pídele que se muestre inmediatamente!

El hombretón duda sin saber qué hacer y, por unos instantes, el hombre piensa que es un bobalicón aquejado de alguna minusvalía mental. Luego le observa mirar fijamente la negra boca de la *Beretta AL 391* y descubre que simplemente está impresionado por el arma.

Bien, piensa, *eso lo mantendrá a raya.*

Sin bajar la escopeta, el hombre se acerca unos pasos y vuelve a ordenar:

—Dime quién eres y qué es lo que quieres o te mato aquí mismo.

Aquello parece ser suficiente para sacar al enorme vecino de su trance:

—Me llamo Hugo Londoño y no quiero nada, les oí trajinar en el pasillo y no supe qué hacer. No quería montársela pero al final me decidí a salir.—El fuerte acento colombiano desconcierta al hombre por unos segundos.—¿Puede hacerme el favor, compadre, de apuntar esa cosa hacia otro lado? No es muy *bacano* estar parado ante una fea escopeta.

El hombre ignora la petición y mantiene firme el cañón de la *Beretta* en dirección al sudamericano.

—¿Estás solo? ¿Hay alguien más oculto en ese apartamento?—Quiere saber. Una sombra de tristeza cruza el semblante del hombretón y el hombre sabe que ha perdido a alguien recientemente.

—Estoy solo acá. Mi esposa no hizo caso al noticiero que pedía que nos quedásemos en los departamentos pero no teníamos nada para comer. Salimos a tomar la *buseta* para el centro y un grupo de esos *hijuemadres* lo asaltaron.

—¿Quién atacó qué?—Al hombre le cuesta seguir el hilo del relato y la espesa jerga colombiana se le hace insondable. Sin embargo, ya ha decidido que el vecino no representa ninguna amenaza y ha bajado el arma, dejándola reposar en el antebrazo.

—Mmmm, entiendo compadre. Una puñada de tipos muy agresivos se echó sobre el..., el...—Duda buscando la palabra correcta.—¡...el autobús!

—Los ferales asaltaron su autobús.—Repite el hombre, más para sí mismo, tratando de no imaginar el horror de la escena.

—¿Qué fue eso?—El colombiano parece confundido.

—Ferales. Así es como llamo a los infectados.—Aclara el hombre.

—Entiendo, compadre. Yo los llamo *hijuemadres* o hijoputas según me venga, que seguro es más *descomplicado*.—Hugo se encoge de hombros, para entonces ya se ha olvidado de la escopeta y del temor a salir de su apartamento y está centrado en contar su historia.

Sentados en el salón del 4C, Hugo habla con voz cantarina mientras toma pequeños sorbos de una botella de agua.

—Nos abrimos paso como pudimos entre la multitud que huía del accidente de la *buseta*. Una cola de autos se habían quedado atrapados en el *trancón* que se formó. En el ataque ninguno supo qué *pinches* hacer y todo el mundo corría en direcciones opuestas. Yo y mi Mafe cosida a la mano, corrimos cuadras abajo, mientras uno de esos enloquecidos nos iba a los talones. El *man* agarró a Mafe del cuello y antes de que yo le echase las zarpas encima, ya la había degollado de un mordisco.

Hugo hace una pausa para recuperar el aliento y la compostura. Una lágrima trémula cuelga del rabillo de su ojo izquierdo. El hombre y la mujer aguardan con paciencia a que reanude, mientras luchan contra la angustia que se destila de la historia.

—La sangre...—Le tiembla la voz un instante pero se rehace.—La sangre de mi Mafe se le escapó a *correntadas*. Yo me arrojé sobre el *hijuemadre* y lo bajé pensando que o me mata o lo mato, pero uno de los dos no salía vivo de aquella faena. Mi Mafesita era bien *chévere* y ese hijoputa me la había arrebatado. Mi vida...

El relato vuelve a ser interrumpido por los sollozos entrecortados del hombretón. La botella de agua mineral, olvidada en su regazo, derrama gruesos goterones con cada sacudida de sus hombros. El hombre puede ver con congoja cómo las lágrimas acuden también al rostro de la mujer. Ambos están mudos, no saben qué decir.

—Después de eso, abracé el cuerpo inerte de mi esposa y me olvidé de toda la locura que pasaba a nuestro alrededor. Lo mejor de mi vida me lo había arrebatado Dios. No sé qué pasó para que nadie me molestase mientras estaba arrodillado acunando el cuerpecito de mi Mafesita. Pero después de un rato regresé a mis sentidos y me descubrí arrodillado en medio de un *parqueadero* y rodeado de cadáveres por todas partes. Estaba a unas cuadras de casa, así que me paré y comencé a caminar.

—¿Y Mafe, tu esposa?—Quiso saber la mujer, que había recuperado el habla. Hugo la miró con una honda tristeza.

—La dejé allá. ¿Qué otra cosa podía hacer?

La mujer asiente, comprendiendo.

—La comida que quedaba en el departamento no daba para mucho, esa *vaina* no tardó en acabarse pero tampoco me importó demasiado. No sé cuánto tiempo ha pasado hasta que les escuché a ustedes en las escaleras.

—¿Porqué no saliste cuando llamamos la primera vez?—Esa era una de las preguntas que le habían rondado la cabeza al hombre desde que se toparon con el colombiano.

—Ay, compadre, no quise ponerle cuidado. Además qué sabía yo de quiénes eran, tenía que estar seguro. Al final supongo que el hambre pudo más que el temor y me decidí a salir. Ahora me permiten empacar mis cosas y ustedes me dicen qué vamos hacer después.

> "La emoción más antigua y más intensa de la humanidad es el miedo, y el más antiguo y más intenso de los miedos es el miedo a lo desconocido.

—Howard P. Lovecraft

6

En la primera semana de contagio el balance de muertes a lo largo de todo el territorio nacional ascendió al medio millón de personas. El rango de muertes se triplicaría en los días siguientes, mientras el número de infectados cuadruplicaba esas cifras. A la tercera semana, los datos dejaron simplemente de ser publicados.

En el resto del mundo, las cosas no iban mucho mejor. Dado que la epidemia, ya convertida en pandemia, había brotado en África, los muertos e infectados se contaban por millones. *Decenas* de millones. Suráfrica había cerrado sus fronteras al resto del continente africano en un vano intento de contener la propagación. El grueso de sus fuerzas armadas se había concentrado en el norte del país y disparaba contra todo bicho viviente que se acercara a menos de un kilómetro de la línea fronteriza.

Así de simple.

Durante muchos días, el sonido de las ametralladoras despertaba a los soldados y los acompañaba hasta la hora de dormir. Ni un solo instante de tregua por el camino.

En Europa la situación no era más alentadora. Francia había intentado hacer lo propio con la Península Ibérica y cerró sus fronteras en los pasos de los Pirineos Atlánticos y La Junquera, en la comarca del Alto Ampurdán español, pero para entonces la epidemia ya había pisado suelo galo y se propagaba con rapidez hacia Alemania e Italia. Y no estoy hablando de la oleada de ferales que recorrió España de sur a norte, sino del propio virus en sí. De un selecto puñado de portadores que viajaban asiduamente entre el país galo y sus vecinos españoles en rutinarios viajes de negocios o simplemente porque el cartón de tabaco y el alcohol eran más baratos en territorio español. Al final, tras años de impedir el paso en las aduanas de los camiones españoles que transportaban productos agrícolas y esparcir su cargamento por el asfalto, las autoridades galas habían dejado pasar la carga más temible de todas.

Justicia poética.

En Europa del Norte, el brote había aparecido en Holanda y Suecia, casi simultáneamente y en una semana la situación se había vuelto tan insostenible que el contagio fue casi total. La propia idiosincrasia de su población, siempre presta a confiar en sus servicios públicos y sin apenas efectivos militares, favoreció la propagación. Pronto la marejada de infectados cruzaba esos países en dirección a Noruega y Dinamarca. Así cayeron el resto de los países nórdicos.

Al principio, los telediarios y periódicos no dieron muchas noticias de Rusia o los países asiáticos. Éstos se cuidaron especialmente de que tal información no saliese de sus fronteras. Sus regímenes trabajaban a destajo para controlar la sangría de ciudadanos que huían hacia países con menos volumen de infección. El mero hecho de pensar en los millones de habitantes chinos convertidos en ferales era algo más que suficiente para provocar escalofríos de puro terror.

En un mes la situación mundial se había deteriorado considerablemente y ya se hablaba en términos de humanos e infectados. Los últimos datos epidemiólogos de la OMS (Organización Mundial de la Salud) barajaban cifras en torno al 16% de mortalidad y el 82% de contagio tras un encuentro con un infectado. Solo dos de cada cien tenían alguna posibilidad de sobrevivir. Y ese dos por ciento tendría que enfrentarse al hambre, los saqueadores y a las enfermedades habituales que rondaban al ser humano. Sin doctores, ni tratamientos adecuados, un simple caso de gripe o una apendicitis se convertían invariablemente en un asunto mortal. La epidemia se ha convertido en la mejor herramienta socialista de la historia igualando a ricos y pobres de una sola tacada y les convertía en miembros de un exclusivo club social.

El club del dos por ciento.

En el sueño, Hugo quería desayunar. Un suculento desayuno a base de huevos, jamón, quimbolitos y tostadas. Todo regado con zumo de naranja y café bien fuerte. La mesa era una dicha a la vista, con su bonito mantel adornado con motivos en marrones profundos y cianes. El jarrón engalanado con un arreglo de flores silvestres. En el sueño no existía el virus, ni tipos locos con ganas de abrirle a uno en canal. En el sueño estaba solo con su querida Mafe. Desayunando en el mismo coqueto hotel donde pasaron su noche de bodas. La realidad era otra cosa. La realidad era una *pendejada* que se agazapaba en un puto país de gallegos resecos al que emigró con la esperanza de encontrar el futuro que se le negaba en Colombia. En su lugar, se topó con una crisis económica y un virus que transformaba a la gente en hijoputas homicidas.

Los últimos días habían sido una pesadilla. Había perdido al amor de su vida. Había sobrevivido a base de picos de pan rancios, comiendo dos o tres al día, deshaciéndolos en la boca para hacerlos durar más. Había enloquecido por momentos y, al mismo tiempo, experimentado la mayor lucidez en su vida. Locura. Lucidez. Una dualidad que quizá le venía de nacimiento como si sus propios genes estuvieran imbuidos de ella.

Su ciudad natal, San Juan de Pasto, era el ejemplo perfecto y la culpable de su forma de ser. Durante la Guerra de la Independencia colombiana se había mantenido fiel a la corona española y por ello había visto cómo buena parte de su población era diezmada por las tropas bolivarianas y arrojada al rio Guáitara. El Libertador no lo fue tanto aquella fatídica Navidad. Luego, años más tarde, durante una de las muchas guerras civiles que asolaban Colombia, incluso llegó a ser la capital oficial del país. *Seis meses*. Medio año en el que San Juan de Pasto tuvo el reconocimiento que se merecía. Ahora su gentilicio era sinónimo de torpeza y los chistes sobre pastusos corrían de boca en boca entre los colombianos.

Siendo pastuso y mestizo, su vida no había sido sencilla. Por eso emigró a España, los nariñences tienen un amor muy *chévere* por lo español. En tierras ibéricas había conocido a Mafe y también la había perdido. En tierras ibéricas le habían dado una oportunidad para mostrar su valía en un taller de mecánica y luego se la habían arrebatado cuando el taller tuvo que echar el cierre por culpa de la crisis económica. Así que su vida de emigrante había estado siempre marcada por la dualidad. Por los opuestos. Y la adversidad impuesta por una epidemia global no iba a ser la excepción. Nunca hubiera imaginado encontrarse a los españoles como unos palos secos que trabajaban horas interminables para esconderse en sus casas y calentarse al ardor de furibundas discusiones sobre fútbol o política. Todavía le sorprendía la facilidad que tenían los españoles para idealizar a sus personajes y luego despellejarlos al más mínimo asomo de fracaso. Toma como ejemplo a sus estrellas deportivas. Cuando su querido Deportivo Pasto perdió la Copa contra Santa Fe tras el cobro de penales, él nunca dejó de amarlo. A los héroes de uno no se les traiciona. Y sin embargo los españoles no perdonan que su equipo empate en un simple partido de Liga.

A Hugo no le gustaba el hombre. Era uno de esos palos secos de los que hablaba. Sin embargo, la mujer era harina de otro costal. Había una calidez en ella que le recordaba a Mafe, pero al mismo tiempo era dura como las rocas que recogía al pie del volcán que corona su ciudad natal, vigilante de todo lo que acontece en sus calles y avenidas. Al principio no había querido salir de su departamento porque ya había hecho las paces con el Señor y estaba preparado para morir y reunirse con su Mafesita. Pensaba que aquellos españoles que peleaban hasta la extenuación contra los demonios infectados iban a traerle a sus últimos días una violencia que no necesitaba. El quería irse en paz. Sin embargo, en uno de esos momentos de lucidez pensó que a Mafe no le gustaría que se dejase extinguir sin luchar. No se lo perdonaría jamás. No se veía capaz de enfrentarse a la idea de no volver a verla en los cielos y por eso, en un alarde de valor que no sentía, abrió la puerta.

Hugo se despierta con medio cuerpo descubierto. A pesar de la fría mañana de noviembre, gruesas gotas de sudor perlan la superficie de su masivo cuerpo. Curiosamente, la rigurosa dieta a base de picos de pan duros no ha hecho mella en los rollizos excedentes de carne que decoran su cuerpo. Necesita orinar con urgencia.

Mafe. Oh, Dios mío, Mafe.

No puede dejar de pensar en ella. No sabe que va a ser de su vida sin ella. Siente como si todavía no hubiese tenido tiempo de llorar su falta y eso que se había pasado días enteros, ovillado sobre la cama, sin ser capaz de detener los sollozos. *Dele, ríanse de mí. Un hombretón que llora*, piensa mientras se dirige al cuarto de baño para aliviarse.

—Tenemos que hablar de lo que vamos a hacer ahora.

La voz del hombre le sobresalta, aumentando su recelo hacia él. Está sentado en la penumbra del salón, con su inseparable escopeta apoyada sobre el sofá, siempre al alcance de la mano. No hay ni rastro de la mujer.

—Seguro, compadre, pero permítame ir al aseo primero.

El hombre asiente en silencio mientras regresa a sus cavilaciones sobre el enemigo al que se enfrentan.

El virus.

No tiene ni la más remota idea de cómo combatirlo. Desde el primer momento habían tenido la precaución de que la mujer se pusiese unos gruesos guantes de cocina y se lavaban con lejía después de vérselas con los ferales. No habían tenido un segundo par de guantes para él, así que en su caso sólo había tocado lejía. Además se protegían la cara con sendos pañuelos, pero el hombre no estaba muy seguro de que todo ello fuera mínimamente efectivo contra el virus. Hubiese dado su reino por una de esas mascarillas de carbón activado que la gente compró para prevenirse contra el H1N1 o unas gafas protectoras como las que usaban los pintores, pero nada de eso habían encontrado en los distintos apartamentos que registraron. Se acerca a la ventana y contempla el exterior.

La luz de la mañana se está haciendo cada vez más fuerte y bajo su claridad puede apreciar que el fuego se ha extinguido casi por completo. Los rayos de sol son reflejados con fuerza por la humedad que empapa el pavimento de la calle. Ha dejado de llover y el nivel de inundación ha bajado hasta quedarse en unos simples charcos.

—Deberíamos hablar.—Dice sin volverse cuando siente que el colombiano entra en la habitación. Está desayunándose unas galletas de avena, mojándolas en un concentrado de zumo de frutas.—No creo que sea una buena idea que sigamos ocultándonos en el edificio. Ya hemos inspeccionado todos los apartamentos y no queda nada más que podamos aprovechar. Pronto la escasez de comida sera un problema que no tenga solución. Pero si salimos a la calle conozco el sitio ideal donde encontrarla.

¡Un sitio donde encontrar comida! Hugo no da crédito a lo que oyen sus oídos, pero el hombre parece muy seguro de sí mismo.—Eso es bien *bacano*. ¿Dónde está ese lugar? Pensaba que todos los comercios se habían quedado sin comestibles.

—No tenemos ni idea de lo que nos vamos a encontrar ahí fuera. Ya sabrás del incendio y todo lo que ha pasado después.—Continúa el hombre sin prestar atención a su pregunta.—Supongo que lo que quiero decir es que ahora estamos solos, no hay policía, ni bomberos, ni un maldito ambulatorio al que pedir ayuda. Solo nosotros y los ferales. Los mismos ferales que están intentando en este preciso momento tirar abajo la barricada de las escaleras.

Hugo siente la ira aflorar a su rostro. *Pinche gallego, quién se creé que es*. El hombre puede ver la consternación reflejada en el rostro del colombiano. Necesita seguir hablando mientras el momento siga siendo suyo, luego ya decidirá qué hacer con él.

—La situación en la que nos encontramos es muy

jodida. Tenemos un buen problema en nuestras manos. Y no demasiado tiempo para preguntas. Sólo necesito saber de ti, si estamos juntos en esto o vas a ser un problema...

—Seguro, compadre. Estamos juntos en esta *pinche vaina.*—Le interrumpe el colombiano. En su interior, sus sentimientos ni se parecen a lo que acaba de salir por su boca.

El hombre se da por satisfecho con la respuesta. Decide concederle el beneficio de la duda. La jaqueca redobla el tamborileo en su cabeza. Engulle un par de cápsulas de *Gelocatil.* 500 gramos de descanso indoloro. Mientras aguarda a que los analgésicos hagan su trabajo, toma la decisión de hacer partícipe al colombiano de su plan. En ese momento se les une la mujer y ella le interroga con la mirada. El hombre observa con atención su rostro en busca de algún indicio que delate sus pensamientos. Nada, ni esa maldita mirada de láser que le suele dedicar cuando parece escudriñar su cerebro en busca de otros datos significativos que le sirvan para hacerse una mejor idea de lo que está pensando. Así que se limita a saludarla con la cabeza.

El hombre trata de hacer recuento de los acontecimientos de la última semana para aclarar sus ideas y exponérselas a Hugo, pero todo lo que puede recolectar de su memoria es pura basura. Imágenes entrecortadas reproducidas al doble de su velocidad entre brillantes resplandores y una banda sonora a base de gritos y estruendos. El hombre nunca pensó que la memoria humana *realmente* funcionase de tal manera. Todo ello parecía más un truco de película de Hollywood que algo que pudiera experimentar en primera persona. Intuye que es así como debe sentirse un paciente con estrés post-traumático, aunque no puede estar seguro, no teniendo un título de medicina y tal. De nuevo se esfuerza para reconducir sus pensamientos pero su mente se niega a concentrarse y divaga tras la estela de sus jaquecas. Pensar en ellas le proporciona una nueva oleada de ardiente dolor y siente los senos frontales pulsar como si tuvieran vida propia. *¿De dónde venían las jaquecas? ¿Qué las provocaba?* Una jaqueca que durase tanto tiempo no era normal, ahí tenía que haber alguna explicación que se le escapaba. Entonces, su maltrecho cerebro realiza una aterradora sinapsis neuronal y una idea, extraña hasta el momento, termina por recibir forma en su cabeza.

¡Se había infectado por el virus!

Las migrañas, la estática en su cabeza, eran los primeros síntomas. Después de todo, jugar a indios y vaqueros con una docena de asesinos infecciosos no podía tener otra consecuencia. *No seas estúpido*, se recrimina. *No estás infectado.* Pensar de esa manera resultaba absurdo y no ayudaba en nada. La estática regresa. Sobredosis de dolor. Su ojo derecho empieza a lagrimar considerablemente y tiene la sensación de que se le va salir de la órbita. *¿Qué demonios le está pasando?* Se masajea las sienes con las yemas de los dedos. La jaqueca ha venido esta vez para quedarse por un largo tiempo. El hombre empieza a estar enojado de veras. El dolor apenas le deja pensar con claridad y su cerebro, siendo el órgano extremadamente dinámico que es, trata rápidamente de ajustarse al dolor produciéndole aún más dolor.

—Mírate. ¿Estás bien?—La mujer se ha percatado de su estado y un timbre de emergencia baila entre sus palabras. Bolsas oscuras decoran los ojos del hombre y se le ha puesto la piel del color de la ceniza.

La mujer extiende un brazo y le masajea el hombro, mirándole directamente a los ojos.

—Necesitas descansar. Esta conversación va a tener que esperar unas horas.—Está genuinamente preocupada, el hombre puede notarlo a través de la cortina de niebla que abotarga su cerebro, provocada por la estática que está progresivamente subiendo de volumen. A ese ritmo se quedaría para que lo encerrasen en el *nido del cuco* como al personaje de la novela de Ken Kessey. Pero intuye que había algo más tras las palabras de la mujer. Algo relacionado con su pasado y que nunca había terminado por aceptar.

—¡No puedo creerlo!—Deja escapar por entre sus labios. Sus ojos lloriqueando de dolor.

—¿Qué no puedes creer?—Quiere saber la mujer.

—Después de todo lo que está pasando. De los infectados que hemos tenido que matar para escapar de nuestro apartamento. De la falta de comida... ¡Estás de nuevo preocupada por mi corazón!

Hacía un par de años, el hombre había sufrido un infarto. Un buen día se había levantado, afeitado, desayunado, sentado en su sitio favorito del tren de cercanías, los auriculares de su *iPod* contándole las noticias de la mañana... Pero nunca llegó a su destino. Recuperó la conciencia en la cama de una sala de vigilancia intensiva del Hospital del Sur, dónde le informaron que había perdido el sentido en su asiento del cercanías. Su corazón, al parecer, se había negado a seguir latiendo. Así, sin más, sin previo aviso, el órgano de marras había lanzado su órdago y se había declarado en huelga. No fue divertido. Los médicos echaron la culpa de todo el asunto a su vida sedentaria y al estrés. ¡Cómo si no fuera algo que hicieran siempre! Había protagonizado su propio episodio personal de *Hospital Central*, con reanimación asistida en la ambulancia, incluida. Una autentica llamada de aviso. La mujer nunca había terminado de recuperarse del susto y no dejaba de importunarle con consejos sobre su dieta o sobre la necesidad de hacer ejercicio.

—Bueno es para preocuparse, ¿no te parece?—Contraataca la mujer, a la defensiva.—¡Un infarto no es algo que se pueda tomar a risa!

El hombre quiere replicar pero es interrumpido por el colombiano. En la intimidad del momento se habían olvidado completamente de él.

—Ella tiene razón, compadre. Esa *vaina* es bien fregada y debe cuidarse, que no hay médico cerca que se la mire. Oiga usted el consejo, descanse ahora y ya mañana nos cuenta el resto.

* * * *

El hombre descansa en uno de los dormitorios. Por la ventana abierta puede escuchar el adormecedor sonido de la lluvia. Vuelve a llover pero nada comparado con el torrencial aguacero de los últimos días. Ahora cae una finísima lluvia purificadora que está limpiando de la atmósfera todo resquicio del descomunal incendio. El hombre está finalmente cayendo en un sopor reparador. Pero es puramente involuntario, pues su mente no ceja en su empeño de merodear por los acontecimientos pasados. Siempre le ha intrigado la naturaleza de la epidemia. Su origen. El hombre alberga la sospecha de que el virus ha sido creado en el laboratorio secreto de algún país fundamentalista musulmán. La sola idea le aterra al mismo tiempo que le repugna. ¿Qué otra explicación puede haber, si no? Algo tan terrible no surge de la noche a la mañana por causas meramente naturales. La mano humana tenía que estar detrás. *Otro ser humano* había acabado con las vidas de tanta gente. Ahora bien, las razones por las cuales alguien quisiera diseñar algo tan horripilante, le eran tan ajenas como los grandes enigmas del universo.

El hombre se vence finalmente al sueño y se deja engullir por una oscuridad abisal. Sin embargo, no dura mucho y al cabo de un rato despierta del sopor con todo el cuerpo agarrotado por el dolor. Siente todos sus músculos sacudidos por una corriente de alto voltaje. Se encogen y se estiran sin que pueda hacer nada por controlar los espasmos. Los nervios del cuello se le tensan como alambres y siente chirriar los dientes bajo el insoportable dolor. Una cacofonía de siseos reverberaba al unísono en su interior. Es curioso, hasta ahora nunca había pensado en la diferente variedad de sonidos siseantes que existían. Creía que sólo había uno. Así, en singular. El mismo siseo que quizás variase de intensidad o de volumen; pero no, había infinidad de ellos y todos se estaban dando cita en su cabeza. Le estaba volviendo a pasar otra vez. Y esta vez apenas tiene fuerzas para soportarlo. Finas gotas de lluvia entran por la ventana y se le pegan a la piel del rostro, pero él ya no siente nada. En su cabeza, el torbellino de estática deja paso a una negrura oleaginosa. Antes de perder el conocimiento, la realización de que *realmente* ha contraído la enfermedad se le queda impresa en el subconsciente, como una obsesión.

Horas más tarde, el hombre despierta súbitamente de un sueño sin sueños. El sol ha vuelto a abrirse camino entre las nubes pero es un sol de noviembre, débil y mortecino. El hombre se siente desorientado por unos instantes, ha despertado en una cama extraña en un dormitorio extraño. Entonces su cerebro procesa las referencias espaciales y temporales y un escalofrío de pánico recorre su columna vertebral con dedos gélidos. Sigue *vivo* y sigue siendo él. No se ha convertido en un feral, ni nada que se le parezca. Todavía está a tiempo de poner a salvo a la mujer. *¿Cuánto tiempo habrá pasado?*, se pregunta a sí mismo. La urgencia de su plan está por encima de todo, incluso de su propio dolor. Piensa en cómo había perdido el conocimiento en la cama. Posiblemente, la mujer tuviera razón y el episodio fuese debido a un aviso de su corazón. Aunque nada de eso explicaba las migrañas, ni el guirigay de siseos. ¡Resultaba imposible que estuviera contagiado! ¡Menuda sandez! El hombre se dice a sí mismo que debe pensar metódicamente. Usar la lógica. Primero reunir tantos datos sobre el virus como le sea posible, después unir todos los puntos y desarrollar la hipótesis más probable y, por último, dejarse llevar por las conjeturas. Los mismos pasos que seguía cuando analizaba sistemas y se encontraba ante un problema de difícil solución. Lentamente gira la cabeza para liberar la tensión en su cuello y puede escuchar el crujido de sus vertebras. Debe abandonar esos pensamientos hasta que pueda dedicarles el tiempo que necesitan para ser procesados como es debido. Antes tiene otras prioridades.

—Las azoteas.—Informa a la mujer y a Hugo en el mismo momento en el que entra en la cocina. Han preparado algo de café instantáneo en el hornillo de acampada y ambos están sorbiendo el brebaje sentados a la mesa de formica. *¿Cuánto tiempo ha estado durmiendo?* Es una escena sacada de tiempos mejores. Hogareña. Vuelve a sentirse confuso, y algo más... ¿enojado?

—¿Cómo te sientes?—Quiere saber la mujer.—Has estado durmiendo más de seis horas.

—¿Qué? ¿Qué hora es?

—Deben ser las tres o las tres y media de la tarde.

El hombre se sacude las legañas del sueño. ¡Han perdido medio día! La ira que siente se acentúa y trata de sofocarla, sabedor de que necesitará de toda la atención de ellos para escuchar lo que les tiene que decir. No puede permitirse el lujo de tenerlos a la defensiva.

—¿Queda algo de ese café?—Y mientras Hugo le sirve una taza del instantáneo, el hombre les detalla su idea.

—He estado pensando mucho sobre el tema y creo que la solución a nuestro plan de fuga es evidente.—Hace una mueca por el amargor del café instantáneo, pero está agradecido. El calor que invade su estómago le ayuda a mantener la ira a raya y a poner sus pensamientos en perspectiva.—Sabemos que no podemos usar nuestro portal porque las escaleras están bloqueadas por los ferales. Y por el mismo motivo, tampoco podemos llegar al garaje y acceder a la calle por allí. Descartados los ascensores por la falta de corriente eléctrica, ¿qué nos queda? ¿Cuál es la única salida del edificio en la que no hemos pensado?

—Las azoteas.—Concluye Hugo, dubitativo.

—Exactamente. Las azoteas. Propongo inspeccionar la azotea y ver si podemos acceder al edificio contiguo y usar sus escaleras para salir a la calle. Ambos edificios tienen portales separados y el suyo quizás no esté invadido por ferales.

—Pero eso significa tener que arriesgar nuestras vidas con los ferales que se puedan encontrar en su interior y no olvidemos los que están en la calle.—Protesta la mujer.

—Muy probablemente. Y también supongo que quedará algún superviviente escondido con el que tendremos que lidiar; ya sea para sumarlo a nuestro pequeño grupo o lo que sea.—Razona, el hombre.— Pero, no os preocupéis, ahora somos uno más y sabemos cómo enfrentarnos a ellos. Si conseguimos acceder a esas escaleras, usaremos el mismo truco del colchón para protegernos y llegar hasta el nivel de la calle. Una vez allí, nos escabulliremos por la parte de atrás en dirección al centro.

—No sé, compadre, parece un plan muy peligroso, pero no se me ocurre qué otra cosa mejor podemos hacer.

La mujer guarda silencio, no tiene tampoco nada más que decir. Entonces, Hugo sugiere que boceten un plano con la distribución de la calle y puedan dibujar la mejor ruta de escape. El hombre asiente, es realmente una buena idea. Con una punzada de celos se recrimina mentalmente que no se le haya ocurrido a él. Normalmente, en su trabajo, siempre suele detallar un diagrama con los distintos elementos que necesita para llevar a cabo un proyecto. Antes incluso de empezar a escribir una sola línea de análisis. Era la hoja de ruta que le ayudaba a escribir con mayor productividad y rapidez. La idea de trazar un mapa de los alrededores de su urbanización parecía algo que se le tendría que haber ocurrido a él, de manera natural.

—Bien, pongámonos manos a la obra.

Mientras Hugo y la mujer se afanan en la elaboración del plano, el hombre decide volver a registrar los apartamentos abiertos, una vez más. Lo cierto es que tras registrar las dos plantas habían acumulado una buena cantidad de comestibles y agua envasada como para durar los tres una buena temporada. La intrincada barrera mobiliaria con la que habían cerrado el acceso de las escaleras parecía aguantar con cierta solvencia los frenéticos intentos ferales por echarla abajo. La maraña de sillas, los pesados sillones, que habían dejado caer bajo su propio peso hasta que se asentaron en el primer recodo de escaleras, formaban un formidable muro que llegaba hasta el techo. Para rematar la faena, habían levantado dos enormes mesas de comedor, la una junto a la otra, y bloqueado completamente el paso a las escaleras. Todo ello garantizaba más que suficiente que por allí no subiría nadie, feral o no feral. Lo único malo de su plan había sido que ellos tampoco podían utilizar esa salida. Cuando se fue definitivamente la electricidad en todo el barrio, la caja del ascensor se había quedado inmovilizada en la planta baja. Si no les quedaba más remedio, el hombre barajaba la posibilidad de usar esa vía para acceder a la calle. Desconocía si el ascensor tenía una trampilla de seguridad o algo parecido desde el que pudieran bajar al interior de la caja y de ahí salir a la calle. Era una escalada peligrosa pero se podía hacer. Había tomado buena nota de buscar cuerdas y otros utensilios para utilizarlos como material de escalada y tenerlos preparados por si las moscas para descender por el interior del hueco del ascensor. Ahora el hombre se proponía encontrar ese material para escalar que anteriormente no había tenido ocasión de buscar y comprobar si el ascensor disponía de una trampilla de seguridad. Mientras tanto, la azotea se quedaba como la alternativa más viable. Si el otro edificio no se encontraba infestado de ferales y si sus vecinos no tuviesen una actitud beligerante hacia los intrusos. Dos condicionantes demasiado terribles, pero no tenían mucho más dónde elegir. Sin embargo, un plan B siempre era bienvenido en cualquier situación crítica y él no pensaba ser la excepción y andar por ahí sin ninguno.

El acceso a la azotea se hacía por una puerta enrejada, cerrada con un cerrojo de seguridad. Al principio, cuando los primeros vecinos comenzaron a instalarse en la casa, la puerta de la azotea permanecía siempre abierta, pero los vecinos insistían en usarla para instalar antenas de televisión ilegales y muy pronto, el espacio se convirtió en un exuberante jardín de parabólicas y cables coaxiales enredados por el suelo como las raíces de un manglar. Cuando llegó la primera multa municipal, las antenas desaparecieron y una reunión de vecinos determinó que la puerta permaneciera cerrada y la llave en posesión del presidente en funciones. Aquello no sirvió de mucho y los vecinos más persistentes forzaron la simple cerradura de bombillo y volvieron a plantar los feos platos de antena. La segunda multa obligó a la comunidad a instalar la reja y una cerradura de seguridad y se acabó el problema. Hasta el vecino más recalcitrante captó el mensaje y se olvidó de ver sus canales de televisión por satélite sin pagar. En cualquier caso, la llave debía seguir en posesión del último presidente comunitario aunque el hombre no tenía ni idea de quién era o dónde vivía. Aunque una cosa jugaba a su favor y era que el puesto se asignaba anualmente al propietario de un apartamento, comenzándose a contar desde los pisos superiores. Así pues, alguien que habitaba en los dos pisos que ya estaban pacificados guardaba la llave en su casa. *Pacificados.* El hombre ya piensa como un militar. Confiando en que la llave tenga algún tipo de identificación, como un llavero o algo parecido, se dirige a los apartamentos de su propia planta para registrarlos.

El hombre se encuentra en el apartamento 4A, no había regresado allí desde su encuentro con el perro feral. El bulto bajo la alfombra de la mujer marroquí le recuerda la tragedia que vivió allí mismo no hace muchas horas. Está revisando los cajones de una pequeña cómoda en el recibidor. Lo hace de manera mecánica mientras recapacita sobre el virus y como parece haber adaptado a los ferales, transformándolos de la mejor manera para satisfacer su necesidad de ser diseminado. Al fin y al cabo, no era tan diferente de cualquier otro ser vivo y tan sólo buscaba sobrevivir. Esto por sí mismo, ya le elevaba a la condición de enemigo muy peligroso, pues no se detendría jamás en su empeño de buscar huéspedes en donde alojarse y seguir propagándose. Cuando esos mismos huéspedes se volvieron hiperviolentos y comenzaron a atacar a todo bicho viviente, a los ojos del hombre el virus ya no fue simplemente peligroso sino también, catastrófico. Nada en la pequeña cómoda. La cocina, al final del recibidor, es su siguiente destino. Los mecanismos de razonamiento del hombre seguían funcionando a toda máquina.

Los primeros en sucumbir fueron los profesionales que intentaron ayudar a los primeros enfermos. Trabajadores de hospital, bomberos, policías... Todos aquellos responsables de afrontar una crisis. El cuerpo del agente municipal que yacía en el aparcamiento era buen ejemplo de ello. Por culpa de la responsabilidad de su cargo había seguido patrullando aún cuando toda su naturaleza humana le hubiera gritado que se marchara a casa con su familia. Había sido una situación imposible, condenada a la tragedia desde el principio.

Toda esa gente, piensa y se estremece.

Lógicamente, los siguientes en caer fueron los ciudadanos. Indefensos. Aterrados ciudadanos que portaban la enfermedad en sus cuerpos. Corderos en el matadero y nuevos *ferales* en potencia. Es extraño, el hombre no recuerda haber visto todavía ni un sólo infectado que vistiese algún tipo de uniforme. Se pregunta si esa información es, de alguna manera, relevante y qué podría significar. Cuando la epidemia dejó de convertirse en un problema médico y se elevó a un asunto para los militares, estos intervinieron con sus uniformes y su toque de queda. Fue demasiado tarde, sin embargo. El virus también se había extendido entre sus filas y el caos se había apoderado de los mandos. Los soldados rasos no supieron qué hacer. La enfermedad había evolucionado y se extendía por todas partes como una inundación. Imparable. Tendría que haber algún feral con uniforme militar, estos habían sido los más expuestos. El hombre toma nota mental de volver a darle una vuelta a esa incógnita más adelante.

La cocina también está vacía. Ni rastro de la llave, pero ha recolectado unos buenos metros de cuerda de tender que podrán servirles para bajar por el hueco del ascensor. El hombre duda ante la siguiente puerta. Es la que da al salón en donde estaba atado el bulldog infectado. Sus tripas se encogen como si fuesen sometidas a una enorme presión con la simple idea de tener que entrar en esa habitación. Pero debe hacerlo, la llave de la azotea igual se encuentra allí. Se anuda con más fuerza el pañuelo que se pone sobre la cara para protegerse del virus y con su mano empuja suavemente la puerta. El verde sanitario de sus guantes de fregar contrasta con el rojo parduzco de la sangre coagulada que mancha la puerta. La escopeta realmente hizo un buen numerito en la cabeza del bulldog. Las paredes están cubiertas con restos de fluidos y vísceras del perro infectado. El hedor es insoportable y el pañuelo apenas si puede detenerlo.

Sin detener la vista en el fardo sanguinolento y luchando contra las arcadas que le suben a la garganta el hombre realiza un rápido registro por los cajones del salón e incluso en el interior de dos enormes jarrones orientales que adornan la mesa de comedor. *Bingo*. En uno de ellos encuentra unas llaves, entre otras baratijas que los propietarios han ido acumulando en su interior. Se apresura a salir de la habitación y cierra la puerta tras de sí. Las llaves no tienen ninguna etiqueta identificativa, así que no puede saber si son las correctas. Con un suspiro desanimado, se dirige al resto de habitaciones. Parece que el asunto le va a llevar más tiempo del que había calculado.

Un par de horas más tarde, la noche se apoderado de la tarde y el hombre ha concluido su búsqueda por los apartamentos. Su botín consiste en varios rollos de cuerda de tender y varios manojos de llaves, ninguno de ellos especialmente identificado como la llave de la azotea. Deja sus hallazgos encima de la mesa del apartamento 4D y se perpetra con la *Beretta AL 391 y una de las linternas* dispuesto a subir a la azotea. No quiere perder más tiempo. Su plan ya está en movimiento y no tiene sentido demorarlo mucho más. Su cerebro envía la orden que pone en marcha su cuerpo. La azotea. *Ahora*. Así de simple.

—Es de noche. ¿No resultará demasiado peligroso ir ahí arriba sin luz?—La mujer, como casi siempre, le sorprende con la pregunta que él mismo ha estado evitando hacerse a toda costa.

—No hay nadie ahí arriba.—Contesta.—Tan solo voy a echar un vistazo. Si es que una de estas llaves funciona.

—Bueno, déjame llamar a Hugo para que te eche una mano.

—¡Espera!—La detiene el hombre.—Déjame mirar primero, ver si alguna de las llaves que encontré y entonces llamamos a Hugo e inspeccionamos el lugar juntos. ¿De acuerdo?

La mujer hace un gesto de la mano como si quisiera apartar algunas telarañas del techo o descartar todas sus dudas.

—Estamos en esto juntos. Ya sé que no confías en él, es demasiado pronto para eso. Pero piensa en que no puedes hacerlo todo tú solo y quizás, sin su ayuda, no seamos capaces de salir de aquí.

El hombre no está de acuerdo con ella. En su opinión, Hugo es más un estorbo que otra cosa pero se lo guarda. En vez de eso, sale al pasillo armado con la escopeta en una mano y el manojo de llaves en la otra.

La azotea le espera.

Y, tal vez, la salvación.

> **"** Nuestro mundo es un campo de carnicería en el que seres atormentados y ansiosos no subsisten sino devorándose unos a otros.

—Arthur Schopenahuer

7

Quif.

La familia de Hassan Rami vivía de su cultivo. En su modesta casa en el valle del Rif marroquí, sus primos y quienes quedaban con vida de la familia de su mujer, Amina, se encargaban de la cosecha y de ocultar la plantación de la vista de los gendarmes. Quif. Cannabis. Hachís. El negocio familiar floreció a principios de los ochenta, en pleno auge de su consumo en España. Los jóvenes españoles bajaban al moro y los Rami estaban encantados de proporcionarles todo el cannabis que eran capaces de transportar.

En la pequeña villa de Ketama, cuya población censada no superaba el millar de habitantes, su primo Ahmed cultivaba el quif de cuya resina obtenían el hachís que enviaban a España. Su producto era muy puro, la familia se vanagloriaba de ello, y el THC que contenía alcanzaba casi un 8%. Una cifra muy superior a la media de la variedad silvestre. Los problemas para los Rami llegaron cuando el rey Mohamed IV se propuso erradicar el narcotráfico de la zona y mejorar el desarrollo económico de todo el valle del Rif. La gendarmería marroquí asaltó su plantación por sorpresa y quemó todas las plantas. Ahmed fue asesinado por los gendarmes y la familia perdió todo el negocio. Días más tarde, Mohamed IV le cambió el nombre a la villa y se construyó un enorme centro hotelero para intentar atraer el turismo a la zona. Issaguen.

A Hassan nunca le gustó el nuevo nombre y seguía llamando a su casa por el nombre tradicional. Ketama. Huyendo de los gendarmes, Rami y su familia se ocultaron en la montaña Jebel Tidighine y siguieron cultivando su quif pero en menor escala. Entonces, con la presencia masiva de gendarmes en el pueblo, los españoles dejaron de llegar y la distribución a España desapareció. Los Rami tuvieron que ingeniárselas para convertirse en camellos ellos mismos. Hassan y algunos hermanos viajaron a España y se asentaron en Madrid para continuar con el negocio familiar.

Durante la primera semana de la epidemia, justo después de que el mensaje oficial del Gobierno conminara a la población a buscar refugio en sus casas mientras la crisis de la epidemia se resolvía, Hassan Rami y su familia se atrincheraron en la primera planta del Bloque B. Hassan estaba seguro de que la epidemia era el *Yawm ul-Qiyāmah*, el Día del Juicio, y decidió que debían prepararse ante el futuro nada alentador que les esperaba. El *Yawm ul-Qiyāmah*, significaba el fin de los tiempos para la religión musulmana. El día en el que Allah aniquilaba a toda la Humanidad para luego resucitar a los auténticos creyentes. Allah liberaba un ejército de impías criaturas que permanecían prisioneras en las ciudades de Ya'jooj y Ma'jooj que exterminaban a los injustos. Luego visitaba la tierra la *Dabbat al-ard*, la Bestia de los Últimos Días. Finalmente, los justos serían resucitados en la *Qiyāmah*. Y Hassan tenía claro que nadie de su familia era uno de los justos.

La invasión de los pisos de la primera planta fue más fácil de lo que uno podía esperar, es decir, Hassan Rami y sus hermanos estaban armados. El resto de vecinos, no. Las dos sencillas pistolas *Astra 4000 Falcon*, fabricadas en la década de los cincuenta y que habían estado en la familia desde que las robasen de una partida de la Gendarmería Real, habían marcado las diferencias. Las *Astra* parecían pertenecer más a un museo que en las manos de unos camellos magrebíes de poca monta, pero estaban perfectamente cuidadas y seguían siendo tan letales como el primer día. Hassan se encargaba de ello personalmente, las limpiaba y engrasaba primorosamente una vez por semana.

Cuando Hassan y sus hermanos expulsaron a sus vecinos de las casas, los reunieron a todos en el pasillo y el propio Hassan acabó con la oposición del más beligerante metiéndole una bala entre los ojos y mandando a su familia escaleras abajo a lidiar con los *shaitatin* que hubiera en la calle. Nadie los volvió a ver nunca más. Entonces, Hassan empezó a llamar *mahdur ad-damm* a los prisioneros. Alguien cuya sangre debe ser derramada. Un recordatorio del destino que aguardaba a todo aquel que se oponía a su voluntad. Tras su éxito y acomodados en la primera planta, decidieron que podían repetir la jugada con el resto de pisos y apoderarse de todo el edificio.

Cuando aparecieron los primeros infectados ocultos en las casas, Hassan los despachó del mismo modo que hizo con el padre de familia que se resistió al desalojo y ordenó a los hombres de los pisos superiores que arrojasen los cuerpos por la ventana y a las mujeres que desinfectasen el suelo y paredes. Mientras, junto a sus hermanos, fortificó la puerta del portal con una enorme mesa de comedor y dispuso una rotación de vigías de manera que nunca estuviese el lugar sin vigilancia.

Solucionado el problema de los *shaitatin*, el siguiente paso fue reunir a todos los vecinos y encerrarlos en uno de los apartamentos de la última planta. Donde los mantenía con vida a duras penas, alimentándolos con las pocas sobras de la comida que les había sido arrebatada y que Hassan dejaba cada día junto a la puerta, sin distribuirla, permitiendo que los vecinos cautivos se peleasen por las migajas como perros. Únicamente salían de su encierro, cuando Hassan necesitaba de ellos para hacerlos pelear con sus manos desnudas contra algún *shaitatin*.

Ellos tenían las armas.

Ellos dirigían el cotarro.

Rachid, el hermano más robusto de la familia Rami, y tercero después de Hassan y Mehdi hace guardia ante la puerta de los *malakat aymanukum*. Los prisioneros de guerra. Sus vecinos. Un estorbo a los ojos de Rachid. Él pensaba que lo mejor era rebanarles el cuello con un cuchillo y quedarse con las mujeres bonitas para que les hicieran compañía por las noches. Rachid no era tan afortunado como sus dos hermanos, *Allāhu* no le había bendecido con esposa. Las perras españolas bien podrían servirle para algo. Rachid prefería ignorar que la fornicación era *haraam*, algo expresamente prohibido en el Corán. Rachid está cansado de montar guardia. Él y Mehdi han discutido con Hassan sobre el futuro y cada vez está más convencido de que su hermano mayor estaba teniendo problemas para mantener la situación bajo control. Desde que comenzó la epidemia, no habían hecho nada más que hacer guardia y esperar. Rachid estaba de acuerdo con Mehdi, y pensaba que necesitaban acabar con todos los vecinos y salir a buscar comida. Pronto se quedarían sin víveres. Rachid y Mehdi estaban seguros de ello pero su hermano no quería escucharles.

Mehdi y Hassan eran especialmente antagonistas, siempre estaban peleando por todo. La proximidad en la edad, la lucha constante por convertirse en el líder de la familia, o simplemente el hecho de que eran tan opuestos como la noche al día. Rachid ignoraba el motivo pero estaba harto de sus discusiones. Secretamente, el hermano menor creía que Mehdi envidiaba los rasgos occidentales de Hassan. Piel clara, ojos azules. Mehdi, sin embargo, tenía todo el aspecto que un bereber montañés podía tener y desde que se instalaron en Madrid, Hassan apenas había sufrido el racismo que los españoles sentían hacia los marroquíes. Tantas veces había pasado Hassan por uno de ellos, como Mehdi había tenido que labrarse un respeto a fuerza de golpes y peleas. Mehdi era el músculo, mientras que Hassan era el cerebro de la familia. Sin embargo, esta vez Rachid estaba del lado de Mehdi.

Hassan además también tenía que lidiar con sus dos cuñados, Najib y Mohamed. Rachid sentía un profundo desprecio por ambos *yebala*, pero ellos buscaban poder participar en las decisiones que se tomasen y contaban con el apoyo de sus hermanas.

Rachid está fumando un poco de hachís para matar el aburrimiento y hacer el rato algo más agradable. Afortunadamente la resina del quif no era *haraam*, no era algo prohibido por su religión. Un eco de pisadas a sus espaldas le informa que Hassan sube por las escaleras. Junto a él caminan, uno a cada lado, Mehdi y Najib. Mohamed seguramente estaba vigilando el portal. Desde las escaleras llega también un penetrante olor a especias y patatas, las últimas que les quedaban, indicativo de que sus hermanas estaban preparando la cena.

—*Salām.*—Saluda Rachid.

—*As-salāmu alaykum.*—Contesta Hassam.—¿Porqué no estás en tu puesto, hermano?—Rachid puede captar el reproche en el tono de Hassan. Su hermano mayor no aprueba el consumo de la droga que tanto dinero ha dejado en su familia.

—No me digas lo que puedo o no puedo hacer, *frère aîné.*—Rachid silabea las palabras entre sus dientes llenos de caries. Usa el término francés de hermano mayor porque sabe que eso enojará a Hassan. Es arriesgado enfrentarse abiertamente a su hermano mayor pero ya se encuentra en ese sopor narcotizante en el que todo ha dejado de importarle.—Sólo estoy relajándome un poco.

—No seas ingenuo, Rachid. Estás poniendo a toda la familia en peligro con tu comportamiento irresponsable.—Replica Hassan.—Ve abajo a lavarte y prepárate para la cena. Najib te sustituirá por ahora.

—No quiero cenar, *frère aîné*, quiero irme de este apestoso lugar. ¡Carguemos las furgonetas con todo lo que podamos y marchémonos!

Hassan contempla a su hermano pequeño en silencio. No puede negar que la idea de irse también le seduce a él mismo pero tiene que pensar en la familia. Ahí fuera, quizás pudieran rapiñar comida aquí y allá pero no podían garantizar la seguridad de su familia. Y esto era *najasat.* Inaceptable.

Hassan tiene la sensación de que ambos tienen razón, pero, al mismo tiempo, ambos estaban equivocados. *¿Qué debían hacer? Ma sha'Allah. Allah proveerá.*

—Hassan, hay otra posibilidad que todavía no hemos contemplado.—Quien habla es Najib, el esposo de su hermana Fátima, un engolado y mezquino hombrecillo de Fez, al que su padre tenía en cierta estima pero Hassan no soportaba.

—¿De qué posibilidad hablas, Najib? Si tienes algo

que decir, dilo de una vez, no te andes con rodeos.—Gruñe Hassan mostrando su desacuerdo con el hecho de que Najib haya hablado fuera de lugar.

—Como sabes, yo fui quien se encargó de la instalación de la antena que nos permite ver los canales satélites de la SNRT y Al Jazeera...

—¡Sí, sí, todos sabemos eso!—Le interrumpe indignado Mehdi. Najib nunca pierde una oportunidad de alardear de sus habilidades ante su hermano mayor. Hassan le calma con un ademán de su mano.

—Continúa, Najib.

—Sí, sí. En la azotea. Cuando instalé...—Una furibunda mirada de Mehdi le advierte que ya ha tirado demasiado de esa cuerda.—La azotea une nuestro edificio con el Bloque C. Hay una puerta, no muy diferente de la nuestra que es un acceso a sus escaleras.—Hace una pausa para permitir que el significado de sus palabras se asiente en Hassan y continúa con una mueca de triunfo:—Estoy seguro de que en ese edificio todavía queda comida que podamos coger.

—*Ma sha'Allah.—Concede, Hassan, satisfecho.—Allah proveerá.*

Un bufido de desprecio le responde al instante.

—Najib no tiene valor para subir ahí arriba.—Sisea Rachid.—Aún me pregunto qué vio nuestro padre para entregarle a Fátima como esposa.

—¡Basta Rachid! No es momento de pelearnos dentro de la familia.—Le interrumpe, Hassan. En su cabeza ya está ponderando los pros y los contras de subir a la azotea y apoderarse del edificio contiguo.

Subhan Allah.

✳✳✳✳

Uno de los mejores recuerdos infantiles de Lucas consistía en ir al estadio para ver jugar a su equipo favorito. Su padre siempre le preparaba algo delicioso que guardaban en una mochila y luego se dirigían hacia la estación de tren para coger el cercanías que los llevaría hasta Nuevos Ministerios. Desde allí, recorrían caminando el trecho que los separaba del estadio. Una inmensa masa de aficionados ataviados con camisetas blancas, peregrinaban por el ancho Paseo de la Castellana portando bufandas y estandartes. Su padre trabajaba por turnos conduciendo un taxi por la capital. A menudo hacía turnos dobles y hasta triples y no tenía mucho tiempo extra para dedicar a su hijo. Pero, cada domingo que los merengues jugaban en su estadio, preparaban la merienda y se encaminaban hacia el campo de juego. Era su ritual particular, su momento para ellos solos. Lucas y su padre se sentaban siempre en uno de los laterales a pie de césped y vitoreaban al unísono las jugadas o abucheaban al árbitro cuando pitaba en contra. Fueron buenos años, o al menos el joven los recordaba como tal.

Ahora, el joven repetía el ritual pero acompañado de su novia. Ambos lucían sendas camisetas de su jugador preferido y paseaban alborozados cogidos de la mano. Durante el trayecto en tren, Lucas relataba a su novia las mil y una anécdotas que había vivido con su padre durante ese mismo viaje.

Nuevos Ministerios era una estación de RENFE que servía también de intercambiador con varias líneas de Metro y de EMT. Una estólida línea de tornos partía el vestíbulo en dos, como una frontera. La estación se encontraba ubicada en una zona estratégica del norte de Madrid. Junto a ella, se hallaba el complejo financiero AZCA y, repartida en varios edificios, la tienda del Corte Inglés más grande del área urbana madrileña. En un día laboral cualquiera, por el suelo embaldosado de la estación pasaban decenas de miles de madrileños dirigiéndose con diligencia a sus puestos de trabajo.

En un día de partido, la cifra se triplicaba con facilidad, sustituidos por los aficionados de ambos equipos dispuestos a jalear a los suyos hacia la victoria. Aquel domingo no era diferente del resto de domingos o sábados de fútbol. La estación estaba abarrotada. Largas y densas colas esperaban en los tornos para salir al exterior.

Cuando Lucas y Carmen se acercaron a una de las bocas de salida algo en la atmosfera festiva cambió de repente. Algo que erizó el vello en la nuca del joven. La parte racional de su cerebro inmediatamente lo achacó a una trifulca entre aficionados rivales. Una riña que sentía pero que no veía. Demasiada gente a su alrededor. Cuando escuchó el grito supo que se había equivocado. Lo que fuera no era una simple reyerta entre forofos. Era algo más.

Algo siniestro.

Alarmado, agarró a Carmen por el brazo deteniendo su avance hacia el torno.

—¿Has sentido eso?

—No sé. Posiblemente sea una pelea. No hagas caso, no te metas en líos. Todavía tenemos un buen trecho que caminar y ya llegamos tarde.—Carmen odiaba tener que escurrirse entre los otros aficionados sentados en sus asientos para llegar a su localidad.

Secretamente, Lucas pensaba que ello se debía a que no le gustaba que la mirasen el trasero al pasar y eso le divertía. Incluso, de vez en cuando, se atrevía a lanzarle alguna pulla al respecto. El muchacho pelirrojo dejó caer una mirada de soslayo sobre su novia y se sorprendió de ver una extraña expresión en su rostro. Ella tenía la vista perdida en algo que sucedía por encima de su hombro. Algo tan enigmático que la hacía incapaz de fijar la mirada. El joven abrió la boca para preguntarle al mismo tiempo que se volvía para ver qué la había intrigado tanto. Lo que fuera que iba a decir se quedó congelado en el nacimiento de su garganta.

En el interior del enorme vestíbulo de la estación, a unos buenos ochenta metros de donde ellos se encontraban, un grupo de personas se abalanzaban sobre el resto de pasajeros con violencia homicida.

Están locos, pensó Lucas en un primer lugar.

Sin embargo, durante la fracción de segundo que transcurrió entre que sus ojos captaron la escena y su cerebro alcanzaba a comprender lo que veía, una señora mayor con el cabello plateado ovillado en un perfecto recogido, se arrojó sobre otra mujer y le arrancó la nariz de un mordisco. Casi simultáneamente, su mano izquierda, convertida en garra, desgarraba de la mejilla la desdichada y le hacía saltar un ojo de su órbita. Lucas parpadeó repetidamente ante la ferocidad de la escena que estaba contemplando. Pero el horror no acababa ahí. Unos metros más allá, dos hombres de negocios hacían turnos para golpear con sus maletines el cuerpo inerte de una muchacha, con cada envite, borbotones de sangre salían a chorro de un horrible corte en su cabeza. Retazos de la misma escena feroz impregnaban la película de horror en que se había convertido la estación de Nuevos Ministerios. Lucas no pudo soportarlo más y comenzó a empujar a Carmen hacia la salida más cercana. Todas las alarmas encendidas en su cabeza.

En ese momento unos buenos tres tercios del público de la estación todavía no se había percatado de lo que estaba sucediendo a su alrededor. Demasiado inmersos en sus propios pensamientos o aislados del exterior por atronadores auriculares multicolor. Sin embargo, el diez por ciento menos afortunado cambió la atmosfera del lugar inmediatamente. Miradas de pánico, llamadas frenéticas por los móviles, y pequeñas carreras a ninguna parte, anticiparon la terrible confusión que llegó después. Un pandemonio de terror que se extendió como una corriente eléctrica en un suelo encharcado de sangre.

Decenas de pasajeros intentaban reaccionar al mismo tiempo. Unos aguzaban el oído para tratar de discernir qué era lo que producía toda la conmoción. Otros caían bajo la violencia devastadora de los locos, quienes se abrían paso entre la multitud a base de mordiscos y arañazos. La situación se degradaba con la velocidad de un incendio forestal.

Lucas sabía que tenía que reaccionar. De lo contrario, él y su novia estarían condenados. Y en el preciso instante en que tomaba la decisión de moverse, la primera oleada de pasajeros histéricos los golpeó con fuerza arrolladora. Lucas perdió de vista a Carmen, justo cuando resbaló debajo de un puesto de café y bollos.

Carmen había caído sobre sus rodillas cuando el empujón que había mandado a Lucas a volar, se lo arrebató de la mano. Las articulaciones de sus piernas gritaron de dolor al mismo tiempo. A pesar de ello, se puso en pie y giró sobre sus talones intentando encontrar al joven, sin conseguirlo. Era como si fuese testigo de un truco de prestidigitación y su novio se hubiera evaporado en el aire, arrastrado por la marea de viajeros que corrían aterrorizados como pollos sin cabeza. Y ya que hablamos de cabezas, algo en el interior de la suya le gritaba sin parar que echara a correr como todo el mundo.

Al otro lado de los tornos de acceso que delimitaban la frontera entre las instalaciones de RENFE y las del Metro, los asesinos rabiosos que estaban matando a diestro y siniestro se habían convertido en un atroz tsunami de sangre y destrucción. La primera oleada de viajeros que huían de la matanza ya había traspasado las barreras electrónicas. Tan solo unos diez o quince metros la separaba del primer demente que iba en cabeza. Un enorme gordo que vestía una camiseta negra estampada con un rostro blanco de cara afilada y amplia sonrisa decorada con un bigotillo anticuado. Carmen había visto ese rostro antes pero no alcanzaba a recordar dónde. Sus ojos eran incapaces de desacoplarse de la visión que se desarrollaba ante ella. La camiseta del gordo no podía tapar la inmensa panza bamboleante y llena de sangre. La sonrisa de la máscara parecía querer engullirla de un solo bocado.

¿Dónde se había metido Lucas?

No era posible que hubiera desaparecido sin más.

—¡Lucas!—Llamó.

El gordo homicida ya casi estaba encima de ella, los brazos extendidos a más no poder, intentando atraparla con dedos engarfiados. *Reacciona chica*, se dijo a sí misma, y aun así sus piernas se negaron a obedecerla. Tenía un segundo, quizás dos, como máximo para hacer algo, puede que incluso ya fuera demasiado tarde. Entonces, sin previo aviso, algo tironeó de ella con violencia. Se sintió caer, empujada, al mismo tiempo que las garras del gordo se cerraban frente a sus ojos. Entre sus dedos manchados de sangre y porquería quedaron atrapadas una hebras de cabello rubio.

Su cabello rubio.

¡Había intentado sacarle los ojos!

El primer instinto de Carmen fue rechazar aquel pensamiento y todo lo que estaba sucediendo como absurdo. Las personas no se mataban así como así y, desde luego, un perfecto desconocido no trataba de arrancarle los ojos a una sin ninguna provocación. Por muy gordo y desagradable que fuera.

El eco del graznido de decepción que soltó el homicida resuena en su cabeza. Aún aturdida, se vuelve para ver lo que está pasando, apenas con el tiempo justo de apartarse antes de que un casco de motorista cruzase ante sus ojos como un borrón rojizo e impactase con fuerza en la cabeza del asesino. El sonido a melón maduro aplastado le encogió el estómago y una oleada de terror se adueñó de ella. No podía estar viendo lo que estaba viendo. Era como si alguien le hubiera retirado una venda de los ojos y ahora pudiera distinguir con claridad lo que sucedía a su alrededor. Y no le gustaba.

La estación se había convertido en un campo de batalla, decenas de bultos inertes cubrían literalmente el suelo, la sangre y otros fluidos que manaban de sus cuerpos hacían su superficie muy resbaladiza. Un nutrido grupo de pasajeros luchaban por sus vidas contra lo que parecían muertos vivientes sacados de una película de terror. Solo que esta vez no era una película. Esta vez eran muy reales.

—Tenemos que salir de aquí.—Le gritaba Lucas a Carmen. En su mano todavía sostenía el casco de moto con el que había abatido al monstruoso gordo.—Sujétate con fuerza a mi cinturón y haz exactamente todo lo que yo te diga. No tenemos tiempo que perder.—Lucas tenía un feo golpe en la frente que amenazaba con convertirse en un enorme chichón. Una aureola violácea circundaba su sien derecha.

—Pero... ¿Qué te ha pasado? Estás herido.—La mirada de Carmen indicaba que se encontraba próxima a caer en un estado de shock y Lucas sabía que no podían permitírselo.—¿Qué... qué está pasando?

—¡Carmen, escúchame! ¡Presta atención! Tenemos que salir de aquí. La estación es un matadero. Pase lo que pase no te sueltes, no mires a los lados. Solo quiero que mires al frente, a mi nuca, y no apartes la mirada de ahí. ¿Podrás hacerlo?

—Sí, claro que...

Sin dejar que ella terminase la frase, Lucas arrancó a correr blandiendo el casco por el barboquejo. Aliviado, sintió un tirón en la cinturilla que atestiguaba que Carmen había comprendido sus instrucciones. Con la mirada fija en el extremo más alejado del enorme recibidor de la estación se dirigió hacia allí. Lucas sabía que aquella era la salida más rápida a la calle. Si llegaban hasta ella tendrían una oportunidad. Se lanzó hacia delante e inmediatamente una mujer que vestía ropa deportiva se abalanzó sobre ellos con un alarido sobrecogedor. Lucas balanceó el casco por encima de su cabeza y la golpeó en pleno rostro. Trozos de hueso y sangre le salpicaron la ropa mientras, a su espalda, Carmen no pudo reprimir un grito de puro terror.

Tocata y fuga en la noche de los muertos vivientes.

Unos metros más... Unos metros más, se decía mientras seguía tironeando de su novia en dirección a las puertas correderas de la salida. Sin embargo, entre ellos y la puerta les esperaba otro obstáculo.

Un aficionado con la camiseta blanca desgarrada y manchada de rojo que lucía una sonrisa azafranada por los fluidos corporales de algún desdichado y abría los brazos enormemente intentando frenar su carrera.

Sin detenerse, sintiendo como su corazón perdía el compás de sus latidos cada fracción de segundo, Lucas se lanzó al suelo, soltándose de Carmen. Como un patinador del Infierno, se deslizó por el suelo engrasado con la sangre y, con una soberbia zancadilla, trabó con sus piernas al demencial *hooligan* y le hizo rodar por el suelo. A continuación, Lucas le golpeó brutalmente en la cabeza con el casco y se incorporó para recuperar la mano de Carmen y conminarla a seguir. *¡Iban a conseguirlo!* No podía creerlo. La puerta trasera del averno se había abierto allí mismo y parecía que ellos tenían una oportunidad de salir con vida para contarlo. La salida estaba a unos pocos metros, aunque con todo el caos que se había adueñado de Nuevos Ministerios tardarían el doble de tiempo en recorrerlos, si tenían suerte y no eran avistados por los asesinos que todavía invadían el vestíbulo principal. Con la espalda pegada a la pared, avanzaban paso a paso. Sacarlos de aquel maldito lugar era su única prioridad y lo único en lo que Lucas estaba centrado. A su lado, Carmen mantenía el paso como podía, tenía la cara surcada de máscara negra que se le había corrido con las lágrimas.

—Alguien tendrá que explicar qué coño está pasando.—Se decía Lucas para sus adentros. No entendía nada.

¿De dónde habían salido esos maníacos? ¿Por qué estaban atacando a la gente? Nunca había oído cosa igual. Era como uno de esos adolescentes solitarios, con la cara llena de acné y serios problemas para relacionarse, que enloquecían de repente y disparaban contra todo bicho viviente en su instituto o lugar de trabajo. Pero de manera colectiva. Un grupo. De momento, lo que él sabía es que algo realmente extraño estaba desarrollándose ante sus ojos. Extraño y bien jodido pues había gente muerta o muriéndose por todas partes. Además lo que fuera, de alguna manera, se estaba propagando con rapidez. Lucas tenía la imposible impresión de que más dementes se unían a los que habían comenzando la matanza. Como un enjambre de abejas asesinas. Recordaba aquella vieja película de los setenta y cómo al principio unos pocos desgraciados eran atacados por una avanzadilla de abejas asesinas africanas. La totalidad de la colmena llegaba después y todo se convertía en un matadero.

Dos o tres metros a su derecha, una señora de mediana edad mordía y arañaba a un hombre joven de aspecto universitario que, sin duda, ahora mismo estaría considerando lo terriblemente equivocado que había sido abandonar la seguridad de su hogar para ir a ver el partido de fútbol. Junto a estos dos, dominando la marabunta que se había formado entre viajeros y asesinos, destacaba un grupo de africanos subsaharianos que vestían apenas unos harapos y tenían la piel resplandeciente por el sudor y la sangre.

Instintivamente, Lucas aceleró el paso, quería salir de allí lo más rápidamente posible y, sobre todo, antes de que el grupo de color los descubriese. No podía estar seguro pero intuía que aquellos eran los responsables principales de la matanza que estaban presenciando. Habían bastado seis minutos y veinticuatro segundos para que un grupo de seis acabase con la vida de una treintena de viajeros, para que el virus que portaban se propagase doblando esa cifra, y para que Lucas y su novia recorriesen una distancia de cuarenta metros. Las puertas de cristal que accedían al segundo vestíbulo y al aparcamiento de Nuevos Ministerios estaban al alcance.

La segunda sala era de dimensiones menores a la hermana principal y presentaba un aspecto similar al de un aeropuerto. Hileras de mostradores de facturación de equipajes del Aeropuerto de Barajas se emparejaban sin utilizar. Oficinas de alquiler de coches aparecían con las persianas bajadas. Algo normal un domingo en el que sólo abrían por la mañana o si algún cliente, por petición expresa, demandaba recoger o entregar un vehículo en aquel lugar. En el segundo vestíbulo había también algo infinitamente mejor.

La comisaría de Policía Nacional.

Inaugurada en 2006 como consecuencia de las obras de lo que se llamó el Túnel de la Risa. La comisaría de Nuevos Ministerios era el cuartel general del Grupo Fénix de la policía, especializado en detener carteristas en el suburbano. Lucas estaba seguro de que ellos les protegerían. Sabrían lo que hacer en aquella situación. Con un último esfuerzo, el joven esprintó los metros que les separaban de la seguridad, sintiendo todos los músculos de su cuerpo quejarse por el esfuerzo. Entonces un tirón de Carmen hizo que se detuviese en seco.

—Lucas...

—¿Qué?—Preguntó, sin volverse.

—Las escaleras. ¿No deberíamos coger las escaleras?— Ella ya había detenido el paso y cambiaba de dirección, dirigiéndose hacia el lugar.

Lucas sabía a qué se refería su novia. A su derecha se elevaban las escaleras de salida a los números pares del Paseo de la Castellana y, sin duda, resultaban el camino más rápido y tentador para salir a la calle. El joven, sin embargo, dudaba que fueran la decisión más segura. Estaba convencido de que lo mejor sería encaminarse a la comisaría. Los agentes del Grupo Fénix tenían fama de ser tipos duros y estaban acostumbrados a la violencia de ciertas bandas de carteristas de Europa del Este.

En el vestíbulo principal la cacofonía de gritos y ruidos de pelea subía de volumen a medida que el pánico cundía entre los viajeros atrapados por el grupo de asesinos. Entonces, Lucas tomó la decisión. Una decisión que lamentaría para siempre. Desde ese momento, ni un solo día volvería a pasar sin que reviviera ese momento y se preguntase qué hubiese sucedido si, en vez de hacer caso a Carmen, hubiesen cruzado las puertas de cristal hacia la comisaria de policía.

—De acuerdo. Cojamos las escaleras.—Y se encaminaron hacia ellas. No habían subido el tramo por completo cuando algo le golpeó con dureza en la cabeza y las luces se apagaron.

Lucas nunca supo con exactitud lo que pasó. Despertó algún tiempo más tarde, aturdido, y Carmen ya no estaba a su lado. Había desaparecido sin dejar rastro.

✳✳✳✳

La red de metro de Madrid contaba con más de 280 kilómetros de vías, una longitud que la situaba entre las seis más extensas del mundo y la tercera de Europa.

600 millones de viajeros usaban anualmente sus trenes para desplazarse al trabajo, a los bares, de regreso a sus hogares. Un paraíso para el virus. La matanza de la estación de Nuevos Ministerios de Madrid fue uno de los momentos más terribles provocados directa o indirectamente por la epidemia. Hombres o mujeres, jóvenes o viejos, nacionales o inmigrantes, no importó demasiado. Aquella tarde de domingo murieron más de cuatrocientas personas en aquella estación. Y los pocos supervivientes que quedaron fueron atendidos *in situ* por miembros de la Cruz Roja.

La Cruz Roja había montado un pequeño hospital de campaña respondiendo al Plan de Emergencias Nacional, donde operativos del Servicio de Protección Civil evaluaban la situación y desviaban los heridos más graves a los hospitales cercanos. La Paz, Hospital Universitario de La Princesa, Hospital de la Cruz Roja. Los heridos menores eran tratados en el mismo hospital de campaña y enviados de regreso a sus casas a través de la misma red de Metro que había transportado a los infectados desde un centro de acogida en el distrito de San Blas. En ese momento, se desconocía todavía la existencia del virus y el incidente, pendiente de investigación oficial, se había considerado como un hecho aislado de naturaleza racial. Una reyerta racista entre un grupo de senegaleses y una banda de hinchas radicales con inclinaciones de ultraderecha.

La red de metro de Madrid se encargó de propagar el virus por toda la ciudad de una manera tan efectiva que tan sólo doce horas después del incidente, el sesenta por ciento del área urbana de la capital presentaba núcleos infecciosos. Para entonces los ambulatorios y hospitales de Madrid estaban atendiendo a un torrente de infectados que no dejaba de colapsar las salas de urgencias reclamando tratamiento. Su número era incalculable en ese momento pero si hubiésemos dibujado un mapa de calor de los centros sanitarios que recibían casos de infectados en ese preciso instante, hubiésemos teñido de rojo vivo toda el área central de Madrid.

El mismo color se expandía en todos los sentidos hacia la periferia, cubriendo localidades como Móstoles, Leganés, Torrelodones, Torrejón, Alcobendas... Únicamente las ciudades y pueblos más alejados mostrarían tonos anaranjados. En ese momento, la epidemia había alcanzado la Fase 5 según la escala internacional de la OMS. Esta fase comprendía la propagación del virus en brotes comunitarios en dos países de la OMS al mismo tiempo. Solo que el número de países en los que había aparecido la enfermedad no era de dos sino cinco. Los brotes más importantes se daban en España y Portugal, pero casos aislados de contagio de persona a persona habían aparecido también en Francia y Reino Unido.

La OMS elevaría la fase de contagio al nivel 6, tan sólo tres horas más tarde. Lo que significaba brotes comunitarios en países comprendidos en una región diferente a la de los anteriores. Se había descubierto el origen de la epidemia en Senegal. El nivel de infección del país se determinó en un 60% de la población, durante una reunión de emergencia celebrada en la sede de la OMS para la región africana en Brazzaville. Con una densidad de población de casi sesenta y cuatro habitantes por kilómetro cuadrado la cifra de afectados, portadores o muertos senegaleses alcanzaba los siete millones y medio.

La Fase 6 ya estaba desbordada.

****

El hombre prueba todas las llaves que ha encontrado hasta que una de ellas se desliza con facilidad en el interior de la cerradura. Ejerce una ligera presión, un giro de muñeca. El cerrojo se abre sin problemas. La azotea parece desierta bajo la mortecina luz de la luna. Un ramalazo de arrepentimiento le embarga por no haber esperado al amanecer. Se acerca al borde del edificio y contempla la oscuridad que se adueña en la calle. No percibe ningún movimiento pero sabe que los malditos ferales siguen ahí abajo, en el interior de su portal, intentando echar abajo la barricada de muebles. Aguarda unos instantes antes de encender la linterna y múltiples corpúsculos luminosos bailan antes sus ojos. ¡No puede ver nada! Ha cometido un error y eso le enfurece. Se enoja consigo mismo y se recrimina por su estupidez. *¿Qué ha sido eso?* Creé haber escuchado una pisada en la grava que cubre el piso de tela asfáltica. No puede ser, está seguro de que se encuentra solo en el lugar. Hace un barrido con la linterna a su alrededor y salvo las antenas parabólicas no ve nada más en el espacio diáfano. Más allá se encuentran la caseta de los contadores de la luz y la puerta de acceso al Bloque B. Se acerca a la puerta y se asoma por el tragaluz. No distingue nada. Limpia con la manga la sucia superficie de cristal del ventanuco e ilumina el interior con la linterna. El débil haz de luz no le revela más que unos escasos metros cuadrados de paredes decoradas con graffitis y suciedad en el suelo. Restos de envases de comida rápida y cosas así. Prueba tentativamente el picaporte y descubre que está cerrada desde dentro. Se vuelve sopesando qué hacer a continuación y entonces ve algo que le hiela la sangre en las venas.

Una sombra entre las sombras.

Una silueta humana junto a la caseta de contadores de la luz.

****

Rachid permanece oculto mientras la luz que proyecta la linterna del desconocido rastrea el pequeño rellano que da acceso a la azotea del Bloque B.

¡Fee sybil Allah! ¿De dónde ha salido el extraño!

Empieza a pensar que ha sido un terrible error convencer a Najib para que inspeccionase la azotea. Ahora está seguro que su hermano Hassan va a enfurecerse muchísimo. Solo esperaba que Najib supiese cómo comportarse y no echase a perder todo el asunto. Al menos había tenido la precaución de darle su machete de caza para defenderse.

✳✳✳✳

El hombre levanta la escopeta de caza y apunta hacia el lugar dónde distinguió la silueta. Nada. La maldita luna se oculta tras unas oscuras nubes y la linterna apenas proporciona luz para un par de metros. Muy despacio, como si pisase sobre cristales, sin apartar la mirada de la caseta de contadores se dirige hacia allí. Los primeros ramalazos de pánico se manifiestan en forma de sequedad en la boca y una incontenible palpitación que le recorre las entrañas. Sin dejar de balancear la mirada de izquierda a derecha comprueba que no hay nadie en la caseta.

¡No me jodas!, piensa.

Está seguro que ha visto a alguien. Se vuelve y ahí está de nuevo.De algún modo había conseguido burlar su escrutinio y se había escabullido de regreso a la puerta de acceso al Bloque B. El hombre puede verlo ahora con más detalle. Es un magrebí de complexión enjuta pero compacta.

El extraño intenta abrir la puerta de acceso sin conseguirlo, mientras llama a alguien en árabe y por el tono parece exigir que le abran. La puerta permanece cerrada. En la mano aferra un enorme machete de caza.

—Eh tú, muéstrate. ¿Quién eres?—Ordena el hombre, sin dejar de apuntarle con la escopeta.—¿De dónde has salido?

El extraño se pone rígido de repente y se vuelve hacia el hombre. Parece estar aterrado y las aletas de su nariz no paran de abrirse y cerrarse como si quisiesen inhalar algo de valor en el aire de la noche.

—*Radiya rahim anhu*. ¡Ten piedad! ¡No dispares!— El marroquí se encoge sobre sí mismo y levanta ambos brazos para protegerse. Entonces sus ojos parecen fijarse en el enorme cuchillo que porta como si lo estuviera viendo por primera vez y algo cambia en su expresión. Algo que manda nuevas oleadas de pánico al vientre del hombre y hace que se le contraiga dolorosamente.

Sin previo aviso, el marroquí arremete contra el hombre, cuchillo en alto.

—¡*Allahu akbar*! ¡Allah es el más grande!—El grito de guerra de un radical musulmán antes de asesinar a un inocente no creyente.

Sorprendido por el inesperado ataque, el hombre reacciona tarde y la punta del cuchillo se hunde en la zona superior de su hombro. El dolor es cegador y repentino. Es una herida leve, superficial, pero aún así duele como mil demonios. El marroquí deja escapar un aullido victorioso y vuelve a atacar. Un destello acerado se refleja en la hoja del machete antes de sesgar el brazo del hombre, dejándoselo casi inutilizado. Apremiado por el miedo y el dolor, el hombre rueda sobre sí mismo para conseguir poner algo de distancia con su oponente. Entonces dispara la pierna y alcanza al magrebí de lleno en la nariz, que estalla con un crujido y un geiser de sangre y mocos.

El enjuto marroquí ha pasado de festejar la victoria a sentir el fuego de la agonía en su propia carne. El dolor en el brazo obliga al hombre a hincar la rodilla en el suelo, y el magrebí aprovecha la ocasión para contraatacar. Con la hoja del machete por delante, toma impulso con ambas piernas y arremete contra el hombre que todavía está arrodillado.

¡*Blammmm*!

El tiro resuena como un trueno en medio de la noche. El cuerpo del marroquí sale proyectado varios metros hacia atrás. La mitad de su cara pulverizada en una fina nube de sangre y huesos. Antes de que el hombre fuera consciente de lo que estaba haciendo su dedo había presionado con suavidad el gatillo de la *Beretta AL 391*.

El cuerpo yace en el suelo embreado de la azotea desmadejado como una marioneta a la que le han cortado los hilos. La sangre, de color parduzco a la luz de la luna, se extiende bajo él, mezclándose con los pegotes de asfalto que impregnan la cubierta impermeable. El hombre contempla con horror alucinado las burbujas sanguinolentas que se forman en las comisuras de los labios del marroquí.

Todavía se encuentra con vida.

La voz de polichinela del hombre le susurra que acabe con su sufrimiento pero es incapaz de moverse hasta que el último estertor abandona el cuerpo del muerto. El machete se encuentra a unos metros del cádaver, semienterrado entre las capas de tela asfáltica. El hombre se agacha para recogerlo y regresa por donde ha venido. Sin saberlo, el hombre acaba de declarar la guerra a los moradores del segundo edificio de apartamentos. Bloque B.

✳✳✳✳

Rachid no podía creer lo que vieron sus ojos. El perro del Bloque C había matado a Najib. Estaba armado con una escopeta y su desgraciado cuñado yacía en el suelo con media cabeza pulverizada. Ahora, Hassan le está taladrando con una mirada capaz de amedrentar a un león.

—¿Cómo te atreves a desobedecerme, Rachid? Tu *ahwaa*, tu irreflexión, se ha llevado la vida de Najib.— Hassan está gritando con toda la fuerza de sus pulmones. Está furioso. Los muy estúpidos no le hicieron caso y Najib estaba muerto y su hermana sin marido. Lo peor de todo era que el estúpido de Rachid no tenía ni idea de quién lo había matado.

—¿Has visto, al menos, cuántos eran?—Pregunta furibundo.

—No, hermano.—Rachid no se atreve a usar el francés; su vida en ese momento depende de no enojar más a Hassan.—No he visto a nadie. La puerta del Bloque C ya estaba cerrada y el cadáver de Rajib estaba en el suelo donde lo encontré. *Alayhis salam.*

—La paz esté con él.—Repiten al unísono, Hassan y Mehdi. Y entonces Hassan dirigiéndose a Rachid le ordena: —Tú hablarás con Fátima y te disculparás por la muerte de Najib.

—Sí, hermano.—Contesta Rachid, sin levantar la vista del suelo.

—Nunca he visto nada semejante, Hassan. Tal destrozo en la cara de Najib. Ha tenido que ser una escopeta y desde muy corta distancia.—Dice Mehdi sombrío.—¿Qué vamos a hacer ahora?

Muchachos haciendo el trabajo de hombres, piensa Hassan mientras observa detenidamente a su hermano menor. Mehdi no tiene buena pinta. Parece enfermo, el rostro del color de la cera. Mehdi nunca ha sido exactamente el hermano más fuerte y la muerte de Najib, sin duda, le ha afectado más de la cuenta. Rachid, en cambio, es otra cosa. Hassan deberá vigilarlo de cerca a partir de ahora. Cualquier día de estos acabaría con él. Quizás ese fuese su *Yawm ul-Qiyāmah personal.*

—Deshazte de los prisioneros. No los vamos a necesitar más.

—Como desees, Hassan.—Mehdi habla con un hilo de voz reseca. Su hermano le dedica una sonrisa que descubre todos sus caninos. Como un lobo.

—Yo voy a descubrir qué quieren esos hijos de puta del Bloque C. Han matado a uno de los nuestros. De la familia. Vida por vida, ojo por ojo, nariz por nariz, oreja por oreja, diente por diente y la ley del talión por las heridas.—Recita el verso del Corán con los ojos cerrados. Mientras, su mano acaricia lentamente la culata de la pistola.

Eso no es una buena señal.

Hassan siempre recitaba un verso del Corán cuando asesinaba. Era su firma. Mehdi le había visto acariciar de esa manera un arma en muy pocas ocasiones y siempre habían tenido el mismo desenlace. Alguien moría.

—Rachid, ve a buscar a Mohamed y ayuda a tu hermano con los prisioneros. Luego esperad a mi señal para reunirnos en la azotea.

—Sí, hermano mayor.—Los ojos de Rachid brillan por la excitación. Por fin va a tener lo que tanto desea y su pasión hace que se olvide de la prudencia.—Hassan, ¿podré quedarme con alguna mujer?

Hassan no contesta inmediatamente pero cuando lo hace se mueve con la celeridad de una víbora. Rachid no ve llegar el golpe y tan solo puede parpadear atónito mientras un hilo de sangre brota de su frente.

—¡Basta de tales insensateces! Eres una deshonra para tu familia.—Le increpa mientras limpia la culata de la *Astra 4000 Falcon* con el faldón de la camisa de su hermano.—Obedece y quizás decida no castigarte cuando todo esto termine. ¡Moveos! Y que Allah os guíe y perdone por lo que vais a hacer.

—*Allahu akbar.*—Asienten ambos al unísono y desaparecen en el interior de la puerta de acceso.

Mientras descienden las escaleras en busca de Mohamed, Rachid se limpia la sangre con la manga. Desea tener el valor de un *aïssaoua* y enfrentarse a su hermano mayor. Los *aïssaoua* o cazadores de serpientes tenían fama de ser muy temidos y él mataría a Hassan como la serpiente que era. Aunque quizás hubiera otras formas de proceder.

Allah le indicará el camino cuando llegue le momento oportuno. Está realmente furioso, aunque paladea con cruel placer lo que está a punto de hacerles a las prisioneras y eso consigue apaciguarle un poco. No le importa si Hassan piensa que es deshonroso para la familia. Después de todo era el Día del Juicio, el *Yawm ul-Qiyāmah*. Todos van a morir. Antes de todo se detiene en la primera planta para hablarle a su hermana Fátima.

—*Innaa lillaahi wa innaa ilayhi raaji'oon*, hermana. A Allah pertenecemos y a él regresamos.—Rachid murmura ceremonioso a su hermana. No se atreve a entrar en el apartamento. Siente vergüenza, sus oscuros pensamientos de tortura y violación borrados de golpe de su mente. Este es el poder de la familia.

Fátima está lamentando la muerte de Najib, tiene las manos sobre la cara, cerradas en forma de puños, y se balancea suavemente. Siente el *bātil*, un enorme vacío interior, y ni las palabras vacías de contenido de Rachid o los consuelos de Khadiha, su hermana pequeña y esposa de Mohamed pueden llenarlo. Fátima está de duelo. Y tiene plegarias que recitar.

—*Allahum maghfirlahu waramhu wa'fu 'anhu...*—Oh, Allah, ten piedad de él, perdónale y concédele seguridad.

****

Lucas está al fondo del apartamento que sirve de prisión en el Bloque B, sentado con las rodillas flexionadas junto al pecho, recordando. Ha estado en esa posición varios días. Su mente enloquecida de pena rememora una y otra vez los acontecimientos que vivieron en Nuevos Ministerios. ¿*Cómo* olvidarlos? Había regresado a casa con la esperanza de encontrar allí a Carmen. *Se habrá asustado. Quizás pensó que yo estaba muerto, habrá buscado refugio en casa.* Las excusas se habían sucedido en su mente mientras una unidad móvil de la Guardia Civil le conducía de regreso a casa.

—No te preocupes, chaval. Seguro que tu novia está en casa. ¿Dónde si no va a estar?—Trataba de consolarle el agente al volante. Lucas podía ver a través del espejo retrovisor que el guardia tampoco creía que Carmen fuera a estar con vida a esas alturas. Había visto el decorado de horror en el que se había convertido la estación de Nuevos Ministerios y todavía tenía la piel del color de la ceniza.

Lucas lo había vivido en primera persona.

Cuando llegaron a casa, no había ni rastro de Carmen. Esperó durante un par de días recibir noticias suyas o de la policía que investigaba su desaparición. Pero todo pasaba muy deprisa. La policía no estaba para investigar nada. Había tumultos en todas las calles de España y ataques como el que había sobrevivido se repitieron aumentando de intensidad. Lucas trataba de seguir un recuento de la situación a través de la prensa y de Internet. Había dejado de comer. Ya no le importaba nada. Ni siquiera cuando la familia de camellos de la primera planta se adueñó del edificio, había movido un músculo para impedir que le apresaran con el resto de vecinos.

Les encerraron en aquel mugriento apartamento que olía a excrementos y a humanidad. También olía a miedo. Los días se sucedían ralentizados y el sufrimiento no parecía tener fin. El resto de prisioneros se hallaba desperdigado por el apartamento, ocupando casi todos los espacios habitables posibles, y se pasaban el tiempo gimiendo y lloriqueando. Lucas no podía soportarlo más, albergaba el deseo oculto de echarse a dormir y no volver a despertar. Lo cual, como es lógico, nunca le fue concedido.

Lucas parece despertar de su ensoñación cuando unos gritos airados rompen el silencio de tumba de su prisión.

—¿Qué sucede?—Susurra en el oído de otro de los vecinos prisioneros.

—Nada, están discutiendo.—Responde el otro.

—¿Sobre qué?—Insiste, Lucas. El vecino está tan próximo que puede sentir el calor que desprenden sus poros. Su olor también es denso. En el apartamento no huele a otra cosa. Miedo.

—Algo que han hecho el hermano pequeño y ese otro moro, el engominado del bigotito, ha enfurecido a Hassan.—Explica el vecino, detallando la situación.—Le está pegando una bronca de cojones. Ese mierda de Rachid no va a estar contento.

Lucas no puede evitar estremecerse. El pequeño de los Rami es un sádico de mucho cuidado y disfruta haciendo daño al resto de vecinos. No te cuento, además, la forma en la que mira a las mujeres. Con mirada de violador.

—Vamos a morir.—Manifiesta quedamente el vecino. La forma en la que ha formulado la frase se queda a medio camino entre una afirmación y una pregunta. En tierra de nadie.

Algo en el interior de Lucas parece ajustarse en su posición, como la pieza de una maquinaria que no estuviese del todo equilibrada, ocasionando un funcionamiento imperfecto, y que de repente se recolocase y hace que todo vuelva a la normalidad.

—Nos defenderemos.—Responde Lucas.—Si intentan matarnos, nos defenderemos. Ellos son solo cuatro y no pueden neutralizarnos a todos al mismo tiempo.

Y el germen de una nueva energía se enciende en su interior. Entonces, la puerta del apartamento se abre de improviso. Enmarcada contra la luz de las antorchas que iluminan el pasillo está la silueta de Rachid.

En su mano, empuña una pistola.

En su rostro baila una sonrisa cruel.

✳✳✳✳

176

El hombre emerge en la noche con el cuerpo temblando por la adrenalina. Nunca hubiera esperado tener que matar a otro ser humano. Ferales, sí. Pero un hombre sano... Ni hablar. Le está costando sobremanera contener las ganas de vomitar que siente.

—¿Qué ha sucedido? Hemos oído un disparo.— pregunta la mujer en cuanto le ve asomar por la puerta del apartamento 4D.

—Subí a inspeccionar la azotea.—Y continúa antes de que el reproche que asoma en el rostro de la mujer se convierta en una nueva admonición.—Allí arriba había alguien. Alguien sano y me atacó...

—¿Qué es lo que ha hecho, compadre?—Le interrumpe Hugo, horrorizado.

—Se abalanzó contra mí como un poseso, mientras esgrimía esto.—Arroja el descomunal machete en el mostrador de la cocina. Está irritado por el horror y el reproche con el que le han recibido.—No tuve más remedio que disparar.

—¡Un superviviente! ¿Has matado a una persona sana?

—¿Qué se supone que tenía que hacer? ¿Dejarle que me clavase el cuchillo? Todo sucedió muy deprisa, no tuve tiempo de reaccionar de otra manera.—Trata de justificar el hombre.—Gracias por echarme todo esa mierda de sentimiento de culpa encima, ¡pero ya está bien!

Hugo levanta las manos con desaprobación.

—¡Me importa un culo lo que piense, compadre! No podemos ir matándonos los unos a los otros. Tenemos la obligación de ser mejor que todo eso.—Responde saliendo de la habitación con un portazo.

—¡No pude hacer otra cosa!—Grita el hombre, silabeando las palabras.—¿Crees que eres diferente a mí? ¿Que eres mejor?—La ira comienza a bullir en su interior con la virulencia de un caldero cocinándose a plena potencia.—La única diferencia entre nosotros es que yo no tengo el lujo de poder quedarme sentado sobre mis posaderas mientras otros hacen el trabajo sucio.—El hombre es consciente de que le está gritando a una puerta cerrada pero aun así continúa descargando su frustración.—Yo quiero sobrevivir y haré lo que sea para conseguirlo. ¿Me escuchas? Lo que sea.

El hombre sabe que antes de que todo comenzara nadie le veía como un hombre capaz de pelear físicamente por algo. La mayoría de la gente le percibía como el típico analista de ordenadores, la mitad del tiempo abstraído en su mundo de códigos y números binarios. Pero las cosas habían cambiado desde entonces. En tan solo unas semanas aquella vida parecía encontrarse siglos atrás. Ahora se ha convertido en alguien que mataba a un semejante en una azotea y que trataba de justificarlo con ira.

—No deberías haber subido solo. Deberías haber esperado.—Dice la mujer, después de que el hombre se haya calmado, y en esa simple frase retiene todo el reproche que siente acerca de las consecuencias que el acto del hombre ha desencadenado sobre ellos. Ahora no podrán pedir ayuda a los supervivientes del Bloque B. Ahora son sus enemigos. Tan peligrosos como los propios ferales.

El hombre baja la cabeza compungido.

—Ahora lo sé. Tienes razón.—El hombre siente un torrente de culpa invadirle el cuerpo y piensa que le va a costar una enormidad contener las lágrimas.

Una cosa es matar monstruos homicidas y otra bien distinta a un ser humano. No importaba si el desconocido le había atacado con un cuchillo, tendría que haber podido reaccionar de otra manera. Lo que le suceda a la mujer y a Hugo era su responsabilidad y esa muerte iba a complicar mucho las cosas. Es cierto que nadie le había nombrado campeón del reino pero así estaban las cosas. En cualquier caso, haber subido a la azotea solo había sido un terrible error. Ahora se daba cuenta de ello. Sin embargo, también está seguro de que él no era un asesino, era una víctima. ¿Acaso no lo eran todos? Un escalofrío le encoge todo el cuerpo dentro de las ropas.

—Esto lo cambia todo. No podemos utilizar el otro edificio como vía de escape. Ve a buscar a Hugo, tengo una idea de cómo podemos utilizar todo esto en nuestro beneficio y darle la vuelta a esta desgraciada situación.

La mujer lo estudia detenidamente. Pero el hombre la ignora y prosigue: —Si no perdemos la cabeza, saldremos de ésta. Pero si empezamos a desmoronarnos, que Dios se apiade de nosotros, porque los ferales no lo van a hacer. Es una jodienda, lo sé, pero no se me ocurre otra cosa que hacer.—El hombre tiene la mandíbula tensa y rechina las dientes.

Los primeros bosquejos de un nuevo plan comienzan a formarse en su cabeza. Era muy arriesgado, lo sabía, pero al menos la mujer tendría una nueva oportunidad de sobrevivir.

Había llegado la hora de los ascensores.

> **"**Todos los espantapájaros tienen la secreta ambición de aterrorizar.

—Stanislaw Jerzy Lec

8

Hassan recorre con la mirada la superficie de la azotea. El suelo de tela asfáltica, la caseta de contadores, los platos de antenas parabólicas. Nada. No hay ningún vigía en el lugar. Nadie oculto. Quizás ha sobrevalorado a los moradores del Bloque C y tan sólo sean un puñado de supervivientes asustados. *Loco*, se dice, *no olvides que están armados con una escopeta*. Sin olvidarlo, se dirige a la puerta de acceso al otro edificio. Cerrada y con cerradura de seguridad, lo cual le parece extraño y desmesurado. Nada que ver con la simple cerradura de pestillo de su propia puerta.

¿Qué quieren ocultar?

No tiene ni idea. Pero está claro que no podrá forzarla

sin delatar su presencia. Tendrá que pensar en otra cosa. Entonces Rachid y Medhi entran en la azotea escoltando al asustado grupo de vecinos. Sus labios muestran una mueca cruel.

* * * *

El hombre se asoma por el ventanuco de la puerta de acceso a la azotea. su nuevo plan ya está puesto en marcha. Hugo y la mujer aguardan a que los acontecimientos se desarrollen como el hombre ha previsto y esperan en la tercera planta de su edificio con la mirada atenta a la barrera de muebles. De un momento a otro, los ferales que infestan su bloque pasarán por ahí. Antes han hecho todo el ruido posible para excitarlos, hacerles saber que se encuentran allí.

Esperándoles.

El plan está dando resultado y pueden sentir a los ferales redoblando sus esfuerzos por abatir la barricada. Incluso desde su posición más elevada pueden distinguirlos destrozando con sus manos el material de los sillones que arrojaron al lugar. Desde el tragaluz, el hombre puede distinguir una figura solitaria plantado en el centro de la azotea. En su mano empuña una pequeña pistola que casi parece de juguete. Está aguardando algo. Una sombra de duda cruza por la mente del hombre antes de abrir la puerta y salir al exterior. Cuando lo hace se topa con una escena que no hubiera podido anticipar ni con el plan más descabellado.

El desconocido, un individuo de aspecto marroquí y mirada cruel, no está solo. Tras él, otros dos magrebíes más, retienen a un grupo de asustados vecinos, armados con una segunda pistola y un enorme cuchillo.

—Bienvenido, te estábamos esperando. Mi nombre es Hassan.—Le saluda el hombre que porta la pistola.—No me mires así, sólo son *mahdur ad-damm*. Enemigos cuya sangre tiene que ser derramada.

—¿Enemigos? Tus enemigos están ahí fuera, infectados por el virus.—Contesta el hombre sin dejar de apuntarle al pecho.—Ellos son sólo supervivientes, como tú y como yo. ¡No puedes tratarles como animales!

Hassan clava la mirada en el hombre tratando de adivinar sus intenciones. Mehdi y Rachid tienen a los prisioneros agrupados junto a la puerta de acceso de su propio bloque. Rachid empuña la segunda Astra 4000 Falcon y Mehdi un imponente machete de campo cuya hoja descansa en el cuello de una vecina. Tiene la situación bajo control y eso le concede la ventaja. Decide seguirle el juego y contestar sus estúpidos reproches mientras busca la manera de acabar con el hombre.

—Tú has matado a Najib y no era tu enemigo.

—Eso no es cierto, yo...

Hassan le interrumpe con un gesto de su mano.

—La negación fue el primer paso. Al principio, no creímos que fuera verdad. El virus, quiero decir.— El marroquí cambia de tema como una cobra desvía la atención de su presa, bailando para ella.

El hombre aguarda. Tiene puesto un oído en lo que el marroquí está diciendo y otro en las escaleras de su edificio. *De un momento a otro*, piensa. De un momento a otro.

—Al principio, pensamos que todo era una exageración de los periódicos. Algo para desviar la atención de la crisis económica o la mierda de país que es España.

El hombre aumenta la presión sobre el gatillo de la Beretta, no le gusta que hablen mal de su país y menos alguien que ni siquiera ha nacido en él.

Hassan, para quien el imperceptible gesto no ha pasado desapercibido, aprieta los labios en una tensa línea. El hombre está perdiendo la calma y un enemigo nervioso tiene tendencia a cometer errores.

—Luego, a la negación le sustituye la depresión. La realización de que la epidemia es real. ¿Qué voy a hacer? ¡No tengo comida, no tengo dónde acudir! ¿Qué será de mi familia?—Hace una pausa. Espera que el hombre tenga una familia por algún lado y le hagan mella sus palabras.—Por último, llegó la ira. ¿Por qué? ¿Por qué me ha tenido que pasar esto a mí y a los míos?

El hombre parpadea nervioso. Ha creído escuchar un ruido proveniente de las escaleras.

—Entonces te fijas en tu vecino. Él tiene de todo. Comida, herramientas, refugio. Todo lo que uno necesita. ¿Qué hacer? Simple. Se lo robas.

Hassan habla con frialdad, ha dejado de jugar. Sabe que el momento de terminar con aquello está próximo. Levemente, con un movimiento casi elegante, desvía el cañón de su pistola y lo dirige a la cabeza del hombre.

—Y si el vecino se opone, le matas. Matas a su familia. Su mujer, su hijo. ¿Quién va a impedírtelo?—Se encoge de hombros.—Finalmente, has aceptado. Eres un superviviente y harás todo lo que esté en tu mano para que siga siendo así. Para proteger a tu familia.

El hombre intuye que Hassan tiene razón. Es un monstruo sin escrúpulos, pero dice la verdad cuando afirma que uno haría cualquier cosa con tal de sobrevivir. El hombre es prueba viviente de ello.

—El resto es historia.—Continúa hablando Hassan.— La primera familia es un ejemplo para el resto. Corderos. Te obedecerán sin vacilar. El miedo es un motor muy poderoso.

El hombre se revuelve inquieto, eso sonaba demasiado a algo que él hubiera podido decir o pensar. Pero él no era como el marroquí. Para empezar, él no era un asesino. Cierto es que había matado al tal Najib, pero había sido en defensa propia. Najib le había atacado con un cuchillo. Sin embargo, aquellos prisioneros eran otra cosa. No podía hacer nada por ellos y lo sabía, pero no podía quedarse cruzado de brazos.

—Déjalos marchar.—Ordena el hombre. El cañón de la *Beretta* apunta directamente al pecho de Hassan.

—¿Que los deje marchar?—Pregunta Hassan con voz amenazadora.

Un bolo de saliva se ha formado en el nacimiento de la garganta del hombre y trata de tragar para quitárselo.

—¿Por qué iba a hacer tal cosa? Si disparas esa escopeta, estarás muerto antes de que te des cuenta. Nosotros somos tres y tú solo uno. Luego mataremos a los prisioneros. Sea como sea, tú pierdes.

El hombre mira nervioso a su alrededor. ¿De cuánto tiempo dispondría? Tiene que hacer algo antes de que los ferales terminen por echar la barricada abajo e inunden la azotea como un enjambre de avispas furibundas. *Pero toda esa gente... Dios mío, toda esa gente inocente moriría con los marroquíes.*

—He dicho que los dejes marchar. No lo repetiré más.

—Aguarda un minuto, amigo. Hablemos. Podemos resolver esto como gente civilizada, ¿no? Entiendo que mataste a Najib pero estoy seguro de que fue en defensa propia. Después de todo, él estaba armado con un machete.—Hassan puede ver la vacilación en los ojos del hombre. Su suposición sobre lo que sucedió en la azotea ha dado en el clavo y ahora el perro parece dudar. Si tan solo bajase unos milímetros el cañón de su maldita escopeta, le arrancaría el corazón con sus propias manos.

Lejos de hacer lo que Hassan desea, el hombre levanta un poco mas la *Beretta AL 391* y apunta a Hassan directamente a la cara. Tras el marroquí, los prisioneros comienzan a inquietarse, algunos parecen estar bailando encima de un cable de alta tensión. La situación se estaba complicando por momentos.

A su espalda, el hombre distingue el inequívoco sonido de la madera al resquebrajarse. Eso solo podía significar que los ferales ya habían echado abajo las mesas de comedor que levantaron como última barrera. Solo podían quedar unos pocos minutos antes de que llegasen a la azotea. El hombre tiene que pensar deprisa lo que va a hacer a continuación o no saldrá de ésta con vida. Unos segundos más tarde el primer feral irrumpe en escena desde la puerta. Entonces el corpulento Rachid desvía su pistola de los prisioneros para disparar contra el feral.

—¡*Allahu akbar!*

Esa vacilación es lo que necesita el hombre para descerrajar la *Beretta AL 391* contra la cara de Hassan. Se trataba de la segunda vez que disparaba contra una persona sana y esta vez no le afecta tanto como la primera. Está evolucionando como asesino. Hassan da una acrobática voltereta y se desploma como un fardo. Sus rasgos han desaparecido. Volatilizados. Como en una ópera diabólica, el coro de prisioneros huye despavorido mientras Rachid y Mehdi elevan al cielo del amanecer un dueto de destrucción y muerte. Las balas vomitadas por la semiautomática de Rachid vuelan junto al hombre sin acertarle. A su espalda, por la puerta de las escaleras, un torrente continuado de ferales mana esparciéndose por la azotea. Dando caza a los prisioneros. Gritos de horror y dolor se unen al *crescendo* de los disparos.

El primer feral que arremete contra el hombre cae al suelo fulminado de un culatazo que le hunde la sien.

El hombre está en movimiento.

✳✳✳✳

Mehdi, que acaba de degollar a uno de los prisioneros con su cuchillo, se yergue justo a tiempo para recibir el abrazo mortal de dos *shaitatin* que saltan sobre él. El peso de los monstruos le hunde en el suelo y, en seguida, otros tres más se unen a la maraña de brazos y piernas como si fueran un grupo de futbolistas celebrando el gol de la victoria. Sofocado bajo el peso de todos esos cuerpos, Mehdi apenas siente el dolor del primer mordisco. Tampoco el desgarro de su bajo vientre por dedos engarfiados como espolones. Con la mirada fija en el sol recién nacido, susurra una plegaria de despedida.

****

Rachid grita enloquecido de furia cuando ve caer al último de sus hermanos. A su lado, uno de los prisioneros llora de terror con parte de su mejilla colgándole de meros jirones de piel. Es una visión de pesadilla, casi se distingue la totalidad del blanquecino globo ocular sobre el que se imprime una mirada de pánico absoluto. El prisionero sobrecogido por el shock alza su mano para sujetarse la mitad de su rostro desprendido, cuando una pareja de ferales le clavan contra el suelo. Un tercero se abalanza sobre él y le desgarra con los dientes. Los *shaitatin* son cada vez más numerosos y la puerta no deja de regurgitar nuevos enemigos. ¿Dónde está el perro que lo provocó todo? No puede verlo entre la marabunta de cuerpos peleando con ferocidad.

****

Lucas se ha separado del resto de prisioneros y corre hacia el hombre de la escopeta, que se encuentra rodeado de infectados, blandiendo el arma por el cañón y golpeando en la cabeza a todo el que se acerca. El joven no entiende por qué el hombre no la usa como es debido y se limita a disparar contra los dementes homicidas. A sus pies, el machete de Mehdi yace olvidado junto a la montonera de asesinos que se ensañan con su cuerpo, ajenos a lo que sucede a su alrededor.

Un frenesí de violencia.

Rápidamente lo recoge y arremete contra el infectado que se encuentra más próximo. La hoja acerada le atraviesa el cuello. El hombre de la escopeta fija su mirada en él tratando de averiguar si es amigo o enemigo, antes de hundir el pómulo de otro infectado de un formidable culatazo. Restos de sangre y pelos quedan pegoteados en la madera de la culata. Lucas asesta dos machetazos seguidos a otro de los infectados y lo aparta de su camino. Pero lejos de detenerse, el asesino vuele a arremeter contra él.

—¡Las escaleras!—Le grita el hombre con voz entrecortada por el esfuerzo. Los brazos le pesan como si fueran de plomo. No podrá aguantar mucho más tiempo.

Lucas asiente con la cabeza y propina un último machetazo al infectado, cercenándole el brazo a la altura del codo y se abalanza hacia la puerta. El enjambre de infectados ha dejado de brotar y ahora están centrados, sobre todo, en los supervivientes. Sus vecinos. Blancos fáciles. A la carrera cruza la puerta, con el hombre pisándole los talones, unos pocos metros más atrás.

—¡Ayúdame a cerrarla!—Ordena el hombre al mismo tiempo que empuja el panel metálico de la puerta con el hombro. Los cuerpos caídos de varios infectados se interponen en su trayectoria e impiden que la puerta pueda cerrarse del todo. Sin pensarlo dos veces, Lucas agarra al primero por el cuello de la camisa deportiva y lo arrastra al interior del edificio. Espoleado por la adrenalina, el hombre hace lo propio con el segundo.

✳✳✳✳

Rachid ha observado por el rabillo del ojo a los dos perros escapar por la puerta del Bloque B. Con un aullido de rabia, recarga la *Astra 4000 Falcon* y se lanza en su persecución. No permitirá que escapen. Tienen que pagar por la muerte de sus hermanos.

Demasiado tarde.

Antes de que se dé cuenta, una decena de *shaitatin* le rodea en silencio. Gira sobre sus pasos y contempla extasiado sus rostros contorsionados por la ferocidad.

El Día del Juicio ha llegado para él.

Alza el rostro hacia el cielo y deja escapar un alarido que rivaliza en fiereza con el que sueltan los propios *shaitatin* cuando se abalanzan sobre él para despedazarle.

✳ ✳ ✳ ✳

Si antes el mundo se había detenido para Lucas, ahora todos los acontecimientos se suceden en una moviola que los reproduce a alta velocidad. El hombre termina de tironear de las perneras del cadáver y con un grito de triunfo se dispone a cerrar la puerta de la azotea de un empellón. Entonces un nuevo demente traba con su brazo el quicio de la puerta. Lucas lo apuñala en la cara con tal fuerza que el machete se hunde hasta la empuñadura. Tras él, se acercan vertiginosamente otros dos monstruos. El machete está profundamente clavado en el rostro del asesino y no puede liberarlo.

—Olvídalo, es imposible.—Le grita el hombre para que ahorre esfuerzos.—Son demasiados nunca conseguiremos cerrar esta puerta. Tenemos que seguir. ¡Escaleras abajo, hasta el tercer piso!

El hombre parece valorar algo en su cabeza por unos instantes mientras sujeta la puerta con ambas manos para resistir los empujones de los ferales.

Es hora de moverse rápido.

El panel metálico de la puerta le golpea primero.

El olor cobrizo de la sangre coagulada, después.

Un instante más tarde, un feral con medio brazo

colgando de sus propios tendones, se abalanza sobre él. El hombre retrocede y se golpea la cabeza con la base de las escaleras. Hinca una rodilla en tierra, aturdido. Desorientado por el tufo de la sangre y la fuerte concusión en la cabeza no reacciona a tiempo y el monstruo de un solo brazo se le echa encima mostrando los dientes como un perro rabioso. *¡Iba a morir!* Iba a morir antes de poner a salvo a la mujer. Había un inequívoco aire de inevitabilidad en todo ello.

Lucas se mueve con celeridad y golpea al monstruo en la cabeza antes de que remate al hombre. No es suficiente para matarlo pero sí para detenerlo por unos segundos. Tiempo justo para agarrar al hombre del brazo, obligarle a levantarse y empujarlo escaleras abajo en dirección a la puerta de la tercera planta.

****

En el Bloque B, Mohamed está subiendo los escalones de dos en dos cuando se topa con los primeros infectados que descienden desde la azotea. Desde su puesto de vigilancia en el portal ha escuchado los gritos aterrorizados de su esposa Amina y de su hermana Fátima. Armado tan solo con una navaja de mariposa, el último miembro masculino de la familia Rami poco puede hacer ante la ferocidad de los *shaitatin* que se arrojan sobre él.

Una mujer con el abdomen abierto en canal y las entrañas colgándole como guirnaldas, se une a la horda de demonios que pugna por arrancarle la vida a mordiscos. Mohamed, antes de morir, creé reconocerla. Es una de las vecinas que tenían prisioneras en la última planta. Sus ansias de venganza la han unido al ejército de *shaitatin*.

Allah sea misericordioso.

****

Lucas y el hombre han conseguido atrancar la puerta de acceso a la tercera planta y ya están asomándose precariamente por el hueco de los ascensores. La segunda fase de su plan de fuga está en marcha. Tras ellos, un grupo de ferales comienza a golpear el paño de la puerta con saña. El cristal del tragaluz salta por los aires y brazos de manos engarfiadas se cuelan por el hueco, extendiéndose en el aire como los tentáculos de un demencial kraken, tratando de atrapar a quien ya no se encuentra a su alcance. El destornillador con el que han bloqueado la puerta parece resistir sus acometidas.

Sobre la caja del ascensor les esperan todas sus cosas recogidas en varias mochilas y bolsas de viaje que, previamente, el hombre había descolgado con la ayuda de Hugo. Inicialmente, el plan consistía en que todos ellos se escapasen por allí pero esa idea la habían descartado casi inmediatamente debido al tamaño del colombiano. Entonces se decidió que Hugo y la mujer aguardasen, ocultos en el tercer piso, hasta que el último de los ferales hubiera pasado, escaleras arriba, en busca del hombre. Como la zanahoria y los burros. Solo que en esta ocasión, la zanahoria era él y los burros una horda de infectados asesinos. Una vez a salvo de los ferales, tenían que volver a levantar la barricada con muebles saqueados de la primera planta. Si todo iba según lo planeado, los infectados no podrían volver a bajar y ellos aguardarían en el portal. Ilesos. Un plan de dibujos animados, marca *ACME*, del que el propio Wile E. Coyote se sentiría orgulloso.

El hombre no había tenido ocasión de comprobar si la mujer y Hugo habían logrado cumplir su parte del plan. Sólo podía confiar en que así fuera. Pero, de momento, estaba funcionado.

Gracias a Dios, estaba funcionado.

—Gracias por ayudarme. Me llamo Lucas Núñez.—Le agradece el muchacho al que acaba de rescatar.

El hombre le responde al saludo con un ademán de cabeza señalando hacia la puerta. El paño de madera, amenaza con salirse de sus goznes con cada empellón de los furiosos ferales.

—Dejemos las presentaciones para luego.

Sin perder un segundo, el hombre comienza a enrollarse a la cintura unos brazos de cuerda de tender. La verdad era que no esperaba tener compañía y no estaba seguro de si la cuerda de *nylon* que había encontrado sería suficiente para los dos. Tendría que bastar para el muchacho. Ya había dejado morir al resto de prisioneros y no pensaba cometer el mismo error con Lucas.

—Coge esa cuerda de ahí y dóblala al centro varias veces. ¿Llevas cinturón?—Lucas asiente con la cabeza, mientras sigue sus instrucciones.—Bien, úsalo y luego rodea con la cuerda cada uno de tus muslos.

Mientras habla, el hombre termina de anudarse su arnés. Sin saberlo, ha elaborado de manera tosca, lo que en escalada se conoce como silla suiza. Un arnés sencillo pero muy eficaz.

—Ten cuidado de no cruzar los chicotes...—Lucas le mira parpadeando, la confusión reflejada en su rostro. El hombre explica:—Los extremos de la cuerda. No los cruces o te quedaras sin pelotas.

Sonriendo, el joven obedece. Eso sí lo ha entendido. El hombre no deja de mirar por encima de su hombro espiando la puerta de acceso a las escaleras.

—Ahora viene la mejor parte. Tienes que pasar los dos cabos por detrás de ese riel de ahí y anudarlos a la espalda del arnés. De ese modo, quedarás atado como en una vía de escalada y no te caerás hacia atrás. ¿Comprendes? Luego empiezas a descender muy despacio, agarrándote al riel con las manos y los pies.

El hueco del ascensor por el que estaban dispuestos a descender tenía un riel vertical que les permitiría sujetarse con ambas manos, mientras apoyaban los pies en unas enormes cabezas de perno que tachonaban los laterales. El riel estaba fabricado en acero, así que no tendrían demasiado problema con el peso mientras descendían las dos plantas que les separaban de la caja del ascensor. El único problema era la grasa y la suciedad acumulada que lo hacían terriblemente resbaladizo.

Lucas apenas había tenido tiempo de comprender el rudimentario sistema de escalada ideado por el hombre cuando ya está descolgado en el vacío. Un metro más allá de sus propios pies, el hombre desciende con dificultad. Lucas apenas si puede deslizarse por la vía de acero y la cuerda se le traba continuamente. *¡No iba a conseguirlo!*

—Espere, no consigo alcanzarle. La maldita cuerda no para de enredarse.—Le grita a su compañero de escalada. El hombre alza la mirada y le responde:

—No tires de ella. Si vuelcas todo el peso de tu cuerpo sobre la cuerda solo conseguirás aumentar la presión y la fricción acabará por romperla.—El aliento del hombre está entrecortado por el esfuerzo. Le cuesta una enormidad decir dos palabras seguidas.—Asegura los pies en los pernos, álzate con una mano para liberar el peso sobre la cuerda y después deslízala unos palmos con la mano libre.

Lucas hace lo que le indica el hombre y descubre aliviado que las instrucciones hacen el descenso más sencillo. Centra obstinadamente la vista en la pared de hormigón que tiene ante sí. No quiere mirar abajo y provocarse una sensación de vértigo que, en esos momentos, no le ayudaría en absoluto. Y continúa descendiendo.

* * * *

En el portal, la mujer y Hugo aguardan impacientes entre los vestigios que había dejado el paso del agua torrencial y los ferales. Restos de jirones de ropa y partes del mobiliario destrozado de la primera barricada se diseminaban entre el lodo. El plan ideado por el hombre había funcionado a las mil maravillas. Al menos en lo que concernía a su parte. Escondidos en la tercera planta, habían aguardado a que los ferales abatiesen las dos mesas de comedor que significaban el último obstáculo y a que el más rezagado de ellos se echase escaleras arriba. Luego, habían descendido hasta la primera planta. Armado con el escoplo, Hugo había allanado uno de los apartamentos de la primera planta y utilizado sus muebles para levantar una nueva barricada. Durante todo el proceso, la mujer no dejaba de rezar para que no se encontrasen en el interior con ningún feral oculto o un cadáver en descomposición. Todavía le costaba olvidar los restos de la mujer marroquí que habían hallado en el apartamento 4A. Sin perder un instante, habían arrojado por las escaleras todos los muebles que encontraron en el salón, incluida una pesada librería que se había plegado sobre sí misma como si una mano invisible la hubiese presionado por los lados. Luego, se habían descolgado los pocos metros que les separaban del suelo encharcado, deslizándose por el hueco de las escaleras, agarrándose al exterior de la barandilla. Desgraciadamente, Hugo había tenido más dificultades de las esperadas y se había lastimado un tobillo cuando perdió el pie en el último instante, desplomándose desde una altura de un par de metros. Nada mortal pero sin duda doloroso para el voluminoso colombiano.

—¿Cómo está el tobillo?—Se interesa la mujer mientras combate su impaciencia frotándose continuamente las manos.

—El *chingón* duele como un condenado pero se me pasará. Después de lo bien fregado que fue lo que hicimos, un *pinche* tobillo dolorido no tiene mucha importancia.— Hugo bromea, pero la mujer puede ver la agonía de dolor reflejada en su rostro.

—¿Crees que lo habrá conseguido?

—Mire *mija*, ese esposo de usted es bien terco y me da la sensación a mí de que, cuando se le mete algo entre ceja y ceja, no va a detenerse hasta conseguirlo. ¿Me equivoco?

La mujer sonríe y menea la cabeza de un lado para el otro. El colombiano ha definido al hombre a la perfección. La obstinación. Esa era su virtud y también su mayor defecto. Algo que a menudo sacaba de quicio a la mujer y les conducía a más de una discusión. Como el asunto del corazón. El hombre nunca había querido reconocer su condición y no había hecho ejercicio físico, ni mantenido una dieta sana, como le habían aconsejado los doctores, enojándola como nunca antes se había sentido. Sin embargo, quizás esa obstinación era lo que les iba a mantener con vida, ahora más que nunca, dado que el resto de la gente había perdido la chaveta.

—Esa puerta de ahí da al cuarto en el que el conserje guarda los productos de limpieza. Igual tiene un botiquín o algo parecido. Déjame que le eche un vistazo y quizás podamos vendar ese tobillo.

—Buena idea, *mija*. Creo que el maldito está empezando a hincharse.

La mujer asiente e inspecciona los alrededores para encontrar algo con lo que forzar la cerradura del cuarto del conserje. Encuentra una barra del armazón interior de un sofá. Tal vez eso sea suficiente. Minutos más tarde, después de forcejear con la cerradura la mujer tiene la puerta abierta y está vendando el tobillo de Hugo con un paquete de vendas elásticas que había encontrado en el botiquín de primeros auxilios de una sociedad médica laboral. En su afán por ayudar al colombiano no se ha percatado de la puerta semiabierta que se encuentra en la pared derecha de la conserjería.

El cuarto de contadores del agua.

****

El hombre está a punto de desfallecer. Le quedan unos escasos metros para llegar a la caja del ascensor pero las fuerzas le están abandonando con rapidez. Todo lo que puede escuchar es el sonido de su corazón acelerado golpeando en sus oídos y el flujo de su sangre palpitando en sus sienes. El esfuerzo que está haciendo es sobrehumano. Sobre su cabeza, el muchacho no se encuentra en mejores condiciones. Su trozo de cuerda era de una longitud inferior a la del hombre y estaba en peor estado por estar expuesta a las inclemencias, con kilos de ropa mojada colgando de ella. Desde su posición el hombre puede ver las hebras deshilachadas a punto de romperse. Si terminaban de cortarse, el joven se precipitaría desde una altura de cuatro o cinco metros.

—Date prisa. Esta cuerda no va a durar mucho más.— Le grita el muchacho, histérico de pánico.

—¡Joder, hago lo que puedo! No soy un puto chaval.— Le grita el hombre de vuelta.

Más arriba, una planta por encima de sus cabezas, los ferales han conseguido echar la puerta abajo y se precipitan en oleada hacia las puertas correderas del ascensor. La feroz determinación con la que se mueven cuando tienen una presa a la vista es tal que los primeros ferales en alcanzar el hueco del ascensor son empujados por el impulso de los que vienen detrás y acaban precipitándose al vacío.

El hombre y Lucas apenas tienen tiempo de apartarse cuando el primer cuerpo pasa como una bala junto a ellos para estrellarse contra el techo de la caja del ascensor, que acaba hundiéndose con un estruendo de cristales y aluminio.

****

La mujer sobresaltada por la explosión que proviene de la caja del ascensor, levanta la vista y ve dos cosas que le producen inmediatamente dos sentimientos que la paralizan. La primera: un cuerpo desplomado entre los restos del techo del ascensor y sus propias mochilas. La congoja la invade y las lágrimas acuden a sus ojos al pensar que quizás el cuerpo sea el del hombre. La segunda visión que hace que la adrenalina inunde su sistema nervioso es la de un feral irrumpiendo en el vestíbulo desde la puerta de la conserjería. El cuerpo de la mujer se pone en movimiento antes de que su cerebro de la orden a sus extremidades. Su vida se ha convertido, de repente, en una especie de infierno. Un infierno personal donde, a pesar de todos sus esfuerzos, su vida no valdría un duro si no conseguía librarse de ese feral. La mujer no sabe qué ha hecho para merecerlo pero, sin duda, su vida ha dado un giro demencial y siente que está perdida. Y entonces, corre por su vida, alejándose de Hugo y deseando con todas sus fuerzas que el feral la siga a ella y no se ensañe con el colombiano.

Hugo no puede ayudarla, sólo ella puede hacerlo.

Pero no parece correr lo suficientemente rápido.

Las garras de la cosa que se ocultaba tras la puerta del cuarto del conserje acarician su melena. Cierra los ojos con fuerza y rompe su carrera con un brusco quiebro a la izquierda. Es como un perfecto recorte de futbolista. Escucha un sordo estallido cuando el feral no puede detener su impulso y resbala en el lodo hasta golpearse contra la pared contraria. No será suficiente para detenerlo pero sí para ganar algo de tiempo.

Unas manos agarran a la mujer y la ayudan a levantarse. Hugo. Ahora están ambos corriendo por su vida, bailando para esquivar los restos de la riada esparcidos por el vestíbulo. El ambiente está impregnado de una atmósfera que huele a humedad y al aroma metálico de la sangre.

Entonces escuchan una voz.

El hombre desde lo alto de la caja del ascensor les hace señas con el brazo. Está medio colgando de lo que queda del techo y tiene el rostro congestionado por la posición invertida de su cuerpo. La mujer se dirige inmediatamente hacia él. Tras ella, un fuerte sonido de cristales rotos. El feral ha vuelto a la persecución. Solo cabe esperar que ellos corran más rápido y no les atrape antes de que...

¡Blaaaam!

El feral interpreta una pirueta mortal para no volver a levantarse. Un enorme agujero se ha abierto en su pecho y pierde sangre a chorros. La mujer parpadea repetidamente, aturdida. El pungente olor a cordita le hacer picar la nariz y los oídos le silban sordamente.

—¿Estás bien?—Le pregunta el hombre, aunque su voz le parece llegar desde el fondo de una piscina.—¿Estás bien?

—Sí, estoy bien. Solo un poco desorientada, nada más.

El hombre se descuelga desde el techo y comienza a recoger el material desperdigado por el lugar.

—Todo ha terminado. Los ferales están atrapados entre los dos edificios. Ya no pueden hacernos daño.

—¿Quién es el *pelao*?—Pregunta Hugo en cuanto ve a Lucas asomar por la abertura del techo del ascensor.

El hombre se vuelve para ayudarlo al tiempo que, mirándole de una forma curiosa, como si fuera la primera vez que lo viera, contesta:

—Buena pregunta.

> **"Todos tenemos algo roto dentro nuestro, por eso todos somos demonios. ¿No es este mundo un verdadero infierno?**

—Makoto Shishio (El Vagabundo Kenshin)

9

—¿Bueno, y ahora qué?

La pregunta queda suspendida en el aire como una densa nube de partículas de polvo. Este era un nuevo mundo, no dominado por las leyes de los hombres sino por las de los ferales. Psicópatas asesinos, sedientos de sangre. Un mundo donde los supervivientes serían capaces de hacer cualquier cosa por sobrevivir otro día más, hacer otra muesca en la culata de la tozudez humana. Un mundo en el que el día a día no estaba escrito y tendrían que ir improvisando por el camino.

—Qué silencioso esta todo.

Tiene razón, desde la extinción del incendio y la riada posterior, el vecindario parece una tumba. El hombre escucha el silbido del viento pasando entre las ventanas rotas y el crujido de las pocas llamas que han resistido a la fuerza torrencial del agua. El chasquido de madera de un árbol ennegrecido por el fuego. El chirrido metálico de la única cadena intacta de columpio en el parque infantil. Y poco más.

—Creo que ya podemos ponernos en marcha.

Mientras habla inspecciona de soslayo el aparcamiento. No había ni rastro del agente al que asesinaron los ferales unos días atrás y su coche patrulla se había convertido en una ruina por culpa de la riada, cuya fuerza lo había impactado contra otros vehículos estacionados en el lugar. Se lamenta para sus adentros de que no podrá salvar nada del amasijo de hierros. Tampoco parecía estar a la vista la *Scenic* del otro grupo de supervivientes. Tendrán que conformarse con lo que tienen.

—¿No es aún pronto? Aquí estamos seguros, todos los infectados están atrapados en el edificio. Creo que deberíamos esperar un poco hasta que...—empieza a decir la mujer. El hombre aguarda un par de segundos antes de interrumpirla:

—¿Hasta qué? ¿Hasta que venga alguien a ayudarnos? Creo que es evidente que nadie aparecerá. O están todos muertos o tienen sus propios problemas en los que ocuparse.—Deja escapar un bufido enojado.

—¿Entonces, qué?—Intercede Hugo mientras prueba tentativamente a poner el peso de su cuerpo sobre el tobillo lastimado.—¿Que me va decir que ahora no sabe adónde ir?

El colombiano está agotado y tiene el timbre de voz de un niño asustado. El débil quejido que suelta cuando apoya el pie herido, hace que el hombre sienta un ramalazo de arrepentimiento por haber aceptado a que los acompañara. En su cabeza sigue grabado el mismo único pensamiento: sobrevivir y proteger a la mujer. El hombre tiene la sospecha de que, tarde o temprano, Hugo pondrá en peligro su misión. Internamente, se hace la promesa de hacer lo que fuera con tal de impedirlo. Cualquier cosa, a cualquier precio, con tal de proteger a la mujer. Deja escapar una tos breve para sacudirse de la garganta una bocanada de humo y ceniza, y responde:

—Sé a dónde ir. Ya os lo dije. Tengo un plan y vamos a ponerlo en práctica. Así que ahora supongo que toca empezar a caminar.

****

Cuando salen a la avenida principal, ésta se halla literalmente plagada de coches accidentados y cadáveres por todas partes. Humanos y ferales. Es evidente que allí se ha librado un terrible batalla y resulta difícil discernir cuál ha sido el bando ganador. Salvo uno. El bando de la muerte.

Los muertos siempre ganan.

Caminan unos metros en silencio sobrecogidos por las imágenes que se despliegan ante sus ojos. Desolación. Dura y descarnada desolación. El hombre no puede apartar los ojos de los restos carbonizados de un autobús de línea. En sus ventanas todavía se pueden apreciar restregones sanguinolentos y una maraña de cuerpos retorcidos ocupando sus asientos. Flota en el ambiente un nauseabundo olor a goma y carne quemada, como si alguien se hubiese olvidado un centenar de asados de cerdo en la barbacoa. El olor del infierno. El hombre hace verdaderos esfuerzos por no pensar en la brutal y despiadada lucha que se había librado ahí dentro. La puerta delantera vomitando ferales enloquecidos y los pasajeros sin ningún lugar al que escapar. El hombre no puede reprimir un escalofrío, hasta ese preciso instante no habían conocido realmente el alcance del terrible mal que había diezmado la casi totalidad de la población de su barrio, su ciudad, su país.

¿El mundo?

Por primera vez se cuestiona seriamente cuánta gente quedaría con vida en el mundo. Un terror incuantificable se adueña de su alma. La humanidad había quedado reducida a un minúsculo número de supervivientes, rodeados de hordas ferales y destrucción. Los ferales eran los nuevos amos del cotarro. Un nuevo pensamiento cruza su cabeza. La realización del horror que los infectados debieron experimentar cuando contrajeron el virus y comenzaron a enfermar, sin nada que hacer para remediarlo. Tan enloquecer poco a poco hasta que el cuerpo dejaba de responder al mandato de su mente y se convertían en ferales. Las lágrimas inundan sus ojos mientras continúa caminando más allá de la enorme masa de hierros calcinados. Pasado el autobús, el hombre descubre un *Nissan Juke* intacto con la puerta del pasajero abierta de par en par. Introduciéndose en su interior, comienza a rebuscar por entre los asientos traseros y la guantera, mientras se limpia las lágrimas y sorbe fuertemente para detener la fuente de mucosidad que le resbala por el labio superior.

—¿Qué estás buscando?

La pregunta lo sobresalta un poco. Lucas se ha acercado silenciosamente y le habla desde el otro lado del coche. Lo contempla con una mirada rara, como si se encontrase ante un loco en un asilo psiquiátrico. Lo cierto es que no sabía qué le había impulsado a mirar dentro del *Nissan*, igual su aspecto impecable, de no haber sido tocado por la pesadilla.

—No sé. Algo útil. Cualquier cosa.—Atina a contestar tratando de ocultar su turbación.

Se vuelve hacia el salpicadero y prueba dubitativamente el botón de encendido de la radio. Ésta se enciende automáticamente con un siseo de estática. El alto volumen resuena a lo largo de la calle y el hombre se apresura a bajarlo. Con el eco de estática todavía resonando entre los edificios abandonados, Lucas le mira ahora con algo más de interés.

—Prueba a ver si coges alguna emisora.

El hombre no cree que eso sea posible pero lo intenta de todos modos y presiona el botón de búsqueda automática. El dial digital completa el rango de emisoras de la frecuencia modulada. Solo se ha reproducido el mismo sonido blando de estática. El hombre se remueve inquieto pues es un sonido que conoce muy bien. Ha estado resonando en su cabeza en los últimos días. Presiona de nuevo el botón de frecuencias y selecciona la banda de AM, permitiendo que el dial se dé una vuelta por las emisoras. Entonces, como por arte de magia, se detiene. Una voz grabada repite el mismo mensaje de emergencia que emitió el Gobierno al principio de la epidemia. En el comunicado se ordenaba a la población que se refugiase en sus casas y acaparase cuantos víveres fueran capaces de conseguir. Además advertía a los oyentes que permaneciesen alertas por si se emitían nuevas instrucciones.

—Que Dios nos ayude, no deberíamos haber salido.— Hugo tiene la mirada sombría.

—¿Qué insinúas?

—No sé, compadre, yo solo...—Empieza a justificarse.

—¿Piensas que en los apartamentos estábamos a salvo?—Le interrumpe el hombre, impaciente.

—Lo que tenía que decir ya lo hice. No sé si hemos dado un paso hacia nuestra salvación o hacia peor...

—Es una simple cuestión de supervivencia, Hugo. Si nos hubiésemos quedado en los apartamentos, no tardaríamos en agotar la comida y tendríamos que matar a los del Bloque B por lo que quedase. Se trataría de ellos o nosotros. Y salvo el chico, no veo aquí a nadie dispuesto a acabar con la vida de nadie.

—¡Eso no es justo!—Protesta el colombiano.—Dios sabe que yo solo pienso que no son enemigos. Unos son supervivientes, otros enfermos. ¡Y usted no duda en matarse con ellos!

—¿Enfermos?—El hombre vocifera descontrolado.—¿No puedes entenderlo? Los ferales no piensan. No sufren dolor, ni miedo. Sólo sienten esa insaciable ferocidad y su único interés se encuentra en matar o propagar el maldito virus.

Se detiene unos instantes para recuperar el control.

—No entiendes nada. ¿Los supervivientes? ¡Eso es exactamente lo mismo que harán ellos!—Se vuelve hacia Lucas y le señala con el dedo.—Pregúntale qué es lo que pasó en su edificio. ¡Son peores los sanos! ¡Al menos los infectados no saben qué otra cosa hacer!

Junto a los restos de un *Toyota*, la mujer y Lucas están contemplando la escena en silencio. Hierros retorcidos y cadáveres los rodean. 360 grados, allá donde posen la mirada. Un remolino de polvo y porquería revuelve las ropas de una mujer muerta a la que le falta un brazo. La mujer estaba embarazada cuando murió. Lucas no quiere pensar en ello pero su mirada no deja de regresar obsesivamente al bulto que deforma la tripa del cadáver.

—¡Dejadlo, ya! Así no llegaremos a ninguna parte. Discutir entre nosotros es completamente inútil.—Intercede la mujer para zanjar la discusión.

—Chica lista.—Se dice Lucas por lo bajo. La rivalidad entre aquellos dos no les permite ver la gravedad de la situación. La mujer ha hecho bien en reprenderlos.

A Lucas le gusta la mujer. Busca su complicidad siempre que puede, pensando en todo lo que les queda por recorrer. A la gente le gusta demasiado la sensación de tenerlo todo bajo control, les hace sentirse seguros. *El hombre y el vecino son el vivo ejemplo de ello*, piensa Lucas. Uno pensaba que los infectados ya no eran salvables y por tanto había perdido el remordimiento de acabar con ellos y el otro creía justamente lo contrario, en que solo eran desgraciados que padecían un terrible mal y que, como tal, en algún lugar del mundo debería existir una cura. Dos posturas enfrentadas que exigían comportamientos diferentes, y por tanto, condenadas a no encontrarse jamás. Como aquellas estúpidas discusiones sobre quién era el mejor jugador de fútbol de la historia que tanto le aburrían. *¡Dios, cómo las echaba de menos en esos momentos!* Reunirse en la barra de un bar, calentando una *Amstel*, mientras se enzarzaba con sus amigos sobre los defectos y virtudes de sus jugadores favoritos.

—Lo hecho, hecho está y ya no podemos cambiarlo. ¿Queréis realmente largaros de aquí o seguir discutiendo todo el día?

La pregunta de la mujer hace que ambos hombres aparten la mirada, avergonzados. A los ojos de Lucas parecen dos colegiales interrumpidos durante una pelea en el patio del colegio, los rostros ruborizados por una ardiente culpabilidad.

—Quisiera que entendierais la mierda en la que estamos metidos.—La mujer echa más madera al fuego de la culpa. Lucas se sonríe para sus adentros. La palabrota, tan impropia de ella, remarca con fuerza sus palabras.— Nosotros, por la razón que sea, hemos sobrevivido a la epidemia. Posiblemente seamos uno entre millones y tenemos una responsabilidad con todos aquellos que no han corrido la misma suerte.

A menudo la mujer ha pensado en ello. ¿Por qué fueron ellos los supervivientes y no alguien más apropiado? Alguien como un cirujano o un científico, con más cosas que aportar.

—Tenemos la responsabilidad de seguir viviendo,— continúa,—y hacer que signifique algo especial.

El hombre tiene el rostro escondido entre los hombros, la barbilla hundida en el pecho. Derrotado. Lucas no recuerda haberlo visto de esa manera. Por su parte, el corpulento colombiano hunde profundamente las manos en los bolsillos y mira para otro lado. A decir verdad, Lucas está disfrutando el momento y se siente aliviado de no tener que seguir oyendo discutir a esos dos. No ser el blanco de la ira de la mujer, también ayuda.

—¿Queréis uniros a los infectados?—Continúa la mujer, airada pero manteniendo el tono de voz por debajo del volumen conversacional.—Tan solo tenéis que dejar que os arañen u os muerdan.—Hace una pausa como si esperara una respuesta que nunca llega.—Porque eso mismo es lo que conseguiréis si no dejáis de pelear de una vez y empezáis a trabajar en equipo. ¡Por el amor de Dios, no es la desesperación la que me mata son vuestras continúas peleas de macho alfa!

El hombre es el primero en recuperar el habla. *Años de experiencia*, supone Lucas.

—No hay ninguna razón para que te pongas así. Quiero sobrevivir y estoy seguro de que el sentimiento es compartido por Hugo. ¿No es verdad, Hugo? ¿Qué te parece si nos ponemos en marcha y olvidamos todo el asunto?—Tiene la voz rasposa y la mirada empañada pero ha desaparecido todo atisbo de furia.

El colombiano atina a sacudir la cabeza afirmativamente. —Sí, vayámonos. Con tanta *pinche vaina*, estamos despertando al vecindario.

La silueta de un solitario infectado asoma tambaleándose tras una esquina. Es un hombre de mediana edad que viste un estrafalario traje de color burdeos y zapatos de charol. Una visión que en otro momento hubiera sido objeto de bromas pero que ahora les ocasiona un miedo mortal de los que paralizan el alma. Porque una cosa es tan cierta como el olor a carne quemada que los rodea, donde hay un feral, siempre hay más siguiéndole. Un enjambre, para ser exactos.

Cuando se ponen en marcha hacia el norte de la avenida, el lugar está plagado de ellos. Algunos comienzan a salir por los portales, otros asoman por detrás de los edificios. Decenas. De momento, ninguno parece haber reparado en su presencia pero el hombre sabe que eso puede cambiar en cuestión de minutos. Y entonces estarán listos.

—Tenemos que salir de la calle. ¡Ahora mismo!— Ordena con urgencia.

—¡Qué *chingue*! Pero si acabamos de salir...—Empieza a protestar Hugo.

—Escucha, no tenemos tiempo que perder. La calle está repleta de ferales y no tardarán en descubrirnos.

Unos metros más allá, el escaparate de una tienda de electrodomésticos se encuentra rajado lo suficiente como para dejarles deslizarse en su interior.

Hugo tropieza con torpeza al entrar y se hace un feo corte en el hombro. Restos de tela y materia textil se quedan enganchados en la esquirla de cristal del escaparate. El hombre mantiene la escopeta en todo momento apuntando al feral que tiene más cercano, mientras intentar vislumbrar periféricamente las evoluciones del resto. En el tiempo que tardan en entrar en la tienda el número de infectados se ha duplicado. La atmósfera de la tienda es opresiva. Huele a humedad y a moho. Pero al menos les servirá de refugio por algún rato.

—Aguardaremos aquí hasta que se hayan marchado y entonces nos largamos de este maldito barrio. ¿Estamos?— Les dice, mientras espía el exterior.

Hugo, con la ayuda de la mujer, está revisando el enganchón y descubre que el cristal ha traspasado las capas de ropa y una gruesa línea roja comienza a aparecer en su hombro. No siente nada pero sabe que muy pronto dolerá como un condenado.

—Estás herido. Déjame echarle un vistazo al corte,

parece profundo.—Pide la mujer.

Mientras en la calle, el hombre no cesa de vigilar a los ferales que se acercan a la tienda desde todos los puntos cardinales, aunque de momento ninguno parece haber notado la presencia de los supervivientes en su interior. Entonces, una señora de mediana edad con un horripilante moño que le cae desmadejado sobre la frente, hace algo que el hombre no olvidará jamás. La mujer feral echa hacia atrás los labios y enseña los dientes amarillos como si fuera un perro rabioso antes de atacar. Tiene la nariz arrugada y sus ojos son dos rendijas que apenas dejan ver el rojo de los vasos capilares reventados de sus córneas. Y comienza a... ¿aullar? El hombre no puede describir del todo el horrible sonido que se escapa de la mujer.

Y lo peor está por llegar.

El resto de ferales parecen hacerse eco del aullido. El espeluznante sonido reverbera por la avenida y es contestado en la distancia en una cacofonía de tonos y voces que, por extraño que parezca, se terminan acompasando hasta formar un único aullido. Primero los ferales más cercanos. Luego aquellos en los barrios colindantes.Como el viento soplando entre los árboles. El aullido sube de intensidad a medida que más ferales se unen al coro y, de algún modo, el hombre siente en sus propias entrañas como se suman incluso de la localidad vecina. Como si ello fuera humanamente posible. *¿Sincronizar cientos de voces como una sola?* Ni hablar. Debe de estar perdiendo la chaveta solo de pensarlo.

Lucas trata de taparse los oídos con ambas manos, incapaz de detener la onda sónica que golpea contra sus tímpanos. Se encoje sobre sí mismo de dolor y puede ver por el rabillo del ojo que Hugo y la mujer no lo están haciendo mucho mejor. Sus caras son una pura mueca contorsionada.

Y de repente, el aullido se detiene de improviso.

Ante las puertas del comercio se hallan parados casi un centenar de infectados. En silencio, aguardando. *Están atrapados.* El hombre empuja a todos hacia la oscuridad del interior de la tienda, ocultándose de las miradas de los ferales.

—Revisad cada maldita puerta y ventana de este lugar y aseguraos de que están cerradas. Parece que vamos a pasar aquí un buen rato.

El hombre ladra las órdenes como un sargento instructor. No le gusta hacerlo pero sabe que están en un momento de máximo peligro y no quiere que nadie del grupo se quede paralizado sin saber qué hacer.

—¡Mierda! No es que hayamos avanzado mucho sin toparnos con ellos.—Masculla Lucas, en voz baja.—¿Qué coño acaba de pasar? ¿Qué fue esa *cosa*?

—No tengo ni idea.—Responde el hombre. Todavía está demasiado agitado como para poder pensar en ello razonablemente. ¿Había sentido realmente el aullido en sus tripas o lo había imaginado? Reprime las ganas de vomitar que le asaltan. Sea lo que sea, no le ha dejado buen cuerpo.

—Parece como si hubieran respondido a una...— Lucas duda intentando encontrar la palabra correcta.— ¿Una *llamada*? ¿Se han avisado los unos a los otros de que estamos aquí?—Un ramalazo de terror eleva el tono de su voz. Casi está al borde de la histeria.

—No nos precipitemos en sacar conclusiones. No tenemos ni puta idea de lo que acabamos de ver.— El hombre se niega a creer que los ferales se hubieran comunicado entre sí. Hasta ahora nunca había visto nada parecido. Aunque, de algún modo sabía que Lucas estaba en lo cierto y los infectados se habían llamado los unos a los otros. Aullando. Como una manada de lobos.

Hugo regresa de inspeccionar el resto de la tienda.

—Ese *pinche* escaparate es la única entrada. No tendremos que preocuparnos por eso, pues. Pero nosotros no vamos a ir a ninguna parte tampoco.—Su enorme masa ocupa casi todo el espacio entre dos estanterías y el hombre puede jurar que hasta bloquea el paso de la luz.—¡Qué berrido más *pinche*! Esos *hijuemadres* saben cómo vocear bien *chévere*. Todavía me pitan los oídos.

—¿A qué esperan?—La mujer se acerca al escaparate antes de que el hombre pueda detenerla. Parece como hipnotizada.—Están ahí plantados sin hacer nada. ¿Por qué no intentan entrar?

El hombre no sabe qué contestar, hay un montón de cosas que ignoran de los ferales. Pero no es momento de ponerse a adivinar. Primero tienen que atender la herida de Hugo. Hubiera podido jurar que había visto a la mujer del moño descolocado husmear el aire como si pudiese oler la sangre que manaba de su hombro. Aunque fuera algo impensable.

—Lucas, mira a ver si puedes encontrar un botiquín o algo con lo que podamos restañar la herida de Hugo.—Y a la mujer: —Ayúdame con esto.

Juntos empujan hasta el escaparate roto una mesa llena de cajas de secadores de pelo en oferta y la vuelcan para obstruir la abertura.

—Eso los mantendrá afuera por un rato.—Añade mientras se sacude el polvo de las manos. Gruesas gotas de sudor empiezan a caerle por el rostro dejando regueros de suciedad en la piel.—Tendremos que pensar qué vamos a hacer a continuación. ¿Alguna sugerencia?

Los rostros que le devuelven la mirada están tan sombríos como el suyo. Un silencio de tumba se adueña de la tienda mientras Lucas, que ha regresado con un pequeño botiquín de la Mutua entre las manos, ayuda a la mujer a limpiar el corte de Hugo con alcohol y algodones.

Mientras, el hombre se entretiene merodeando por la tienda en busca de algo útil. No hay gran cosa pero encuentra un diminuto *iPod Nano* en un cajón del mostrador. Desenrolla el cable de los auriculares y desliza la yema del pulgar por el botón de encendido. Alborozado, descubre que todavía tiene algo de batería. Uno de los auriculares ha perdido la membrana de goma y le hace un poco de daño cuando se lo coloca en el interior de la oreja pero no le importa. Pulsa el botón de reproducir y comienza a sonar una melodía que no reconoce.

¡Música!

El paraíso en sus oídos. Hasta que descubre la identidad del intérprete. ¿Cómo decía aquel anuncio? Si pudieras escuchar una última canción. ¿Cuál elegirías? Los actores que interpretaban a los viandantes preguntados respondían invariablemente que si los Beatles, quizás los Rolling Stones... Lo que fuera. A él le había tocado en suerte, David Civera. *¿Te lo puedes creer?* ¡El mundo entero se va por el retrete como el mojón que es y la única música que puede encontrar es una lista de reproducción de David Civera! Sonriendo, el hombre desliza su espalda por la pared hasta sentarse en el suelo.

Mira que eres mala...

✳✳✳✳

—¿Dónde se fueron?

Es la mujer quien hace la pregunta. Poco a poco, sus compañeros desenroscan los cuerpos ovillados sobre el suelo de la tienda y se desperezan, todavía con los ojos soñolientos. El hombre se había quedado dormido con el reproductor de mp3 encendido y David Civera había terminado por extinguirse como el resto de la humanidad. Supone que el agotamiento que siente debe ser una consecuencia del subidón de adrenalina que experimentó cuando aparecieron los ferales. La adrenalina era el último recurso del cuerpo humano para generar el combustible necesario que precisaba para reaccionar ante una amenaza. Se contraían los vasos sanguíneos, se incrementaba el pulso cardíaco y la frecuencia respiratoria y como consecuencia inmediata, se suministraba más oxígeno para la sangre. El cuerpo humano era una máquina muy lista, sí señor, no cabía ninguna duda. Pero cuando la adrenalina se consumía del todo, cuando las últimas gotas de la preciada hormona eran apuradas, entonces llegaba un bajón que te arrollaba con la fuerza de un tren de mercancías.

El hombre deja escapar un bostezo.

—No, en serio. No queda ni un solo infectado ahí fuera.—Insiste la mujer.

Y tenía razón. Hasta donde podía alcanzar a ver el hombre no había un solo feral a la vista. Parecía como si se hubieran olvidado de ellos.

—Es cierto. Deberíamos aprovechar el momento y largarnos de este sitio.

A su espalda, Hugo se le acerca resoplando como un león marino. Hasta el hombre llegan ráfagas de su fuerte olor personal y arruga la nariz. Tendrán que buscar muy pronto los medios para asearse o no pasará mucho tiempo antes de que se convirtieran en verdaderas cloacas andantes.

—¡Dios mío, creo que hay alguien en aquel quiosco al otro lado de la calle!

El hombre se asoma por encima del escaparate de la tienda y mira en la dirección que señala la mujer. Una anciana se encuentra apoyada en uno de los laterales del cubículo prefabricado de un quiosco de prensa, devorando lo que parece ser una bolsa de regalices rojos.

—¡Joder, tienes razón! Vamos a hacerle una señal o algo.—Lucas también ha visto a la anciana.

El hombre niega con la cabeza.

—Ni hablar de eso. Permanezcamos ocultos hasta comprobar si todavía quedan ferales ahí fuera. No podemos arriesgarnos a volver a llamar su atención. La próxima vez igual no tengamos tanta suerte.

Lucas le contempla con incredulidad. La anciana era la primera persona con vida que se habían encontrado. Por lo que sabían, ellos cuatro podrían ser las únicas personas sanas en varios kilómetros a la redonda y no parecía muy humano abandonar su suerte a aquella pobre mujer sin ofrecerle asistencia. La ciudad se había convertido en una ciudad fantasma poblada por cadáveres y psicópatas asesinos. Un ambiente hostil en el que una anciana no tenía demasiadas papeletas para sobrevivir por sí sola.

—No sabemos si está infectada. No podemos arriesgarnos.—Repite el hombre sin vacilar. En sus ojos brilla una profunda tristeza que contrasta con la frialdad que destilan sus palabras.

—¿Te importaría decirme por qué? ¡Es una anciana, por el amor de dios, no parece muy peligrosa!—Exclama Lucas, replicándole.—Ni tampoco se comporta como un infectado.

—Lucas tiene razón. No sería humano abandonarla a su suerte.—Intercede la mujer, poniendo en palabras los pensamientos de Lucas.

Antes de que el hombre pueda responder, Hugo emerge a sus espaldas y salta a la calle moviendo los brazos para llamar la atención de la anciana.

—Eh, abuela. Hágale, véngase para acá y sálgase de la vista de todos. ¡Jesús, abuelita! ¿Qué le pasa? ¿Que busca que la maten?

Sin inmutarse, la anciana no da señales de haber escuchado la llamada del colombiano. Éste se vuelve hacia el grupo y se encoge de hombros, sin saber qué hacer.

—Quizás ha perdido la *pinche* chaveta.—Dice girando un dedo en el aire junto a su sien.

El sol está alto sobre sus cabezas. La segunda mañana desde su fuga del bloque de apartamentos está pasando veloz. El hombre sabe que no pueden perder el tiempo, cada minuto que pasa sin salir de la ciudad significa jugar a la ruleta rusa con sus vidas. Y de momento, ni siquiera se han alejado del barrio. La mujer y Lucas permanecen en el interior de la tienda pero Hugo comienza a dar algunos pasos en dirección a la anciana.

—¡Hugo, vuelve aquí!—Le llama el hombre, pero el colombiano lo descarta con un gesto de la mano.

Un paso. Después otro. Y otro más.

—Abuela, métale chancleta y véngase para acá.

Para entonces, Hugo ya se encuentra en medio de la calle y, de improviso, un feral emerge tras la caja de un camión de reparto y salta sobre su espalda. El alarido de pánico del colombiano recuerda al hombre un documental que denunciaba la matanza de focas para vender su piel. Hugo profería los mismos chillidos que aquellas desdichadas focas aplastadas bajo el garrote de sus asesinos. Al primer infectado, se le unen otros dos que se aferran a las regordetas piernas y desgarran su carne con los dientes. Hugo bracea violentamente intentando librarse de sus captores, al mismo tiempo que gira sobre sí mismo, anadeando con sendos ferales asidos a sus piernas. El rojo mancha las perneras de sus pantalones y comienza a extenderse por el asfalto de la calle.

El hombre no puede hacer nada más que mirar horrorizado la escena.

A los tres primeros se suman otra docena que aparecen como brotados de la nada y golpean la inmensa mole del colombiano hasta que éste hinca una rodilla en tierra y se desploma. Con el frenesí del ataque, los ferales parecen haber olvidado por completo que el resto del grupo se encuentra en la tienda, aunque el hombre no se fía del todo y recula hacia el interior, ocultándose en la penumbra. En un santiamén, Hugo es reducido a una pulpa sanguinolenta y yace desmadejado como una marioneta a la que le han cortado los hilos.

En la tienda, Lucas y la mujer permanecen mudos horripilados por la escena, los rostros del color de la ceniza.

—Vamos, ya no podemos hacer nada por él.—Los consuela el hombre, mientras vigila con atención la retirada de los ferales. La sangre de Hugo goteando por sus garras hacia el pavimento.

Al otro lado de la calle, la mujer anciana ha desaparecido junto con el resto de infectados. Y en el quiosco de prensa tan solo quedan los restos de periódicos y revistas amarilleándose bajo el débil sol de noviembre.

Y el hombre todavía tiene que pensar cómo van a salir de allí.

****

Lucas contempla la calle desde el roto en el escaparate. No puede ver a nadie pero está seguro de que los infectados siguen ahí fuera. Aguardándoles. Podía sentirlos en sus tripas. Los infectados no parecían ser capaces de razonar, ni nada parecido. Sin embargo, habían urdido un rudimentario plan lo suficientemente eficaz como para acabar con Hugo. Lucas está seguro de que han permitido a la anciana seguir con vida porque era el cebo perfecto para atraer a los escasos supervivientes que quedasen. ¡Era una locura! Si los infectados comenzaban a actuar conscientemente... El pulso del joven se acelera a doscientas pulsaciones, su mente funciona a toda velocidad y el germen de una idea toma forma en su cabeza. *Un Cebo.* ¡El cebo perfecto! ¡Eso es lo que necesitaban! Inspira profundamente, cuenta hasta tres para calmar sus ideas y se vuelve hacia el hombre y la mujer.

—Tengo una idea para largarnos de aquí.

El hombre que está sentado junto a la mujer, se levanta con el interés reflejado en su rostro.

—Necesitamos un señuelo.—Explica Lucas, mientras se acerca al mostrador. De un tarro de cristal lleno de material de oficina coge un bolígrafo y una cuartilla de papel. Rápidamente dibuja un tosco esquema de la calle y traza su plan.

—Yo haré de señuelo. Seguramente sea el que corra más rápido de los tres.—Explica.—Cuando los infectados vengan a por mí, vosotros dos os escabullís en dirección contraria.

Desliza el bolígrafo sobre la superficie de papel para remarcar sus palabras. Dos flechas opuestas. Unos centímetros más arriba dibuja lo que parece ser un arco iris.

—Tres manzanas al norte de aquí, hay una rotonda ajardinada con una fuente con forma de arco dorado. ¿La conocéis?—Aguarda hasta que ambos asienten con la cabeza y luego continúa.—Más allá, a la derecha, hay un viejo local donde suelo... solía reunirme con mis amigos. Es como un club social.—Añade orgullosamente.—El lugar es perfecto porque se encuentra a pie de calle y sólo tiene dos entradas. Una da a la plaza de la fuente y la otra...

—¡A la ampliación de la línea C-4!—Concluye el hombre por él, cogiendo al vuelo el plan de Lucas.

El joven sonríe y asiente con la cabeza.

La ampliación a la que se refiere el hombre eran las obras que había realizado RENFE para conectar su ciudad con San Sebastián de los Reyes, por medio de la línea de Cercanías C-4.

—Exactamente. La segunda puerta da a un pequeño patio adyacente a las vías. La llave del local está oculta en el marco superior de la puerta. Siempre la dejamos ahí por si alguno de la pandilla liga y busca tener un poco de intimidad.—Concluye, mientras el rostro se le inflama por el rubor.

—¿Tú qué vas a hacer? ¿Cómo vas a librarte de esas *cosas*?—Pregunta la mujer, alarmada.

—No te preocupes ya se me ocurrirá algo. De momento, pienso correr como alma que lleva el Diablo. Y luego ya veremos. Lo decidiré sobre la marcha.

El joven se coloca la mochila sobre los hombros y asegura con fuerza las correas.

—Escondeos en el local y esperadme allí hasta la madrugada. Si no he aparecido para las ocho o las nueve de mañana, coged vuestros petates, saltad la valla y escabullíos por las vías del tren. No creo que los infectados os puedan seguir por ahí, están valladas y todo.

—Es un buen plan. Podría funcionar.—Concede el hombre, con un atisbo de excitación en sus ojos.—Sin embargo, hay un problema...

—¿Qué problema? —Lucas se siente desfallecer, su ímpetu inicial de algún modo diluido ante la posibilidad de que su plan no pudiera funcionar.

—Que no nos marcharemos a ninguna parte hasta que no aparezcas por el lugar.—Responde el hombre sonriendo.

✳✳✳✳

Lucas le da un último trago a la botella de agua. Siente la boca reseca y podría jurar que la lengua le ha crecido hasta dos veces su tamaño real. Corcho. Es como chupar un condenado tapón de corcho.

—¿Lo repetimos una vez más?

El hombre parece estar a kilómetros de distancia cuando le hace la pregunta.

—¿Lucas? ¿Puedes oírme?

Qué pregunta más estúpida. Claro que puedo oírte, piensa el joven. Aunque es cierto que los sonidos le llegan amortiguados. En su cabeza solo hay sitio para pensar en cómo va a atraer la atención de un centenar de infectados y permitir a la pareja huír en dirección contraria. Un último vistazo al exterior revela al menos una docena de infectados hurgando en el cuerpo de Hugo. Resulta evidente que el colombiano no se levantará jamás del lugar. Sus huesos se blanquearán bajo el sol, hasta que se fosilicen y alguien del futuro los desentierre para descubrir la tragedia que se vivió allí. Lucas dirige la vista, a su derecha, hacia el final de la calle. Terreno despejado. No tiene sentido esperar más, aquel momento resultaba tan bueno como cualquier otro, así que se vuelve hacia sus compañeros.

—Lucas...—Empieza a decir la mujer, los ojos humedecidos. Pero el joven le pone suavemente un dedo en los labios para silenciarla.

—Buena suerte.—Es lo único que atina a decir el hombre.

Y Lucas desaparece por el hueco del escaparate. Ya en la calle, sin mirar atrás, echa a correr hacia el extremo de la calle.

—¡Hola, cabrones! ¡Venid a por mí!

En un instante, la calle se llena de infectados que salen en su persecución. El grupo de infectados, cada vez más numeroso, empieza a gruñir al unísono y atrae la atención de más ferales que brotan de las calles adyacentes.

—¡Está funcionado! ¡Por dios, está funcionando!— Exclama el hombre con júbilo y girándose hacia la mujer, ordena: —¡Vamos, tenemos que salir de aquí!

Ella agarra su mochila, deslizándose tras él por el escaparate. Ambos echan a correr en dirección contraria. Hasta donde alcanza la vista del hombre, ningún feral los persigue. De momento, el plan de Lucas está funcionando a la perfección.

****

Lucas ya se ha perdido de vista detrás de un bloque de oficinas y lleva tras sus talones a un generoso grupo de perseguidores. Toda su atención puesta en la presa que escapa ante sus ojos. Excitados de nuevo por la inminencia de una nueva cacería. Lucas está lanzado a plena carrera, no tiene ni un segundo que perder. Su pecho sube y baja como un pistón. Sus pies golpean el asfalto con la cadencia de un velocista. Sabe que no podrá mantener ese ritmo por mucho tiempo pero quiere interponer la mayor distancia posible con los infectados antes de cambiar a un trote más soportable. A su espalda, los ferales continúan con la persecución, las garras extendidas con intención de atraparle. Aunque les separan unos buenos doscientos metros de distancia, Lucas sabe que no será suficiente. Los infectados no se mueven tan rápido. Su coordinación motriz parece un poco desajustada, pero su determinación es irrefutable. No pararán de perseguirle hasta que lo atrapen o lo pierdan de vista. Además está ese maldito chillido que emiten a modo de llamada y que está atrayendo a otros ferales a la cacería. Lucas puede verlos emerger de todas partes para unirse al grupo que tiene detrás. Hace un giro brusco a su izquierda y salta por encima de dos coches para lanzarse de cabeza por el hueco de la puerta enrejada de un instituto. Lucas ya ha dejado de pensar y su cuerpo está funcionando plenamente en automático.

El patio del instituto es una zona abierta que consta de varias canchas deportivas y mesas de exterior. A su derecha se encuentra el edificio principal y a su izquierda una zona ajardinada en la que una docena de infectados parecen despertar a la vida por la intrusión y se dirigen hacia el joven cortándole el paso por ese lado. Lucas tiene una única vía de escape y la aprovecha sin dudar.

A través de la puerta del instituto, Lucas se adentra en un largo y desierto pasillo flanqueado por aulas y se dirige a las escaleras que conducen a los pisos superiores. A su espalda un estruendo de cristales rotos le avisa de que los ferales le han seguido hasta allí. La horda de infectados se extiende como una marea por la planta baja. Lucas sube los escalones de tres en tres hasta alcanzar la última planta. Cruza rápidamente el pasillo en dirección al acceso al tejado. No tiene otro sitio a dónde escapar. Las clases a ambos lados del pasillo permanecen cerradas y sin salida. Entonces, de la última aula aparece un grupo de ferales, cerrándole el paso. Sin pensárselo dos veces, reaccionando únicamente ante el siguiente movimiento, Lucas se deja caer al suelo y resbala hasta chocar contra las piernas de los dos primeros infectados. Una maraña de cuerpos y extremidades enredadas lleva a todo el grupo al suelo como un puñado de bolos. Mientras, Lucas ya se ha puesto en pie y ha reducido considerablemente la distancia que le separa del acceso al tejado. En un único movimiento, agarra el picaporte y sale al exterior.

El primer infectado en alzarse extiende sus garras para atraparle, pero para entonces el joven ya está cerrando la puerta con fuerza. El robusto panel de metal atrapa varios dedos del feral cercenándoselos. Como gordos gusanos blancos se retuercen en la gravilla impregnando todo con su sangre. Lucas los mira un instante con repugnancia y echa a correr. A su espalda los ferales golpean con impotencia la puerta metalizada que los separa de su víctima, mientras elevan su alarido para atraer a los infectados de la planta baja.

Bump. Aaaaaurrgh. Bump. Aaaaurrgh. Bump.

Ese será un sonido que Lucas no olvidará jamás.

* * * *

El hombre se detiene de improviso. El aullido que emiten los ferales ha aumentado de volumen y cree captar un tono de frustración entre sus notas. Una sonrisa torcida se dibuja en sus labios.

—¿Qué sucede? ¿Por qué gritan de esa manera?—Quiere saber la mujer.

—Parece ser que el chico se ha salido con la suya y ha cabreado a un buen montón de esas *cosas.*—Responde el hombre.—Vamos, tenemos que continuar. Ya casi estamos en el lugar que nos indicó Lucas.

* * * *

Lucas siente que ya no le quedan fuerzas en todo su cuerpo. La dosis de adrenalina que le permitió llegar hasta allí se está consumiendo rápidamente. Es algo que les sucede a los corredores de maratón, todos pasan por ese momento en el que su cuerpo se niega a seguir adelante y amenaza con apagarse y dejar de competir. Sólo la pura fuerza de voluntad les permite continuar, un pie en frente del otro, y seguir corriendo. Lucas se encuentra en ese momento. La puerta metálica le había proporcionado unos minutos de ventaja pero no iba a aguantar mucho más y todavía tenía que figurarse cómo iba a bajar del tejado. Para mayor desesperación, a los pies del edificio se congregaban otro centenar de infectados que intentaban entrar en el edificio por todas las aberturas posibles. Pronto llegarían más. Tarde o temprano, accederían al tejado y eso sería el final.

Lucas corre a lo largo del borde del tejado considerando sus opciones. Está demasiado alto para pensar en saltar a la calle. Seguramente se rompería una pierna en el intento o algo peor. No tiene cuerdas, ni nada parecido, para intentar un rapel por la pared como el que hicieron en el hueco del ascensor.

¡Espera un momento!

En uno de los extremos había una enorme antena parabólica que el instituto utilizaba para dar servicio de televisión al comedor. No se trataba del modelo habitual que te proporcionaba la compañía de televisión privada sino una gigantesca antena de satélite con un plato de casi un metro y medio de diámetro. *¿Podría utilizar el cable de la* *antena para descender al suelo?* Si recordaba bien, la cantina del instituto se encontraba en la planta baja, así que ese cable llegaría con toda seguridad hasta el nivel de la calle. *¿Aguantaría su peso?* Lucas está dispuesto a comprobarlo.

Se dirige a la antena y descubre esperanzado que el cable coaxial se desliza por la pared de ladrillo hasta una ventana de la planta baja. Prueba con varios tirones su resistencia pero no termina de estar convencido. No parece muy fiable. Entonces un ominoso ruido de metal retorcido y trozos de ladrillo cayendo al suelo le indica que la puerta de acceso ha sucumbido bajo el peso de los infectados. Una vez más, su cuerpo entra en modo supervivencia y se olvida del peligro y del riesgo, deja de cuestionarse si el cable soportará su peso o no, ya no tiene tiempo para eso. Los primeros ferales llegan hasta su posición antes de que pueda asegurar el cable a la base de la antena. No le queda más tiempo. Ahora está seguro de que no lo conseguirá. Entonces los ve. Un grupo de cipreses a unos metros de distancia de la azotea. *¿Cuántos metros? ¿Los alcanzaría de un salto?* No lo piensa más. Toma impulso y se lanza con fiereza hacia delante. Hacia el vacío. Siente su cuerpo por un instante flotar lejos de las manos engarfiadas de los infectados para luego ser reclamado por la gravedad y empezar a caer antes de llegar hasta la copa de los árboles. Sin embargo, a media altura, consigue impactar duro contra el primero de ellos y aferrarse a sus ramas, al tiempo que la cimbreante masa vegetal se dobla bajo su peso.

Un agudo y lacerante dolor le llega desde el costado.

Cuando la copa del ciprés recupera la verticalidad, Lucas pierde su asidero y se desploma con fuerza, las hojas con forma de escama le arañan la cara y los brazos. Se detiene a un par de metros del suelo, enredado en una rama baja y entonces termina por golpearse contra el césped, perdiendo todo el aire de sus pulmones.

¡No puede creer que lo hubiera conseguido! Había saltado de un edificio a un montón de condenados cipreses y había salido con vida. Sin embargo, no estaba todavía completamente a salvo. Los ferales no tardarían en descender de la azotea y llegarían más desde la calle. Tiene que levantarse y echar a correr. Pero las piernas no le responden. Siente una tibia humedad resbalando por una de ellas. Sangre. *Su* sangre. Un feo desgarrón a la altura de la cadera derecha deja escapar el rojo fluido que empapa sus pantalones y resbala hasta el suelo. Tiene que ignorarlo y salir pitando de allí o será historia. Consigue ponerse de rodillas con ayuda de las manos y medio incorporarse sobre la pierna sana, pero la derecha se niega a responder. Así no irá a ninguna parte.

De nuevo, el aullido colectivo se deja oír por todo el barrio.

Lo habían encontrado.

* * * *

El hombre y la mujer ya han llegado hasta la plaza que les había dicho Lucas. Desde allí incluso podían ver parte de las vías del tren separando como una hendidura las dos zonas de terreno en las que se asentaba su ciudad. El local de Lucas se encontraba unos cuatrocientos metros más allá.

—Ese es el lugar. Vamos. —El hombre acelera el paso y entonces de detiene en seco.

Un grupo de seis o siete ferales aparecen de improviso de un edificio de oficinas cercano. Tras las paredes de cristal y acero, el hombre puede observar que el vestíbulo se encuentra repleto hasta los topes de infectados. Aforo completo. Todavía no se han percatado de la presencia de la pareja y se mantienen en el interior ocupados en lo que sea que estén haciendo.

Tan primarios y a la vez tan peligrosos.

Como si fuera una radiobaliza marítima la cabeza

del hombre empieza a zumbar. La estática ha regresado. Empuja a la mujer detrás de un *Mitsubishi Montero* que se encuentra cruzado en medio de la calle y se ocultan de la mirada de los ferales.

El monstruo que se encuentra más cerca, parece captar el movimiento y se vuelve hacia ellos levantando la cabeza. Por unos instantes husmea el aire y el hombre juraría que sus ojos enrojecidos se fijan directamente en el coche que les sirve de protección. Indeciso el feral da unos pasos en su dirección. Sus compañeros perciben el movimiento y se vuelven para seguirle. Así es como parecían comportarse básicamente, regidos por el principio de emergencia. Uno de ellos captaba la presencia de una posible víctima e iniciaba un movimiento que era imitado por el resto, como una sola mente. El efecto era similar al de la ola con la que se divertía el público en un estadio deportivo. Una especie de actividad encadenada, como una corriente. Cuando te quieres dar cuenta tienes tras de ti a un centenar de esas cosas, ávidas por arrancarte el culo.

El hombre busca frenético una ruta de escape. Su cerebro mandándole una única orden primordial: correr. Pero, no tienen ningún lugar al que dirigirse sin llamar la atención del desfile de ferales que se congrega en el edificio de oficinas. Mirando por debajo del *Mitsubishi Montero*, el hombre puede ver al primer feral que se aproxima. Es un hombre de negocios que todavía viste el uniforme de su trabajo: traje y corbata. El traje se ha descosido a la altura de un hombro y deja ver restos de relleno textil. Está muy sucio y tiene los pantalones desgarrados en ambas rodillas. El hombre se encoge detrás de la rueda del *Montero* y le hace señas a la mujer para que haga lo mismo y se mantenga en silencio. Comprueba que la escopeta está preparada para disparar, no quiere volver a cometer el mismo error con el seguro del arma, y apunta hacia el portón trasero, listo para disparar. Contiene la respiración. Un segundo, dos segundos, tres segundos. El feral está casi encima de ellos. Puede escuchar el arrastrar de sus pies por la acera. Tras él, se acercan los otros cinco infectados, formando una piña compacta. Imposible pasar por ahí. Tendrán que abrirse camino como puedan. Aferra con más fuerza el arma y desliza el dedo en el gatillo.

Baaaaaamp.

El feral golpea el lateral del *Montero* con su cuerpo y sobresalta a la mujer que está a punto de echar a correr despavorida. El hombre aumenta la presión sobre el gatillo. Y entonces resuena otro de esos horripilantes aullidos en la lejanía. Inmediatamente, el feral que esta junto al *Mitsubishi Montero* contesta con la misma intensidad y, al unísono, se unen el resto de infectados. Como si fueran un solo cuerpo, todos ellos se encaminan en la dirección en la que sonó el chillido. El hombre apenas tiene tiempo de arrastrar a la mujer debajo del *Montero* y ocultarse al paso de los ferales. Un centenar de pies se arrastran a escasos centímetros de sus cabezas. Muchos de ellos han perdido algún zapato o los dos y, a pesar de dejar un reguero ensangrentado por su piel desollada, no vacilan ni un segundo en seguir avanzando. El hombre y la mujer casi no pueden respirar en el poco espacio que hay debajo del vehículo todoterreno pero se alegra de que al menos se hayan podido refugiar ahí. La mayoría de los coches actuales apenas si tienen altura de ejes y van casi pegados al suelo, hubiera resultado imposible esconderse en cualquiera de ellos.

****

Lucas hace un esfuerzo sobrehumano por ponerse en pie. Del interior de su mochila extrae una camiseta de repuesto y hace una bola con ella para meterla por debajo de sus pantalones vaqueros y parar la hemorragia. Ha escuchado horripilado como el aullido proferido por el feral de la azotea ha sido contestado por miles de voces desde todas partes de la ciudad. Había sido algo espeluznante. También, su llamada a la acción. Si se queda en ese lugar, morirá irremediablemente. Así que se pone en movimiento, haciendo muecas de dolor y arrastrando su pierna derecha. No puede hacer otra cosa que seguir corriendo. Entonces tiene una idea. Justo detrás del instituto, a un par de calles de distancia, estaba la comisaría de policía municipal. Si puede llegar hasta allí quizás encuentre alguna de las motos con las que solían patrullar y salir pitando. Quizás también pueda encontrar un arma de fuego o algo con lo que poder defenderse.

Sale del patio del instituto por uno de los accesos laterales y a la carrera cruza una calle transversal. Su pierna derecha de algún modo ha encontrado los medios para volver a funcionar. *Es la adrenalina*, se dice. El último chute antes de que tu cuerpo se colapse para no volver a levantarse. *Hagamos que el sobreesfuerzo no sean en vano*, se da ánimos a sí mismo. Se lanza de cabeza hacia un callejón estrecho, a la espalda de dos edificios. Apenas si hay espacio entre las paredes de ladrillo y en algunos sitios tiene incluso que caminar un poco ladeado. Una trampa mortal, si los infectados le encuentran allí. Ningún sitio al que escapar. Tan solo podría encogerse y entregarse a la muerte con la escasa dignidad que le quede en el cuerpo. Pero si todo funcionaba como esperaba, el atajo le llevaría a escasos metros de la comisaría.

Su cadera no ha dejado ni un solo instante de palpitar oleadas de puro fuego en su costado. Siente la camiseta rezumar su propia sangre y empieza a notar la pérdida del preciado fluido en forma de un cansancio pesado en las extremidades. Un cansancio que la adrenalina trata de compensar con todo su poder energético. Y nunca mejor dicho, porque cuando se terminen esas últimas reservas de energía ya no le quedará nada más.

Frente a él se encuentra el edificio prefabricado de la comisaria. Láminas de chapa y cristal. Se trata de una sede provisional, en espera de que terminen las obras de renovación en el viejo edificio junto al ayuntamiento. Varios módulos industriales de los que se usan en las obras se encuentran conectados entre sí para formar un conjunto arquitectónico más grande. La distribución de la comisaría consistía en un vestíbulo de entrada, con el mostrador de atención al ciudadano, un pequeño despacho para los mandos y otro espacio destinado a guardar los pertrechos personales de los agentes. Como he dicho era provisional y nunca se pensó que las reformas durasen más de una semana. Ahora se quedaría ahí para toda la vida.

Lucas inspecciona con detenimiento los alrededores esperando ver un centenar de infectados pululando por el lugar que pudieran arruinar su plan. En vez de eso, se encuentra con una calle desierta y dos motos *Piaggio* aparcadas frente de la comisaría. Da un vacilante paso hacia delante y... Lucas apenas recuerda lo que pasó después. De la misma manera que todo eran brumas con respecto a lo que sucedió el día en que Carmen desapareció. De repente, había aparecido sentado en medio de un campo de batalla, rodeado de una docena de cadáveres y cubierto de sangre espesa de la cabeza a los pies. La cadera le dolía una enormidad pero se encontraba perfectamente vendada y con aspecto profesional. *Alguien* había hecho el trabajo por él. Incorporándose en medio de la sangría, echa un vistazo a su alrededor y descubre que está en el interior de la comisaría. *¿Cuánto tiempo habría transcurrido?* Piensa en el hombre y la mujer y trata de ponerse en marcha. No tiene tiempo que perder. En el exterior continúan aparcadas las motos de policía y necesitará las llaves para encenderlas. Mientras rebusca entre los cajones del mostrador, estruja su cerebro para recordar que sucedió y quién le había vendado la cadera.

—Hola, veo que ya has recobrado el sentido.—Dijo de repente una voz de mujer. El joven da un respingo y levanta la barra ensangrentada que empuña. No se había percatado hasta entonces de que la tenía en la mano. Seguramente había sufrido una fuerte conmoción y ahora estaba experimentando sus consecuencias en todo su esplendor.

—Me llamo Laura Fornás.—Explica la desconocida viendo la confusión reflejarse en el rostro de Lucas.—Por si te lo estás preguntando, fui yo quien te vendó esa fea herida que tienes en la pierna.

Lucas se mira la mano ensangrentada que empuña el trozo de hierro inmundo de fluidos y restos de cabello pegoteado. Como si fuera un carbón al rojo vivo, lo arroja sobre el mostrador. Tiene un corte profundo en la mano.

—Intenté quitártelo de las manos cuando perdiste el conocimiento pero no hubo manera.—Añade Laura con una sonrisa, señalando el trozo de hierro con la cabeza.— Lo tenías agarrado con tal fuerza que finalmente te lastimaste la mano.

—¿Qué...? ¿Qué pasó?—Quiere saber el joven con voz insegura. Le duele la garganta una barbaridad, como si hubiera bebido un batido de cuchillas de afeitar.

—¿No lo recuerdas? —Le pregunta Laura, extrañada.—¿Qué es lo último que recuerdas?

—No estoy seguro. Estaba ahí... enfrente, esperando una oportunidad para... para...—Lucas duda en seguir con su historia, al fin y al cabo, Laura lleva el uniforme de la policía municipal y no parece buena idea confesarle que tenía intención de robar una de las motos de patrulla.

—Para sustraer una de las *Piaggio*. —Continúa ella con una sonrisa. El rubor enciende el rostro de Lucas como una bombilla de Navidad.—La misma idea tuve yo.

—Necesito una de esas motos. Los ferales...

—¿Ferales? ¿Así es como llamas a los infectados por el RTL-1?

—Sí, bueno el nombre no es invención mía. Es una larga historia.—Responde Lucas, pestañeando al oír la nomenclatura del virus. Era la primera vez que alguien lo llamaba por su nombre y había algo ominoso en ello. Algo que no alcanzaba a comprender.—¿RTL-1?

De nuevo aparece la sonrisa en el rostro de Laura.

—Retrolyssavirus-1. RTL-1, para abreviar. Es el nombre del virus que nos ha mandado a todos a la mierda.

—No... no lo sabía.—Se disculpa Lucas frotándose la mano herida.

—No tiene importancia. ¿Qué más recuerdas?—Insiste Laura como si fuera importante.

Lucas piensa que la joven está tratando de adivinar el daño neurológico que había sufrido con su desvanecimiento.

—Los ferales me seguían desde el Instituto Pío Baroja. Me tenían acorralado en la azotea pero escapé saltando a un árbol cercano. En la caída me hice esto.—Con un ademán doloroso se señala la cadera.

—Un desgarrón muy feo. Has tenido suerte de que no llegara al hueso. Seguro que te dejará una cicatriz considerable.—Asiente Laura mientras recoge ausente la barra del mostrador y la oculta de la vista.

—Supongo que sí, pero era jugármela con el salto o morir allí mismo. La decisión fue sencilla. Huyendo del instituto, recordé la comisaría y cruzando por el callejón de la bodega...

—¿Ese espacio estrecho que queda entre los bloques de ahí enfrente?—Laura está atónita. El callejón no era más que un espacio muerto entre dos bloques de viviendas, con un espesor de sesenta centímetros y sobre el que normalmente pendían kilos y kilos de ropa tendida. Estaba repleto de la basura que los vecinos solían arrojar por sus ventanas y nadie en su sano juicio se aventuraría a cruzar por ahí. En una ocasión, Laura y su compañero de turno respondieron a una llamada para socorrer a una mascota que se había quedado atrapada en el callejón. Laura, por ser la más menuda, había entrado para rescatar al cachorro y recuerda que durante unos instantes no se había podido mover por el ataque de claustrofobia que había experimentado.

—Definitivamente eres el hombre más afortunado que queda en España. Si los infectados te hubiesen descubierto ahí dentro, no hubieras salido con vida.

—El caso es que cuando salí del callejón, vi la comisaría y las dos *Piaggios* aparcadas al frente. —Continúa narrando Lucas.—Sabía lo que tenía que hacer. Me oculté entre dos coches para observar la calle y ver si estaba libre de fer... de infectados. Entonces apareció un nutrido grupo al principio de la calle, descubriéndome rápidamente.— Lucas se encoge sobre sí mismo buscando reconfortarse, mientras los acontecimientos se reproducen en su cabeza como una película de cine.—¡Ese puto aullido! Nunca voy a poder olvidarlo. A la llamada acudieron otro grupo de infectados que me cerraron el paso por la espalda. El único sitio que me quedaba para escapar era el condenado callejón y no pensaba volver a meterme por ahí, ¡ni por todas las motos del mundo! Entonces se me ocurrió la idea más estúpida que he tenido nunca...

—Incendiaste el depósito del coche que estaba aparcado.—Concluyó Laura por él.

—Así es. Me metí en el callejón con la esperanza de que su angostura me protegiese de la explosión. ¿Qué más podía hacer? ¡Me tenían acorralado y se acercaban por todas partes!

—Tranquilo, nadie te está acusando de nada. Ya no tiene importancia.—Le tranquiliza Laura con suavidad.— ¿Qué más recuerdas?

Lucas vacila, llegado a este punto es donde su memoria parecía tener más lagunas y enormes porciones de sus recuerdos habían sido obliteradas por completo.

—Recuerdo..., recuerdo la explosión. Una fuerza invisible que me arrojó contra el muro del callejón y me aplastó como si quisiese que mi cuerpo se fundiese con los ladrillos. Luego, llegó el silencio. No podía oír nada. Era una sensación extraña como si me hubiesen sumergido bajo el agua pero pudiese respirar. Mis movimientos... Todo era diferente. Me miraba constantemente las manos porque las veía moverse a cámara lenta. Me di cuenta que una pernera del pantalón se me había prendido y ardía hasta la rodilla.— Lucas miró hacia abajo, una negruzca cicatriz arrugaba la tela de su vaquero corroborando su historia.

—Luego a medida que las secuelas de la explosión se fueron pasando y pude recuperar las facultades, vi que el lugar estaba infestado de restos humanos y partes ennegrecidas de automóvil. Había acabado con un buen puñado de ellos pero todavía avanzaban más hacia mí. Una docena. Apiñados, formando una densa pared de carne y músculo. Creí desfallecer por la desesperación y entonces algo me tironeó del brazo, justo cuando estaba a punto de rendirme. Me sacaron a rastras del callejón.

—Una servidora, todos los aplausos de agradecimiento son bienvenidos.—Explica Laura sonriente.

La escena no podía ser más común. Dos jóvenes intercambiando experiencias, si no fuera por los cadáveres de infectados que inundan la comisaría y los charcos de sangre que se acumulan en las esquinas.

—Gracias.—Dice Lucas ruborizado.—A partir de eso, no recuerdo mucho más. Lo siento.

—No importa, esa parte la viví en primera persona.— Mientras habla Laura juega con un mechón rebelde de su cabellera, el gesto es ausente pero tiene un atisbo de coquetería que despierta algo en el interior de Lucas.— Te saqué del callejón y habíamos recorrido la mitad del camino hacia la comisaría cuando los primeros infectados que sobrevivieron a la explosión se nos echaron encima. Saqué el arma y empecé a disparar pero me derribó una mujer que se había arrastrado hasta nosotros. La deflagración le había arrancado sendas piernas y se desplazaba clavando las uñas en el pavimento. Me trabó las piernas y caí. Pensé que había llegado mi hora cuando la agarraste por el pelo y me la sacaste de encima. No supe muy bien que había pasado hasta que te vi empuñando algún resto del coche que explotó y distinguí la cabeza de la mujer. Parte del cráneo se le levantaba como un peluquín descolocado. Un buen tajo. Tenías que haberte visto. Estabas como enloquecido, golpeando a diestro y siniestro como si fueras un bárbaro de tebeo. Entonces nos refugiamos en el interior de la comisaría.

—No recuerdo nada de eso.—Dice Lucas preocupado.

—Has sufrido una conmoción. La onda expansiva de una explosión no es para tomársela a broma. Ya es un milagro que no te hayas matado, no te digo nada echar a correr soltando espadazos como un Cid Campeador moderno.

—¡Pero yo no he matado a nadie en mi vida!—Lucas está incrédulo, no termina de creer del todo la historia, a sus oídos parece un relato que hablaba de otra persona.

—Jesús, me duele todo el cuerpo.—Se queja el joven.—Y entonces, cuál es tu historia.

—¿Mi historia? Trabajo aquí.—Responde ella, encogiéndose de hombros.

—Eso lo he podido deducir yo solito, gracias.— Replica Lucas enfadado.

—Está bien, no te pongas así.—Dice ella conciliadora, levantando ambas manos en un gesto de rendición.—Lo cierto es que, como ya he dicho, tuve la misma idea que tú.

Se me ocurrió coger una de las motos patrulla y largarme de la ciudad en busca de algún lugar más tranquilo.

—¿Y el uniforme? No estás de servicio, ¿no?

—A decir verdad, no tenía ni idea lo que me iba a encontrarme en la comisaría. O a quién. Además es la ropa más práctica que tenía en mi armario.

El equipo básico de la Policía Municipal se componía de una radio, un silbato metálico, una defensa extensible *Monadnock* que alcanzaba los sesenta y cinco centímetros de longitud en toda su extensión, unos grilletes de máxima seguridad de acero inoxidable, un aerosol defensivo y el arma reglamentaria. Salvo ésta, nada de lo anterior le interesaba demasiado a Lucas pues toda esa equipación resultaba inofensiva ante el ataque de un feral. Pero la pistola era otra cosa. La semiautomática tenía un sistema de disparo doble y un cargador con una capacidad de 10 cartuchos que podía ser expulsado de manera ambidextra.

—¿No tienes familia? ¿Algún lugar donde ir?—Quiere saber Lucas sin dejar de ojear la pistola de la chica.

El rostro de Laura se ensombrece un poco antes de contestar.

—No. Tenía un novio, otro agente. Estaba de guardia cuando todo comenzó, así que esperaba encontrármelo aquí, pero ni rastro.

Lucas asiente, comprensivo. *Demasiado* comprensivo. Carmen es un recuerdo que nunca ha abandonado su memoria ni un solo instante desde que se separaron en Nuevos Ministerios.

—Bueno, ahora no tiene sentido preocuparse de ello.— Continúa sacudiéndose los sombríos pensamientos con una sacudida de cabeza.—¿Para qué necesitabas las *Piaggio*? Antes dijiste que necesitabas una de las motos patrulla.

Lo más brevemente posible, Lucas le cuenta la historia desde que el hombre lo rescató en la azotea de su edificio hasta que se separó de sus compañeros.

—Tengo que reunirme con ellos en el club antes de que se den por vencidos y piensen que me han matado o algo así.—Concluye.

—Bueno, entonces necesitaremos darte algunas cosas. No puedes cruzar media ciudad sin un arma o el equipo adecuado.

En una de las taquillas encontraron una recia cazadora de tela vaquera que el chico se puso encima de sus propias ropas. Además, Laura le entrega unos guantes de neopreno fabricados con tecnología de mallas anticortes de nivel cinco, el más alto en seguridad, que evitaban totalmente las laceraciones en las manos y muñecas y un chaleco táctico de color negro. Mientras se viste, Laura extiende sobre la mesa un kit completo de equipamiento y le entrega un cinturón reglamentario. Sin perder un instante, Lucas extiende la mano y agarra la pistola semiautomática, ganándose la admonición burlona de Laura.

—Cuidado con eso, *cowboy*.

Y suave pero autoritariamente le hace enfundar la pistola en su cartuchera. Finalmente, a su cinturón, Lucas añade tres herramientas más de la enorme colección que se despliega sobre la mesa. Una navaja de rescate que permitía su apertura con una sola mano y un instrumento, al que Laura llamó *ResQme*, y que permitía romper cualquier cristal con tan sólo apretar un botón y que también tenía una pequeña cuchilla para cortar cinturones de seguridad. Lucas estaba seguro de que no tendría que rescatar a nadie de un accidente de automóvil pero quizás tuviera que romper algún cristal que otro. Y por último, una estilizada linterna de bolsillo, que también podía ajustarse a la pistola, y que proporcionaba un poderoso haz de luz de 167 lúmenes. Lucas se sentía como un policía de celuloide, capaz de acabar el sólo con todos los ferales del mundo.

—¿Lo tienes todo?—Pregunta Laura divertida cuando el joven termina de colocarse todo el equipo.—¿Cómo lo ves? ¿Estás cómodo, algo te molesta?

Lucas da unos cuantos saltos sobre sí mismo para comprobar que todo está en orden y nada le impide moverse con total libertad, antes de contestar.

—Estoy bien. Todo parece estar en su sitio. Pero, salvo un millón de películas, no he visto un arma de cerca en mi vida. Así creo que sería una buena idea que me dieses unas clases sobre el manejo de ésta.—Dice mientras empuña su pistola con su mejor imitación de un pandillero de South Central.

—En primer lugar, nunca dispares un arma de esa manera. Si haces eso, lo más probable que pase es que el disparo salga alto y nunca aciertes en el blanco.—Laura corrige la posición de sus manos y con delicadeza hace que Lucas empuñe la pistola con la mano derecha mientras se apoya sobre la izquierda. —Esta posición es mucho más segura y estable.

—Entendido.—Contesta Lucas un poco avergonzado por su comportamiento de adolescente.

—La *HK UPS Compacta* es un arma semiautomática que puede ser disparada en modo de doble acción o disparo único. Tú eliges. El sistema de reducción de retroceso es muy eficaz y apenas si sentirás su fuerza en la muñeca, pero si la sujetas como te digo es prácticamente inexistente.

Laura le enseña a doblar un poco los codos y mantener el arma siempre al nivel de los ojos.

—El cargador puede expulsarse tanto con la mano derecha como con la izquierda y le puedes adherir tu linterna, si quieres tener ambas manos desocupadas, o una mira láser.—Explica. Con la punta del pulgar le señala una pequeña manivela.—Esto de aquí es el seguro del arma. Tiene dos posiciones y cuando está echado no te dejará disparar. ¿Ves?

Lucas hace un par de pruebas y escucha como el percutor golpea en vacío con un seco chasquido.

—OK, lo tengo. ¿Qué más?

—Carga munición de 9mm. y tiene una capacidad de 12 proyectiles Parabellum. Suficientes para que te olvides pero es más que conveniente que cuentes mentalmente tus disparos. ¿Lo tienes?

Lucas asiente con la cabeza mientras practica el modo más rápido de extracción y busca su posición natural de agarre. Laura observa todo el proceso con una pequeña mueca de sorna bailando en sus labios. Ella, además de la equipación habitual, porta una impresionante pistola *Taser* X26 que provoca una fuerte contracción muscular en sus víctimas. No es letal pero Laura estaba segura de que pararía a un infectado en seco.

—¿Estás listo?—Le pregunta y cuando el joven mueve la cabeza afirmativamente, añade:—Entonces, vayamos a buscar a tus amigos.

Las dos motos patrulla *Piaggio X-9* les esperan en el aparcamiento. Acostumbrado a su *W800* de 700 centímetros cúbicos, Lucas se siente como si montase en un triciclo de niño encima de las ligeras *Piaggio*, aunque tenía que reconocer que sus 500 centímetros cúbicos proporcionaban un empuje de lo más interésante. Ambos montan sobre las motos sin molestarse en ponerse el casco y se dirigen hacia el club social de Lucas, con éste abriendo la marcha. Es un viaje de no más de 10 minutos y no preveían encontrarse ningún problema por el camino.

Se equivocaban.

" Nosotros somos los muertos.

—George Orwell (1984)

10

Cuando se creó en 1995 la Red Nacional de Vigilancia Epidemiológica (RENAVE) se buscaba controlar la propagación de una enfermedad transmisible a través del intercambio de información sobre la enfermedad, no sólo dentro del ámbito del Territorio Nacional, sino también con otros países de la Comunidad Europea. Se formaron centros sanitarios de vigilancia, laboratorios centinela que darían la voz de alarma en el preciso instante en el que una nueva enfermedad transmisible hiciera su aparición en suelo español. El RTL-1 o Retrolyssavirus-1 entraba dentro de la categoría de virus que encendería todas las alarmas en la RENAVE. La primera sospecha clínica de su aparición se realizó en la red de Canarias y un médico del Centro de Internamiento de La Isleta fue el primero en declarar sus sospechas de que el comportamiento violento de un grupo de internados senegaleses no era del todo normal. Extrajo muestras de sangre, de saliva, hizo todos los análisis que la RENAVE requería y los envió al Centro Nacional de Epidemiología del Instituto de Salud Carlos III de Madrid para su análisis. Al principio, se pensó que se trataban de simples casos de rabia. Es decir, cumplían todos los requisitos, ¿no? Las víctimas eran todas de zonas endémicas, donde la rabia todavía se tenía en cuenta como una enfermedad relativamente común. Se les aplicó la vacuna correspondiente, se quemaron sus ropas y pertenencias y se les aisló durante los tres días pertinentes en los que duró el tratamiento con antibióticos. Los análisis preliminares detectaron en las muestras la presencia del Genotipo 1, constituido por el virus clásico, y del virus Mokola originario del África subsahariana. Caso cerrado. Nadie siguió investigando. Con los recortes en sanidad del Gobierno, obligado por la crisis económica, y las redes centinelas siendo responsabilidad directa de las administraciones autonómicas, que todavía habían cerrado más el grifo financiero a laboratorios, hospitales y centros sanitarios, nadie pensó en destinar a esa alerta ni un euro más de lo estrictamente necesario. Se informó debidamente a la RABNET, Red de Vigilancia de la Rabia de la OMS. Y eso fue todo. Días más tarde, los primeros infectados fueron enviados a Madrid y distribuidos en varios centros de acogida que terminaron por ponerlos de patitas en la calle pendientes de su deportación.

Pero el RTL-1 era mucho más que un simple virus de la rabia. Podría decirse que eran, morfológicamente hablando, primos muy lejanos. De hecho, incluso el nombre con el que le bautizó la OMS cuando terminó por descubrir su existencia, Retrolyssavirus-1, era simplemente un error, puesto que el RTL-1 no tenía en realidad nada que ver con el Lyssavirus o virus de la rabia. En primer lugar, el RTL-1 era un retrovirus, es decir, llevaba su información genética en su ARN, lo cual le acercaba más, por ejemplo, al VIH o virus del SIDA que al Lyssavirus. Su sintomatología era similar, a primera vista, a la de los casos de rabia y sus víctimas mostraban problemas de coordinación, confusión, hiperactividad, agresividad y comportamientos aberrantes. Todos ellos presentes en los infectados por la rabia. Sin embargo, las víctimas de rabia, de no mediar tratamiento, encontraban todas el mismo final: después de una semana de infección caían en coma profundo y morían.

El RTL-1 no mataba a sus víctimas sino que las mantenía en el estado previo al coma para prolongar más tiempo el periodo de propagación de la enfermedad. Para ello generaba una partícula proteinacea que producía un alto contenido de alcalosis metabólica en el sistema del infectado, elevando el pH de su cuerpo e impidiendo la proliferación de nuevas partículas virales que condujeran a la víctima al coma. Los infectados por el RTL-1 tenían un final más aterrador que los de la rabia: un fallo sistémico masivo de todos los órganos de su cuerpo.

El Retrolyssavirus-1 era, además, un virus latente, es decir, se encontraba en toda la población humana y se activaba al entrar en contacto con nuevas partículas víricas que actuaban como reactivadores. Todos estábamos infectados previamente y bastaba una gota de sangre infecciosa con partículas activas de RTL-1 para que nuestra propia reserva de células víricas se pusiese a trabajar y acabásemos convertidos en ferales. Fuera de recibir ese estímulo, el RTL-1 permanecía inerte o inactivo como así había sido siempre. Una vez activado, la replicación del RTL-1 se originaba inicialmente en las células musculares donde se había producido el mordisco o arañazo de un portador y luego era transportado por el torrente sanguíneo hasta el cerebro infectando las neuronas en múltiples regiones cerebrales y provocando fuertes migrañas y casos de encefalitis severa. Sin embargo, la mayor replicación del virus tenía lugar en el sistema límbico, que era la porción del cerebro asociada con las emociones y el control del comportamiento impulsivo, lo que explicaba la alta agresividad de las víctimas y su total ausencia de estímulos defensivos como el dolor o el miedo.

De haber tenido tiempo, la comunidad médica virológica internacional hubiera estado de acuerdo con unanimidad en una misma opinión. El RTL-1 era la perfecta máquina de matar. Si no acababas infectado por él, sin duda, morías a manos de sus hiperviolentos portadores. Pero curiosamente, el virus no era un ser vivo. De las tres funciones básicas de los seres vivos: relacionarse, alimentarse y reproducirse. El virus solo cumplía una. La reproducción. No era un microorganismo celular, carecía de órganos funcionales, no tenía un metabolismo propio y era completamente dependiente del organismo que infectaba para subsistir y reproducirse. Así que no estaba vivo, la exquisita complejidad de su interacción con las células que le servían para reproducirse, el delicado equilibrio entre la vida y la muerte al que sometía a sus víctimas infectadas no respondían a una voluntad propia, tan sólo a un instinto muy simple y primigenio.

Sobrevivir.

****

El hombre y la mujer aguardan hasta que el último de los ferales se aleja por el final de la avenida y salen de debajo del todoterreno. Están completamente molidos y son conscientes de que han estado muy cerca de morir. Durante un buen rato aguardan muy quietos sin atreverse a romper el silencio que se ha apoderado de la calle. Entonces el hombre dice suavemente:

—Salgamos de aquí. Todavía no estamos a salvo.

La llave del local se encuentra exactamente donde les había indicado Lucas. El lugar no tenía ninguna ventana al exterior así que se encontraba en una total oscuridad. Cuando el hombre enciende la lámpara de acampada pueden ver con claridad dónde se encuentran.

El pequeño local pasaba por ser el típico *picadero* para adolescentes. La escasez de muebles, salvo una mesa de *camping* pegada contra una pared y llena de botellas de alcohol vacías y un desvencijado sofá que se enfrentaba a un televisor de plasma conectado a una consola *Playstation*. Un cierto olor a cerveza rancia y tabaco flotaba en el ambiente. Al fondo, un pequeño pasillo parecía dar a un diminuto cuarto de aseo, a tenor de las letras WC toscamente pintadas con laca blanca sobre la puerta. Más allá, el hombre suponía que se encontraba la salida trasera que Lucas dijo que daba a las vías de la línea de Cercanías C-4.

Del interior de su mochila, la mujer extrae una pequeña toalla y un frasco de viaje de jabón líquido. Se dirige a la puerta del aseo para lavarse. Un débil repiqueteo contra la puerta la detiene en el acto. Se da la vuelta y mira al hombre petrificada, incapaz de expresarse.

—Lo sé. —La tranquiliza. —Yo me ocupo.

El hombre blande uno de los cuchillos enastados y muy despacio hace girar el picaporte. En el interior, una joven feral se encuentra caída sobre la taza del inodoro. Parte de sus costillas asoman por un horrible tajo coronado de sangre reseca. Era un milagro que todavía siguiera con vida. Todo el lugar hiede a sangre coagulada y a orines. Probablemente sea una amiga del grupo de Lucas que consiguió esconderse en el local para buscar ayuda cuando fue atacada por algún infectado. A sus pies yace un teléfono móvil descargado. La joven feral suelta un gruñido y trata de alcanzarle con los brazos extendidos. Sin vacilar, el hombre le atraviesa la frente con el cuchillo. Y lentamente, cierra la puerta tras de sí.

La migraña, puntual, ha vuelto a hacer su aparición con más fuerza. Nota algo húmedo en el lateral de la mandíbula y cuando se lleva la yema del dedo hacia el lugar lo retira manchado de rojo. La sangre resbala en un hilillo desde el interior de su oído derecho. Se apresura a limpiarse y se cerciora, por el rabillo del ojo, de que la mujer no se ha percatado de lo que sucede. Rebusca en el interior de su chaqueta y encuentra el blíster de *Gelocatil*. Engulle dos comprimidos de golpe. Al dolor de cabeza se le une otro de más difícil solución.

El dolor del alma.

****

Lucas y Laura evitan las calles principales esperando con ello no atraer demasiada atención sobre ellos. El ruido que hacen los motores de las *Piaggio* retumba entre los edificios.

Lucas piensa que con todo lo que ha pasado y a pesar del cansancio mortal que se apodera de cada uno de sus músculos nunca se había sentido tan vivo como en esos momentos. Valora la posibilidad de decírselo a ella pero está seguro de que no lo entendería. Una oleada de calor cubre su rostro. Algunas cosas es mejor no contarlas. Lucas no reconoce la calle por la que pasan. Restos de mobiliario y coches abandonados tachonan el paisaje. Extrañamente no ve ningún cadáver pudriéndose sobre el asfalto, aunque de vez en cuando creer discernir algunos cuerpos inertes dentro de los coches. Su mente divaga, adormecida por la monotonía de las calles vacías, y piensa en Carmen, convertida en uno de esos psicópatas asesinos. *Ferales*. Tenía que reconocer que el nombre era cuanto menos pegadizo y evocaba algo salvaje. *Violento*.

Laura aprieta suavemente el acelerador de su moto de patrulla y se pone a su altura.

—¿Cuánto falta?—Pregunta.—Me preocupa que estemos llamando mucho la atención con todo este estruendo.

—No mucho.—Responde Lucas.—Aunque no reconozco la calle. Mientras que sigamos dirigiéndonos en dirección norte, hacia la estación del Cercanías, todo irá bien.

—Menudo Cristóbal Colón que estás hecho.—Bromea ella.

El humor parece formar parte de su personalidad. Enfrentarse a cualquier cosa desde una perspectiva burlona. Lucas supone que esa era la manera en la que ella desdramatizaba la situación por muy dura que fuera. Imagina que en cualquier otro momento, Laura le haría reír con facilidad pero ahora todavía está decidiendo si no empieza a ponerle de los nervios. Lucas esta sudando debajo de todo el equipo policial que viste. Le pica todo el cuerpo y piensa que tiene que ser un coñazo llevar puesta toda esa parafernalia día tras día. Además, después de su propio encuentro con los ferales está seguro de que lo mejor que uno puede hacer es salir por patas lo más ligero que pueda. Y no está seguro de que con todo ese equipo pueda ser capaz de hacerlo. Correr como alma que lleva el diablo, me refiero. Piensa en Hugo y cómo su voluminoso cuerpo fue inmediatamente engullido por la marea de ferales que emergieron de repente y se estremece dentro de su recién adquirida cazadora.

Al frente, varios coches accidentados bloquean buena parte de la calle y las aceras. Se trataba en su mayoría de turismos pero también puede distinguir una furgoneta de reparto y varios ciclomotores. Tuvo que ser un accidente muy feo. Sin decelerar la *Piaggio*, Lucas se dirige hacia el único hueco que hay en su trayectoria y encamina la moto de patrulla hacia allí.

Tras él, Laura frunce el ceño ante lo que le parece una temeridad innecesaria. *¿Qué estás haciendo, Lucas?*, dice para sí. *No seas estúpido y disminuye la velocidad.* Lucas se acerca a los coches accidentados y, ensimismado en sus pensamientos, pasa muy cerca de un *Seat León*. Inesperadamente, sin previo aviso, un infectado se arroja contra la ventanilla violentamente. Un reguero de sangre y saliva mancha se queda impregnado en el cristal. Sobresaltado, Lucas da un tirón brusco al manillar de la moto y unos segundos más tarde se da cuenta del terrible error que ha cometido. Descontrolada, la moto sobrevira sin agarrarse al asfalto, lleno de restos de automóviles y aceite, y termina por estrellarse contra el costado de la furgoneta de reparto. Lucas sale despedido y golpea como un pesado fardo sobre el capó de la furgoneta. Siente escapar todo el aire de sus pulmones con un sonoro bufido. Un dolor penetrante estalla en sus costillas.

—¡Lucas!—Chilla Laura a sus espaldas.

Presa del pánico, detiene su propia moto y corre hacia el joven. Éste ha rodado sobre el capó y ahora se encuentra tumbado en el suelo. *Inerte.* Del todo. Temiéndose lo peor, Laura le pone una mano en el pecho sintiéndolo subir y bajar, casi imperceptiblemente. *Gracias a Dios.* Ha estado cerca. Muy cerca. Entonces de un portal cercano, dos supervivientes emergen de improviso y corren hacia la moto de Laura. ¿Cómo se dice en el argot militar? Ventana de oportunidad. Los dos extraños habían permanecido ocultos en aquel edificio intentando escabullirse de los enjambres de ferales que merodeaban por la zona y habían sido alertados por el motor de las *Piaggio* de que algo pasaba en la calle. Al mismo tiempo que bajaban para investigar, escucharon el estruendo del accidente de Lucas. Dos días habían permanecido ocultos. Como ratas. Dos días, sin comida, ni bebida. Aquella moto significaba el fin de sus miserias. Su salvación. Pelearían por ella como perros rabiosos.

—¡Dios mío!—Atina a decir Laura cuando ve que el primero de los supervivientes se abalanza sobre ella. En la mano empuña un cuchillo de cocina de aspecto amenazador. El segundo superviviente se dirige hacia la moto caída de Laura. La joven hace un amago de ir a por su arma pero el superviviente la detiene antes siquiera de que sus dedos rocen la culata de la semiautomática. Sacude su cabeza con saña. Entonces sonríe. Señala con la cabeza el cuerpo inerte de Lucas y hace un horrible gesto, cruzándose la garganta con el pulgar a la altura de la nuez. Luce una barba desaliñada y el pelo ensortijado que le confiere un aspecto salvaje, como el de un montañés. Su compañero resulta menos amenazador, enjuto y de aspecto quebradizo, está tan nervioso que parece que fuera incapaz de dejar de temblar.

—Ni lo pienses.—La ordena con un susurro.—Sólo queremos las motos y esa mochila de ahí, con todo lo que tiene dentro.

Ella le mira con ojos llenos de ira y de disgusto. Ojos que gritan calaña. El superviviente le devuelve la mirada sin pestañear, luego mira hacia el cuchillo, y de nuevo hacia ella.

—Tú decides, agente.

—De acuerdo.—Responde en voz baja.

El superviviente se inclina rápidamente y levanta la mochila de Lucas con una mano sin dejar de dirigir la punta del cuchillo hacia ella. Luego se dirige hacia la moto de Lucas, la levanta y se reúne con su compañero.

Lucas suelta un gruñido de dolor y Laura gira la cabeza para mirarle. Lo siguiente que escucha es el motor de las *Piaggios* alejándose calle abajo.

—¿Puedes sentarte?—Le pregunta suavemente al muchacho, quien ha recuperado la consciencia.

—Sí.—Responde él con voz vacilante.

—¿Estás seguro?

—Muy seguro. ¿Qué ha pasado?

—Te caíste. Luego un par de tipos han salido de ese edificio de ahí y nos han robado las motos y tu mochila.—Explica Laura cuidadosamente. No quiere reprocharle su imprudencia, al menos, mientras esté todavía desorientado por la caída. Más adelante, ya tendrá tiempo de cantarle las cuarenta.

Lucas baja la cabeza, avergonzado.

—En otras palabras, la cagué, ¿no es así?

—Yo no lo hubiera dicho mejor.—responde ella riendo pero con una seriedad enojada en la mirada.—¿Crees que puedes caminar?

Lucas piensa en ello. Le duelen las costillas una barbaridad y le cuesta respirar. También siente algo pegajoso humedeciendo la pernera de su pantalón; la herida de la cadera se le ha vuelto abrir. Tan solo quiere hacerse un ovillo y descansar. Descansar por encima de todas las cosas. Finalmente, contesta:

—Lo intentaré.

✳✳✳✳

En capítulos anteriores... La famosa frase de los *shows* de televisión se repite una y otra vez en la cabeza del hombre. La voz de polichinela no ha parado ni un instante de rechinar con estridencia en su cerebro. Se siente cansado tanto física como mentalmente y, por primera vez, duda incluso que el plan vaya a salir bien. Aquella muchacha en el lavabo fue la gota que colmó el vaso. La joven a la que acababa de matar, probablemente una amiga de Lucas. Su agotada mente insiste en regalarle con la instantánea de la joven, sentada sobre la taza del váter, con medio costillar asomando obscenamente en un costado. El cuchillo hendiendo su carne... ¿Cómo iba a explicárselo?

En capítulos anteriores...

Las imágenes de todo lo que habían vivido las últimas semanas se reproducían incesantes. El resumen de sus últimos días. La lucha contra los primeros ferales de su apartamento. La enloquecida escapada de los bloques. La tienda... En su recuerdo, lo revivía todo una y otra vez con sudores de angustia. Se acerca la noche y Lucas sigue sin dar señales de vida. Se teme lo peor.

—No lo ha conseguido.—Exclama en voz alta.

Era tan sólo una cuestión de supervivencia. Y el joven no había sido capaz de conseguirlo. Habían pasado unas cuantas horas y ya debería haber llegado al club. Tal vez...

—¿Cómo lo sabes?—Pregunta la mujer, que no ha abierto la boca desde que se topase con la chica del lavabo.

—Bueno, no lo sé...

—¿Cómo puedes saberlo?—insiste ella.

El hombre la mira con cierta congoja y siente como se le cierra la garganta.

—De acuerdo, pasaremos aquí la noche y si Lucas no ha venido para cuando rompa el alba, nos marchamos sin él. ¿Te parece?

Ella le ignora y replica.

—¿Qué clase de actitud es ésa? Quiero decir, Lucas puede estar herido en alguna parte, puede necesitar nuestra ayuda y tú... ¡Sólo puedes pensar en dejarle abandonado!

Tranquilo, se dice el hombre, *sólo está asustada*. No quiere provocar una escena que pueda terminar en algo peor. Como un ataque de histerismo o que ella le deje plantado en aquel picadero mugriento. Sabe que sería capaz, fin del mundo o no.

—Solo estoy siendo pragmático, eso es todo—dice el hombre con tono calmado.—Ha pasado mucho tiempo y las probabilidades de que...

—Lo que digas.—Murmura hoscamente la mujer. Y le da la espalda. Los sollozos llegan después.

El hombre siente deseos de consolarla pero sabe que la mujer no se lo permitiría. Al menos no en ese preciso momento. El maldito orgullo. La mira incómodo por un rato, viendo sus hombros sacudirse por el llanto hasta que las lágrimas se reducen a hipo y murmura:

—¿Qué haremos entonces si no regresa?

—Seguir adelante a pesar de todo. Se lo debemos al muchacho y a Hugo.

Ella asiente en silencio y regresa a su ensimismamiento. Un ensimismamiento que se parece demasiado al que sufría cuando todo comenzó. Depresivo.

Lucas camina con la cabeza hundida entre los hombros. Taciturno, está pensando en la caída con la moto. Podía haberse golpeado la cabeza y haber muerto en ese preciso instante. Tanto correr delante de los ferales, tanto saltar desde los tejados de los edificios, tanto pelear... ¿Para qué? ¿Para acabar muriendo por un estúpido vuelco con una moto de patrulla? ¡No se lo perdonaba! Tenía visiones de morir desangrado con la cabeza aplastada sin que Laura hubiera podido hacer nada por ayudarle.

Ella caminaba a su lado en silencio. Podía percibir lo que pasaba por la cabeza de Lucas en esos momentos. Los reproches, el miedo, incluso la vergüenza de haberse caído. Sabía que esa batalla la tenía que lidiar el muchacho en solitario. Nada de lo que ella pudiera decirle en ese momento le iba a servir de gran cosa, salvo, quizás para aumentar su desasosiego. El silencio que los rodea es sobrecogedor y la tiene impresionada. Salvo los dos supervivientes que les robaron las motos y algunos ferales solitarios, no habían visto a un alma en las calles de la ciudad. Laura piensa en los dos supervivientes que les asaltaron. Se recriminaba haberse dejado robar con tanta facilidad. ¿Pero qué otra cosa podría haber hecho? Se estremece con el recuerdo de la amenaza que el superviviente del cuchillo había dirigido a Lucas. Aquel horrible gesto. Ella era una simple policía municipal, no uno de esos súper policías que aparecían en las películas, con todas aquellas peleas de artes marciales y tiroteos. Ni siquiera había destacado en la academia por sus condiciones físicas o su habilidad en el tiro; había pasado por ella sin pena ni gloria. Si hubiera intentado algo, Lucas hubiese muerto y nunca se lo habría perdonado.

Como respondiendo a sus pensamientos, una explosión en la lejanía los sacude a ambos. Una enorme columna de fuego se eleva entre dos bloques de edificios.

—Está anocheciendo.—Le informa a Lucas y su propia voz la sobresalta.—¿Qué quieres hacer?

—¿A qué te refieres?—Pregunta él.—Tenemos que llegar hasta el club. Mis amigos nos esperan.

—Pueden esperar eternamente si nos matan por el camino.—Replica ella con amargura.

—No digas eso.—La recrimina con voz apesadumbrada.—No estamos tan lejos y todavía hay un poco de luz. ¡Lo conseguiremos!—Una parte de él todavía conserva cierto grado de esperanza y le asegura que puede ser verdad; que llegarían a tiempo al club antes de que el hombre y la mujer se cansasen de esperar y que lo harían ilesos...

Entonces se topan con los ferales.

Un parque infantil se dibuja en medio del asfalto y los edificios comerciales. Una valla de madera pintada en colores verde y amarillo delimita el terrario donde se elevan los columpios otrora bulliciosos de niños jugando. Ahora una pequeña hilera de setos se agita levemente. Tras ellos asoma un muchacho que tal vez tuviera trece años o tal que no y fuera un poco más pequeño pero alto para su edad. Lleva las ropas hechas jirones y los ojos enrojecidos le delatan. Ojos sin expresión surcados de vasos capilares reventados.

¡Está infectado!

Lucas desenfunda su Heckler & Koch y le apunta a la cabeza con la intención de volársela hasta la luna y más allá.

—No.—Le detiene Laura con voz suave pero firme.—Revelarás nuestra posición.

Lucas obedece algo decepcionado y señala con la cabeza un portal cercano.

—Escondámonos en ese lugar y esperemos a que se vayan.

Junto al muchacho feral han aparecido otros más, todos de similar edad. Una clase de instituto o algo que fue infectada al mismo tiempo, supone Lucas.

—Buena idea.—Responde Laura y se encamina por la acera, agachada tras los coches aparcados, hacia el portal. Lucas la sigue con la semiautomática todavía empuñada.

—Cuando pasen, nos largamos.

Están ocultos tras el panel de hierro y cristal del portal. A su espalda se extiende un pequeño vestíbulo que huele a suciedad pero parece abandonado. El eco de su propia respiración reverbera en las paredes. El grupo de adolescentes infectados caminan por el medio de la calle con las cabezas levantadas como si husmeasen el ambiente. Los chicos se encuentran en distintos estados de degradación. Algunos han perdido algún miembro o presentan horribles heridas que laceran sus cuerpos y otros, sin embargo, están tan inmaculados como si se encontraran en un día cualquiera de instituto. Algunos incluso portan sus mochilas al hombro. La espera se hace eterna y en varias ocasiones, Lucas siente deseos de salir en medio de la calle y gritarles que lo dejasen ya, que el juego se había terminado. Pero no lo hizo. El miedo pudo a la impaciencia.

—¿Por qué no se van?—Pregunta en un susurro.—No pueden vernos, no saben que estamos aquí. ¿A qué están esperando?

—No lo sé.—Responde ella.—Igual pueden sentirnos u olernos. ¿Ves cómo levantan las narices? Parecen perros oliscando el aire. Quizás pueden captar nuestro rastro.

—No, no lo creo. Parece algo más.—Dice Lucas cambiando de posición y haciendo una mueca ante el millar de dolores que siente.

Entonces escuchan el ruido de motores acercándose. Dos motocicletas de media cilindrada, a juzgar por el ruido, se acercan por la calle.

—¿Oyes eso?—Interroga Lucas, en voz baja. Ella se limita a sacudir la cabeza en gesto afirmativo. Lentamente desenfunda su propia semiautomática y comprueba el seguro. Tiene una idea muy clara de quiénes están subiendo por la calle.

—¿Crees que son los mismos que nos robaron nuestras cosas?—Pregunta Lucas, sumando dos más dos.—Pero, ¿por qué han regresado? Ya se llevaron todo lo que les interesaba.

Laura no contesta. Quién sabe porqué esos dos han vuelto. Quizás para ayudarles o quizás para... para *divertirse* con ella. La crueldad de la que el ser humano podía hacer gala no tenía límites y ella sabía que los verdaderos monstruos no eran los infectados sino los otros. Los seres humanos. Las dos Piaggio se acercan por el principio de la calle. No parecen haberse dado cuenta de la presencia de los ferales y se dirigen hacia ellos confiados.

—Deberíamos avisarles, ¿no?—Sugiere Lucas, nervioso.—¡Van a matarlos!

Laura se lo piensa. No puede dejar de ver el pulgar extendido cruzándose la garganta. Y entonces lo supo. ¡Dios mío, iba a dejarlos morir!

—¿Laura?—Susurra Lucas, medio volviéndose para mirarla.—Estás temblando.

—No tiene importancia.—Replica ella y después:—Déjalos. No tuvieron ninguna piedad con nosotros cuando nos asaltaron.

Y Lucas calló.

Cerró los ojos y se tapó los oídos para no contemplar la matanza que se iba a desarrollar ante ellos.

****

El hombre no ha abandonado su puesto de vigilancia ante la puerta del local en ningún momento. La mujer está acostada en el sofá y duerme con un sueño inquieto que la mantiene en ese estado de sopor en el que el cuerpo no termina de descansar. Es una silueta vagamente humana envuelta en su manta. Entonces se despereza y pregunta:

—¿Algún rastro de Lucas?

—No.—Responde el hombre.—Le daremos algún tiempo más. Mientras desayunamos. Quizás esté ahí fuera, en alguna parte. Lo mismo se ha refugiado para pasar la noche y en estos momentos se encamina hacia aquí.

La mujer asiente mientras rebusca algo de comida en su mochila.

—¿A dónde irían todos esos ferales de ayer?—Quiere saber.—¿Por qué habrían de irse todos al mismo tiempo?

—No lo sé.—Se da media vuelta para seguir mirando por la rendija de la puerta.—Ya has visto cómo se llaman los unos a los otros con ese aullido tan horrible. Supongo que fue lo que pasó. Algún otro grupo les puso en alerta. Venid aquí, tenemos incautos frescos para asesinar e infectar. Algo así.

—No es divertido.—Le reprocha ella, con el ceño fruncido.

—No, no lo es.

El hombre experimenta en ese momento dos reacciones al mismo tiempo. Por un lado, clama contra la dejadez que muestra la mujer para enfrentarse con la realidad que los rodea y, por otro, piensa que ella tiene razón, que si uno quería salvaguardar su propia cordura resultaba mejor no pensar en ciertas cosas. *Todo arde si le aplicas la chispa adecuada,* le recuerda Bunbury en su cabeza. Y no hay nada más que añadir.

—¿Quieres comer algo?—Dice ella, tendiéndole unas galletas y sustrayéndole de sus pensamientos.

—No, gracias. Come tú. Creo que voy a seguir vigilando aquí un rato más.

La mujer lo mira en silencio.

—¿Estás bien?—Le pregunta con su habitual voz tranquila pero cargada de intencionalidad. En realidad, le está diciendo que está bien, que ya olvidó su comentario de ayer sobre abandonar a Lucas y que lo había entendido y, lo mejor de todo, comprendido.

—Eh, sí, estoy perfectamente. No te preocupes.—Responde él pestañeando, una gota de sudor le ha resbalado hasta el ojo y le hace lagrimar.—Es solo que...

—Lo sé.—Le interrumpe ella con dulzura.—Olvídalo. Lucas vendrá. Hay algo en ese chico... Una resolución que hacía mucho tiempo que no veía y sé que vendrá. Si alguien puede conseguirlo, es él.

El hombre asiente y se vuelve a mirar hacia la calle.

✳✳✳✳

Los dos supervivientes estaban enfilando la calle cuando descubren por primera vez al grupo de ferales. Laura no se equivocaba cuando pensó que ella era el motivo por el cual habían regresado. Tras robar las motos y detenerse para husmear el contenido de la mochila, habían devorado la poca comida que contenía. Entonces, los dos hombres habían comenzado a fantasear sobre cómo habían dejado escapar la oportunidad de partirle el cráneo al joven y violar a la bonita agente municipal. ¿Quién sabe cuándo se cruzarían con otra mujer y en qué estado se encontraría? ¡No podían perder una oportunidad así! Enardecidos por la inminente posibilidad de montárselo con la muchacha, se habían vuelto a montar en las *Piaggios* y habían regresado sobre sus pasos. Perseguirían a la pareja, los encontrarían y, después de matar al muchacho, violarían a la chica por turnos. O quizás los dos a la vez.

El superviviente de la barba desaliñada está pensando que ya deberían haberse topado con la pareja, cuando su vista se posa sobre el grupo. Al principio, bajo la mortecina luz del atardecer, no distingue más que unas formas borrosas y piensa que se trata de ellos. Entonces, como si una barra de acero helado traspasase su cerebro, cae en la cuenta de su error. Ahora ya no piensa en violaciones, ni en tríos, ahora solo tiene tiempo para gritar. Mientras intenta detener la *Piaggio* y darle la vuelta, chilla desesperado hacia su compañero para avisarle. La moto se le está resistiendo y para cuando consigue girarla, un infectado que viste el uniforme escolar de un instituto privado, le echa las manos engarfiadas al cuello y se lo desgarra. El superviviente trata de forcejear para escapar pero es inútil. La sangre le corre por el pecho y dedos de frialdad reptílica le hurgan con maligna avidez hasta que llegan al fondo de su garganta. En un santiamén, la cabeza del superviviente es separada de su cuerpo.

Mientras, su compañero no está teniendo mejor suerte y se encuentra rodeado por el resto de escolares infectados. Tiene el rostro transfigurado por el terror y, con el brazo extendido, empuña un enorme cuchillo de cocina con el que trata de mantener a rayas a los engendros asesinos. Sin conseguirlo. Se abalanzan sobre él dando mordiscos. Los alaridos de pánico del desdichado rompen el silencio de la noche, elevándose entre los edificios hacia un cielo negro sin estrellas. Como si hubiese sido cubierto por una espesa capa de brea.

Desde su escondite, Lucas y Laura pueden escuchar los ruidos del frenesí con el que los ferales están despedazando a sus víctimas y pueden oler la sangre derramada. La sangre expiadora de los pecados de los dos supervivientes. La sangre del sacrificio a los nuevos dioses del lugar.

Los ferales.

Cuando todo concluye, la pareja sabe que los ferales se quedarán todavía un buen rato husmeando por el lugar. No les quedará más remedio que pasar la noche en el portal, los ecos de la matanza y la culpabilidad por no haber hecho nada por impedirla resonando en sus cabezas.

✳✳✳✳

Las primeras luces del amanecer ya despuntaban por encima de los tejados. Una densa niebla se ha apoderado de la calle. Blanca como el algodón, no permite ver más allá de unos pocos metros. El hombre está seguro de que levantará cuando suba un poco más el sol, pero de momento no era prudente salir. Si alguien se les echaba encima no serían capaces de distinguirlo hasta que fuera demasiado tarde.

El chico tendrá algún tiempo más para llegar, pensó para sus adentros.

Como si leyera sus pensamientos la mujer volvió a preguntar por enésima vez:

—¿Algún rastro de Lucas?

✳✳✳✳

Lucas y Laura están muy cerca. Sin embargo, la niebla los está retrasando. No se atreven a caminar más deprisa porque la visibilidad es muy escasa y temen toparse de narices con otra horda de ferales. Apenas se han dirigido la palabra desde que abandonaron el portal donde habían pasado la noche y desde donde fueron testigos del asesinato de los dos supervivientes. Al menos, Lucas ha recuperado su mochila. Las *Piaggio* estaban demasiado cubiertas de sangre como para que ninguno de los dos se hubiera atrevido a montarlas de nuevo.

—Ha sido una locura.—Lucas rompe finalmente el silencio, y luego calla. De repente, la niebla parece más densa y más ominosa. Todavía estaba impresionado por lo que había pasado.

—Lucas...—Empieza a decir Laura y entonces se tambalea ligeramente.—Creo que es mejor que olvidemos lo que pasó.

—No sigas.—Le pide el joven.—Hicimos lo que debimos. No sabemos qué intenciones tenían esos dos para regresar, pero estoy seguro de que no eran nada buenas.

Laura lo mira agradecida y encogiéndose camina un poco más pegada a él. La maldita niebla se le está metiendo en los huesos y siente un frío de muerte.

—¿Crees que tus amigos seguirán en ese local tuyo, esperándote?

—No lo sé. Lo cierto es que no los conozco tanto.—Responde el joven pasándola un brazo sobre los hombros para calentarla.—Donde yo vivía había tres bloques de edificios pegados los unos a los otros y ellos vivían en el bloque de al lado.—Explica.—El hombre me salvó de morir ejecutado por una familia de traficantes que se había apoderado por la fuerza del edificio. Decidieron que robar y tomar prisioneros a los vecinos salía más a cuenta que salir a la calle a buscar alimentos. ¡Yo... yo me dejé apresar!

Laura se encoge un poco más apretándose contra él. Mira con temor cada sombra, cada fleco de niebla.

Se hace un breve silencio.

—Quería morir, Laura.—Lucas hace un esfuerzo por seguir hablando.—¿Me entiendes? Cuando perdí a mi novia en Nuevos Ministerios y llegué a casa para descubrir que ella no estaba y que esos magrebíes habían encerrado a todo el mundo, *quería morir*. No hice nada por evitar que me atraparan como al resto.

Laura deja de caminar y se le queda mirando con tanta intensidad que el joven tiene que bajar la mirada avergonzado.

—Todo eso fue antes.—Le consuela Laura.—Siento lo de tu novia, pero todo eso ya pasó. Ahora tienes que pensar en el presente y en lo que estamos haciendo ahora.

—Lo siento.—Se disculpa el joven.—Siempre estoy dándole vueltas a las cosas.

—No importa.

Y el tema no vuelve a plantearse.

Habían llegado a su destino.

El hombre sale a recibirlos con cierto recelo. La niebla le impide distinguir de quién se trata, aunque está seguro de que no son ferales. Sin dejar de apuntar con la escopeta hacia las dos figuras que caminan hacia el local, pregunta en voz alta:

—¿Quiénes sois?

—Soy Lucas. ¡No dispare!

El hombre le mira pasmado como si no acabara de creer lo que están viendo sus ojos y suelta un visceral grito de triunfo.

—¡Muchacho!—Exclama, al mismo tiempo que saluda con la mano.—¡Cómo me alegro de verte! Ya te dábamos por perdido.

Tras él, la mujer sale a la puerta. El corazón le palpita, no sabe cuán cerca han estado realmente de perder al muchacho, y viven en un mundo en el que perder a otro semejante significa no recuperarlo jamás.

—¡Lucas, gracias a Dios!—Saluda, sujetándole ambas manos con las suyas. Luego se fija en Laura y pregunta:— ¿No vas a presentarnos a tu amiga?

—Sí, claro. Esta es Laura Fornás, nos encontramos en la comisaría de policía municipal. Yo estaba...

—Encantada de conocerles.—Le interrumpe ella, extendiendo la mano hacia el hombre. Luego cruza un rápido abrazo con la mujer y añade:—No creo que éste sea un buen sitio para intercambiar historias, ¿no os parece?

Lucas asiente con la cabeza, soltando una mirada de soslayo hacia la niebla. Ésta empieza a levantar un poco pero la visibilidad sigue siendo muy limitada. Cada esquina, cada sombra podía ocultar a un infectado y no tendrían tiempo de reaccionar.

—¡Tienes razón! Vamos adentro y os cuento toda la historia mientras esperemos que se termine de ir la niebla.—Exclama el joven, mientras pasa junto a la mujer para dirigirse hacia el interior.

—¡Lucas!—Dice ella, su voz adquiere un ligero matiz de nerviosismo.—No entres ahí, cariño. Esa chica...

—¿Qué... qué chica?—Pregunta él, negando con la cabeza y pasando junto a la mujer antes de que ésta o el hombre puedan detenerle.—¿De quién estáis hablando?

—Lucas, espera...—Exclama el hombre, pero es demasiado tarde.

En el interior, Lucas traga saliva con fuerza y mira a su alrededor. No hay nadie. *Una chica*, había dicho la mujer. Allí no había ninguna chica. La puerta del aseo está cerrada. Se encamina hacia allí y la abre con suavidad. Ella está sentada. Lucas mira, sin comprender, su pálida cara. La piel cenicienta. El hilillo de sangre que resbala por su frente, allí donde el cuchillo del hombre mordió su carne. Está inmóvil como una estatua.

Carmen.

Su Carmen.

Lucas no puede creer lo que están viendo sus ojos. La palpa tímidamente el cuello con los dedos, luego prueba con la muñeca. Nada. Está muerta. Siente la tristeza embargarle como una imparable ola que le golpea el pecho y le arrebata la respiración. Se arrodilla y se recuesta sobre las recogidas piernas del cadáver de su novia. El dolor que siente es casi como un ser vivo. Con la cabeza apoyada sobre sus vaqueros, ni siquiera puede oler el hedor que empieza a desprender el cuerpo sin vida. Se está desmoronando. Parte de él quiere levantarse y gritar a pleno pulmón que no era justo, que la culpa había sido suya por no haber sabido cómo salvarla, que era él quien estar muerto. Él había fallado, no ella. Las lágrimas inundan su rostro y el cuerpo le tiembla descontroladamente a causa de los sollozos. Cuando les atacaron en las escaleras de la estación de Nuevos Ministerios, ella debió pensar que él estaba muerto o algo parecido y, poseída por el pánico, se habría convertido en una presa fácil para los infectados. Luego, herida como estaba, habría buscado a alguien de confianza que la ayudase. Habría tomado un tren de regreso a casa. El local estaba cerca de la estación de su ciudad, quizás no tuviese fuerzas para seguir, así que era un buen lugar para encontrar ayuda.

Pero no para morir.

Era un lugar de mierda para morir.

Carmen había muerto sola en el mismo lugar al que había acudido para buscar auxilio. Los sollozos se convierten en un hipo histérico que le convulsiona y hace que se reabran sus heridas. Lucas no parece darse cuenta de la sangre que mancha el suelo de linóleo. Ya nada tiene importancia para él.

✳✳✳✳

La mujer se detiene delante de la puerta del local indecisa. Le está oyendo llorar en algún lugar del interior e imagina que Lucas ha encontrado a la muchacha muerta en el lavabo. Laura y el hombre le devuelven la misma mirada de indecisión. Se encuentran muy expuestos donde están pero no se deciden a entrar en el local.

—¿Lucas?—Llama, dubitativa.

No obtiene respuesta. Los sollozos continúan desde el aseo. La mujer entra en el local y se dirige a la puerta cerrada, rozando levemente la madera con los nudillos.

—Lucas, cariño, tenemos que irnos.—Dice con suavidad. Resultaba evidente que el joven conocía personalmente a la muchacha y su muerte le estaba afectando considerablemente.—Lucas, ya no puedes hacer...

—¡Vete de aquí!—El chillido la sobresalta e interrumpe al mismo tiempo.—¡Dejadme en paz!

—Lucas, se cómo te sientes. Es duro cuando alguien querido muere.—Intenta consolarle desde el otro lado de la puerta. No tiene idea. No *puede* tener idea de quién era exactamente la muchacha. Entonces ve el charco de sangre que se extiende por debajo de la puerta y suelta un grito alarmada.—¡Lucas, abre la puerta! ¡Hay mucha sangre! ¡Abre la puerta!

El hombre y Laura están ahora a su lado, aporreando la puerta al unísono.

—Se está muriendo.—Gime la mujer, histérica.—Se ha hecho algo a sí mismo y se está dejando morir.

—No, no es eso.—Replica Laura, tratando de tranquilizarla.—Tuvo un accidente y se hirió en la cadera. La maldita herida se le ha debido de abrir. ¡Lucas, soy Laura, abre esta puerta ahora mismo!

El hombre termina por perder la paciencia y aparta a las dos mujeres con el brazo dispuesto a echar abajo la puerta a patadas. Y justo cuando levanta la pierna para soltar la primera coz, la puerta se abre. Lucas está ahí plantado, con el rostro surcado de lágrimas y la pernera del pantalón vaquero húmeda de sangre.

—Es el cuerpo de Carmen. —Explica y después guarda silencio.

Los tres se quedan mirándole atónitos con los ojos como platos y las bocas abiertas. El rostro de la mujer está sofocado por la tensión y el del hombre se ha vuelto del color de la ceniza. Y Laura...

Laura, simplemente no sabe qué decir.

✳✳✳✳

Y en la calle, uno de esos aullidos ferales resuena en algún lugar de la ciudad. A modo de respuesta, otro aullido comienza a reverberar entre los edificios, uniéndose al primero, y otro más allá. Al final el volumen del horripilante sonido crece hasta convertirse en algo ensordecedor.

> **"** Ven, muerte, tan escondida que no te sienta venir.

—Miguel de Cervantes (El ingenioso caballero don Quijote de la Mancha)

11

Alcanzaron los primeros bloques de casas de San Sebastián de los Reyes después de tres horas de caminata por el lodazal en que se habían convertido las vías tras las lluvias. A pesar de todo, el hombre insiste en que se mantengan en ellas, alejados de los núcleos urbanos hasta que no les quede más remedio que cruzarlos o pasarlos de lado. Tras levantarse la niebla, se había quedado una límpida y fría mañana de mediados de noviembre en la que la sucia nube de polución habitual que coronaba el área metropolitana cercana a Madrid había desaparecido. Tampoco se daba el caso de que hubiera mucho tráfico circulando como para volver a crearla. El inmenso cielo azul estaba manchado, sin embargo, por un feo nubarrón gris oscuro hacia el noroeste de donde se encontraban. Villalba o El Escorial.

Otro incendio.

Ya no quedaba nadie para apagarlos, así que ardería hasta que no hubiera nada más que quemar. *¿Dónde se habría metido todo el mundo?* Se preguntaba el hombre mientras camina mecánicamente, simplemente poniendo un pie delante del otro. Resultaba extraño no cruzarse con nadie en el rotundo silencio que los rodeaba. De rato en rato, escuchan el sonido lejano de un vehículo inidentificable circulando por la carretera que corre paralela a las vías. Del mismo modo, algún grito desgarrador o un disparo solitario reverberaba en la distancia. Pero fuera de eso, estaban solos. *El sitio de mi recreo*, la vieja canción de Antonio Vega le viene a la memoria. Aquellas calles vacías, aparentemente inofensivas, eran el nuevo sitio de su recreo. El lugar en donde les tocaría jugar el resto de su vida, en donde las reglas habían cambiado y un despiste podría serte fatal.

San Sebastián de los Reyes se encontraba a una distancia de unos veinte o veintidós kilómetros de la capital, en dirección norte, y su padrón listaba unas setenta y pico mil almas que, sin lugar a dudas, garantizaría un buen número de infectados aguardándoles en sus calles. El hombre estaba seguro de ello. Y no habían caminado más de un par de kilómetros cuando descubre que no se ha equivocado y se encuentran con los primeros infectados. Un nutrido grupo de ellos está intentando echar abajo la valla de seguridad que impide que se vagabundeé por las vías. Sus ropas y la proximidad del Hospital Universitario Infanta Sofía indican que se trata de pacientes y trabajadores que contrajeron la enfermedad en el lugar.

—¿Qué hacemos ahora?—Pregunta Laura, mientras intercambia miradas entre Lucas y los ferales. El joven ha caminado todo el rato en silencio, encerrado en sus propios pensamientos y Laura parece preocupada por él.

Por su parte, el hombre no se atreve a mirar a Lucas a la cara por no ver su propia culpa reflejada en el rostro del joven. Entendía el sentimiento de culpabilidad que lo embargaba. Lo entendía como propio. Deja escapar un suspiro. No puede dejarse vencer por ese tipo de pensamientos.

—Seguir caminando.—Responde sin dejar de espiar a los ferales que ahora sacuden con más rabia la valla metálica, pero ignorando completamente la verdadera cuestión: *¿Qué hacemos con Lucas?*

—¿Hacia dónde?—Quiere saber la mujer.—Hay ferales por todas partes. No hay ningún lugar a salvo. ¿Cómo sabes que el lugar al que nos dirigimos no está infestado de ellos?—Espeta con voz ronca.

Ésa sí que es una imagen para recordar. Un puñado de ferales agazapados *esperando* a que se acerque el próximo incauto para saltarle encima. Ni hablar, los ferales no planifican, no *esperan*. No saben donde están, no reconocen sus alrededores, tan solo actúan según los dictados del virus y se entregan a la ferocidad de su comportamiento. Si ya no queda nadie por infectar en la zona se marchan a otra parte en busca de nuevas víctimas.

—Porque lo sé y punto. Sigamos caminando.— Menuda respuesta, muy inspiradora. Se ha cubierto de gloria. El hombre no quiere seguir discutiendo y sigue caminando. Pero baja la cabeza, no le gusta hablar a la mujer de esa manera. Lo cierto es que no puede saber si el lugar hacia el que se dirigen es seguro o no. *Su lugar seguro.* Así es como lo llama. Nadie del grupo, salvo la mujer, saben hacia dónde caminan; simplemente, caminan. Confiando plenamente en él.

La migraña se acentúa en sus senos frontales, arañándole el hueso desde el interior de su cabeza.

Extrañamente casi no tiene sensaciones en las manos, ni en los pies. Sabe que tiene que sentirlos doloridos por los cortes y las heridas; pero, en realidad, no nota nada más que una simple incomodidad.

Laura contempla la escena en silencio mientras juega distraídamente con el cordón de su bastón defensivo. Hay algo en el hombre que la inquieta. Algo que no puede precisar. *Diferente*. Mientras decide no quitarle ojo de encima al hombre, Laura no puede evitar estar inquieta por Lucas, quien está plantado a su lado como ido y con la mirada vidriosa. Encontrar el cadáver de su novia en esas condiciones, había resultado demasiado para él. Y no era para menos. Aunque todos habían perdido algún conocido o algún ser querido, el joven había tenido en la punta de sus dedos la posibilidad de haber salvado a su novia y la había desaprovechado.

—¿Hacia dónde nos dirigimos, entonces?—Pregunta esforzándose para que la cuestión parezca inocente. El hombre la mira directamente a los ojos y ella puede ver la duda bailando en ellos. Parece debatir si hablar o callar. Entonces responde con voz seca:

—Lo sabrás cuando lleguemos. Por ahora, sigamos caminando por las vías hacia Alcobendas y allí descansaremos.

El nombre de la ciudad no dice nada a Laura, salvo que se dirigen hacia el sur, en dirección a Madrid. Y eso no le parece una idea muy inteligente.

—Pero, ¡estamos caminando en dirección a Madrid! ¿No deberíamos alejarnos de la capital y de todos sus infectados?—Pregunta alarmada.

—Tranquila.—La apacigua.—No nos acercaremos demasiado.—Y cae en un hosco silencio.

La mujer no piensa como el hombre. Ella creé que es hora de decirles a los demás hacia dónde se dirigen y que entre todos compartan los riesgos del plan de él. Era inútil. Era un testarudo y nunca dará su brazo a torcer. El hombre se encuentra en ese punto en el que razonar ya no forma parte de la ecuación. Ella conoce las señales, han estado juntos muchos años y no puede engañarle. La mujer recapacita sobre cómo se siente al respecto. ¿Enfadada? No. ¿Decepcionada? Sí. Confiaba en que cambiase de parecer antes de que fuera demasiado tarde y tanto Lucas como Laura decidieran que no merecía la pena seguir acompañándoles y les abandonasen. El pensamiento provoca una oleada de pánico. Volverían a quedarse solos y Dios sabe cuándo encontrarían a alguien más o si llegarían a encontrarlo. ¡Pasarían el resto de sus vidas solos! Ya habían perdido a Hugo y no iba a permitir que perdieran a nadie más. Se le hace un nudo en la garganta y decide que en cuanto tenga ocasión les contará a los otros a dónde se dirigían y por qué.

****

La mente de Lucas se ha cerrado por completo a lo que sucede a su alrededor. El recuerdo del cuerpo sin vida de Carmen es lo único que puede ver, fijo en su memoria como un fotograma congelado. La enorme herida en su costado, las costillas expuestas, la mirada vidriosa. Experimenta una náusea vertiginosa y lucha contra las arcadas que se están formando en su garganta.

¡Jesús, se estaba volviendo loco!

Tiene en la boca un regusto como si hubiera estado chupando un puñado de monedas. Camina por inercia, sin pensar verdaderamente en lo que está haciendo. Cierra con fuerza los párpados, reprimiendo las lágrimas que se están formando en sus ojos y recuerda los últimos momentos en los que vio con vida a Carmen.

La estación de Nuevos Ministerios.

El puto peor sitio del mundo en donde toparse

con una horda de psicópatas asesinos y un montón de pasajeros enloquecidos por el pánico. *Deja de llorar, mariquita*, se recrimina mientras arrastra los pies. Puede escuchar, como un eco apagado, la conversación entre Laura y el hombre pero apenas sí le presta atención. Sea lo que sea, todos acabarán como Carmen. Sentados en el mismo retrete, con la vida escapándose de sus cuerpos como el tufo de un trozo de carne podrida.

Jesús, sí que se está volviendo loco.

****

Las vías del Cercanías yacen sobre una cama de arena y grava que cruje bajo sus pisadas. El hombre siente cada canto traspasar la suela desgastada de sus usadísimas botas *Doc Martens* y empieza a tener un notable dolor en las plantas. Es bueno volver a sentir algo. Sabe que cada uno de ellos, excepto quizás Laura, que calza las recias botas de su uniforme, deben estar pasando por el mismo calvario. La mente del hombre divaga hacia un área comercial que se encuentra no muy lejos y en el que hay una tienda de material deportivo *Decathlon*. Sería estupendo si pudiesen parar allí y avituallarse con calzado más confortable y ropa de abrigo. Se acerca el mes de diciembre y las temperaturas bajarán a bajo cero. A la intemperie, eso es casi como una sentencia de muerte.

Sin embargo, desviarse de la ruta está fuera de toda discusión. Cada minuto que pasan en el exterior aumenta el riesgo de que sean avistados por uno de esos enjambres de ferales que recorren la ciudad y eso sí que sería su sentencia de muerte. Caminan en silencio intentando pisar entre los gruesos travesaños de hormigón que conectan ambas vías. De vez en cuando, alguno pierde el pie y está a punto de caer, pero el tiempo que hacen es relativamente aceptable.

Sobre su cabeza una bandada de urracas con su plumaje blanquinegro sobrevuela en círculos, graznando sonoramente. El hombre se pregunta si lo hacen porque han divisado una amenaza más adelante o simplemente porque es su instinto natural.

—Esperad un segundo.—Alerta a los demás. El numero de córvidos ha aumentado y todo el asunto empieza realmente a darle muy mala espina.—¿Habéis notado el numero de urracas que vuela tras esa ladera?

—Sí, ¿qué pasa con ellas? ¿No creerás que van a montarnos un numerito a lo Alfred Hitchcock, no?—El tono en la voz de Laura tiene algo de burlón. Al hombre le sorprende que después de todo siga teniendo fuerzas para bromear.

—No lo sé, pero no me gusta nada. ¿Y si hay algo ahí delante que las está atrayendo?

—¿Algo como qué?—Quiere saber la mujer que empieza a estar tan inquieta como él.

—Ni idea. Los pájaros no es lo mío. ¿Es posible que el virus les pueda también afectar a ellos?—El hombre reprime un escalofrío. La mera idea de pájaros ferales hiela la sangre en sus venas.—En nuestro apartamento ya tuvimos un encuentro con un perro infectado y no fue una experiencia muy agradable.

—¡Espera un momento! ¿Un perro infectado? ¿De qué estás hablando? No hemos visto perros infectados por ningún lado.—Laura está ahora visiblemente afectada y ya no queda ni rastro de burla en sus palabras.—Si el virus afecta a más de una especie, sí que estamos bien jodidos. ¿Cómo podemos saber qué está infectado y qué no?

—No lo sé.—Responde el hombre con sinceridad.— Pero te aseguro de que si es un perro no tendrás ninguna duda, al respecto.

—¿Y no podría ser simplemente que ahí delante hayan encontrado algo de comida?—Sugiere la mujer. Un terrible pensamiento cruza la mente del hombre y se siente enfermar.

—¿Alguien sabe qué comen las urracas? ¿Son carroñeras?—Para congregar a tal cantidad de aves ahí delante no se trataba tan solo de un par de cadáveres sino de una verdadera fosa común. Y dado que se encontraban caminando por las vías de la red de Cercanías, el hombre se está formando una sólida idea de lo que se trata.

—¡Es un tren! ¡Tiene qué serlo! Seguramente fue atacado por los ferales y las condenadas urracas están dándose el festín de su vida con los cadáveres y los despojos.—El hombre está mirando al suelo cuando habla, no se siente con fuerzas para cruzar la mirada con nadie del grupo.— Vámonos, abandonemos las vías. Yo por mi parte no tengo ningún deseo de ver lo que se encuentra tras esa curva.

—¡No podemos hacer eso! Quizás quede alguien con vida.—Sugiere la mujer con voz insegura.

—¿Qué estás diciendo? Solo hay dos posibilidades: que sea un accidente o que haya sido atacado por un enjambre. En cualquiera de ellas es altamente improbable que haya supervivientes.

—No, ella tiene razón. No podemos dejar de buscar.— Laura tampoco parece muy segura pero confía en la mujer y en su sentido de lo que es justo y lo que no.

—¡No me lo puedo creer!—Murmura el hombre que entrecierra los ojos tratando de escrutar algún atisbo de qué es lo que se encontrarán al torcer la curva. Sin conseguirlo.—¡Vais a conseguir que nos maten! Tenemos que salir de aquí y evitar riesgos, mientras podamos.— Opina en voz alta, gesticulando con las manos para dar mayor énfasis a sus palabras.

—Ya estamos asumiendo riesgos únicamente por caminar a cielo abierto.—Replica Laura, con acritud.

—Es cierto, pero eso no es justificación para multiplicarlos por mil.—Responde el hombre, dispuesto a no dar su brazo a torcer. Y entonces se calla abruptamente, sintiendo como se le sueltan las tripas.

Una solitaria figura asoma por la curva, bamboleándose. *Un feral*. Y como dijo la película: el Infierno llegó tras él.

—¡Corred, corred!—El hombre chilla mientras se precipita en dirección contraria a la marea de infectados que se les echa encima desde el otro lado de la ladera tras la que permanecían ocultos a la vista.

Laura dispara su pistola reglamentaria en rápida sucesión, sin alcanzar ningún blanco.

—¡Ahórratelo.—Le grita el hombre.—Desde esta distancia no acertarías ni a una manada de elefantes y el ruido atraerá a más de ellos. ¡Corre!

La carrera dura unos minutos y todos están sin aliento, boqueando como peces fuera del agua, tratando de llevar la mayor cantidad posible de oxígeno a sus castigados pulmones. El hombre, que ha tenido que empujar a Lucas para ponerlo en marcha, sabe que no podrán aguantar mucho tiempo con ese ritmo y busca desesperadamente una salida mientras siente su corazón latir como un caballo desbocado. Sería un buen momento para caer fulminado por un fallo cardíaco, piensa alejando inmediatamente la idea de su cabeza.

—Ahí delante hay una bajada de agua.—Les informa con voz entrecortada por el esfuerzo.—Sugiero que subamos por ella hasta el nivel de la calle. Los ferales no podrán seguirnos por ahí.

Era cierto. En todo ese tiempo no había visto a ninguno de los infectados hacer cosas tales como trepar o utilizar herramientas. Tan solo le limitaban a comportarse con impulsos rudimentarios como caminar, morder o arañar. Algunos incluso podían correr, pero no todos. No tenían movimientos coordinados precisos. ¡Podrían conseguirlo! El hombre se impulsa con las dos manos en el refuerzo de hormigón que soporta la ladera de tierra y comienza a trepar a cuatro patas por los bloques que conforman el canalón para conducir el agua de lluvia hasta los desagües e impedir que se inunden las vías. Tras él suben la mujer y Lucas, mientras que Laura aguarda al pie, cubriéndoles la espalda sin dejar de vigilar a la marabunta de ferales que los persiguen. Cuando los otros están a medio camino, se da media vuelta y les sigue. No ha avanzado ni medio metro cuando algo obstruye su pie derecho haciéndola perder el apoyo. El primero de los ferales ha llegado hasta su posición y la agarra por el tobillo. Con un chillido de pavor, Laura resbala y se golpea en la barbilla con la rasposa superficie de hormigón. Un reguero de sangre y piel contrasta en el gris sucio de la piedra. Laura patalea intentando soltarse mientras con ojos desorbitados observa cómo el resto de infectados se acercan rápidamente.

¡Estoy perdida!, piensa con desesperación.

El estruendo del disparo suena dolorosamente cerca de su oído izquierdo. Pasará un buen tiempo hasta que pueda volver a escuchar por él. La cabeza del feral ha estallado en un surtidor de masa encefálica y hueso. Por encima de ella, Lucas empuña la humeante semiautomática con una mano y con la otra la ayuda a subir. Aturdida, se libera de la garra inerte y continúa trepando.

—Gracias.—Murmura quedamente, aliviada porque el joven haya decidido salir de su ensimismamiento en ese preciso momento. Y trepa hacia el final de la ladera de tierra.

Al pie de la bancada, los ferales se amontonan contra el refuerzo de hormigón que les llega a la altura del pecho sin saber cómo subir por él. Algunos han tropezado con las vías y son aplastados bajo las furibundas pisadas del resto. Si continúan arremetiendo los unos contra los otros de esa manera, tarde o temprano, el volumen de ferales caídos formarán unas infernales escaleras que les permitirá trepar y alcanzar el desnivel de hormigón. Mientras tanto, el grupo de supervivientes habrá ganado un tiempo precioso para escapar.

****

Deambulan por una calle desierta que corre paralela a las vías del tren. El hombre no quiere perderlas de vista, necesitan sobrepasar el obstáculo que, ahora tienen la certeza, es un tren descarrilado y regresar a las vías en cuanto les sea posible. El hombre confía en que siguen siendo el camino más seguro para recorrer. Alejadas de miradas indiscretas y del alcance de los enjambres de ferales que inundan la ciudad.

En la lejanía, de vez en cuando, se escuchan esporádicos tiroteos. Columnas de humo se elevan desde los edificios.

La noche se les está echando encima.

—Necesitamos encontrar un lugar seguro para descansar y dormir un poco. No creo que sea una buena idea quedarnos en la calle.—Sugiere el hombre, mientras se limpia el sudor de la frente.

—¿Estás seguro de que conoces el camino?—Pregunta Lucas con voz débil. Todavía le falta el aliento después de la carrera de hace unas horas y persiste la quemazón en sus pulmones. Tiene la sensación de querer vomitar. La cabeza le da vueltas y ve imágenes de Carmen en cada reflejo, en cada escaparate.

Pero no son espejismos de una Carmen lozana y sonriente, sino instantáneas de la Carmen muerta. La misma que mostraba impúdicamente las costillas ensangrentadas por el enorme boquete de su costado. Antes, mientras eran perseguidos por los ferales, había tenido un instante de lucidez. Parte de su mente había gritado *¡Detente, Lucas, deja de correr!* y a punto había estado de hacerlo. ¡Habría sido tan sencillo! No seguir adelante, zafarse del empeño del hombre porque echara a correr y dejar que el destino siguiera su propio camino. Abrazar el final terrible e irremediable. *¡No lo hagas, Lucas, no sigas corriendo!* le había suplicado la voz en su cabeza. Pero no hizo caso y entonces ya fue demasiado tarde.

—Estás de broma, sé lo que me hago.—Replica el hombre con tono de fastidio, devolviéndole a la realidad. Luego, mira alrededor y se dirige a la puerta de una sucursal bancaria.—Vamos, este lugar parece tan bueno como otro cualquiera. No creo que a nadie se le ocurra buscar nada en un banco, tal y como están las cosas.

—Ya no queda nadie preocupado por su hipoteca.— Gruñe Laura. Y, dirigiéndose hacia Lucas, pregunta: —¿Crees que las cosas volverán alguna vez a ser como antes?

Lucas se encoge de hombros y niega sombríamente:

—No, no lo creo.

—Lo serán.—Los interrumpe el hombre.—Quiero decir que tiene que haber algún lugar seguro. Libre de ferales. Sólo tenemos que encontrarlo.

—¿Es ahí hacia donde nos dirigimos? ¿Hacia un lugar seguro?—Pregunta Laura, sin mucho entusiasmo.—¿Nos lo vas a decir alguna vez?

El hombre mira hacia el suelo y guarda silencio hoscamente.

—¿Habéis oído hablar de los Bancos de Alimentos?— Es la mujer quien ha contestado, aclarándose la garganta. Sabe que el hombre nunca lo hubiera hecho por desconfianza, pero estaban todos juntos en ello y era justo que lo supieran.

—¿Bancos de Alimentos?—Lucas parece confundido.— ¿Qué es eso? Ahora mismo suena como un sueño hecho realidad. No hemos comido nada decente en varios días.

—Si el lugar existe y si no está infestado de ferales, es un almacén donde se guarda toda la comida recolectada en las campañas de donación y destinada a ser repartida entre las personas más necesitadas.—Explica la mujer.

—¡El lugar existe!—Protesta el hombre, irritado.—Lo he visto con mis propios ojos. Estanterías del suelo al techo llenas de comida. Latas, legumbres, agua embotellada...

—¿Dónde lo has visto?—Replica la mujer con un ademán exasperado.—¿En un reportaje de la televisión? ¿En un telediario? Además, ¿qué te hace suponer que no esté ocupado por otros supervivientes que tuvieron la misma brillante idea? ¿Crees que ellos querrán compartir la comida con nosotros?

—¡La Operación Kilo!—Exclama Laura, interrumpiéndolos.—Recuerdo que en la comisaría se colgaron algunos carteles y yo misma di una bolsa con legumbres y cosas así. Pero suena como el sitio al que primero acudirían las autoridades en caso de emergencia para abastecer a la población, ¿no?—Añade no muy convencida.—¿Qué probabilidades hay de que la comida siga allí?

—¿Qué haremos entonces? ¿Qué respuesta tiene a eso tu maravilloso plan?—El reproche de la mujer golpea como un martillo en las sienes del hombre.

—No lo sé.—Atina a barruntar.—Ya lo pensaremos cuando llegue el momento.

—¡Esto es una puta mierda!—Sentencia Lucas. Empuja la puerta de cristal del banco con el hombro e ilumina el interior con la linterna.

La sucursal parece estar desierta. Con cautela y sin dejar de apuntar al frente con su pistola inspecciona el lugar. Es una sala diáfana, separada por varios mostradores y unos cubículos acristalados que hacen las veces de despachos. Al fondo, se encuentra un despacho más grande que Lucas supone debe ser el del director. Junto al mostrador de las cajas están extendidos varios cartones y capas de papel de periódico que empiezan a amarillear.

Lucas levanta un dedo hacia sus labios y señala hacia el interior de la sala.

—Alguien ha dormido aquí. Abrid bien los ojos y tened cuidado.—Advierte.—Voy a inspeccionar la parte de atrás.

Laura y el hombre asienten. Separándose, inspeccionan los despachos más pequeños. El hombre recuerda que la gente que trabajaba en oficinas de ese tipo solía guardar algo de comida en los cajones de su mesa para sobrellevar mejor las largas jornadas laborales, así que revisa los cajones de las mesas. Nada. No han tenido suerte y tendrán que apañárselas con lo poco que les queda.Cuando regresa Lucas, la agitación se refleja en su rostro.

—Al final de ese despacho hay una escalera. Hay alguien ahí abajo. No he podido ver cuántos son pero sí que no se trata de ferales.—Les informa en voz baja.

—¿Qué hacemos? ¿Has hablado con ellos?—Pregunta Laura.—Igual necesitan ayuda.

—Ni hablar, no quiero repetir la experiencia de los marroquíes.—Replica el hombre.—Si intentamos hablar con ellos y no tienen buenas intenciones, tendremos otra batalla entre manos. Busquemos otro sitio para dormir. Será lo mejor.

—No podemos dejarlos ahí.—Insiste Laura.—Lucas me contó lo que sucedió en vuestro edificio. Esa familia de magrebíes era conocida en nuestra comisaría. Eran criminales y sospechábamos que estaban relacionados seriamente con drogas. No el habitual trapicheo sino tráfico de volumen. Escucha, la gente de ahí abajo no tiene porqué ser violenta o peligrosa.

—No podemos estar seguros.—Responde el hombre tozudo.

—A la mierda con esto.—Suelta Laura y se dirige hacia el despacho.—¡Hola, los de ahí abajo! No vamos a haceros daño, subid aquí arriba. Soy agente de policía.—Espera unos segundos pero por respuesta solo obtiene silencio.—¡Hola! De verdad, no vamos haceros daño. Me llamo Laura y soy policía.—Insiste.

Y entonces una figura aparece al principio de los escalones.

—No dispare. No dispare. No estoy robando, ni nada, solo buscaba un lugar seguro para dormir.

El hombre tiene pinta de vagabundo. De edad indefinible, su rostro luce una barba desaseada después de no haber visto una cuchilla durante semanas y viste un batiburrillo inidentificable de ropas que no respeta ningún dictamen de la moda. Tiene las dos manos levantadas hacia el techo.

—Me llamo Marcos, agente. Soy inofensivo.

—Muy bien, Marcos. ¿Hay alguien más contigo ahí abajo? —Pregunta Laura.

—No, no. Estoy yo solo.—Tiene sentido pues sólo encontraron un colchón de cartones y periódicos.

—Pues sube para acá, muy despacio, y hablemos.

****

Han despejado de mobiliario el vestíbulo de la sucursal y levantado con él una rudimentaria barricada ante la puerta. Al menos, durante esa noche nadie les sorprenderá con la guardia baja. Si alguien intenta entrar por ahí, lo oirán a tiempo. Aunque el lugar está frío como una nevera, el suelo enmoquetado les proporcionará algo de aislante contra la humedad reinante.

El vagabundo llamado Marcos está sentado en el suelo, con la espalda apoyada contra la pared, mirándoles con recelo.

—¿Qué vamos a hacer con él?—Pregunta Lucas indeciso. En los pocos días que le conocen parece haber envejecido. De muchacho a hombre en una semana.

—No lo sé, pero no me fío nada de él.—Contesta el hombre con el ceño fruncido.—¿Laura, sigues llevando las esposas es ese uniforme tuyo?

—Ajá.—Se limita a contestar ella y luego, después de una pausa, añade: —¿En qué estás pensando?

Ignorándola, el hombre se acerca con precaución al vagabundo y se arrodilla a su lado, la *Beretta AL 391* a un costado. Toda la escena le recuerda a Lucas una de esas fotografías extraídas de la revista *Caza y Pesca*.

—Mira, Marcos. Vamos a pasar aquí la noche y, según lo veo yo, tienes dos opciones. Marcharte...—Marcos hace intención de protestar pero el hombre le detiene con un ademán de la mano.—Dos opciones, decía. Largarte por esa puerta y no volver la vista atrás o quedarte con nosotros.—El rostro de Marcos se ilumina con la segunda opción, evidentemente, no anticipa lo que va a decir a continuación el hombre.—Pero, en ese caso, tendrás que pasar la noche esposado a ese radiador de ahí.

—¡No puede hacer eso!

—Escucha, puedo y voy a hacerlo. No te conozco de nada. Por lo que yo sé, tienes intención de rebanarnos el cuello mientras dormimos y robarnos toda la comida.

—¡Yo no soy ningún ladrón!—Refunfuña Marcos para sus adentros.—¡Ya os lo dije!

—Lo sé y por eso te voy a dar la oportunidad de demostrarlo. Eres bienvenido a unirte a nuestro grupo pero mientras que no confíe en ti estarás siempre bajo vigilancia y esposado por las noches. Esas son mis condiciones...—Se vuelve hacia el resto y corrige: —Nuestras condiciones. Las tomas o las dejas, pero no son negociables.

Y se incorpora para dirigirse hacia la mujer. Al parecer, el hombre sí que se parece un poco a Hassan, el marroquí que mató en el Bloque B, y estaba dispuesto a hacer lo que fuera con tal de sobrevivir. Tratar a otro semejante como si fuera un animal, no era muy diferente de encerrar a tus vecinos en un apartamento y darles de comer las sobras. Se siente como un hombre que se acaba de encontrar a sí mismo. *Inseguro*. Sin duda estaba incómodo con su última decisión, pero la seguridad del grupo se encontraba por encima de ciertas cosas.

Y si tenía que ser como Hassan para garantizarla. Bienvenido sea.

—¿Estás seguro de lo que haces?—Pregunta ella en voz baja, una vez más con esa facultad sobrenatural para adivinar lo que está pensando, que parece poseer. Está desenvolviendo su fardo de mantas y extendiéndolo sobre el suelo enmoquetado.

—Ni puta idea pero qué otra alternativa tenemos, ¿meterle una bala entre los ojos?—Un escalofrío recorre el cuerpo del hombre. Los recuerdos de los asesinatos en la azotea se reproducen en su mente. Aquel día había matado a dos personas sanas, por no hablar del resto de vecinos prisioneros, a quienes no había podido salvar. Se culpaba así mismo por todas esas muertes y no quería repetir la experiencia. Añadir más fantasmas a su armario, por así decirlo.—¿Y bien, Marcos, has decidido ya qué vas a hacer?

Marcos levanta la mirada del suelo, tiene los ojos como platos.

—¿Y los demás? No tienen nada que opinar al respecto?—Pregunta a su alrededor. Centra su atención en Laura: —Tú eres policía, ¿no? ¿No deberías ser la autoridad aquí? ¿Vas a permitirle que se salga con la suya?

La joven no sabe qué decir. No está de acuerdo con el hombre pero sabe que no pueden correr riesgos. *No es el fin, son los métodos lo que desapruebo*, piensa entristecida, pero no se le ocurre qué otra cosa pueden hacer, así que mantiene la mirada pegada al suelo enmoquetado.

—Es solo durante la noche.—Trata de razonar, Lucas.—Si estás preocupado por los infectados, no lo hagas. Nosotros te protegeremos. Además es solo temporal.

—No tengo mucho donde elegir, ¿no?—El rostro de Marcos se ha ensombrecido. Laura se acerca a él y le coloca las esposas.

—Lo siento.—Se disculpa.

—Bien, vamos a pasar aquí la noche así que más nos vale que tratemos de dormir un poco.—Anuncia el hombre cuando todo el asunto queda zanjado.—Yo haré la primera guardia. Lucas duerme rápido porque luego iras tú.—Y dirigiéndose a Marcos, le advierte: —No hagas que me arrepienta.

Marcos no responde, lo observa con mirada torva y mueve la cabeza con aprensión. Después se hace un ovillo en el suelo. Dolor. Siempre dolor. Le ha acompañado desde el primer momento en el que todo el mundo se volvió loco de repente. A decir verdad, su vida anterior tampoco había sido un camino de rosas precisamente, pero nada comparada con la tortura en que se había convertido la de ahora. La sociedad era un completo fracaso. Siempre lo había sido y a él le había tocado experimentarlo en primera persona.

Antes de acostarse, Lucas se dirige hacia donde está el hombre, que se ha sentado con las piernas cruzadas, en un ángulo muerto con la puerta de entrada, y le susurra, lacónico:

—No creas que hemos terminado de hablar. Esa mierda del Banco de Alimentos es una estupidez y lo sabes.

—¿De qué coño hablas?—Había palidecido ante la fiereza que subyacía en las palabras de Lucas. Tampoco se le había escapado el hecho de que había empezado a tutearle, como si de repente hubiera aceptado que todos eran iguales ante la amenaza constante bajo la que vivían.

—Así que no sabes dónde está ese sitio, ni qué nos encontraremos allí, ¿verdad?

El hombre enmudece y por unos instantes permanecen sin hablar.

—Dímelo.—Insiste Lucas.

El hombre no contesta, simplemente se mantiene en la misma posición, con la cabeza baja.

—Mañana.—Contesta por fin.—Todos tienen derecho a saberlo. Ahora ve a dormir, te llamaré en unas cuatro horas.

Lucas se aleja hacia un rincón sin mirar atrás.

****

Cuando todo se volvió del revés, Marcos vivía en la calle. No siempre había sido un vagabundo pero la crisis económica y un precario trabajo como encofrador le habían llevado a perder su casa y su familia en la misma semana. Habiendo jugado todas sus cartas; ni amigos, ni familiares, ni la cola del paro fueron capaces de proporcionarle una salida digna a la mendicidad. Su mujer y su hijo se habían largado al pueblo con los padres de ella, a vivir en cual sea el agujero en que los viejos estuvieran pasando sus últimos días. El se había ido directamente a la calle y así había pasado los últimos meses... No, espera, el último año. Ya había transcurrido todo un año mientras visitaba asiduamente los comedores sociales y pasaba las noches en el cajero automático de la misma sucursal bancaria que le había embargado su casa y que era donde se encontraban en ese momento. Supongo que, fin del mundo o no, aquel sitio había sido su hogar durante ese año y por eso, después de todo, regresaba todas las noches a dormir allí.

Vivir en la calle no había sido sencillo. Siempre te la estabas jugando por una cosa o la otra. Una pelea por un rincón donde descansar, llegar a tiempo a recibir el plato de sopa en el comedor social o impedir que te robasen hasta los calzoncillos mientras dormías. Cuando llego la epidemia y los infectados se adueñaron de las calles, imaginad como se puso la cosa. Las autoridades aconsejaron a todo el mundo que se quedase en sus casas, decretando un toque de queda para tratar de impedir a toda costa que la enfermedad se propagase. Los policías y los soldados disparaban a matar a todo lo que se movía por la calle.

Marcos no tenía casa en donde refugiarse, así que se pasaba todo el tiempo asediado por los infectados y por las fuerzas del orden. Fueron días de pesadilla. Si no te atrapaban los ferales, lo hacía una bala. Los vagabundos pasaron rápidamente a ser una especie en extinción y Marcos creía firmemente que él era el último de su clase.

El último mendigo vivo.

Tumbado sobre la moqueta, esposado a un radiador y sintiendo la corriente de aire frío que entraba por la puerta rota de la sucursal, Marcos, sin embargo se sentía feliz. El hombre más afortunado de la tierra. Y todo porque había encontrado al grupo de supervivientes y no volvería a estar solo. No le gustaba estar solo. Desde que perdió a su familia, había caído en un profundo abatimiento, se había sentido muy cansado para seguir pero lo había hecho. Se apremió a ir a los comedores sociales porque allí se sentía en compañía y hablaba con los pocos mendigos que tenían ganas de hacerlo. Ellos le ayudaron a seguir y pasaron los meses, como estaciones del año. Luego llegó la epidemia y volvía a estar solo otra vez.

—¿Cuánto tiempo has estado viviendo en la calle?

La pregunta del hombre le pilla por sorpresa. *Este tío es un gilipollas*, piensa antes de responder, un poco aliviado porque en la penumbra nadie ha podido ver el respingo que ha dado. La apariencia de ser un tipo duro es algo que se cuidaba mucho en la calle. No era tan importante serlo como parecer que lo eras. A uno no le convenía que le confundieran con un blandengue o lo tendría crudo muy rápidamente.

—Algún tiempo. Mi mujer y mi hijo perdieron la vida en un accidente de coche.—Miente, sin tener muy claro por qué lo hace.—Tuve algunos problemas para sobrellevarlo y acabé perdiendo el trabajo y la casa. La hipoteca, ya sabe. Fui embargado por esta misma sucursal.

—Justicia poética.—Sentencia Laura.

—¿Cómo dice?

—Este banco te quitó la casa y ahora duermes en él.—Explica la joven.—Eso se llama justicia poética.

—Si usted lo dice.—Responde, no muy convencido.—Yo no entiendo mucho de esas cosas. Necesitaba un sitio donde dormir y el cajero de este banco era un sitio tan bueno como cualquiera. Se está caliente en invierno, no te mojas cuando llueve y a partir de una cierta hora casi nadie viene a sacar dinero.

—Tuvo que ser muy duro, perder a tu familia de esa manera...—Dice la mujer sobrecogida.

—Sí, señora. Lo fue pero uno lo va sobrellevando como puede. ¿Qué otra cosa si no se puede hacer?

—¿Y el resto de tu familia?—Quiere saber Lucas.—¿Padres, hermanos, tíos...? ¿No pudieron ayudarte?

—No tengo mucho de eso, tampoco. Sólo un tío y su familia que vive en el campo, en algún lugar de Soria, pero no tengo ninguna relación. Pedirles ayuda estaba fuera de todo lugar.

—Bueno, supongo que ahora nosotros somos tu familia.—Añade la mujer, embargándole de una dicha inmensa.—Cada uno de nosotros somos la única familia que nos queda...

—Ok, dejaos de cháchara y todo el mundo a dormir.—Interrumpe el hombre.

Decididamente es un gilipollas, decide Marcos, obedeciendo al hombre y adoptando una posición fetal.

Siente el radiador clavándose en su espalda. Va a ser una noche muy larga. Abre la boca para protestar, entonces se lo piensa mejor y la mantiene cerrada. No tiene importancia. Lo que importa realmente es que no volverá a estar solo nunca más. Ahora tiene una nueva familia.

****

Es relativamente temprano, alrededor de las siete, cuando se ponen en marcha. Es una mañana fría y el cielo despejado invita a caminar. Cruzan un parque blanco por el rocío escarchado, en el que restos de otra vida se amontonan en las escasas mesas que quedan intactas. Envases de refrescos, vidrios rotos de las botellas de alcohol que se consumieron. Mientras caminan, pisan viales que contuvieron drogas de diseño y alguna que otra jeringuilla.

Antes de la epidemia, los jóvenes madrileños se divertían como si no hubiera un mañana, ignorantes de que la premonición de miles de juerguistas se terminaría cumpliendo y adiós mañana. Para ser un tipo que se había pasado buena parte de su vida tratando de entender el código que había detrás de las cosas, el hombre nunca había comprendido del todo el afán autodestructivo de los jóvenes españoles, ni su afición a aglomerarse para comprar vanos instantes de felicidad bajo el estupor del alcohol o de las drogas. Ambas cosas le convertían a uno en poco más que un zopenco y al poco rato te dejaban peor cuerpo que el que traías. El parque era un buen ejemplo de los estragos que ese tipo de diversión ocasionaban. Había basura y orines por donde mirases. Algún que otro cadáver, también.

—Esta tarde voy a estar molido.—Marcos interrumpe el silencio, mientras se masajea la zona lumbar.—No recuerdo haberme pasado nunca toda la noche esposado a un radiador.

Laura sonríe y le contesta con tono inocente: —Nada que no se arregle con un baño y algo de ropa limpia.

Marcos baja la mirada algo azorado. Ahora que está en compañía de otros es cierto que tendrá que pensar en mejorar su aspecto y cuidar su higiene.

—¡Buena idea! Esa debería ser uno de las tareas del día.—Declara Lucas, a propósito.—Otra, y no menos importante, sería hablar del dichoso plan.

—¡Por el amor de Dios!—Murmura el hombre con tono adusto.

—¡Lo prometiste!—Exclama el chico.

—Lo sé. Lo prometí y hablaremos de ello.—Admite el hombre bajando la voz.—Pero antes debemos hacer algo con el amigo Marcos, esta maldita peste me está matando.

—¡Hey!—Protesta Marcos, que camina despacio por el parque. Toda su atención puesta en no tropezar, no caerse, no romperse la crisma. Cuando se vive en las calles y no se tiene tarjeta de la Seguridad Social, uno se vuelve más precavido. Sonríe para sus adentros, las viejas costumbres son difíciles de matar.

—El olor puede esperar.—Insiste Lucas.—¿Dónde está el almacén de alimentos?—Aún sabiendo que el hombre desconoce la respuesta, tiene curiosidad por saber si lo admitirá delante de los otros.

—Bueno... No sé exactamente pero...—Responde con incertidumbre.—Pero sé dónde puede estar.

¿Y por qué nos has arrastrado en tu mentira? Piensa Lucas pero en vez de preguntar eso, asiente y dice: —¿Dónde crees que puede estar?

—Lo vi por primera vez en un reportaje de televisión y recuerdo que los alimentos se almacenaban en algún tipo de edificio académico, como un colegio o un instituto, y que éste se encontraba muy cerca de unas vías de tren.—Responde el hombre más animado.—También recuerdo haber visto una carretera en dirección a la sierra, hacia el norte. Así que sumé dos más dos y calculé que debe de encontrarse en algún sitio a lo largo de la línea C4 de RENFE.

—Es la idea más estúpida que he oído nunca. ¿Y por qué estamos caminando? La C4 se dirige hacia la Universidad Autónoma de Madrid y ésta no se encuentra a más de media hora en coche de donde nos encontramos. Busquemos un coche que funcione y estaremos allí en un abrir y cerrar de ojos.

—¡Cierra el pico y escucha!—La voz del hombre suena de repente afilada y furiosa. Lucas pestañea rápidamente como si hubiera sido abofeteado.

—No sé...—Empieza a decir, pero el hombre le interrumpe impaciente.

—No, *escucha*. ¿Qué es lo que oyes?—Pregunta inquisitivamente.

—Nada, no oigo nada.—Responde el joven con un resoplido.—Solo silencio y el viento.

—Exactamente por eso no hemos robado un coche. Si lo hubiéramos hecho, cuánto tiempo piensas que hubiera pasado antes de que una horda de ferales hubiera escuchado el ruido del motor y se hubieran abalanzado sobre nosotros.

Lucas guarda silencio.

—Además las carreteras pueden estar bloqueadas por coches accidentados, detrás de una curva, por ejemplo, y puede que no veamos a tiempo los accidentes...—Deja la frase sin terminar.—No, Lucas, en estos días el método más seguro para viajar es caminar. Aunque se tarden diez horas en recorrer la misma distancia que en coche se hubiera hecho en media hora.

Lucas asiente y no dice nada. Tiene más cosas que preguntar pero pasan al lado de unos restos calcinados y al rodearlos descubren dos cadáveres carbonizados. Un hombre y una mujer con el cuerpo doblado sobre sí mismo y los brazos levantados en una posición similar a la de los boxeadores, consecuencia de los tendones y ligamentos abrasados.

Una visión espeluznante.

—¡Dios mío, qué muerte más horrible!—Suelta la mujer llevándose las manos al rostro, horrorizada.

—No es tan malo como parece.

—¿Qué estás diciendo? ¿Cómo no puede ser tan malo?—Quiere saber Laura. Por lo visto esa mañana, el hombre no va a tener ningún amigo entre las filas.

—Lo más probable es que antes de morir abrasados lo hicieran asfixiados, es un mecanismo defensivo del cerebro para evitar al cuerpo la agonía de ser quemado.—Responde el hombre.—La tráquea se contrae para evitar inhalar el humo y se cierra impidiendo la entrada de oxígeno a los pulmones.

—¿Desde cuándo morir asfixiado es mejor que morir quemado?—Suelta Lucas, levantando la voz.—Al fin y al cabo, sea como sea están muertos. ¿Qué más da que sea de un modo u otro?

—Está bien, Lucas.—Dice el hombre en actitud apaciguadora. De repente, se siente muy cansado.—Lo siento, no quería parecer insensible.

—No lo eres.—Intercede la mujer.—Solo sucede que con todo lo que está pasando, todos tenemos los nervios a flor de piel. ¿No es así, Lucas?

—Supongo que... las cosas empiezan a... *minarme.*—Responde el chico, ajustándose mejor la mochila.

Marcos patea ausente una botella de ron *Brugal* y el sonido reverbera por todo el parque sumiéndolos en el silencio. Caminan de nuevo en dirección norte, hacia las vías, que el hombre supone se encuentran al final del parque, seguidos por sus propias sombras que empiezan a estirarse a medida que avanza la mañana.

—¡Mierda!—Suelta entonces el hombre.—¡Tenemos

compañía!

Alertados por el límpido estruendo ocasionado por la botella de ron, un grupo de doce o trece supervivientes, todos hombres, han comenzado a seguirles. Han aparecido de improviso, tras las ruinas de lo que antiguamente había sido un quiosco de música que no tenía mucha pinta de haber sido usado nunca. Ahora aparecía completamente cubierto de grafitis y dibujos obscenos. Los hombres que les persiguen tienen la mirada desesperada del que no tiene nada que perder.

—Permanecer juntos y alerta.—Aconseja el hombre a los otros.—Hasta que no sepamos sus intenciones que nadie haga ningún movimiento brusco. Laura, Marcos, tened listas vuestras armas.—Con el pulgar, de manera subrepticia, libera el botón del seguro de la Beretta AL 391. La impresionante escopeta está lista para disparar.

Al otro lado del parque, el hombre puede divisar una urbanización de nueva construcción. Forma parte del plan de ampliación urbanístico de San Sebastián de los Reyes y consiste básicamente en modernos bloques de apartamentos para la clase media. A su espalda, se extienden los límites del municipio de Alcobendas. Desde donde se encuentran, el hombre distingue que todos ellos parecen abandonados y algunos han sido recientemente pasto de las llamas. Al pie de los edificios hay varios locales comerciales, restaurantes y un par de sucursales de banco. Si alcanzan a tiempo el lugar, pueden hacerse fuertes en el interior de alguno de ellos. Adivinando sus intenciones, sus perseguidores aprietan el paso y se separan en dos grupos más reducidos. Tienen la intención evidente de rodearles y cortarles el paso antes de que puedan salir del parque.

Lucas y Laura, obedeciendo la orden del hombre, sacan las pistolas de sus cinturones. El gesto no escapa al grupo de supervivientes y un gruñido de frustración se deja oír en el ambiente. Algunos incluso dejan de repente de caminar profiriendo sonoros insultos y haciendo gestos obscenos con las manos. La vista de las armas les está haciendo pensar dos veces sus intenciones.

¡Que os jodan! ¿No os gustan nuestras armas?, piensa el hombre, triunfal. Con gestos indica a los otros que aumenten la velocidad de su paso y traten de llegar al borde del parque con más celeridad. Si todo ello no sirve de disuasión, se verán obligados a pelear.

—¡Estad preparados! Parecen que se lo están pensando. Pero, ¿quién sabe?—Informa mientras no para de echar miradas de soslayo por encima de su espalda.

Varios de los supervivientes portan palos y barras de metal. Los más osados no detienen su marcha. Su grupo ya casi se encuentra en el límite del parque y tan solo tienen que cruzar la calle para llegar hasta los locales comerciales. El hombre se detiene y se gira para enfrentarse a sus perseguidores. Aferra la escopeta con determinación, retándoles a seguir.

Uno a uno, los supervivientes van desistiendo y deteniendo su marcha. Hasta que el último de ellos se detiene por fin y les arroja impotente la enorme piedra que acarreaba en la mano. Pero ellos ya están en el borde y cruzando la calle en dirección a los bloques de apartamentos y los locales comerciales.

—Me sorprende que ninguno de ellos estuviera armado.—Comenta Laura, mirando hacia atrás.

—Si hubieran tenido armas ya estaríamos muertos.—Responde el hombre sin aminorar la marcha.—Seguid caminando, ya casi estamos.

—Eso estuvo cerca.—Resopla Marcos, con el aliento entrecortado. Le está costando una barbaridad seguir el ritmo de los otros, su mente aterrada ante la idea de que la amenaza ya no es solo una exclusividad de los infectados sino también de los otros supervivientes que puedan encontrarse.

Un leve sudor cubre el cuerpo del hombre mientras cruza la calle. Marcos tiene razón, estuvieron cerca, muy cerca. De ahora en adelante, tendrán que tener más precaución y estar más atentos por dónde caminan.

—¡Mirad! Ahí delante hay un gimnasio.—Anuncia Laura, interrumpiendo sus pensamientos.—Quizás podamos encontrar algo de ropa limpia para Marcos y esperar que las duchas aún sigan funcionando.

—Merece la pena investigarlo.—Está de acuerdo Lucas, que mira de reojo buscando la aprobación del hombre. Éste se limita a asentir en silencio, a pesar de todo no ha conseguido sacudirse la sensación de resentimiento que arde en su mente como un clavo al rojo vivo.

Hubiera sido extraño no sufrirla.

Por un lado, el grupo recelaba de él, piensa que era un bastardo insensible, y sin embargo, Lucas le había buscado como... ¿su líder? ¿Era eso lo que significaba para ellos? No lo creía, tenía que haber algo más.

De nuevo, le asalta el resentimiento. No estaban siendo justos con él. ¿Y qué si no sabía exactamente dónde se encontraba el Banco de Alimentos? Al menos, tenía un plan, algo concreto que hacer en vez de quedarse agazapado en cualquier agujero esperando una ayuda que nunca iba a llegar. Involuntariamente, su rostro dibuja una mueca de asco. Lo único cierto es que, con la ayuda de los otros o sin ella, estaba dispuesto a llevar a la mujer hasta la seguridad del Banco de Alimentos, sea como sea. Al resentimiento le sustituye una nueva sensación. Al menos, ellos entendían eso y confiaban en que les guiase a lo largo del camino. Aunque pensándolo bien, Lucas *había* buscado su aprobación.

Su líder.

Sopesa durante unos instantes lo que ello significaba y se descubre un tanto incómodo con la posición. En el pasado, en su vida antes de la epidemia, rara vez había rechazado la responsabilidad sobre algo, pero sentía que para ejercer ese cargo uno debería pensar exclusivamente en el grupo y lo cierto era que a él sólo le importaba la mujer. Mientras que los intereses de ésta coincidieran con los del grupo todo iría bien, pero en el momento en el que se decantase por salvarla a ella en vez de a los otros, las cosas iban a ponerse pero que muy feas.

Y eso le daba miedo.

Él no quería ser su líder. Ni siquiera había querido reunir un grupo de supervivientes, eso era mérito de la mujer que había insistido en ayudar a Hugo. Él solo había querido ponerla a salvo a ella y descansar. Sin embargo, se había convertido en el líder. Y todavía no alcanzaba a comprender por qué. Pero sí comprendía la aprensión que le atenazaba constantemente. Si su plan fracasaba...

Estarían perdidos.

Todos ellos.

> **"** Acerquense al borde, les dijo. No podemos, tenemos miedo, contestaron. Acérquense al borde, repitió. Y se acercaron. Él los empujó... y levantaron vuelo.

—Guillaume Apollinaire

12

Mientras la epidemia de RTL-1 paralizaba España había siete centrales nucleares operativas en todo el territorio peninsular. El número de ellas que funcionaban en Europa era astronómico. Solo en suelo galo ascendían hasta las cincuenta y ocho por otras dieciséis en el Reino Unido o las nueve que quedaban en Alemania después de que el país germano se planteara la reducción drástica del uso de la energía nuclear en su territorio. En toda Europa se contabilizaban hasta un total de 175 reactores nucleares.

Desde sus oficinas en Madrid, el Consejo de Seguridad Nuclear (CSN) era el organismo responsable de que las defensas de un reactor nuclear estuviesen en perfecto estado. Y en cuanto había contrastado que el Retrolyssavirus-1 podía afectar a la salud de los controladores e inspectores residentes, las únicas personas con capacidad técnica y ejecutiva para detectar un riesgo de accidente nuclear, había actuado lo más rápidamente posible para ordenar un SCRAM o paro de emergencia de todas las centrales nucleares en suelo español y con ello evitar cualquier accidente de naturaleza nuclear. Durante un SCRAM, se liberaban en el núcleo del reactor unas barras de control que contenían carburo de boro. El carburo de boro, conocido también como el diamante negro, absorbía los neutrones deteniendo la reacción nuclear. En menos de noventa segundos, las barras de protección proporcionaban una retroalimentación negativa que dejaba los reactores inertes. Noventa segundos para evitar una catástrofe nuclear y para dejar a buena parte del territorio nacional sin electricidad.

Vandellós II era una central nuclear propiedad de dos de las compañías de electricidad más importantes de España. Ubicada en la provincia de Tarragona, la central de Vandellós era del tipo PWR, es decir, que poseía un reactor de agua a presión que usaba el líquido elemento como refrigerante y moderador. Comisionada para su desmantelación en 2027 hasta el momento de la crisis del RTL-1 apenas si había tenido un par de incidentes reseñables.

Pero eso iba a cambiar para peor.

En la Escala Internacional de Accidentes Nucleares o INES, el Nivel Siete era el que se otorgaba a los accidentes más graves, como el de Chernóbil o el de Fukushima. Ambos incidentes, sobre todo el de Ucrania, en donde habían muerto de manera inmediata una treintena de personas, dejando tras de sí una ciudad fantasma y más de doscientos mil afectados, habían provocado la necesidad de instaurar unas medidas de seguridad más exhaustivas para evitar que se produjeran nuevos accidentes.

Basadas en un concepto militar conocido como defensa elástica se crearon hasta seis barreras de defensa nuclear, cuyo último bastión consistía en el paro absoluto de las operaciones de la central nuclear. Cuando el CSN activó el Plan de Emergencia Nuclear y se ordenaron los ceses definitivos de todas las centrales españolas, el sistema de defensa de las centrales funcionó como se esperaba y los SCRAM se pusieron en marcha sin mayores complicaciones. Uno a uno, los siete reactores nucleares fueron deteniéndose y la medida de precaución fue todo un éxito. Sin embargo, durante la parada de emergencia en la central de Vandellós se produjo un incendio inesperado en el edificio del reactor. En condiciones normales, la dotación de bomberos de la propia planta hubiera sido capaz de controlar el incendio sin esfuerzo y el incidente no hubiera pasado del Nivel 0, como ya ocurriera en agosto de 2008, cuando se produjo un incendio en el edificio de turbinas que se extinguió en un par de horas sin consecuencias radiológicas. Pero aquel día se encontraban bajo mínimos de personal, la tercera parte de la plantilla se hallaba en sus casas, aquejada con los primeros síntomas de contagio por RTL-1.

El responsable de la empresa privada dedicada a la protección de incendios en industrias de alto riesgo había pensado que la brigada de cinco miembros no era suficiente para combatir contra el incendio y ordenó a varios de los operarios enfermos que se reincorporasen al trabajo como medida de emergencia para echar una mano en la extinción. Esa dotación constituyó la segunda brigada y fue la peor decisión tomada en la historia de la energía nuclear en España. Tres de los cinco miembros del segundo contingente se convirtieron en ferales durante las seis horas que estuvieron luchando contra el fuego y atacaron a sus compañeros. El fuego acabó por descontrolarse definitivamente, mientras las únicas personas capaces de combatirlo se hallaban en ese momento peleando entre ellas o simplemente, muertas.

Cuando la dotación de Bomberos de la Generalitat de Catalunya reaccionó y se desplazó hasta la central para echar una mano a sus colegas privados, las instalaciones de Vandellós II saltaron por los aires. La dispersión de materiales contaminantes que emitió la explosión fue seis veces mayor que la de Chernóbil y, aunque la deflagración de una central nuclear no tiene los mismos efectos que los de un artefacto militar, los residuos radioactivos que se liberaron, produjeron una nube radioactiva que amenazaba con extenderse por toda Europa y parte de África.

Sin embargo, la verdadera tragedia sobrevino cuando las centrales nucleares de Tihange, en Bélgica, y Kozloduy, en Bulgaria, también explotaron en los siete días siguientes al accidente de Vandellós II. Los tres desastres nucleares combinados crearon una densa capa tóxica que ocupó un espacio cercano al medio millón de kilómetros cuadrados, casi una quinta parte de todo el territorio europeo.

Y sucesos semejantes se produjeron en Asia y el Continente Americano, donde la central nuclear de Laguna Verde, situada en el estado de Veracruz, provocó un desastre nuclear seiscientas veces más potente que el de la bomba de Hiroshima, afectando al quince por ciento de la población de Veracruz.

Un millón de almas.

Un millón de muertos en vida.

✳✳✳✳

El hombre espera en el exterior del gimnasio mientras los otros se encuentran registrándolo. Monta guardia junto a la puerta, vigilando que el grupo de supervivientes que los había perseguido en el parque no los sorprendiese de nuevo. Absorto en sus pensamientos, observa la mañana avanzar y entrar en el mediodía mientras se levanta un viento frío que sopla del norte y se le mete hasta el tuétano. Cambia de posición la escopeta para aliviar el dolor que siente en el hombro y todos sus sentidos se ponen en alerta.

Un feral emerge del portal más cercano.

Está a solo unos cuatro metros de él y tiene una forma extraña de caminar que intriga al hombre. Casi como si no estuviera infectado.

¡Muévete!, se ordena a sí mismo. *¡Muévete, idiota!*

El feral extiende los brazos en un gesto que a los ojos del hombre parece la pantomima que se suele hacer para indicar que no se lleva nada en las manos o que se está desarmado. *¿Qué coño está pasando?* El hombre está como hipnotizado, su cuerpo se niega a moverse. Mira nervioso a su alrededor esperando ver dónde se ocultan el resto de ferales que su mente sabe que se encuentran ahí, pero no ve a nadie. Obviamente, todo es una trampa y el pensamiento le produce más miedo que la propia visión del feral. Si los infectados empiezan a mostrar signos de inteligencia, si empiezan a aprender, la humanidad estaría definitivamente perdida. *Muévete, muévete.* El hombre escucha la voz de su cerebro, muy lejana. *Muévete o eres fiambre, gilipollas.* El feral echa los labios hacia atrás y muestra los colmillos al cielo, como un perro rabioso. De las profundidades de su garganta brota un gruñido sordo. El hombre no espera más y levanta lentamente el cañón de la *Beretta*. Gotas de sudor resbalan por sus ojos, que comienzan a escocerle, pero resiste las ganas de restregárselos. No quiere perder de vista al feral ni un solo segundo. Eso al menos lo tiene muy claro. Entonces, sin previo aviso, el feral se arroja hacia delante con un aullido y las manos engarfiadas.

Instintivamente, el hombre le descerraja un tiro que lo alcanza de lleno en el pecho catapultándolo hacia atrás.

¡Corre! ¡Corre!

Su cerebro le grita ahora con urgencia.

Del resto de portales están emergiendo como demonios salidos del infierno decenas de ferales que se abalanzan sobre él. El hombre apunta en dirección al que se encuentra más cerca y le dispara a bocajarro. El cartucho sale despedido por el lateral de la *Beretta* y otro ocupa su lugar. ¿Cuántos disparos le quedan? No tiene gran importancia; sin duda, son muchos menos que el número de ferales que tiene detrás. Esprinta todo lo que puede para poner alguna distancia entre él y sus perseguidores, mientras introduce un par de cartuchos más en la escopeta.

¿Dónde están los demás?

No tiene ni idea, solo puede desear que no se encuentren cerca y que al menos ellos puedan ponerse a salvo. Su mente funciona tan acelerada como sus piernas. Sin disminuir la carrera, tuerce por la esquina al final de la calle y tropieza con el cadáver semidescompuesto de una mujer gruesa que viste todavía un sucio chándal de color rosa. El hombre se precipita hacia el suelo torpemente y se golpea contra el pavimento con dureza. Para él solo existe una instantánea sensación de calor extremo cuando su cabeza choca con la acera.

Un denso muro de tinieblas lo envuelve por completo y después, la nada más absoluta.

✳✳✳✳

En el mismo instante en el que el hombre vio al primer feral, Lucas sale del gimnasio con la mochila en una mano y en la otra una lata de refresco que ha conseguido de una máquina expendedora. El dulce líquido está caliente pero la cafeína que contiene le está sentando a las mil maravillas.

—Hay una máquina de bebidas ahí dentro, quieres que...—Ofrece antes de sobrecogerse por el demoledor estruendo de una disparo de escopeta. Suelta la lata y busca frenéticamente la semiautomática.—¡Mierda, mierda, mierda!

Hay al menos media docena de ferales en medio de la calle persiguiendo a alguien. Otra descarga de escopeta retumba entre los edificios abandonados y el joven ve derrumbarse a uno de los asesinos. Sin inmutarse, ni detenerse lo más mínimo, el resto salta por encima de él y continúa con la cacería.

No hay ni rastro del hombre.

—¡Socorro! ¡Salid fuera inmediatamente!—Lucas grita a los otros sin molestarse en mirar atrás.

La pistola brinca en su mano cuando aprieta el gatillo por primera vez. El tiro sale alto y no alcanza a ninguno de los monstruos. *Joder, joder...* piensa histéricamente, mientras trata de recordar las lecciones de Laura sobre cómo manejar el arma. Dos de los ferales dan un respingo y se vuelven para lanzarse sobre él. Lucas agarra la automática con ambas manos, apunta despacio y contiene la respiración.

Blam.

El primer feral es alcanzado en el cuello y se desploma en el suelo, resbalando unos metros. Pero de algún modo la herida infringida no es suficiente para detenerlo y se sienta sobre sí mismo, intentando levantarse de nuevo. Un chorro de sangre mana de su cuello, manchándole la pechera de la sudadera que viste. Lucas echa la rodilla a tierra y sujetándose la muñeca con la mano izquierda vuelve a presionar el gatillo en una rápida sucesión de tres tiros que alcanzan el pecho del feral. Esta vez se tumba para no levantarse jamás. Sin perder un solo instante, Lucas apunta en dirección al segundo infectado que ya está casi encima de él.

Blam.

La cabeza del monstruo explota ante sus ojos.

—¡No se dónde está!—Grita desesperadamente.—¡No lo veo!

A su espalda, Laura y la mujer emergen por la puerta del gimnasio. La joven ya tiene desenfundada su propia semiautomática *HK UPS Compacta* y empieza a disparar. Uno tras otro, varios infectados son abatidos antes de que consigan escapar tras la esquina de un edificio de viviendas. Lucas corre en esa dirección y casi está a punto de confundir el cuerpo inerte del hombre con los cadáveres de los ferales y pasar de largo.

—¡Aquí!—Chilla pidiendo auxilio.—¡Está aquí!

Los últimos ferales se ciernen sobre el hombre y empiezan a desgarrar sus ropas. Lucas en un alarde de claridad preternatural visualiza a uno de ellos agachándose sobre el cuello del hombre, la mandíbula hiperextendida para desgarrarlo con los dientes. Sin pensarlo dos veces, el joven apunta y dispara en un único movimiento fluido. La bala impacta sobre el hombro del feral y aunque no es una herida letal, le golpea con la suficiente fuerza como para hacerle rodar lejos del cuerpo del hombre. El segundo disparo, le entra por el ojo derecho y riega las baldosas de la acera con sus sesos.

Sin detenerse, Lucas se lanza sobre los dos ferales supervivientes y los golpea con toda el ímpetu del que es capaz. En un amasijo de miembros y ropas, los tres ruedan por el suelo, alejándose del hombre que sigue sin moverse. Lucas teme que esté muerto. *Parece* muerto. Confiando en la resistencia de sus guantes de neopreno introduce la mano en la boca de uno de los ferales para impedir que le muerda, mientras descerraja un tiro a bocajarro contra el otro.

Los ojos del hombre permanecen cerrados.

Está muerto, piensa con horror.

Caído junto al cadáver de la voluminosa mujer, Lucas puede apreciar que tiene una fea brecha en la frente y algo de su sangre salpica la acera. Agarra por el cabello al feral que sigue esforzándose en desgarrar su mano y tironea hasta llevar su cabeza hacia atrás. Ahora tiene la garganta expuesta y Lucas solo tiene que acercar el cañón de la *HK UPS Compacta* y presionar el gatillo. Un géiser de color rojo se vaporiza en el aire. Todo ha terminado.

—Joder.—Consigue decir Lucas, sin aliento y se dirige hacia el cuerpo del hombre que sigue sin moverse.

Hincando una rodilla en tierra, guarda la semiautomática en el cinturón y presiona con las yemas de los dedos sobre el cuello del hombre. No encuentra pulso alguno. Lucas lo agarra por los hombros para alejarlo de la sangre y los cadáveres de los ferales que acaba de matar.

—¡Jesús... joder!—Apenas si puede mover el peso muerto del otro.—¡*Jodida mole...!*—No termina la frase, si el hombre está tan muerto como parece, no está bien hablar mal de los muertos.

—¿Está...?—Laura que se ha acercado a la carrera no puede creer lo que están viendo sus ojos. La carnicería que se extiende alrededor de Lucas y el hombre no deja lugar a dudas.

—¡No sé joder, no soy médico!—Grita Lucas en medio de la lágrimas.—No le encuentro el pulso.

—Pero, qué dices. Déjame a mí.—Y se arrodilla junto a ellos quitándose el guante de la mano derecha.

Lucas se aparta a un lado, boqueando y limpiándose el sudor de la frente. La herida de su cadera vuelve a palpitar y sabe que la sangre no tardará en brotar. Laura se inclina sobre el hombre y tienta con los dedos en busca de pulso. *Mierda*, piensa Lucas. *No me quité el guante.* Y comienza a reír como un loco, uniendo a las lágrimas de dolor que corren libres por sus mejillas las propias de la histeria.

Laura le devuelve una mirada extrañada.

—Solo está inconsciente. Es un feo golpe el que tiene pero se pondrá bien, con la excepción del terrible dolor de cabeza que tendrá más tarde.—Y agarrándolo por los hombros, le pide ayuda al joven.—Vamos échame una mano para llevarle hasta ese portal.

Lucas se incorpora todavía hipando por las lágrimas y contempla cómo la mujer y Marcos se dirigen hacia ellos desde el gimnasio.

—Está bien. Solo ha sido un golpe.—Les tranquiliza y agarra los pies del hombre. Entre los dos, lo arrastran bajo el cobijo del portal y aguardan a que lleguen los otros.

✳✳✳✳

El hombre regresa a la consciencia con el sonido de disparos petardeando a su alrededor. En su cabeza, Jared Leto le grita machaconamente.

Everybody run now.
Everybody run now.

El hombre reconoce la canción. Se llamaba *Oblivion* y trataba sobre la extraña paradoja en que se había convertido la humanidad, donde la individualidad intrínseca del ser humano era causa de una perenne división pero, al mismo tiempo, todo individuo terminaba por reunirse en grupos, comportándose y pensado de igual manera que el resto. *Correr*. Todo el mundo acaba corriendo. El hombre no sabía lo que significa, ni porqué se le había venido a la mente cuando estaba inconsciente pero ahí estaba. Repitiéndose una y otra vez en su cabeza.

Su cabeza.

Le dolía una barbaridad pero no era un dolor parecido a las migrañas que sufría, este era un dolor más... *físico*. Intenta llevarse una mano a la frente pero alguien le detiene.

—Espera unos minutos antes de moverte.—Es la voz de la mujer.—Te has dado un golpe de aúpa y todavía estás algo desorientado.

—¿Dónde estamos?—Gruñe con cierto esfuerzo. El

hombre examina con la vista sus alrededores pero no identifica el lugar.

—De vuelta en el gimnasio. Como tardabas en volver en ti, decidimos que lo mejor era regresar y pasar aquí lo que queda del resto del día.

—¿He oído disparos?

—Ah, eso...—Responde la mujer suavemente.—Lucas encontró una mesa de ping-pong. Marcos y Laura llevan enzarzados en una partida más de una hora. Por lo visto, ella es campeona de no sé qué y Marcos juega desde que era niño. Me están volviendo loca, te lo digo.—Una sonrisa se dibuja en su boca, bailando caprichosamente entre los labios.—Ahora descansa y no te preocupes por nada.

El hombre apoya la cabeza sobre los fardos de ropa que le sirven de almohada y cierra los ojos pensando en esa sonrisa. Cuando despierta un sudor frío le recorre todo el cuerpo. No lo recuerda pero tiene la sospecha de que ha soñado con Hugo. El hombre había tratado de no pensar demasiado en él. El enorme colombiano al que convencieron para que abandonase la relativa seguridad de su hogar y acabase muriendo en la calle, asesinado por un enjambre de ferales. Tampoco quería pensar en los magrebíes que había matado en la azotea. *¡Dios mío, eran seres humanos sanos! ¿Cómo no pensar en ellos?* Ni siquiera la justificación de la defensa propia conseguía apaciguar su sentimiento de culpa. Reflexionar sobre ello le daba ganas de vomitar. Aunque al mismo tiempo, también le excitaba. Haber sobrevivido a esas peleas le proporcionaba una sensación de... de *invencibilidad* que le ponía la piel de gallina.

—¿No creé que es extraño?

Marcos se encuentra a su lado y el hombre da un respingo al oír su voz.

—¡Jesús! ¿A qué te refieres?—Pregunta incorporándose sobre los codos.

—Estaba meditando sobre que apenas nos hallamos topado con otros supervivientes.—La voz de Marcos es casi un susurro como si hablar del tema fuese algo prohibido o sencillamente diese mala suerte. Y quizás así sea.—El grupo del parque no parecía ser una gran amenaza, ni tampoco un grupo organizado.

El vagabundo ya no parece un vagabundo, se ha afeitado y viste la ropa deportiva que encontró en las taquillas del gimnasio. Incluyendo un forro polar de una marca comercial muy conocida. De tez muy oscura, tiene el rostro surcado por los estragos de un trabajo al aire libre.

—¿Qué le dice todo eso?

—No lo sé. ¿Que están todos muertos o, peor aún, infectados?—Responde el hombre con cierta vacilación. No sabe a dónde quiere llegar a parar el otro con sus preguntas y todavía se encuentra algo aturdido tras su caída.

Ya, dime algo que yo no sepa, piensa Marcos pero en su lugar añade en voz alta: —¿Quiere oír lo que yo pienso?

El hombre no está seguro de ello pero tampoco es que tenga otra cosa mejor que hacer o algún otro sitio al que ir, así que se limita a asentir en silencio.

—Pienso que están todos en el mismo lugar.—Continúa el otro.—Que todos los supervivientes de la zona se encuentran en alguna especie de campamento militar o algo parecido y que nosotros solo tenemos que encontrarlo.

El hombre contiene la respiración unos cuantos latidos de corazón y lo mira más detenidamente.

—No pude menos que escuchar su discusión con Lucas sobre ese... ese *lugar* de los alimentos y pienso que es una excelente idea que tratemos de localizarlo. Si alguien más ha sobrevivido a la epidemia, y estoy convencido de que hay muchos más, ese parece un buen lugar para encontrarlos. ¿No le parece?

—Supongo que sí.—Contesta el hombre, dejando escapar el aire muy lentamente. Inseguro. Aún no sabe si es una buena cosa o no encontrarse con otros supervivientes. ¿Qué pasaría si estos no fuesen muy humanitarios y no quisiesen compartir sus víveres? ¿Les dejarían quedarse o les mandarían de vuelta por donde llegaron, dejándoles a merced de los ferales? La mujer estaba en lo cierto cuando expuso sus recelos. En realidad, eran los mismos que el hombre había tenido desde el principio, pero una especie de esperanza infantil le había permitido seguir adelante anhelando que, al final, todos fuesen a salir bien parados.

—¿Ha pensado algo más sobre dónde pueda encontrarse ese lugar exactamente?—Marcos observa al hombre dudar. Se ha sentado y tiene las manos hundidas en los bolsillos de su chaqueta.

El hombre baja la cabeza y le devuelve una mirada de refilón.

—Lo he estado pensando, sí.—Contesta, por fin.

—¿Y bien?—Insiste Marcos.

—He estado reproduciendo en mi cabeza las imágenes que recuerdo del reportaje. Como en una moviola. ¿Sabes lo qué es una moviola?—Pregunta y cuando el otro mueve la cabeza afirmativamente, continúa hablando.

—Son muy inconexas, hace mucho tiempo desde que lo emitieron, pero recuerdo que todo empieza con una mujer hablando sobre el lugar, desde el asiento delantero de un coche. El cámara debe de estar sentado en la parte de atrás y la enfoca todo el tiempo mientras relata la historia de la organización. Qué es, cuándo se creó, ese tipo de cosas. Pero también intercalan panorámicas de la carretera por la que circulan.

—¿Qué más recuerda? —Marcos le anima a continuar.— ¿Algún letrero identificativo o un edificio que podamos usar como referencia?

—Me temo que no. Recuerdo que en algún momento pasaron por encima de las vías del tren. Era una línea del Cercanías, la cámara se queda un rato grabando uno de los nuevos modelos, con el morro redondeado y pintado de blanco con franjas rojas. Circulaba en paralelo a la carretera. —La voz del hombre suena monótona, más pensando en voz alta que realmente hablando con Marcos. Ha repetido en su cabeza tantas veces las mismas imágenes que se han convertido en una especia de letanía.— Recuerdo también que la carretera tenía más de un carril, no era una simple vía comarcal, sino una carretera nacional. Había mucho tráfico, además. Coches que iban y venían de Madrid.

—Eso reduce mucho las posibilidades.—Dice Marcos, mordiéndose el labio inferior.—¿Qué más?

—Luego, una toma panorámica muestra la sierra de Madrid al fondo, hay bastante nieve en su cima. Esa carretera lleva dirección norte.—Añade el hombre.

Marcos deja escapar el aire de sus pulmones con un profundo suspiro. Su mente baraja frenéticamente todas las posibilidades.

—Bien, eso nos deja las dos autopistas nacionales, la A1 y la A6, ambas se dirigen hacia el norte y desde ambas se puede apreciar la Sierra de Guadarrama. También la nacional que va hasta Colmenar Viejo y la que conecta Alcobendas con el Goloso, pero ésta es una carretera pequeña, recién renovada pero pequeña. Dado que las autopistas tienen más de un carril...

—¿Estás sugiriendo que es la carretera de Colmenar Viejo? ¿Que el Banco de Alimentos se encuentra en esa carretera?—Quiere saber el hombre.

—Yo no sugiero nada.—Contesta Marcos.—Tan solo estoy poniendo encima de la mesa las posibilidades que conozco. Antes de todo esto, trabajaba como encofrador y me movia mucho por la zona. Allá donde había una obra, ahí estaba yo.

El hombre suspira.

—Pero piensas que es una de esas carreteras, ¿no?

—Yo no he dicho tal cosa.—Marcos continúa obsesivamente mordiéndose los labios. El hombre empieza a sentirse un poco cansado de sus juegos.

—Verás, Marcos. Para mí todo esto trata sobre tomar una decisión. La decisión correcta. Incluso cuando sabes que tal decisión la tiene que tomar uno solo pero afecta irremediablemente al resto del grupo.

El hombre no espera realmente una respuesta pero Marcos contesta:

—Le entiendo.

—Así que tengo miedo de no pensar con claridad, de que la decisión que debo tomar sea muy difícil de ver. Entonces, ¿qué nos queda? ¿Regresar a lo que conocemos? ¿Volver a encerrarnos en nuestras casas, incluso sabiendo que esa solución es un error más allá de todo remedio? ¿Sabiendo que entonces estaremos inevitablemente muertos?

—Oh, pero pienso igual que usted.—Le apacigua el otro levantando ambas manos. —Obviamente ya ha decidido que la carretera más probable es la que va hasta Colmenar Viejo y es allí hacia donde nos dirigimos, ¿no?

El hombre espera unos instantes antes de contestar:

—Sí. Es lo que pienso.

Marcos se levanta y sus rodillas chascan con sonoridad. Entonces dice suavemente: —Hay otras posibilidades. La carretera que lleva hacia Galapagar, desde ella también se puede ver la sierra de Guadarrama. O incluso la de Hoyo de Manzanares o la de Manzanares el Real.

—*Esas* no las conocía.—El hombre ha optado por usar un tono sarcástico en sus palabras.

—Necesitaremos un mapa de carreteras.—Añade Marcos ignorando el sarcasmo. El hombre permanece sentado.—Pero dado que la de Colmenar Viejo es la que se encuentra más cerca. Estoy de acuerdo en inspeccionarla primero.

****

Se pusieron en camino a la mañana siguiente y llegaron a los terrenos de la Universidad Autónoma hacia el mediodía. Mientras cruzan los inmensos aparcamientos el hombre no deja de conminarlos a que aceleren el paso pero la herida de Lucas les está retrasando mucho. Cada minuto que pasaba, el hombre temía encontrarse con algún enjambre de ferales, y en medio de aquellas inmensas explanadas, sin ningún lugar donde refugiarse, serían fiambre antes de que pudiesen ni siquiera pensar en defenderse. Sortean las decenas de coches abandonados tratando de no mirar demasiado en sus interiores. En muchos de ellos todavía permanecían los cadáveres de aquellos que fueron atacados y no tuvieron tiempo de salir de allí.

Una enorme montonera de vehículos se encontraba en el acceso de entrada al recinto universitario. Y tuvieron que saltar por encima de ellos para poder pasar. Se encontraban muy cerca de su destino, el hombre podía presentirlo en todas las terminaciones nerviosas de su cuerpo. Un cosquilleo, como el de una extremidad adormecida. En un día normal, en circunstancias ordinarias, habrían llegado en treinta o cuarenta minutos desde el gimnasio donde se habían refugiado el día anterior. Ahora les había llevado cinco largas y agotadoras horas. Mientras seguían el recorrido de las vías de la línea C4, la niebla se había vuelto a apoderar de los alrededores y era casi imposible distinguir nada a más de diez metros de distancia. Bajo la niebla, el aspecto del aparcamiento de la universidad era realmente fantasmagórico.

—La carretera esta ahí arriba.—Informa Marcos, en dirección al hombre.—Es hora de saber si la decisión que tomó es la correcta o no.

—Lo es, no te preocupes.—Responde mientras observa detenidamente los alrededores en busca de infectados.

Aquella mañana el dolor de cabeza se le había intensificado gracias al golpe que se había dado y al sonido de estática que había regresado con fuerza. Apenas si puede concentrarse en lo que sucede a su alrededor. La migraña le golpea con especial saña y le cuesta pensar con claridad. La mujer camina a su lado. Guarda silencio pero no ha dejado ni un instante de observarle con suspicacia. El escrutinio le está sacando de sus casillas. Horas antes ella se había interesado por su estado y no le había creído cuando contestó lacónicamente que se encontraba bien, que no se preocupase.

—Mirad ese letrero de ahí.—Lucas señala en dirección a un grupo de árboles que se encuentra al borde del pavimento. El letrero anuncia: Hospital de Cantoblanco.

Una corriente de excitación recorre todo el grupo.

Los hospitales fueron los primeros sitios en donde se produjeron los ataques. Las matanzas habían sido de órdago, verdaderas carnicerías. Así que los alrededores de un hospital no era precisamente el sitio en donde ninguno de ellos quería estar. Todo el lugar tiene un aire como de cementerio que les espeluzna.

—Conozco este lugar.—Dice Laura.—Estamos en el monte de Valdelatas. Ahí detrás, a un par de kilómetros, se encuentra la base militar de El Goloso y ahí delante, la Academia de Policía de Madrid. Hice algunos cursos en el lugar y tiene un comedor, campo de prácticas, aulas... Es enorme.

Militares y policías, eso no es nada bueno, piensa el hombre. *Y no nos olvidemos del hospital. Este lugar ha debido ver cosas realmente terribles.*

—¿Qué dirección tomamos?—Pregunta la mujer dubitativa.—Quizás en la Academia todavía quede alguien que nos pueda ayudar. Además Laura conoce el sitio.

—O en la base.—Añade Marcos.—No es posible que estén todos muertos allí. Los militares siempre saben cómo caer de pie y cómo hacerse dueños del cotarro a la más mínima oportunidad.

—Bueno, sólo hay una manera de saberlo.— Responde el hombre, y empieza a ascender por el camino pavimentado que sirve de acceso al recinto de la universidad.

Cuando llegan al final de la cuesta, un autobús de línea se encuentra parado en medio de una rotonda en lo que parece ser una vía de servicio de la carretera principal. En su interior todavía quedaban algunos cuerpos de sus pasajeros. Desde allí pueden ver el edificio del Hospital de Cantoblanco. Todas las ventanas han perdido sus cristales y tienen los marcos ennegrecidos. La fachada también muestra los estragos de un incendio. El edificio entero ha ardido hasta los cimientos.

—Imagino que los bomberos no llegaron a tiempo.— Dice el hombre, sombríamente.

—Bien, eso hace que no tengamos que preocuparnos por los ferales que pueda haber en su interior.—Añade Lucas, con igual ánimo.

Entonces echan a andar por el arcén frío y brumoso. A su derecha se abre un sendero oculto por la maleza. Conduce hacia la carretera. El hombre se vuelve hacia los otros y les hace una indicación con la mano para que se detengan y le esperen ahí. Aunque el sendero le es desconocido y la niebla apenas si le permite ver más allá de unos pocos metros, sus pies de deslizan velozmente. A cobijo entre los setos, observa la carretera antes de decidir qué hacer a continuación. La calzada está extrañamente vacía de coches y no se fía del todo para abandonar el refugio de la maleza. Ahí fuera estará desamparado y a la vista de cualquiera. Feral o humano.

La carretera no parece ser muy diferente de la que recordaba en el reportaje, pero tampoco podía estar muy seguro. Vista una, vistas todas. Resultaba muy difícil diferenciarlas sin un letrero o una señal que las identificase. *¿Por qué está vacía, dónde están los coches?*, se pregunta. La verdad es que eso le inquieta bastante. Ha dejado a los otros al amparo del montículo, lejos de miradas indiscretas y ocultos a cualquier amenaza, pero no se encontraban totalmente a salvo. Presiente que están tan cerca del Banco de Alimentos que no puede reprimir los escalofríos de gozo. Casi puede tocarlo con las yemas de los dedos. Pero antes de celebraciones tenía que estar seguro. Abandona despacio el cobijo de los setos y se adentra en el asfalto. Empuña la *Beretta* con ambas manos aunque sin realmente apuntar en ninguna dirección. Se vuelve hacia el norte y ante él se extiende la Sierra de Guadarrama, exactamente como la recordaba del reportaje, aunque sin la nieve. Este invierno estaba resultando más seco de lo habitual. Una lágrima desciende por su mejilla.El hombre puede observar zonas en el asfalto más ennegrecidas que el resto. Residuos inequívocos de que allí se ha librado algún tipo de batalla. Probablemente los restos de la lucha fueron retirados para mantener despejada la carretera. Pero, *¿retirados por quién? ¿Quiénes se habían enfrentado allí? ¿Ferales o grupos armados de supervivientes?*

Tiene que andarse con cuidado.

Fueran quienes fueran, todavía podían andar por ahí.

Aguza el oído. Todo el lugar se encuentra en silencio, pero él mejor que nadie sabe que eso puede cambiar en cuestión de segundos. Recuerda lo ocurrido en la azotea de su edificio y cómo había pasado de estar solo, husmeando el lugar, a tener que pelear por su vida con otro superviviente. Una inevitable punzada de culpa le atenaza al pensar en el magrebí que había asesinado. Pero ahora estaban allí. Habían acumulado todas las provisiones que habían podido hallar en las casas de sus vecinos muertos, habían sobrevivido a los ferales, a los supervivientes que se dedicaban a desvalijar a otros como ellos, y habían llegado a su destino.

¡Estaban realmente allí!

El corazón le late acelerado. A unos quinientos metros a su espalda, se extiende la pared enladrillada de un edificio. *¿Sería cierto, es el que están buscando? ¿Ha encontrado el Banco de Alimentos, su lugar seguro?* Durante lo que parecen horas pero que en realidad son cortos minutos, el hombre se pierde completamente en sus pensamientos. Siente temor por lo que puedan encontrarse en ese edificio de ladrillo rojo. El dolor de cabeza le aumenta. Chasquidos amortiguados reverberan en su cabeza y la estática hace de nuevo su aparición. Inmediatamente, el siseo sube de volumen y le obliga a hincar la rodilla en tierra, encogiéndose sobre sí mismo, hasta hacerse un ovillo. Un hilo de sangre se desliza por su oído y mancha de rojo el asfalto de la carretera. Aprieta los dientes con furia intentando aplacar el dolor que siente. Un dolor que le enloquece y le enfurece hasta que la negrura se apodera de él.

Entonces deja de pensar. De ver. De oír.

Pero el dolor permanece.

✳✳✳✳

—¿Estás bien? ¿Qué ha pasado?

Las voces le llegan lejanas y distorsionadas, como si estuvieran a kilómetros de distancia y él se hubiera desconectado por completo de lo que le rodea. En una ocasión, cuando era niño, su colegio les había llevado a él y al resto de su clase a una pista de karts y recuerda que había sentido algo parecido cuando se puso un enorme casco de piloto. De repente, sus oídos se habían encontrado completamente tapados y le había costado escuchar las instrucciones para manejar el minicoche. Los otros se miran impotentes entre ellos. Nadie sabe qué hacer. El hombre les devuelve una mirada con ojos vacuos, desenfocados.

—Es la cabeza. Me está matando.—Consigue farfullar.

—Deberías descansar, probablemente tengas una conmoción por el golpe de ayer.—Dice la mujer con desasosiego.

El hombre se niega con vehemencia. Está tan cerca que nada le impedirá terminar lo que empezó y poner a todos a salvo. *A todos*, sonríe para sus adentros. Igual sí que tienen razón y se está convirtiendo en el maldito líder del grupo. Intenta levantarse pero sus piernas se niegan a obedecerle.

—Tenemos que ayudarle.—Implora la mujer y su mirada pasa inquieta de uno a otro, en sus ojos hay tal expresión de terror que Lucas y Marcos sienten deseos de obedecerla y dan un paso hacia el hombre. ¿Pero qué pueden hacer?

—Estoy bien. No os preocupéis.—Insiste el hombre, incorporándose finalmente.—Seguramente fue la caída que me ha dejado una jaqueca de mil demonios. Pero ya estoy bien.—Los tranquiliza. Aunque le tiemblan las rodillas y se niegan a soportar su peso. Se apoya en Lucas para evitar caer.

—Tenemos que hacer algo.—Repite una vez más la mujer y rompe a llorar.

Laura le pasa un brazo por los hombros, consolándola.

—Está bien, cálmate. No es nada que una aspirina y poco de descanso no pueda arreglar. Hemos estado caminando toda la mañana y eso le ha pasado factura.

—¿Aspirina?—Repite la mujer, furiosa.—¿*Aspirina?* ¿Es lo único que se te ocurre? ¡Ha perdido el conocimiento, una aspirina no va a hacer gran cosa!

Laura retira el brazo y se encoge de hombros aceptando el reproche. Sabe que la mujer tiene razón y una aspirina no significaría mucha diferencia, si el hombre realmente ha sufrido una conmoción cerebral la cosa podía ser más grave de lo que ninguno de ellos sospechaba. Sin embargo, verdaderamente no había mucho más que pudieran hacer. La mujer tiene el rostro enrojecido y abotargado por el llanto y Laura puede sentir el calor que se desprende de su sofoco, incluso después de haberse separado de ella.

—Déjalos en paz.—Pide el hombre con voz sorda y agotada.—Ya he dicho que estoy bien y no hay mucho más que nadie pueda hacer. Me tomaré una maldita aspirina y seguiremos adelante. Creo que el Banco de Alimentos es ese edificio de ahí delante.

Todos se vuelven en la dirección que indica el hombre y, por un momento, éste siente cierto alivio de no ser el foco de atención. Necesita descansar, que le dejen en paz y que se le pase la migraña. Como había sucedido antes. No pensar en ello y seguir adelante era el mejor remedio, pero lo cierto es que se sentía enfermo y estaba seguro que la caída no tenía nada que ver. No recuerda haberse sentido nunca tan terriblemente asustado como en ese momento. *¡Estaban tan cerca!* Todo se le viene encima de golpe, derrumbándose en derredor suyo. Ceñudo, piensa sobre ello y reconoce con certeza lo que hasta ahora sólo eran sospechas.

Está *enfermo*.

Infectado.

Un ruido de piedras deslizándose le devuelve a la realidad. Los otros han empezado a descender por la carretera en dirección al edificio de ladrillos rojos. Las pisadas sobre el asfalto hacen que vuelva a sentir la misma ansiedad que ha sido su compañera de viaje desde que todo comenzó. Presiente que algo está fuera de lugar en el edificio pero es incapaz de detectar que es. Se encoge de hombros, impotente, y sigue a los demás.

—Entonces, ¿hemos llegado? ¿Es ese edificio de ahí?—Pregunta Lucas, tan pronto como alcanza el límite de la carretera.—Parece más un colegio que un almacén de alimentos.

—Eso es porque en realidad es un colegio. Un incluso, como se le llamaba antiguamente.—Explica Laura sin dejar de observar la mole enladrillada.—Acogía a niños expósitos o sin padres reconocidos durante la posguerra.—Hace una pausa para calmar la agitación que siente.—Escuché a alguien hablar del colegio mientras daba clases en la Academia. Está a unos cuatrocientos o quinientos metros, más o menos, en aquella dirección. Desde aquí no podemos verla porque se encuentra tapada por esos árboles.

Laura hace un gesto con la mano que señala hacia un cogollo de vegetación que tachonaba el terraplén sobre el que se asentaba la carretera.

—No tenía ni idea de que ese colegio albergara el Banco de Alimentos de Madrid. Por cierto, creo que ahora es un instituto.

—Bueno, vayamos a ver si hay alguien ahí.—Dice Marcos y empieza a descender en dirección al colegio. Los otros le siguen, al mismo tiempo que Laura desenfunda su pistola y la mantiene pegada al muslo apuntando hacia el suelo.

El hombre aguarda un instante luchando contra la ansiedad, que está siendo sustituido por el enojo que le produce el malestar que siente. El hombre está seguro de que el edificio está habitado. Puede sentirlo antes incluso de que haya visto a nadie. Personas sanas. No había ningún feral cerca y eso resultaba extraño, porque lo normal es que estuvieran acechando ese edificio como un enjambre de moscas. Si él puede *sentir* que había personas en el edificio, estaba seguro de que los ferales también podían hacerlo. De nuevo, el siseo en su cabeza que agrava la migraña. Quizás no sea nada y esté perdiendo la chaveta, pero si realmente estaba infectado, el virus ya debía correr libre por su sangre y su cerebro había empezado a hincharse hasta terminar estallando dentro de su cabeza. ¡Basta, debía alejar esos pensamientos! No podía dejarse vencer ahora. En cualquier caso, ¿de dónde venían esas imágenes de su propio cerebro deformado, creciendo de volumen por encima de su capacidad craneal? ¡Todo resultaba una locura! El siseo. *La estática.*

Los primeros síntomas.

El pensamiento le enfurece, siente con impotencia cómo bulle la ira en su interior. Supone que su final estaba cerca, que se encontraba a las puertas de experimentar en primera persona lo que significaba ser uno de ellos. Ese absoluto apetito por destruir, por sentir la sangre resbalando por la barbilla, el inconfundible sabor metálico en los labios. Un abandono total a la violencia más exquisita y demencial. Era una rara sensación la que percibía, estar ante las puertas de la que podía ser su salvación de un mundo violento y, al mismo tiempo, querer destruirla a toda costa. Una sensación de alivio sobrecogida por una absoluta ferocidad. El cielo gris comienza a descargar una ligera llovizna que cubre sus ropas de humedad y aleja la bruma como un mal sueño. El hombre se pregunta entonces si alguna vez volverá a ver brillar el sol.

—¿A qué esperamos?—Le pregunta la mujer encogiendo los hombros bajo la lluvia. Todo el rato ha permanecido junto a él, sin decir palabra, paciente. El hombre la mira y asiente. Comienza a descender por el terraplén hacia la vía de servicio.

—¿Cómo vamos a entrar ahí dentro?—Deja escapar Marcos en un gruñido apenas audible, visiblemente incómodo bajo la lluvia.

El hombre mira hacia delante en silencio durante un momento. Luego contesta:

—Por la puerta, obviamente. Nos están esperando.

La sorpresa se refleja en los rostros de sus acompañantes, asomando en sus miradas incrédulas.

—¿De qué coño estás hablando?

—¿Quién...?

Por toda respuesta, el hombre se limita a hacer un gesto con la cabeza en dirección a una de las esquinas del edificio. Destacándose contra el cielo encapotado, una cámara de vigilancia los observa con la fijación de un ave de presa. Un diminuto *led* de intensa luz roja parpadea evidenciando que se encuentra activada y grabando lo que sucede en el exterior. Grabándoles a *ellos*.

De repente, los arbustos que delimitan el borde de la vía de servicio comienzan a sacudirse, alguien los está golpeando salvajemente. El hombre desvía la mirada hacia el lugar del que proviene la conmoción, al mismo tiempo que Laura levanta la pistola y la dirige hacia la misma dirección. El disparo retumba como un trueno. Poderoso. Una inevitable baliza que atraerá a todos los ferales de la zona. Apartando los arbustos con ambas manos, como si fuera un infernal imitador de Moisés dividiendo las aguas del Mar Rojo, un enorme feral que viste ropas de enfermero aparece de improviso y se abalanza sobre Marcos. El disparo de Laura le ha alcanzado de lleno en el pecho pero no detiene su impulso. De hecho, ya está casi encima del asustado Marcos, con los brazos extendidos y los dientes listos para desgarrar su garganta.

El hombre, a su vez, reacciona unos latidos de corazón más tarde y alza la *Beretta AL 391* apuntando al feral, pero Lucas se encuentra en la línea de tiro y no puede disparar. Con una maldición aparta al chico de un empellón, dispuesto a apretar el gatillo. Pero ya es demasiado tarde. Ha perdido unos segundos preciosos.

Incluso cuando Laura termina de vaciar su cargador sobre el cuerpo del enfermero infectado, Marcos ya está condenado. Por un momento, está demasiado sorprendido para darse cuenta de lo que ha sucedido. Paralizado, se queda plantado en el lugar como una estatua, incapaz de darse cuenta de que por su garganta abierta comienza a escapársele la vida en forma de borbotones de sangre. El feral todavía retiene entre sus dientes el pedazo de carne y músculos que le arrancó de su cuello. Entonces, la compresión alcanza a Marcos con la fuerza de un tren de mercancías. Con los ojos muy abiertos, se lleva una mano a la garganta y en seguida la retira completamente cubierta de rojo. Da un pequeño paso y se derrumba sobre las rodillas. Un grito silencioso permanece congelado en sus labios. Desde donde se encuentra, el hombre puede ver como ambas pupilas se dilatan y un velo opaco enturbia sus ojos. Marcos está muerto antes de que su cuerpo se desplome definitivamente en el arcén.

—¡Dios mío!—Exclama la mujer, que se cierne inmóvil sobre el cadáver. Todo ha sucedido tan deprisa que contempla el cuerpo sin vida de Marcos mientras se pregunta atónita dónde está la parte de cuello que le falta.

Entonces, petrificados, escucharon el aullido.

—¡Corred hacia el edificio!—Grita el hombre mientras, con la mirada, busca frenético por dónde aparecerán el resto de ferales que sabe merodean por la zona. Pronto, aquel lugar estará plagado de ellos.—¡Corred, por Dios, corred!

El hombre puede escuchar a cierta distancia el crujir de pisadas, luego un poco más cerca, un arrastrar de pies entre la vegetación que crece junto al arcén. Los ferales están cada vez más cerca. Todavía no suena como si un enjambre de ellos estuviera ahí fuera pero, sin duda, no tardarían en llegar. Se dirigen en dirección al edificio enladrillado cuando se dan de bruces con una valla metálica de rombos rematada con alambre de espinos. Al otro lado del cercado, se encuentran los terrenos del colegio y la salvación.

—¡Por aquí, seguidme!—Les grita el hombre, lanzándose entre los arbustos, siguiendo la valla como referencia. Lleva cogida por la mano a la mujer y la arrastra sin ni tan siquiera echar una mirada atrás.

Lucas está casi en el cercado cuando algo se arroja sobre él, embistiéndole con un gruñido espeluznante. Entre la maleza, la lluvia y el terror, el joven tiene problemas para identificar lo que es. Tan sólo un borrón lívido como la muerte. Sin embargo, recibe el poderoso empujón en la espalda, al mismo tiempo, que se le escapa todo el aire de los pulmones. Aplastado sobre la malla romboidal, siente el grueso metal clavándosele en la cara. A duras penas consigue darse la vuelta a tiempo para golpear con todas sus fuerzas la pesada masa que se cierne sobre él y apartarla de un empujón. Es el más horripilante de todos los perros callejeros que jamás ha visto. El monstruo tiene los ojos ensangrentados y la mandíbula extendida de manera casi antinatural, enseñando toda la superficie de sus caninos de depredador. En su costado, Lucas puede ver un feo desgarrón y el blanco óseo de las costillas asomando por la herida. Sibilante, el monstruoso animal retrocede unos pasos y se prepara para volver a embestir. Sus patas traseras arañan la tierra mojada cuando arremete contra el joven.

Lucas cocea desesperado la enorme cabeza y vuelve a rechazar la embestida. Por la herida abierta de su cadera brota la sangre como un torrente. El perro infectado sacude la cabeza y se mueve despacio de un lado a otro, como una fiera. Lucas puede sentir el duro bulto de la *HK UPS Compacta* bajo su cuerpo. Inalcanzable. Rebuscando frenéticamente en su cinturón, sus manos se topan con la navaja de rescate que había cogido en la comisaría de Laura. No está muy seguro de qué puede hacer una simple navaja ante la formidable fuerza de la bestia pero la empuña en el preciso instante en que el feral decide volver a atacar. Girando hacia un costado, Lucas se libra por los pelos aunque siente las garras de la bestia desgarrar la parte trasera de su chaleco. Entonces, con un supremo esfuerzo, catapulta el brazo en un amplio arco y hunde toda la hoja de la navaja en un lateral de la cabeza del perro.

La bestia lanza un gemido, como si fuera capaz de sentir el dolor de la estocada, y se golpea contra la malla metalizada del cercado con un sonoro impacto. El ojo derecho se ha salido de su órbita a causa del navajazo y le cuelga, balanceándose, unido por el nervio óptico.

Lucas se alza de rodillas en la tierra embarrada y se gira mientras extrae la semiautomática de la cartuchera. Puede sentir como la sangre golpea rítmicamente contra sus oídos, el pulso de su corazón acelerado por la sobredosis de adrenalina. La bestia se incorpora rápidamente y se arroja sobre él, pero ahora Lucas está preparado. Recibe la embestida de la bestia con ambos brazos extendidos, aún así el ímpetu le hace cerrar los ojos y rechinar los dientes. Cuando los abre, descubre la mandíbula babeante a escasos centímetros de su garganta pero, de alguna manera, ha conseguido interponer entre ambas la mano izquierda, protegida con el guante de neopreno anti cortes, y mantener la cabeza del monstruo alejada de sí mismo. Con un gruñido casi tan salvaje como los que profiere el feral, levanta la pistola y convierte en pulpa el cerebro de la bestia. El perro feral se convulsiona por un rato, medio enterrado en el barro, y entonces se detiene para siempre. Lucas se queda recostado sobre la malla metálica del cercado por unos instantes, tratando de recuperar el aliento. Cuando se levanta para seguir a los otros, todavía está temblando, tiene los nervios a flor de piel y todo el cuerpo cubierto de barro.

—¿Qué ha sucedido?—Le pregunta Laura, que ha regresado sobre sus pasos para buscarle.

—No importa.—Responde él, mientras se quita a manotazos la suciedad de sus ropas.—Vamos, reunámonos con los otros. Antes de que esto se llene de ferales.

Y siguen la estela del hombre y la mujer.

****

La puerta de entrada al viejo colegio se encuentra en el costado opuesto del edificio de ladrillo y tienen que correr, apremiados por la amenaza de que aparezcan más ferales, sorteando toneladas de maleza empapada antes de llegar hasta el arco de la entrada. Siguen el cercado metalizado que aísla todo el perímetro, sin separarse de él. Durante el trayecto, descubren otras dos cámaras de circuito cerrado, pero ningún rastro de seres vivos. Ambas cámaras tienen el mismo *led* rojo encendido que indica que estaban funcionando. Enviando su imagen a quien sea que se encuentre en el interior.

Nadie sale a recibirles.

Ninguna alfombra roja les da la bienvenida.

El hombre está en tensión, todos sus músculos alerta anticipando el momento en el que el enjambre de ferales que presumiblemente se dirige hacia allí, les dé alcance. Puede ver que Laura y Lucas experimentan la misma intensa sensación. Sus armas en la mano, ojeando todo lo que sucede a su alrededor. Lucas está completamente cubierto de barro de la cabeza a los pies. Y la pernera de su pantalón está manchada de sangre. *¡Qué extraño!*, piensa. Habrá tropezado y caído en los numerosos charcos de agua sucia y barro que la lluvia ha empezado a formar. La adrenalina bombea dosis extra de energía a sus doloridos músculos, algo que está seguro, pagarán más tarde.

¡Dios mío, el pobre Marcos!

Otro más para añadir a la lista de personas que no ha podido salvar. Marcos sólo buscaba no estar solo y casi lo había conseguido. ¡Estaban tan cerca! Era completamente injusto que tuviera que morir.

La verja de la entrada se encuentra cerrada a cal y canto por una pesada cadena, cuyos eslabones no muestran ningún signo de oxido. Ha sido colgada recientemente. El hombre se inclina sobre el pesado candado *Master Lock* y tironea probando su solidez. Sobre sus cabezas, un murmullo electrónico les indica que una nueva cámara de vigilancia no pierde detalle de sus movimientos. Y esta vez, *alguien* la ha manipulado para enfocar mejor. La mujer se coloca justo debajo de ella y agita los brazos en el aire.

—Eh, los de ahí dentro, ¿no van a abrirnos? Estamos en peligro aquí fuera.

El hombre no sabe bien porqué pero refrena el impulso de detenerla. Los otros no hacen nada tampoco, exhaustos y vigilantes descansan con sus cuerpos apoyados en las columnas del arco de entrada. Nada en la clásica arquitectura del edificio que se yergue tan solo unos metros más allá, parece indicar que allí haya un almacén de alimentos o algo de similares características. Más bien otro colegio de curas. Algo caduco, como ceder el paso a las señoras. Pero, si no es así, ¿a qué es debida tanta vigilancia? En grandes letras de hierro se puede leer el nombre del colegio sobre la parte superior de la arcada. Algunos de los caracteres se cayeron tiempo atrás y nadie se molestó en reponerlos. Al otro lado de la puerta, el hombre puede ver el acceso al edificio principal. Una breve escalinata y una recia puerta de color pardo también cerrada a cal y canto. No parece que haya sido usada en algún tiempo. El hombre tienta la reja sacudiéndola levemente. Entonces, la cámara de vigilancia emite otro murmullo electrónico, que deja escapar un ominoso tono de advertencia. *¡Qué les den!*, piensa el hombre decidido a saltar la verja de entrada. Se dirige hacia una de las columnas del arco y se detiene con la mano posada sobre la piedra. En la distancia puede ver un elevado letrero coronado con el escudo de la Academia de Policía Local de Madrid. Laura tenía razón, los dos recintos estaban realmente próximos los unos a los otros. Una idea comienza a formarse en su maltratada cabeza. *Quizás* sean miembros de la academia quienes ocupan las instalaciones del colegio.

No era tan descabellado.

Si las puertas del Infierno se abren y te pillan con los calzones bajados, qué mejor sitio para que te pase que una academia de policía repleta de armas y municiones, junto al maldito Banco de Alimentos de Madrid. El hombre empieza a estar seguro de saber quiénes se encuentran ahí dentro. Si sus sospechas son ciertas, además, era más que probable que no fueran a abrir la puerta o, lo que es peor, que los recibieran a tiros si intentasen traspasar esa puerta sin permiso. A menos que...

—¡Laura, ven aquí y deja ver ese uniforme tuyo!— Le pide a la joven, cada vez más convencido de que su teoría es correcta y la única posibilidad que tienen de que les dejen entrar se encuentra en el uniforme de policía municipal de Laura y lo que significa. Está seguro de que no les dejarán a la intemperie y a merced de los ferales, si quien se lo pide es una colega de profesión. Todos para uno y toda la mierda esa.

—¡Hey, hola! Me llamo Laura y soy policía municipal. Hemos sido atacados por un grupo de infectados, pero estamos bien. No hemos sido mordidos. ¡Abridnos, por favor!—Laura agita los brazos, bajo la cámara de circuito cerrado.—¡Abrid esta puerta de una maldita vez! Van a matarnos, si no nos dejáis entrar.

Y entonces, la puerta del edificio principal se abre con un chirriar de bisagras.

Dos oscuras figuras aparecen en el umbral.

> **❝**
> Alzó la boca del fiero pasto
> aquel pecador, limpiándola en el pelo
> de la testa que por detrás devastaba.

—Dante Alighieri (La Divina Comedia)

13

Con las piernas todavía doloridas y sin aliento, el grupo sigue a los dos ominosos policías, vestidos de la cabeza a los pies con la equipación completa de la policía antidisturbios, cascos incluidos. Ambos están armados con subfusiles de asalto *HK MP5* y llevan la culata plegada para facilitar su uso en espacios reducidos.

La mente del hombre trabaja a toda pastilla tratando de anticipar lo que se van a encontrar al final del pasillo por el que les conducen, no exactamente a punta de pistola, pero casi. Ninguno de los policías había hecho nada para ocultar que estaban armados y la vista de los subfusiles de asalto resultaba una disuasión más que suficiente para que todos obedecieran las órdenes sin rechistar.

El interior del edificio está sumido en la oscuridad. *Al igual que el resto de edificios de la maldita Comunidad de Madrid o del resto de España, ya puestos,* piensa el hombre. A pesar de la penumbra, el hombre puede distinguir el típico escenario de colegio o instituto, como había comentado Laura. Aulas a ambos lados del pasillo, taquillas, carteles informativos sugiriendo a los alumnos que no fumasen, que no consumiesen drogas, que no se peleasen entre ellos. Todas las puertas que se cruzan están cerradas, pero algunas tienen pequeños ventanucos de cristal semiopaco que permiten ver su interior. Pupitres modernos, pizarras y trabajos escolares colgados en las paredes. Nada inesperado. Sin embargo, a medida que se acercan al final del pasillo, el interior de las aulas cambia y pueden verse camastros de campaña apilados a modo de literas. Alguien ha convertido las aulas en barracones improvisados.

El hombre no puede ver a nadie en los dormitorios pero, a tenor del número de literas, debía de haber alojados en ellos un número considerable de supervivientes. El tufo militar estaba por todas partes. El orden de las literas, el color verde oliva de las mantas. Todo gritaba a ejército. El hombre se siente completamente vacío por dentro, le duele el pecho y le arde la garganta como si estuviera aquejado del peor caso de amigdalitis del mundo.

Como tengamos que salir de aquí peleando, piensa, *tendrán que arreglárselas sin mí.*

Arde en deseos de beber un poco de agua y piensa en la botella que guarda en su mochila. Sin embargo, nada más traspasar el umbral del edificio, los dos policías les habían confiscado todas sus cosas, armas incluidas, y se las habían entregado a otros dos agentes que vestían el uniforme negro y amarillo de la Policía Municipal de Madrid. Éstos también estaban armados con sendos *HK MP5*. El hombre intuye que el dolor que experimenta en el pecho no tiene nada que ver con algo físico, y que tiene una naturaleza más psicológica. *Él no debería estar aquí y ahora.* Si como sospecha, estaba infectado por el virus, tendría que alejarse de un sitio donde podía contagiar a las personas o, peor aún, matar a muchos más, si se transforma en feral. Unas lágrimas furtivas se deslizan por sus mejillas y finge carraspear para poder llevarse la mano al rostro y limpiárselas subrepticiamente. Mientras pestañea para terminar de expulsar las lágrimas, observa a su alrededor.

Lucas y Laura caminan juntos y en silencio. El joven cojea ostensiblemente. La mujer se encuentra a su lado, como siempre.

Curioso grupo hemos formado, piensa con tristeza, *el estudiante, la poli y la extraña pareja.*

Si la maltrecha garganta le permitiera reír sin dolor, lo haría de buena gana, pero te aseguro que no sería una risa feliz. Cuando se acercan al final del pasillo, tuercen a la izquierda y se topan con una doble puerta cerrada. Uno de los policías, que no han cruzado palabra con ellos desde que les ordenaran que dejasen sus cosas en la entrada, golpea rápidamente con los nudillos solicitando la entrada. Como por ensalmo, las dos puertas se abren y el grupo accede a lo que parece un antiguo gimnasio reconvertido en hospital de campaña o laboratorio. Por la ausencia de enfermos en las camillas, el hombre se inclina más por lo segundo. Las paredes encaladas y la potente luz emitida por los focos de emergencia, contrastan con la oscuridad del exterior. Todo tiene el color de lo antiséptico, de lo impersonal. En el centro del laboratorio, trasteando con un microscopio y varias pletinas con muestras de sangre, se encuentra una mujer menuda vestida con una bata blanca.

Una corriente de pánico se transmite rápidamente por el sistema nervioso del hombre. Si descubrían que estaba infectado, aquello sería el final. *¡Lo matarían como a un perro!*

El hombre intenta calmarse mientras acalla la voz de polichinela de su mente, pensando en infinitos códigos de programación. Líneas y líneas de código que se proyectan en su cabeza como en aquella película en la que una entidad virtual esclaviza a la humanidad mientras absorbe su energía como si fueran baterías *Duracell*. Al cabo de unos minutos, se tranquiliza lo suficiente como para que la voz haya desaparecido. Para entonces, la doctora deja su puesto ante el microscopio y los recibe con una sonrisa nerviosa.

—Les pido disculpas por el frío recibimiento. Una nunca parece ser lo suficiente precavida en estos días. Soy la doctora Raquel Somoza.—Su voz es suave pero autoritaria, como la de una cirujana o una profesora. En la mente del hombre se vuelven a disparar todas las alarmas.—Aunque no lo parezca, nos alegramos de verles. La capital y sus alrededores, me temo, se han convertido en una de las zonas calientes más grandes de la Península. El grado de infección ocasionado por el virus ha sido tan elevado, que ya dábamos por imposible encontrar a alguien que no estuviera infectado.

Girando sobre sus talones, la doctora se dirige hacia una de las largas mesas que se encuentran adosadas a la pared del laboratorio y recoge una bandeja de aluminio con toda la parafernalia necesaria para extraer sangre. Jeringuillas, una banda de goma de color anaranjado y bolas de algodón esterilizado. Instintivamente, el hombre da un paso atrás y tropieza sin querer con el cuerpo de la mujer. En ningún momento se había dado cuenta de lo próxima que se encontraba a él, quizás se sentía igualmente asustada e, instintivamente, buscaba protección, como una niña se esconde tras el cuerpo de su padre. En otra ocasión, la imagen le hubiera arrancado una sonrisa pero esos momentos tan sólo le produce desasosiego.

—Ahora les voy a pedir que se levanten la manga de uno de sus brazos, necesito extraerles una pequeña cantidad de sangre para asegurarnos de que ninguno de ustedes se encuentra infectado y es portador del patógeno.

Esgrimiendo una de las jeringuillas, la doctora se dirige en dirección al hombre. Éste puede observar a los policías que los escoltaron empuñar con firmeza sus *HK MP5,* no tanto para disuadir de cualquier resistencia como para abatir a tiros a quien lo intentase. Si te niegas, mueres. Si te resistes, mueres. Si luchas, mueres. El mensaje no puede ser más claro. El hombre no puede ocultar su pavor y fija sus ojos en la punta de la aguja.

—¡Espere! Antes quiero saber algunas cosas.— Suelta frenético. Necesita ganar tiempo como sea.—No me pinchará con esa cosa antes de que conteste algunas preguntas, doctora.

—No sea ridículo.—Le espeta la doctora. Mientras uno de los policías le apunta con su subfusil.

—No nos pongamos nerviosos en el último momento.—Su voz suena apagada por el casco antidisturbios, pero la sorda amenaza flota en el ambiente como una miasma.—Tan solo es un pinchazo, obedezca a la doctora y no le pasará nada.

Mierda, aquí se acaba todo, piensa el hombre. Lo van a matar. Si permite que le saquen sangre, todas sus esperanzas de sobrevivir se irán por el retrete como un cagarro. Al menos, necesitaba estar seguro de que la mujer y los otros se quedaban a salvo del condenado virus. No podía terminar todo de esa manera.Su cabeza bulle buscando una salida. ¿Habían llegado hasta allí, no? ¿No les había hablado a todos de ese *lugar especial*, donde finalmente pudieran sentirse a salvo? ¿No les había guiado hasta allí? Ahora no podía fallarles. ¿Cuánto tiempo le quedaría? ¿Dos, cinco horas? *¿Un día?* Cada vez se sentía peor. Más enfermo. ¡No, todo eso era inaceptable. ¡Tenía que resistir al menos un poco más! *Supervivencia.* El combustible que lo había mantenido en pie hasta ese momento, lo necesitaba ahora más que nunca. Entonces una idea empieza a formarse en su cabeza. Si pensaban que se iba a dejar matar sin luchar, les esperaba una buena sorpresa. Antes de que sepa exactamente lo que está diciendo, las palabras emergen de su boca como un torrente imparable.

—Con el debido respeto, doctora. Entiendo que ahora pueda parecer un momento de sálvese quien pueda. Yo mismo he pensado de esa manera todo este tiempo. Pero le aseguro que no lo es. Le aseguro que es el momento de mostrar un poco de *jodida* solidaridad entre nosotros. Al fin y al cabo, todos somos supervivientes, ¿no le parece?— Hace una pausa y cierra los ojos. El dolor de cabeza le está literalmente matando.—Mi grupo ha pasado la última semana caminando ahí fuera y déjeme decirle, que ha sido una semana de mierda. Pero sobrevivimos.

La doctora, se recuesta sobre la mesa y con una mano hace un ademán a los policías para que aguarden. De repente, parece muy cansada. El hombre no sabe si sus palabras están haciendo mella en ella, si hay alguna esperanza, pero ya no puede detenerse.

—Hemos sobrevivido a los infectados para llegar hasta aquí.—Prosigue el hombre.—No voy a entrar en detalles pero hemos luchado contra ellos, mano a mano. Y resistimos.—El hombre siente como la ira crece en su interior, inundando su cabeza con imágenes de color rojo intenso. Al parecer, al virus le gusta el rojo. Hace otra pausa, luchando contra el dolor de cabeza que le impide pensar con claridad.

La doctora intenta tragar un enorme bolo de saliva que se ha formado en su garganta, parece como si no supiera cómo reaccionar ante el súbito acceso de furia del hombre. *Algo es algo*, piensa el hombre, *quizás no esté todo perdido*.

—¿Qué es lo que quiere?—Pregunta de manera formal la doctora Raquel Somoza.

—No sé mucho de patógenos, ni de zonas calientes, pero sí sé que si hemos llegado hasta aquí sin haber sido asesinados o algo peor, por lo menos nos merecemos algo de jodido respeto y la deferencia de una explicación.—Sin ser consciente de ello, el hombre ha elevado la voz hasta casi gritar.

Tras este último brote de ira, uno de los dos policías, el que se había mostrado más activo, se adelanta unos pasos y le apunta con el subfusil con la evidente intención de volarle la tapa de los sesos.

—Más vale que cierre esa bocaza que tiene o tendré que hacerlo por usted. Y créame que no le gustará la experiencia...—El hombre puede verse reflejado en la visera polarizada del casco del policía y no tiene ninguna duda de que cumplirá su amenaza sin vacilación.

De nuevo, la doctora le apacigua alzando la mano en un gesto conciliador.

—¡Cálmese, sargento! Este hombre tiene razón, no son delincuentes, ni han hecho nada malo. No veo el motivo por el cual no podamos contestar a algunas de sus preguntas antes de hacerles la prueba.—Y volviéndose hacia el hombre, añade: —Les pido disculpas si estamos siendo excesivamente precavidos pero entenderán que no queramos poner en peligro el resto de supervivientes que están refugiados aquí.

Hace una pausa y parece ponderar algo en su cabeza.

—¿Les puedo ofrecer algo? ¿Tienen sed, algo de comer quizás?—Y entonces se dirige hacia uno de los policías. —Agente, ¿es tan amable de traer a estas personas un poco de agua?

El policía sale un momento del gimnasio y regresa con unas botellas de agua en las manos. El hombre se bebe la suya en tres grandes tragos, agradecido.

La doctora Somoza enciende un cigarrillo.

—Bien, ¿qué es lo que quieren saber?

El hombre mira uno a uno a sus compañeros y se detiene un instante en la mujer antes de preguntar.

—En primer lugar, ¿dónde estamos? Quiero decir... hemos llegado hasta este lugar buscando el Banco de Alimentos...—La doctora le interrumpe, antes de que pueda continuar.

—¿El Banco de Alimentos? ¿Dónde escucharon antes ese nombre?

—Bueno, no hace mucho vimos... vi un reportaje televisado que hablaba sobre la organización y sobre cómo almacenaba la comida para luego distribuirla entre los más necesitados.

—Efectivamente, el Banco de Alimentos es una organización sin ánimo de lucro basada en un centenar de voluntarios, la mayoría jubilados, que prestan su ayuda para recuperar excedentes de comida y redistribuirlos entre instituciones caritativas y de ayuda social.

—Luego...—Al hombre le cuesta hacer la pregunta.— ¿Estamos en el sitio correcto? ¿Está aquí toda esa comida?

—Sí, así es. El colegio tiene un almacén general en donde la comida se almacena por un período breve de tiempo para luego ser distribuida de la manera más óptima.

—Pero, ¿ustedes...?—El hombre deja la pregunta en el aire, sin saber muy bien cómo formularla. La doctora sonríe comprensiva y responde:

—Estos caballeros forman parte de la Academia de Policía Local. Cuando estalló la epidemia de RTL-1 y todo parecía perdido, nos refugiamos en el colegio buscando lo mismo que ustedes. Los responsables y miembros de la academia están aquí como protección. También pedimos ayuda logística al cuartel militar de El Goloso, que se encuentra a unos kilómetros de aquí.

La doctora le da una calada a su cigarrillo y prosigue su relato.

—Desgraciadamente, ellos fueron una de las primeras unidades militares que se activaron tras la alerta roja declarada en Madrid y apenas si quedaban efectivos en su cuartel. Nosotros tampoco nos libramos.

Mientras fuma, la doctora Somoza no para de pellizcarse la punta de la lengua, como si tratara de quitarse una invisible brizna de tabaco. *No es el tabaco lo que quiere quitar*, piensa el hombre, *son los recuerdos*.

—Feo asunto. Murieron muchas personas. Algunos de ellos, compañeros nuestros. Si han venido por la N-607, habrán visto las secuelas que dejó el último intento de saqueo.

—¿Fueron infectados?—Quiere saber Lucas, que como el resto se ha mantenido al margen de la conversación, escuchando absortamente.

—Desgraciadamente, no. Un grupo armado de supervivientes que, como ustedes, había oído hablar sobre el lugar y quisieron apoderarse de la comida para ellos solos.

Un silencio de losa se cierne sobre el grupo. El hombre casi puede escuchar todas sus respiraciones amplificadas.

—En resumen, —continúa la doctora,—tenemos aquí alrededor de un centenar de personas, entre voluntarios, alumnos que se quedaron en el centro cuando la epidemia estalló, una docena de policías varios trabajadores del Hospital de Cantoblanco y como un batallón de soldados de El Goloso.

—¿Y están todos a salvo?—La pregunta arde en el pecho del hombre como un clavo ardiendo. Al fin y al cabo, es el quid de la cuestión, lo que más le preocupa.

La doctora deja escapar un risa sofocada antes de responder.

—¿A salvo? No creo que exista tal cosa nunca más. No creo que nadie pueda estar totalmente a salvo. Esa sensación se ha borrado de la sociedad. Pero, sí, de momento, estamos todos tan seguros como se pueda estar. Y es por ello que tenemos que hacerles la extracción y dictaminar si son un peligro para esta comunidad o no.—Deja caer el cigarrillo consumido en el interior de una lata de refresco y se vuelve para coger una de las jeringuillas.—Ahora si son tan amables, necesito sacarles un poco de sangre.

Y el hombre, esta vez se deja hacer.

✴✴✴✴

Después de que les extrajeran sangre, les condujeron a los vestuarios del antiguo gimnasio, ahora laboratorio, en donde pudieron tomarse una ducha por turnos. Además, les proporcionaron ropas limpias que consistían en pantalones de chándal y sudaderas que tenían el escudo de la Academia de Policía serigrafiado en el pecho.

A Lucas, la doctora Raquel Somoza le había desinfectado la herida y dado una docena de puntos de sutura, mientras le comentaba lo afortunado que era y lo cerca que había estado de hacerse daño de manera permanente.

—¿Cuánto tiempo tendremos que esperar hasta que obtengan los resultados?—Pregunta la mujer terminando de secarse el cabello con una toalla.

Pensativo, con las manos enlazadas detrás de la cabeza, el hombre está tumbado sobre los largos bancos delante de las taquillas. Mira al techo tratando de encontrar una salida a su problema con el virus.

—No tengo ni idea.—Contesta con voz adormecida.—Pero parece obvio que nos quedaremos aquí hasta que tengan su respuesta.

—¿Y si alguno de nosotros está infectado?—Vuelve a preguntar la mujer, sobrecogida por la idea que se le acaba de ocurrir.—Entonces, ¿qué es lo que pasará? ¿Nos echarán a todos ahí fuera? ¡Significaría nuestra muerte!

El hombre piensa en ello por un rato. Evidentemente, era una posibilidad muy a tener en cuenta. Sin embargo, era poco probable. Al fin y al cabo, los responsables del grupo de supervivientes que se refugiaba en el colegio no tenían nada que ganar con ello y, por el contrario, podrían estar permitiendo que se extendiese en el exterior el rumor de que en el colegio había montones de comida. Imagina lo que eso significaría para los grupos de supervivientes más grandes, aquellos que se hubieran organizado lo suficiente como para ser una verdadera amenaza y hubieran conseguido armarse convenientemente. La comida en grandes cantidades tendría que ser una prioridad absoluta para ese tipo de grupos. Imagina ahora, lo que estarían dispuestos a hacer para conseguirla.

—No lo creo.—Responde con suavidad. El siseo de su cabeza se está disipando poco a poco. La ducha le ha sentado bien y ahora, en términos generales, podía pensar con más claridad.—Simplemente, se limitarán a poner de patitas en la calle a aquel de nosotros que muestre síntomas de estar infectado y evitar con ello que el virus se extienda aquí dentro.

—¿Y el resto?—Pregunta Laura.

—No lo sé.—Contesta con sinceridad.—¿Cuarentena?

Era lo más razonable. El hecho de que uno de ellos hubiese contraído el virus no implicaba necesariamente que los otros hubiesen enfermado también. Un periodo de cuarentena parecía lo más sensato para establecer fuera de toda duda que el resto del grupo estaba fuera de peligro y no suponía un riesgo para el resto.

—¡Oh, Dios mío!—Exclama la mujer, mientras traga saliva para evitar las lágrimas.

—No te preocupes. No pasará nada.—La tranquiliza el hombre, sintiéndose mortalmente cansado. Necesita dormir, así que deja que sus ojos se cierren durante un momento, pero antes atina a añadir: —Estamos a salvo.

Después de tres horas de estar cociéndose en su propia salsa en aquellos vestuarios, el hombre le ha dado muchas vueltas a la cabeza. El resto del grupo se haya diseminado por las instalaciones dormitando o pasando el rato como pueden. El hombre se levanta del banco y se dirige sigilosamente hacia la entrada. Estaba seguro de que la doctora Somoza había descubierto su secreto y necesitaba saber qué iba a hacer al respecto. Al otro lado de la puerta, dos policías con el uniforme de antidisturbios montan guardia. No puede decir si eran los mismos que los recibieron en la puerta u otros distintos, con toda esa armadura de *Kevlar* y los cascos puestos resultaba virtualmente imposible.

—¡Hola! Me gustaría hablar con la doctora Somoza.—Les pide desde su lado.

No obtiene respuesta.

—Hey, vosotros. Sé que podéis oírme.—Insiste, la ira comenzando a bullir en su interior.—Quiero hablar con la doctora.

De nuevo, el silencio.

—¡Bastardos, al menos podríais traernos algo de comida! Llevamos aquí encerrados unas cuantas horas.—Furibundo golpea la puerta con el puño. Como única respuesta escucha, al unísono, a los dos policías dar un paso atrás y armar sus subfusiles. Los chasquidos de los cerrojos al correrse hacen que se le hiele la sangre en las venas.

—¡Si vuelves a acercarte a esa puerta, abriremos fuego!—Amenaza uno de ellos.—Y cállate de una vez.

La mujer se le acerca y le pide suplicante que deje de armar jaleo. El hombre se palmea el estómago y sonríe.

—Es que tengo hambre y ya sabes lo enfurruñado que me vuelvo cuando estoy hambriento.

Ella asiente con expresión comprensiva. Pero no vacila ni un instante en empujarle hasta los bancos, soltando una risita ronca cuando él obedece a regañadientes. Las horas de sueño le han sentado bien y ahora se encuentra con más fuerzas. La cabeza ya no le duele tanto, salvo un molesto y sordo zumbido detrás de los oídos. Nada que no pueda soportar, nada que le haga doblarse por la cintura de dolor y desear que le arranquen la cabeza.

—¿Cómo te sientes?—Le pregunta.—No tienes buen aspecto. ¿Te sigue doliendo la cabeza?

—Estoy bien. Aunque es cierto que la cabeza me sigue matando. La aspirina que tomé no pudo con la jaqueca.

—Quizás esa doctora de ahí fuera pueda darte algo más fuerte.—Sugiere ella.

El hombre echa la cabeza hacia atrás y suelta una pequeña carcajada.

—¿Sabes qué? Tienes razón, voy a pedirle algo para el dolor de cabeza.

Y sin esperar a que la mujer reaccione, se levanta del banco y se dirige de nuevo hacia la puerta. Aunque esta vez anda con cuidado de no golpearla, no conviene alterar a los perros de la guerra.

—¿Doctora Somoza? ¿Doctora?—Grita intentando hacerse oír desde el otro lado de la puerta.—Necesito algo para calmar un dolor de cabeza, doctora.

Entonces la puerta se abre y uno de los policías le coge bruscamente del hombro y lo empuja hacia el interior, cerrando la puerta tras él. La doctora Somoza le espera al otro lado. Plantada con las manos recogidas a la espalda, mantiene una pose suspicaz.

—¿Quién padece los dolores de cabeza?—Pregunta sin excusar a los agentes por los malos modos.

—Soy yo, doctora. Es algo de lo que quería hablar con usted.—Y mirando de soslayo a la pareja de perros guardianes, ocultos bajo el uniforme de antidisturbios, añade en voz baja:—En privado, si fuera posible.

—¡Santo Dios, buen hombre! Eso es algo que no va

a pasar. Sea lo que sea que quiera decirme tendrá que ser delante de estos agentes.—Y dándose la vuelta, se dirige hacia un estante donde se apilan cajas y cajas de medicamentos. Seleccionando uno de los envases con el dedo, extrae dos cápsulas de *Ibuprofeno* y se las tiende al hombre que ha ocupado una de las sillas plegables que se encuentran diseminadas por el laboratorio.

—Tenga, tómese esto.—Le pide la doctora mientras llena un vaso de agua de una pila portátil.—Debería ser suficiente para apaciguar el dolor de cabeza. Ahora bien, si me disculpa estoy muy ocupada con sus análisis y tratando de encontrar una vacuna para detener al RTL-1.

¡Una vacuna! El hombre pestañea rápidamente sin acabar de asimilar enteramente lo que acaba de oír.

—¿Cómo ha dicho? ¿Tienen una vacuna? ¿Cómo es posible que la tengan y no la hayan usado?—Las palabras brotan de su boca de manera atropellada. No puede remediarlo.

—¡Santo Cristo, hombre! Cálmese.—Responde Somoza, sin inmutarse y echando una mirada furtiva a los dos policías.—Sin aburrirle con los tecnicismos, estamos trabajando en una vacuna que afecta directamente al ARN del paciente. El ARN es el encargado de producir la proteína de la que se nutre el RTL-1. Acabada la fuente de alimento, muerto el virus.

El hombre se siente súbitamente más animado, como si fuese un vibrador al que han enchufado a la corriente. *¿Significaba eso que podía curarse?* El pensamiento hace que se levante de la silla como un resorte para volver a sentarse inmediatamente. No puede estarse quieto por un instante. ¡Tenía que tomar esa vacuna en ese mismo momento!

—¿De qué estamos hablando, doctora? ¿Una especie de droga? ¿Una píldora?

La doctora ladea la cabeza y le observa con suspicacia, como si sospechase que hubiera algo extraño que motivase sus preguntas, algo más allá de la simple curiosidad. Siendo incapaz de adivinar qué es, al cabo de un rato, continúa.

—De momento está en su estado inicial, en pruebas. Queremos asegurarnos de que cuando la produzcamos, el virus no pueda ser capaz de desarrollar ningún tipo de defensa contra la vacuna.—Hace una pausa, algo teatral, y guiñándole un ojo al hombre añade: —Eso es algo que el condenado bicho tiene la mala costumbre de hacer.

—¿Qué quiere decir? ¿Ya han generado otras vacunas anteriormente?—La cabeza del hombre está febril y todo le da vueltas.

—Sí, este es el tercer... No, el cuarto intento, si no me equivoco.

—¿Qué sucedió en las anteriores ocasiones?—Quiere saber el hombre, aunque no está muy seguro de que pueda encajar la respuesta.

—El RTL-1 las bloqueó después de pasados unos ciclos...

—¿Ciclos?—El hombre no entiende nada. Tanta jerga técnica le abruma, los analgésicos no han funcionado y le está empeorando el dolor de cabeza.

—Los períodos de tiempo que pasan entre la creación de una célula de virus y su sucesora mutada. Piense en la vida de una persona y en que cuando le llegue la muerte, esa persona tenga la capacidad de volver a nacer y corregir los defectos y enfermedades que tuvo en vida. Sin duda, se volvería cada vez más fuerte, más sana. —Explica la doctora, tratando de encontrar las palabras más sencillas.— Con el RTL-1 sucede algo parecido. Después de que las primeras vacunas atacasen el ADN del virus, lo debilitaron lo suficiente como para que las defensas del paciente pudieran acabar con él. Sin embargo, pronto se formaban nuevas células mutadas, más resistentes a la vacuna, que volvieron a invadir el cuerpo del paciente, transformándolo en... Bueno ya sabe usted en qué.

335

El hombre asiente.

—En un feral.—Dice.

—¿Feral?—Repite la doctora medio divertido.—Sí, es una forma adecuada de llamarlos. Su comportamiento es casi animal. *Primitivo, si me lo permite.* Y es respecto a eso por lo que el RTL-1 nos tiene más confundidos. Hay algo extraño en el RTL-1 que lo hace diferente del resto de virus conocidos. Algo... ¿cómo definirlo? .. *antinatural.*

—¿Antinatural? ¿A qué se refiere?

—La rapidez con la que muta es extremadamente elevada. Ningún otro virus se comporta de semejante manera, ni siquiera el virus de la gripe A que cambia de cepa aproximadamente cada año. Además hemos notado que no solo desarrolla una resistencia contra las vacunas sino que, con cada mutación, acelera su proceso de incubación.—Esboza una sonrisa nerviosa. El hombre puede jurar que ve el miedo bailotear en los ojos de la doctora.—Me explicaré. Al principio, la incubación solía tardar varios días y el paciente no sufría la transformación hasta pasados tres o cuatro días. En algunos casos, incluso se prolongaba hasta la semana. Más adelante, tras las pruebas iniciales llevadas a cabo con la primera vacuna, la incubación se acortó a tres días exactos. Más tarde, cuarenta y ocho horas hasta estabilizarse en las ocho horas actuales.

—¿Ocho horas?—Repite el hombre horrorizado.

—Efectivamente. Actualmente hemos detectado casos en los que el paciente ha enloquecido en el mismo día de sufrir la infectación. Y este es el problema que estamos encontrado con la nueva vacuna. Solo parece funcionar en pacientes recién infectados. En aquellos que ya incuban el RTL-1, éste parece ser lo bastante fuerte como para resistirla. Los resultados varían dependiendo de los distintos estados de infección. ¿Entiende?

La doctora Raquel Somoza mueve la cabeza de un lado a otro mientras habla con firmeza y determinación, pero por un momento, el hombre detecta un leve temblor en su boca. *Está asustada*, reconoce.

—En realidad, esto no es tan raro y el único talón de Aquiles que tienen todos los antivirales es que sólo funcionan en los primeros estados de una infección. Dada la anormal adaptación que demuestra poseer el RTL-1, por encima de la media, no podemos permitirnos el lujo de precipitarnos.

Un silencio se cierra sobre el laboratorio como una losa. El hombre está expectante, hipnotizado por las palabras de la doctora. Incluso los dos policías que hacen guardia parecen epatados por el discurso. Como si fuera la primera vez que lo escuchan. *¡Una vacuna!* Aunque el hombre sabe que no puede contar con ella, no puede evitar sentir la excitación vibrando a toda velocidad en sus terminaciones nerviosas.

—Además esto no sucede únicamente con los pacientes tratados.—Continúa explicando la doctora.—También con otros que no han estado en contacto con la vacuna o el paciente. Es como si, de alguna manera, los viriones de RTL-1 pudieran comunicarse entre sí y transmitirse las mutaciones que les hace tan resistentes.

—¿Con quién lo han experimentado?—Pregunta el hombre con un hilo de voz tensa. Una idea aún más alucinante que la existencia de una vacuna se está formando en su cabeza.—¿Cómo sabe todo eso?

La doctora Somoza deja escapar una sonrisa agotada pero que de algún modo sigue manteniendo la energía suficiente como para iluminarle el rostro.

—¿No pensará que soy el responsable de esas investigaciones? ¡Buen Dios, qué locura!

—Entonces, ¿quién...?

—Son estudios del C.N.E. (Centro Nacional de Epidemiología) o lo que queda de él, para ser más exactos.—Se autocorrige la doctora con tristeza.—Ahí fuera hay una red de médicos, en la que me incluyo, repartidos por otros centros y algunas comunidades de supervivientes, que están trabajando arduamente para erradicar el RTL-1.

El hombre está atónito, apenas si puede cerrar la boca. Había creído que era el fin de la humanidad y, sin embargo, en las palabras de la doctora subyace una nueva esperanza.

—Yo misma formaba parte de ese esfuerzo de investigación, durante la primera fase de la epidemia, cuando trabajaba en el hospital de Cantoblanco. Este hospital tenía una de las mejores unidades de aislamiento respiratorio de la Comunidad de Madrid y en ella se ingresaron los primeros casos con la patología del RTL-1. Algunos de esos pacientes llegaron con un cuadro avanzado de la infección y el Retrolyssavirus-1 ya estaba muy presente en sus cuerpos. No pudimos hacer nada por ellos. La transformación al estado... *feral*, no se hizo esperar. En esa fase, nada funcionaba y eran muy peligrosos, así que sólo nos quedó la alternativa de *neutralizarlos*.

La doctora hace una pausa, mientras busca un cigarrillo para calmar los nervios. Evidentemente, los recuerdos de lo que vivió en el hospital la trastornaban severamente y al hombre no le cuesta demasiado esfuerzo comprender qué tipo de recuerdos son esos. El tiene en su equipaje algunos de índole similar. Los magrebíes, Hugo, Marcos... Tampoco quiere pensar en ellos más de lo necesario.

—Sin embargo, todos nuestros esfuerzos fueron en vano y el número de infectados en la última fase aumentó exponencialmente hasta que fue imposible contenerlos. Los ferales superaban en número a los pacientes sanos y al personal del hospital, fue entonces cuando pedimos ayuda a los responsables de la Academia de Policía y su director gerente nos envió a todos lo que se encontraban disponibles.—Prosigue la doctora sin dar más explicaciones.—La primera vacuna había conseguido remitir la inflamación del cerebro y la violencia en el comportamiento en los pacientes era mucho menor. Drásticamente. Lógicamente, dedujimos que una cosa estaba directamente relacionada con la otra y el C.N.E. lo confirmó después. La encefalitis aguda que producía el RTL-1 era la causa de los arrebatos de extrema agresividad que padecían los infectados más avanzados. Lamentablemente, luego sobrevenía una recaída y los pacientes terminaban por culminar la transformación al estado portador o feral. ¡Dios santo!, en aquellos momentos pensamos que habíamos encontrado una solución. Pensamos que habíamos ganado la guerra al maldito RTL-1. Pero evidentemente nos equivocamos.

La cabeza del hombre da vueltas como una noria tratando de digerir el torrente de información que está recibiendo, pero le resulta casi imposible. Muchas de la implicaciones que subyacían ocultas en las palabras de la doctora Raquel Somoza pasaban simplemente de largo a sus entendederas.

—Más tarde, la situación se hizo completamente insostenible. Ni siquiera los agentes que habían llegado de la academia eran capaces de contener a los infectados más violentos. Luego, se declaró un incendio tras un accidente en uno de los laboratorios del hospital y tuvimos que abandonar las instalaciones.—Se detiene un instante, con la voz temblorosa y los ojos húmedos, buscando recuperarse del dolor que le ocasionan sus recuerdos.—Los pacientes quedaron a merced de las llamas y los ferales. Todavía puedo escuchar sus llantos, sus llamadas de socorro. Gente desesperada pidiendo auxilio, asesinados, quemados. Finalmente, no quedó nada.

La mano temblorosa de la doctora se lleva el cigarrillo a los labios para descubrir que se ha consumido. Lo arroja al suelo, lejos de sí, como si fuera a disolvérsele en la mano.

—Por eso entenderá la necesidad de los análisis. No podemos permitir que suceda aquí algo parecido a lo del hospital donde trabajaba. El *horror*... No se lo puede imaginar. No podíamos admitirles sin estar completamente seguros de que no traían el RTL-1 con ustedes.

El hombre aguarda en silencio, la doctora ha tocado una fibra sensible. Una fibra que necesita ser expuesta sin más dilación.

—¿Y la vacuna?—Pregunta el hombre, se trata de la última piedra que necesita para fortalecer la decisión que está a punto de tomar. No, fortalecer no, digamos mejor encerrar su miedo en una prisión para que así sea más sencillo dar el siguiente paso. El último paso, en realidad.

La doctora Somoza hace una pausa antes de continuar.

—Verá, de momento seguimos haciendo pruebas. En el C.N.E. se sienten muy optimistas, pero hoy por hoy si se está infectado, se es poco más que un muerto andante viviendo tiempo prestado. El RTL-1 provoca en el mejor de los casos una encefalitis vírica progresiva. Una inflamación cerebral, esto es, que empieza por enloquecer al paciente que sufrirá de episodios violentos, y que termina, en la mayoria de los casos, por ocasionarle la muerte al cabo del tiempo.

—¿En la mayoría de los casos?—Repite el hombre mecánicamente. La última piedra colocada en su sitio.

Se siente un poco como aquel personaje del cuento de Poe que acaba emparedado vivo por culpa de un barril de amontillado. Aunque en su caso, en vez de vino estamos hablando de un virus asesino.

—Exactamente. No todos los casos terminan con la muerte del infectado. Hemos encontrado casos aislados en los cuales la encefalitis se detiene inexplicablemente. Es como si el RTL-1 no permitiera que el paciente muera y le condene a cumplir el rol de portador indefinidamente.—Explica la doctora Somoza.—Esto es algo extremadamente inteligente, debo añadir. Lejos de matar a todos los infectados, una parte es reservada para continuar propagando la enfermedad.

—¿Entonces, toda esa ira, *esa ferocidad*, es consecuencia de la inflamación cerebral?

—Así es, sí.—Reconoce la doctora.—El RTL-1 afecta al sistema límbico, el cual controla las emociones y la preservación del organismo. Esto sumado al dolor constante e insufrible que las migrañas producen sobre el paciente, la irascibilidad es una consecuencia esperable.

Aturdido, el hombre se vuelve levemente para ocultar la película de humedad que cubre sus ojos.

—¿Cuánto tiempo?

—¿Perdón?—La doctora parece confusa con la pregunta.

—¿Cuánto tiempo transcurre entre la fase de transformación en feral y la muerte ocasionada por la encefalitis?

La doctora Somoza se encoge de hombros.

—Hemos encontrado algún caso de infectados fallecidos a causa de la encefalitis que identificamos como contrayentes del virus durante la primera fase de la epidemia. Pero también nos hemos encontrado casos contrarios. La verdad es que no lo sabemos, depende mucho del estado físico en el que se encontraba el infectado antes de contraer el virus, su edad, el grado de exposición... Hay muchos factores a tener en cuenta.—Responde la doctora.—Su estimación es tan buena como la mía.

Jadeando, el hombre busca con la mano la silla para sentarse antes de que le fallen las piernas y se desplome en el suelo.

—Ahora, si me permite,—pide la doctora,—necesito terminar sus análisis para que puedan descansar en un sitio más acogedor que los vestuarios de un gimnasio.

—Antes de que prosiga, doctora, una última pregunta.—Ella le mira con cierta exasperación.—¿Dónde está todo el mundo? ¿El resto de supervivientes? Viniendo hacia aquí he visto las aulas reconvertidas a barracones pero no había nadie dentro.

—Oh, están todos reunidos en el salón de actos del colegio.—Dice como si tal cosa.—Creo que el director Ibarra debe de estar organizando los turnos de cocina y el resto de trabajos.—Y se inclina para observar una muestra de sangre por uno de los microscopios.

—¿El director Ibarra?

—Sí, Roberto Ibarra. Era el director del colegio y de la propia organización del Banco de Alimentos cuando comenzó la epidemia y todos buscamos refugio en las instalaciones. Ahora es el responsable de que todo siga funcionando y de que nuestro grupo de supervivientes pueda planificar pensando en el futuro. También tenemos a un coronel de El Goloso, que se encarga de la seguridad y logística. Estamos muy bien organizados.—Concluye con cierto orgullo.

—¿Doctora, creé que el director Ibarra aceptaría a hablar conmigo?

—Oh, no veo por qué no habría de querer hacerlo. ¿De qué quiere hablarle?—Se interesa la doctora.

El hombre vacila un instante antes de tragar el bolo de saliva que se la formado en la garganta. Luego aspira una bocanada profunda de aire tratando de insuflarse a través de los pulmones todo el valor que sabe necesita para responder a la pregunta.

—Tengo la sospecha de que estoy infectado por el RTL-1.—Dice en voz muy baja e inmediatamente levanta una mano para apaciguar a la doctora que ha saltado de su taburete como un resorte y a punto está de derribar el microscopio con el brazo.

—¿Infectado?—A la doctora Raquel Somoza se le escapa una mirada furtiva a las pletinas con la sangre que recolectó del grupo y aún quedan por revisar. La del hombre era una de ellas.

—¡Sí, joder! Casi no me tengo en pie del puto dolor de cabeza que siento a todas horas y...—Se detiene vacilante.

Tampoco es que la doctora esté pasando consulta, estúpido, se recrimina. No tiene sentido contarle los síntomas que padece. El hombre puede ver destellos de miedo y de extrañeza asomando en los ojos de la doctora.

—Verá, doctora, no tengo ninguna intención de quedarme aquí e infectar a todo el mundo, una vez que usted confirme mis sospechas.—Explica el hombre antes de que la doctora Somoza haga un gesto a los policías que empiezan a percatarse de la agitación que la embarga.— Según yo lo veo, tengo dos opciones. Buscar un rincón tranquilo donde morder el cañón de mi escopeta y saltarme la tapa de los sesos o salir tranquilamente por esa puerta y largarme sin mirar atrás. Dejar que la enfermedad siga su curso, por así decir.

La doctora Somoza asiente en silencio. Recuperada de la primera impresión, se siente un poco acongojada por la tragedia a la que se enfrentará el hombre. Y añade casi con timidez: —¿Qué es lo que ha decidido?

El hombre rechaza la pregunta con un ademán de la mano.

—Antes de hacer nada o tomar una decisión,— responde suavemente—quisiera tener la certeza de que mi grupo estará a salvo, que nada les pasará a ellos, que no sufrirán ninguna represalia.—Mira a la doctora directamente a los ojos.—Que serán aceptados en el colegio y formarán parte de su grupo.

—Estoy seguro de...—Empieza a responder la doctora Somoza pero el hombre le interrumpe.

—Por eso quisiera hablar con el director Ibarra y con ese coronel.—Hace una pausa y resiste el intenso dolor que se le forma en el pecho.—Quiero una promesa. ¿Puede arreglarlo?

—Vamos a averiguarlo.—Responde la doctora y se encamina hacia la doble puerta.

****

El hombre menudo y de afables patillas da un paso adelante con su mano extendida y recibe al hombre en medio de su despacho. Ambos se quedan en pie en el centro de la habitación. El hombre se siente desconcertado por el gesto, era más que probable de que el director estuviese informado de su condición y aún así le ofrecía su mano. El hombre no sabe muy bien cómo reaccionar y finalmente termina por estrechar la mano.

Junto a la puerta permanecen apartados la doctora Raquel Somoza y otro individuo con uniforme militar, que el hombre está seguro es el coronel del acuartelamiento El Goloso del que habló la doctora.

—¿Es usted el director Ibarra?—Pregunta.

—Así es. Encantado, señor.—Responde el director con calma. No hace ningún ademán por presentar al militar y el hombre lo deja pasar.—Hubiese deseado que nos encontrásemos en circunstancias menos... desapacibles. Me temo que no podrá ser, sin embargo.

—Director Ibarra quisiera que permitieran quedarse al resto de mi grupo.—Pide el hombre, saltándose las trivialidades.—Ninguno de ellos está infectado. Son supervivientes...

El director dirige una rápida mirada en dirección a la doctora Somoza buscando corroborar las palabras del hombre y ésta asiente levemente con la cabeza. Había completado los exámenes de la sangre y la única que había presentado síntomas de infección había sido la del hombre.

—No se preocupe por eso. Los análisis de la doctora Somoza han sido negativos. Ninguno de ellos supone una amenaza para nuestra comunidad y como tal serán tratados.—Responde el director, mientras se sienta en una gastada silla de piel detrás del escritorio. Nadie ofrece asiento al hombre, así que éste permanece en pie en el centro de la habitación.

—El colegio siempre ha aceptado a todo superviviente que se ha acercado hasta nuestra puerta solicitando nuestra ayuda y sin rastro del RTL-1 en su sangre.—El director prosigue con voz meliflua, delicada.—¿Cómo se encuentra?

El hombre cierra los ojos por un instante antes de responder. Numerosos flashes luminosos estallan en el interior de su cráneo y se siente mareado. *Ahora no*, se dice a sí mismo, *aguanta un poco más y todo habrá terminado*. La estática que había estado escuchando todos estos últimos días ya no está ahí. Ha sido reemplazada... no, *apartada* a un lado. Eso describe mejor lo que sucede en su cabeza. En su lugar el hombre puede distinguir el eco de una miríada de... *¿voces?* No está seguro, tampoco es como si escuchase mensajes concretos. Parecía más como si estuviera conectado a un millar de mentes al mismo tiempo. ¿Significaba eso que estaba definitivamente perdiendo la chaveta?

—Estoy bien. Bueno, no bien del todo, ya sabe, pero lo superaré.

El director asiente con la cabeza.

—¿Hay algo más que pueda hacer por usted?

Ibarra interpela al hombre sin dejar de mirarle con ojos inquisitivos que contrastan con la dulzura del tono de su voz. Puede ver que se halla en la última fase de la infección, a las puertas de la transformación. En esa etapa resulta difícil predecir si su cuerpo soportará el sufrimiento que le espera, convirtiéndole en un asesino, o simplemente morirá, su cerebro expandido más allá de la capacidad craneal. El director sabe por experiencia que es una situación delicada, con todo ese dolor, los infectados suelen hacer cosas que uno nunca espera y con resultados siempre catastróficos para quienes les rodean. Echa un rápido vistazo hacia el coronel Martín Rico para cerciorarse de que está alerta, pendiente de cualquier imprevisto. Se tranquiliza cuando el militar le devuelve una mirada fría como el hielo, la mano casualmente posada sobre la culata de su pistola.

El hombre no contesta, parece como ensimismado. Pálido y silencioso mira hacia el director sin reaccionar.

—Le preguntaba que, dado que el bienestar de sus amigos ya ha sido establecido, ¿quiere usted algo más de mí antes de que... bueno, de que resuelva su situación?

—No... Sí... Quiero decir, sí.—Responde el hombre con un ademán repentino. Una oleada de dolor estalla en su cabeza. Suelta un gruñido y se lleva los pulgares a las sienes, presionándolas con fuerza.

La doctora Somoza es el única que se adelanta para ayudarle.

—¿Necesita sentarse?—Hay un tono de preocupación en la pregunta, como la urgencia con la que reposa una mano materna sobre una frente enfebrecida.

Genuina preocupación, nada de fingimientos.

—No, creo que ya no me queda demasiado tiempo.—Responde con los dientes apretados por el sufrimiento.

—No se preocupe.—Le tranquiliza la doctora Somoza.—Creo que lo mejor que puede hacer en estos momentos es descansar. Recuperar algo de fuerzas.

—¡No, maldita sea! No queda tiempo.—Estalla sin poder controlarse. La doctora permanece inmóvil durante un instante y asiente en silencio.

—Antes de... de que...—El hombre se interrumpe, su boca parece incapaz de formar las palabras. Casi inmediatamente su cabeza se llena de un dolor agudo, tan intenso que siente que va a perder el conocimiento. Su visión se nubla y se tizna de rojo como si una película de pintura y todo desapareciera de su vista.

Un gran vacío de roja oscuridad se extiende ante él.

—Lo siento.—Dice la doctora suavemente con el corazón palpitándole y la boca seca.

—Ha llegado la hora. No hay nada más que podamos hacer por usted. Personalmente, tanto yo como el director Ibarra podemos garantizarle la seguridad de sus amigos y así lo haremos.

—No quiero morir.—Dice el hombre con un susurro. Y, de repente, se siente en paz.

El director Ibarra se levanta de su sillón y, una vez más, le tiende la mano para despedirse. Esta vez el hombre no duda y se estrechan las manos.

—Le deseo la mejor de las suertes, señor.—Musita el director.—Sinceramente, me hubiera gustado poder ayudarle pero como ya le habrá explicado la doctora Somoza no hay nada que hacer.

El hombre asiente en silencio, lágrimas ardientes surcan su rostro.

—Ahora le dejo para que se despida de sus amigos.—Y suspira saliendo de la habitación.

****

La doctora Raquel Somoza y los dos policías vestidos de antidisturbios le conducen de vuelta al laboratorio. El hombre camina en el más absoluto de los silencios como un penitente. Entonces la doctora se detiene bruscamente y pregunta:

—¿La mujer es su pareja, no? ¿Creé que ella lo sabe? ¿Cómo va a darles la noticia?

—No lo sé, doctora.—Responde el hombre sorprendido de que ella le haya hecho una pregunta tan personal.— Supongo. Las mujeres sabéis estas cosas, en la mayoría de los casos. Sois siempre madres, amantes, esposas, trabajadoras, y todas tenéis ese sexto sentido, esa empatía, que os hace tan necesarias.

La doctora se hace un lado y le permite acceder al laboratorio. Vuelta a dónde empezaron pero, esta vez, los dos policías se quedan detrás de la puerta. Tal vez presienten el asunto que la doctora Somoza va a tener que tratar con el hombre y una inyección letal y no les apetezca ser testigos de semejante cosa. El cóctel de *tiopental*, más conocido como pentotal sódico, y bromuro de pancuronio que le administrará la doctora no es que proporcione exactamente una *diversión asegurada*. El hombre se vuelve hacia la puerta que comunica con los vestuarios y una sensación, no de fatalidad, sino de sobrecogedora responsabilidad le llena el alma. Siente como si les hubiera fallado y, sin embargo... La doctora Somoza le ayuda a sentarse en una de las sillas de campaña y el hombre se relaja un poco, aliviado. No estaba seguro de que sus temblequeantes piernas pudieran soportar su peso por más tiempo.

—¿Quiere que...?—Empieza a preguntar la doctora.

—¡No, espere!—Le interrumpe.—Hay algo más de lo que me gustaría hablarle.

—¿Qué más puede haber?—Quiere saber la doctora Somoza, un poco confundida. En el fondo piensa que el hombre está retrasando lo inevitable.

—Creo que el RTL-1 no quiere evaporar de la faz de la Tierra al ser humano. Es más como si buscara transformar a la humanidad en otra cosa. Algo único. —Se interrumpe, necesita encontrar las palabras adecuadas.—No, no algo único... sino una misma cosa, como una unidad.

La doctora le contempla fascinado mientras le mira fijamente con ojos que dudan de todas y cada una de sus palabras.

—¿De qué está hablando? El RTL-1 es un virus, no es un ser vivo. No tiene voluntad propia, ni sentimientos.— Replica con voz ronca.

—No lo sé, doctora. Quizás tenga razón y solo sean los desvaríos provocados por la enfermedad, ya sabe, mi obeso cerebro amenazando con saltar todos los botones de mi cabeza. Pero...—Se interrumpe.

—¿Pero qué?—Le presiona la doctora para que continúe.—¿Qué es lo que iba a decir?

—Solo que esa parece ser su intención, ¿no? Anular al individuo por medio del contagio y mutar su naturaleza hasta transformarlo en una misma especie, una única mente colectiva que solo piensa en matar y continuar la propagación del virus.

—¿Una misma especie? Se equivoca, sólo son pobres enfermos que se encuentran a las puertas de la muerte.— Exclama la doctora y luego se detiene, dudando de si no ha llegado demasiado lejos con su crudeza.—Venga, mire por aquí.

Y le señala con un ademán el microscopio que se encuentra encima de una de las mesas. Bajo su poderosa lente está una de las platinas con la sangre que les extrajo. El hombre se pone en pie a pesar del dolor y se acerca a la mesa. A través de la óptica observa la muestra. Y entonces se queda paralizado, sin mover ni un solo músculo, sentado sobre la banqueta. Siente como si su mente hubiera entrado en un estado diferente. Contemplar cara a cara a su asesino, es algo para lo que no se está nunca preparado.

—Ve, es sólo un virus.—Explica la doctora.—Desde el punto de vista de la medicina, es imposible que se produzca una evolución hacia otra especie, como usted dice. Al menos en un tiempo tan ridículamente corto.

El hombre no reacciona, permanece con el rostro pegado al microscopio, observando la muestra. Se pasa el dorso de la mano por los ojos como si sintiera un velo turbio delante de ellos y quisiera aclarárselo.

—Insisto en que estamos hablando únicamente de un virus. Le concedo que el RTL-1 quizás sea el virus más complejo que se conozca hasta la fecha, pero un virus de todas formas.

—¡Pero, no puede ser! Existen muchas cosas que usted desconoce.—Exclama después de un rato y hace una seña a la doctora para que se acerque.

—Oigo voces.—El hombre titubea, su voz casi un susurro imperceptible.—En mi cabeza, oigo voces. Al principio era solo un siseo constante de estática, como si alguien se hubiera dejado una radio encendida sin que tenga sintonizado ningún canal. Luego, esa estática fue reemplazada por voces. Apenas son murmullos ininteligibles, como un runrún, pero no me cabe duda de que son voces, al fin y al cabo.

—¿Voces de quién?

—¿Cómo coño quiere que lo sepa?—La ira inunda todo su ser y le está costando sus últimas fuerzas contenerla.—No he sentido nunca nada semejante en mi vida. Una oleada de pensamientos unidos entre sí.

Se detiene, si suena tan loco como parece, la doctora Somoza nunca le creerá. El hombre no puede sacudirse de encima la sensación de que lo que está revelando pueda ser lo más importante que haya dicho jamás. Los barruntos de un condenado a las puertas de la muerte. Un condenado que necesita ser escuchado y, ante todo, creído.

—Lo siento, doctora. No sé lo que me digo. Llámelo impresión, o corazonada, pero lo siento en mis tripas. Como si nos encontrásemos ante un cambio de ciclo natural. Una nueva fase evolutiva. Y el RTL-1 fuera la herramienta con la que la Naturaleza pensase actualizarnos.

La doctora parece considerar las palabras del hombre con detenimiento y, por primera vez, la calma que siempre ha mostrado parece resquebrajarse. El hombre creé ver un atisbo de ansiedad y miedo en sus ojos.

—¿Actualizarnos?

El hombre deja escapar una sonrisa con tristeza.

—Ya sabe, es un término de informática.—Aclara con la boca reseca, las palabras raspándole en la garganta.—Una actualización. La humanidad 2.0 y esas cosas. Quizás los ferales sean el resultado de esa actualización.—Se encoge de hombros.—Antes de la epidemia trabajaba como analista de sistemas informáticos.

—Ah, ese nombre de nuevo.—Dice la doctora.—Si usted tuviese razón, nos hallaríamos al borde de la extinción total de la humanidad. El final de la vida como la conocemos.

El hombre asiente en silencio, sus ojos destellantes.

—No, eso es imposible. Si tuviese conocimientos de medicina, como yo poseo, sabría que lo que propone se encuentra más próximo a las páginas de una novela de ciencia ficción que a la realidad.—Rechaza la doctora, recuperada la compostura.—Para el RTL-1 no somos nada. Tan sólo somos el instrumento para conseguir su fin natural que es propagarse y seguir existiendo. Y lo seguirá haciendo hasta que lo detengamos o la especie humana desarrolle un antídoto de forma natural.

El hombre cierra los ojos con desesperanza. Lo ha intentado por todos sus medios y aún así ha vuelto a fracasar. La doctora Raquel Somoza no le estaba creyendo. Ahora sí, la sensación de responsabilidad que sentía ha dejado paso a la fatalidad. La doctora se aclara la garganta y continúa:—Entonces volverá a quedarse en un estado latente hasta que le llegue la hora de reactivarse de nuevo, o quizás mute y salte a otra especie animal. Como hacen todos los demás virus que conocemos.

—En nuestro bloque de apartamentos, ya nos cruzamos con un perro que estaba infectado.—Musita el hombre.—¿No significa eso que ya ha mutado?

La doctora niega con la cabeza.

—No lo creo. El RTL-1 es una versión evolucionada del virus de la rabia. Al menos esto es lo que pensaban muchos al comienzo de la epidemia. Eso explicaría que algunas especies animales, como perros o murciélagos, se conviertan en vectores que puedan contraerlo y propagarlo a su vez.

Por un momento, el hombre no responde y entonces, abruptamente, se desliza de la banqueta y se desploma sobre el suelo con violencia. Un golpe así debería doler como mil demonios pero él no siente nada.

✳✳✳✳

Cuando recupera la consciencia de nuevo, el laboratorio estaba vacío, a excepción de dos hombres: la doctora Somoza y el coronel Martín Rico. Ambos se encuentran junto a la camilla sobre la que yace, discutiendo algo en susurros. La doctora Somoza es la primera en percatarse de que había despertado y le mira con inquietud. Le ase la muñeca y comprueba sus pulsaciones, luego le pasa un lapicero con una luz en el extremo por delante de los ojos. Se vuelve y asiente en dirección al coronel.

—¿Quiere despedirse ya de sus amigos?—Pregunta el coronel con voz fría.

Ha llegado el momento.

—Eso creo.—Responde el hombre, tratando de incorporarse. Inmediatamente, todo el laboratorio comienza a dar vueltas como un carrusel.

—Oh, tómeselo con calma durante unos minutos.— Le pide la doctora mientras le empuja suavemente por los hombros hasta que vuelve a recostarse. Por un momento, ambos se le quedan mirando, sin más. La doctora comienza a decir algo pero el coronel le interrumpe con un gesto de la mano.

—Acabemos con esto. Cada minuto que pasa estamos poniendo en peligro a todo el colegio.

—Es inhumano.—Dice la doctora.

—No.—Replica el coronel.—No lo es.

Y entonces abandonan el laboratorio, dejando al hombre confuso y encogido sobre sí mismo de dolor. Unos minutos más tarde, la puerta de los vestuarios se abre y sus amigos entran en la habitación. El hombre se sienta sobre la camilla con gran esfuerzo, mientras todos se reúnen en silencio alrededor de la cama. Su respiración se ha transformado en un ronco silbido, pesado y profundo, que hace que le cueste hablar.

—Bueno, imagino que ya habéis escuchado las últimas noticias.

Todos le miraron.

—¡Dios mío, qué pena!—Suelta Laura de repente.—¿Qué podemos hacer? ¡Tiene que haber algo que podamos hacer!

El hombre niega con la cabeza.

Laura se echa a llorar.

—¡Joder, qué putada!—Grita Lucas, mientras golpea con el puño un lado de la camilla.—¡Todo es una puta mierda!

—Tranquilos. Todos sabíamos que algo así podía pasar. A cualquiera de nosotros.—El hombre intenta apaciguarlos, sopesando las palabras. No quiere causarles más dolor del que ya le está ocasionando.—Al menos os traje hasta aquí. Con esta gente estaréis a salvo y tendréis un futuro.

La mujer se sienta a su lado y le toma la mano. Al hombre se le encoge el corazón y le cuesta continuar.

—Con eso me doy más que satisfecho.—El dolor de cabeza a regresado y los murmullos que escucha son ahora un torrente de cacofonías que retumban en su cabeza. Un tic nervioso hace temblar su ojo izquierdo.—Os dije que el lugar existía y lo encontramos.

Laura ya no puede contener más los sollozos y se aparta a un lado con los hombros sacudidos violentamente por el llanto. Lucas trata de consolarla echándole el brazo por encima.

—¿Por qué tú?—Susurra por fin, la mujer.—¿Por qué no fui yo?

El hombre trata de explicar lo que piensa que pasó, el porqué de que haya sido él quien terminara infectado por el RTL-1 y no ella, pero nada de ello importa. Ella no quiere escuchar las causas materiales, sino más bien los otros motivos. Destino, castigo divino, llámalo como quieras. Finalmente, el hombre de encoge de hombros.

—No tiene importancia.—Dice con suavidad.

Y cae en la cuenta de que tiene razón, al final, nada era lo suficientemente importante como para empañar la dicha que siente porque ha sido él y no ella, porque ella todavía tendrá más tiempo por delante para ser feliz, ser madre. Todas aquellas cosas que no pudo tener antes de la llegada de la maldita epidemia. Cuando levanta la vista, la mujer lo mira llorando. Se arrimó a ella.

—¿Pero por qué?—Insiste ella.

—¿Quién sabe? Son cosas que pasan y ya está. No hay ninguna explicación divina, ninguna razón oculta que sea responsable de tu supervivencia o la mía.—Responde de mala gana.—Lo cierto es que ha pasado así y no hay mucho más que podamos hacer, salvo aceptarlo.

—¡Basta, no quiero oír más!—Gime la mujer cubriéndose el rostro con las manos. La estrecha con fuerza.

Un silencio denso como el petróleo llena el laboratorio. Laura y Lucas permanecen al margen con los rostros sombríos e inundados de lágrimas. Lucas sube y baja la mano por su cara como si tratase de quitarse unas invisibles telarañas que le incordian. Ahora todos miran al hombre, inmóviles. Entonces discuten un poco más y en algún momento de la discusión, la mujer amenaza con suicidarse pero todo ello es fútil. Su despedida es inevitable. El hombre está condenado y la mujer lo sabe. Solo queda, como el sugirió, aceptarlo. El hombre la mira prolongadamente y empieza a ver un cambio en ella.

Ha dejado de tener miedo.

Y entonces, abrazados sobre la camilla de un laboratorio de emergencias, la mujer lo acepta.

> **"** Yo he sido Homero; en breve, seré Nadie, como Ulises; en breve, seré todos: estaré muerto.
>
> —Jorge Luis Borges (El Aleph)

14

El hombre puede sentir la transformación casi completada en su cuerpo. La siente en sus huesos, una corriente de fuerza inusitada combinada con el dolor más intenso que jamás ha experimentado. Un dolor que lo conduce al paroxismo. Su cerebro parece amenazar con estallarle en la cabeza. Está ocupando más espacio del que debe y roza constantemente con las paredes de su cráneo. Eso por sí solo es más que suficiente para volver loco de dolor a cualquiera.

Filamentos de pensamientos que no son suyos llenan su cabeza. La sensación persistente de que su alma es más vieja que los cortos cuarenta años que realmente tiene. Un alma casi... ancestral. *Primigenia.*

Las piernas le flaquean mientras camina apoyado en el brazo de la doctora Somoza. Después de despedirse de sus amigos había llegado el momento de recibir la inyección que la doctora tenía preparada para él, pero no había sido capaz. Llámalo cobardía o quizás esperanza. La esperanza vana de que su cuerpo pudiera combatir la enfermedad, de que todas las células de su ser fuesen capaces de enfrentarse y rechazar las células invasoras del RTL-1. En respuesta, el estribillo de una canción de *Adam and the Ants* se hace hueco en su cabeza entre el estruendo de murmullos que reverberan en su interior.

Only idiots ignore the truth.

Solo los idiotas ignoran la verdad. Quizás sea un idiota, quizás no. El dolor es monstruoso. Insoportable. Tropieza y cae sobre el brazo de la doctora que pide ayuda a uno de los policías que custodian la puerta. El verde fluorescente que adorna su uniforme le hiere las pupilas como una llamarada. Hubiera preferido realizar aquel último viaje en compañía de la mujer y sus amigos pero tenía miedo de no poder resistirlo, de que su mente no fuera capaz de reprimir el poderoso deseo que siente de saltarles encima y desgarrar su carne.

Beber su sangre.

La colectividad de murmullos bulle como un panal de abejas en su interior y los miles de filamentos, igualmente sometidos a un constante sufrimiento, inundan su interior con un tsunami de emociones. Jamás hubiera creído que se pudiera experimentar semejante cosa. Se siente como si fuera el receptor de un millar de emisiones de onda corta, todas ellas transmitiéndose en el interior de su cabeza. Una nueva emoción se apodera de su cuerpo, envolviéndole con un abrazo materno de furia y algo más... *sometimiento*.

Total y absoluto.

Una rendición sin condiciones a los cambios que está experimentando. Su cuerpo y su mente ya no suyos, pertenecen al RTL-1. Un ser tan antiguo como el nacimiento de los tiempos, que ha sobrevivido a fuerza de mutaciones a nivel celular, adaptándose a su entorno, moldeándose para resistir las amenazas del paso de milenios. Los viriones de RTL-1 han absorbido casi la totalidad de sus células y los últimos rompen sus cápsidas dispuestos a completar el proceso. Pronto todo su ser obedecerá a los designios del RTL-1 y a nada más. La furia que siente es abrumadora. Sólo puede llorar y luchar contra ella mientras su cerebro crepita y se expande un poco más.

You may not like the things we do.
Only idiots ignore the truth.

Pensar en la canción le ayuda a controlar la furia, las ansias asesinas. Una columna de fuego líquido arde en su interior y en su agonía, el fuego que siente le produce una *ferocidad* que es casi placentera.

Puede que no te gusten las cosas que hacemos.
Solo los idiotas ignoran la verdad.

La ferocidad es maravillosa. Y buena. Algo que necesita desesperadamente y que necesitará para siempre.

Solo los perros se comen a los perros. Está perdiendo la cabeza, la poca cordura que le queda. *It's dog eat dog. Dog eat dog. Se aferra a la letra con desesperación.*

¿Cómo explicar la furia que siente? Pensad en esto, vivís tranquilos en vuestro hogar, junto a vuestra familia, y un día hombres perversos que ocultan su rostro con pasamontañas llegan hasta la puerta para apoderarse de lo que tenéis. Esos hombres terribles persiguen lo que poséis, quieren apoderarse de ello a toda costa. ¿Cual sería vuestra primera reacción? ¿A qué os aferrarías para defender vuestras posesiones y la vida de los vuestros?... *Exactamente.* Sólo la ferocidad de vuestra respuesta os ayudará a salir del paso. Siempre habrá alguien hambriento ahí afuera pero la furia os salvará... Ahora él era uno de esos hombres perversos y hambrientos.

Cuando cruzan junto a una de las puertas de las aulas, puede contemplar su rostro reflejado en el cristal del ventanuco. La cara de un monstruo le devuelve la mirada. Una cara que supura odio, con ojos sanguinolentos hundidos en cuencas violáceas casi negras. La huella del RTL-1 delineada en cada arruga de la piel. Los murmullos en su cabeza aumentan brutalmente. Ya ni siquiera concentrarse en la canción ayuda. Un zumbido constante de vida en su interior, siente su agitación como un torrente en el que su ser es arrastrado hacia la oscuridad. Y en medio de toda esa vorágine surge una voluntad mucho más fuerte que la suya propia.

Como una voz.

El hombre está seguro que no es la voz de polichinela de su conciencia, tiene un origen extraño, alienígena. Pero es real, tan real como el virus que se extiende por sus venas e invade su sistema nervioso. Tan real como el ansia de matar que siente. Su vista ha empezado a emborronarse, y lentamente se apaga. Trata de escuchar el sonido de sus pasos sobre las baldosas del corredor pero eso también le abandona. Ya casi están en la puerta. Se muerde con fuerza la lengua hasta hacer brotar la sangre y trata de mantenerse centrado en el sabor cobrizo de la sangre en su boca.

Pero pronto, no puede ni aferrarse a eso.

✳✳✳✳

Sus últimos momentos como ser humano, el hombre los pasa pensando en la mujer. Su cerebro, en lucha incesante contra el vocerío que anega neurona a neurona su cerebro, reproduce incansable los recuerdos de su vida junto a ella. Todos esos años proyectados en un espacio cada vez más reducido de su cabeza como un viejo *Cinexin* de plástico anaranjado. Su rostro, su voz, su calor, le acompañan en un viaje hacia la oscuridad y retrasan todo lo que pueden su rendición a la enfermedad.

En sus últimos momentos como ser humano, el hombre desea con todas sus fuerzas desgarrar y despedazar a la mujer. Ya no recuerda quién es, ni qué hace en aquel lugar. Solo anhela matar. Sale al exterior y se entrega al abrazo de sus hermanos ferales.

FIN

Agradecimientos

Una novela nunca es trabajo de una sola persona y son muchas las que, de algún modo, contribuyen a su creación. La novela que acabas de leer no es una excepción y quisiera dar las gracias a todos los que aportaron sus consejos, sus palabras de ánimo y su tiempo. La lista como te imaginas es muy larga pero aquí van algunos nombres, espero no olvidarme de nadie.

Gracias a todos quienes leyeron Ferocidad por primera vez y aportaron su invaluable opinión: Eva, Laura, Yolanda. A Kike y Vero. A David y Juanlu, los primeros que tuvieron en sus manos el material sobre el que se gestó esta obra. A Marta, felicidades por ser abuela. A mi padre y al resto de mi familia, nunca dejan de estar ahí, en las buenas y en las malas.

Y, por supuesto a Pato, sin ella nada de todo esto tendría ningún sentido. Su alma está presente en todas y cada una de las páginas de esta novela.

Gracias de corazón a todos vosotros.

J. Alonso de Acuña

www.ingramcontent.com/pod-product-compliance
Lightning Source LLC
Chambersburg PA
CBHW070636180626
46817CB00006B/2139